嫡女华风

DI NÜ FENG HUA

上

一溪明月/著

重庆出版集团 重庆出版社

图书在版编目（CIP）数据

嫡女风华 / 一溪明月著. — 重庆：重庆出版社,2015.6
ISBN 978-7-229-09606-9

Ⅰ.①嫡… Ⅱ.①一… Ⅲ.①长篇小说－中国－当代 Ⅳ.①I247.5

中国版本图书馆CIP数据核字(2015)第051466号

嫡女风华
DINÜ FENGHUA

一溪明月　著

出 版 人：罗小卫
责任编辑：王　淋
责任校对：郑小石
装帧设计：九一设计
封面插图：@曾想乃

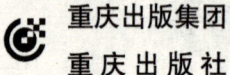

重庆出版集团　出版
重庆出版社

重庆市南岸区南滨路 162 号 1 幢　邮政编码：400061　http://www.cqph.com
重庆升光电力印务有限公司印刷
重庆出版集团图书发行有限公司发行
E-MAIL:fxchu@cqph.com　邮购电话：023-61520646
重庆出版社天猫旗舰店
cqcbs.tmall.com

全国新华书店经销
开本：700mm×1000mm　1/16　印张：40.5　字数：890千
2015 年 6 月第 1 版　2015 年 6 月第 1 版第 1 次印刷
ISBN 978-7-229-09606-9
定价：58.00 元

如有印装质量问题，请向本集团图书发行有限公司调换：023-61520678

版权所有　侵权必究

目 录
CONTENTS

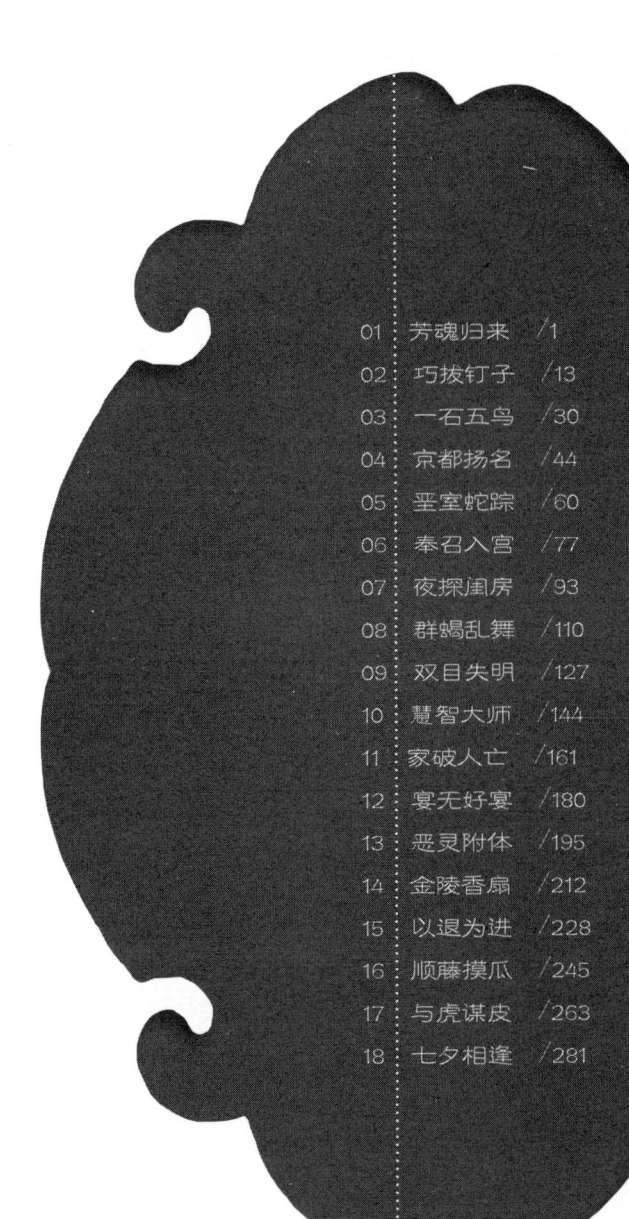

01 芳魂归来 /1
02 巧拔钉子 /13
03 一石五鸟 /30
04 京都扬名 /44
05 垩室蛇踪 /60
06 奉召入宫 /77
07 夜探闺房 /93
08 群蝎乱舞 /110
09 双目失明 /127
10 慧智大师 /144
11 家破人亡 /161
12 宴无好宴 /180
13 恶灵附体 /195
14 金陵香扇 /212
15 以退为进 /228
16 顺藤摸瓜 /245
17 与虎谋皮 /263
18 七夕相逢 /281

01　芳魂归来

南宫宸，夏雪，紫苏，杜茳，张妈……无数张脸孔在面前闪现，狰狞的、阴森的、悲愤的……最后定格的画面却是在漫天雪花中，初生的婴儿皱巴巴、哭得青紫的小脸。

"孩子，我的孩子！"杜衡伸出手，泪水顺着脸颊缓缓流下来，填满了口腔。

一只手蓦地伸出来，将婴儿高高举起："交出钥匙，饶你母子不死！"

"不！"杜蘅尖叫一声，蓦地睁开双眼。

从灵魂深处爆发的呐喊，凄厉之极，紫荆惊得跳起来："小姐，出什么事了？"

"紫荆？"杜蘅瞪着她，像见了鬼似的。

她不是在十年前嫁人，并且死于难产么？

她，怎么会在这里？

她明明记得产后生生痛冻死在清秋苑中，怎会见到十年前的故人？莫非，竟是到了阴司地府？

紫荆小心地察看她的脸色："小姐是不是渴了？还是，想去禅房休息？"

"禅房？"杜蘅一个激灵，转过头四处看了看。

一丈多高的观音像和空气里弥漫着的浓郁的檀香味，显示这是间佛堂。

佛堂正中，摆放着一副上好的楠木棺材。棺木前的灵牌上，赫然写着：爱妻顾烟萝之灵位！

她一下子明白身在何处，同时越发蒙了。

这是碧云庵，母亲死后停灵于此，亦是她此生所有悲剧的起源地！

可母亲葬了已有十年，为何棺木重现佛堂，且完好如新？

张妈推门而入，劈头就是训斥："傻愣着做什么，赶紧扶小姐到禅房里休息！"

说着，伸手去搀杜蘅，嘴里柔声劝道："人死不能复生，小姐也该节哀顺变……"

杜蘅像被火烫了一般，猛地往后一缩："别碰我！"

张妈眼底闪过一丝愠怒，忙低了头撩起衣裳下摆，拭了拭眼角："小姐跪了两天两夜，便是铁打的也该累垮了。夫人在天有灵，定然舍不得小姐如此不顾惜身体。"

她冲紫荆使了个眼色，两个人一左一右扶着杜蘅，急急忙忙朝佛堂后的禅院走去。

杜蘅神色木然地任由两人搀扶着。

一脚踏进那间禅房，她不禁呆住了，全身的血液止不住地往上冲！

眼前的一床一桌一椅竟然是那么熟悉！化做灰都认得！

过去的十年中，曾千万次出现在噩梦中，于夜深人静时，一遍遍地折磨着她！

杜蘅狠狠地咬着唇，嘴里尝到甜腥的味道。

桌上菱形铜镜里，映出一个素衣白裙，容颜憔悴的少女。

不是梦，这竟不是梦啊！

她重生了，回到十年前，未嫁失身，清白被毁的那一夜！

老天爷终于开眼了，赐给了她一次重生的机会！

杜蘅抿紧了唇，目光冰冷。

这一次，她绝对不会再任命运摆布！

对所有践踏她，凌辱她，折磨她的人，必将以牙还牙，以眼还眼！将前世所受诸般痛苦，百倍千倍奉还！

"小姐，喝，喝茶……"被她冰冷的目光一瞧，紫荆不自禁地颤抖了起来，杯子"啪"地掉落地面，摔成数瓣。

"没用的东西，斟杯茶都不会！"张妈低叱一声，推开紫荆，重新倒了杯茶，殷勤地递了过来："小姐，喝茶。"

看着她过分热切的目光，杜蘅心中一动："我不渴。"

"跪了大半天，哪能不渴呢？"张妈说着，又撩起了衣角拭着根本不存在的眼泪，"都怪我，忙晕了头，本该熬碗粥给小姐备着的。"

杜蘅不动声色，接过杯子，慢慢饮下，掏出手帕假意擦拭嘴角，偷偷把茶吐入手帕，再重新纳入袖里。

"不早了，伺候小姐歇息后，你也赶紧睡吧，明儿还有得折腾呢。"张妈眼中透出欣喜，吩咐紫荆一句，步履轻快地转身离去。

杜蘅默默地握紧了拳，先前只是怀疑，现在已百分百确定茶水绝对有问题！

怪不得那一晚，她睡得跟死猪一样，连房里进来人都不知道！

她还以为，是因为自己嫁入王府后失势，张妈逼不得已才投靠杜荘。

原来，早在十年前，张妈就已经背叛了她！

不，也许比这还早！

也难为张妈装了这么久，十几年来对她呵护备至！

母亲长年卧病，几乎是张妈一手带大了她。

杜蘅对她不仅仅是感激，更是把她当成自己的另一个母亲。

可是，就是这个张妈，竟然在背后捅了她一刀，亲手送她们母子上黄泉！

若不是亲眼见识过她的狠辣绝情，谁能想到那浓浓的疼惜背后，包藏着的竟是一颗如此歹毒狠绝的心？

紫荆默默地摊开被褥，轻声道："小姐，可以安歇了。"

紫荆一直垂着头，不敢与杜蘅对视。

显然，她对即将要发生的事情，心知肚明。

回想起来，紫荆就是在那件事之后不久，嫁给了柳姨娘的侄子。

杜蘅暗自冷笑，也不吭声，和衣躺下，很快呼吸平稳。

"小姐？"紫荆略等了片刻，确定她已熟睡，这才轻手轻脚地出去，反手带上房门。

杜蘅立刻坐起来，掀起被子，几步便到了门边。

隔着薄薄的门板，张妈刻意压低了的声音清晰入耳："睡了？"

"嗯。"紫荆轻应。

"我去叫人。"张妈看她一眼，"你去里面守着，别让她跑了。"

紫荆叹了口气，推门进来。

一瞧，床上空空如也，不禁惊出一身冷汗。猛地转头，仓皇四顾。

"是在找我吗？"沉而冷的女声，如即将出鞘的刀锋。

杜蘅身姿笔挺，双手搁在膝上，端坐在桌子旁。

紫荆毕竟年轻，没经过什么阵仗，立刻便吓得腿也软了："小，小，小姐……"

"睡不着，"杜蘅含着笑，眼里却没有一丝笑意，"你再斟杯茶给我。"

紫荆眼里闪过疑惑，莫不是药下得少了？她也不敢多问，依言倒了一杯茶过去。

"坐。"杜蘅接过茶，却不急着喝，示意她坐下，不疾不徐地道，"你伺候我，多少年了？"

紫荆垂着头挨着她坐了，局促地捏着衣角，期期艾艾地答："五，五年？"

"这五年，我可曾把你当下人看？"杜蘅问。

紫荆略感诧异，抬起头飞快地看她一眼，触到她灼人的目光，吃了一惊，立刻又垂下头去。

一颗心在胸腔里怦怦乱跳。

小姐性子温和，待下极宽，莫说训斥打骂，连大声呵斥都少。

有什么好吃的，好玩的，从不藏私，很大方地分给身边的丫头。

甚至连自己的月例银子、绸缎、首饰都任这些丫头随意取用。

"可曾，亏欠过你？"杜蘅再问。

紫荆沉默了。

小姐待她再好，也只能得些小恩小惠，如今夫人又殁了，更是连自身都难保了。

比不得柳姨娘当家，手里掌着她的生杀大权！

"我待你不薄，为何要伙同张妈设计害我？"杜蘅满怀怨愤，冷不丁出言质问。

紫荆霍地抬起头，惊惶失措地望着她，张着嘴，一声惊呼正要出口，忽觉腰间一麻，身子便软软地趴在了桌上。

杜蘅缓缓收回手，白嫩的掌心上躺着一支银簪，簪尖上还滴着血。

她镇定地把簪子插回发间，伸手把茶取过来，在鼻端闻了闻，缓缓灌进了紫荆的嘴里，笑道："曼陀罗不易得，可别浪费。"

紫荆拼命地挣扎，无奈竟使不出半点力气。

被她捏住了下巴，将整杯茶涓滴不剩尽数咽了下去。

杜蘅伸手到她腋下，将她拖回床上，俯身望着她，柔声道："你放心，既是张妈亲自挑的，想必人品是不错的。"

说罢，便径自爬上了床，推开窗户。

眼前横着一道丈许高的砖墙，窗下是条排水沟，中间是条数尺宽的窄巷，黑漆漆直通到佛堂。

她骑在窗框上，忽地回过头，笑道："啊，突然想起，你今年二十了，也该要放出去了吧？明儿好好求求柳姨娘，说不定就成全了你。"

紫荆惊恐地瞪大了眸子，嘴里不断发出咕噜咕噜的声音。

杜蘅却不再理她，纵身跳了下去。

这等轻浮孟浪之事，在前世，莫说是做，连想都不敢想！

如今，她却再没了任何顾忌。

只要能生存，莫说只是爬窗，便是荆棘遍地，她也只能向前！

强忍着不适，猫着腰，借着廊下灯笼的一点点微光，摸索着在窄巷里缓缓前行。

"娘，"杜荇尖细的声音穿过窗纸飘过来，"你说，她会不会突然醒来？"

"不可能！"张妈信誓旦旦，"我亲眼看着她喝下去，决不可能就醒。再说了，还有紫荆那丫头在房里守着呢！"

"那怎么还没动静？"杜荇忍不住质问。

柳姨娘狠狠剜她一眼："你以后是要当侯夫人的，这么沉不住气怎么行？"

杜荇面上一红："娘……"

"从庵堂外到这禅院，有好几道门。石南那憨小子盯得又紧，半刻钟便巡一回。"张妈赶紧解释，"老奴方才去送信，就正好给他碰到，很费了些口舌才糊弄过来呢。"

"娘，"杜荇撒娇，"何不乘这个机会把事情闹大，让那贱人身败名裂，一辈子抬不起头做人？"

"你懂什么？"柳姨娘斥道，"把那丫头搞臭虽可出一时之气，但夏家肯定也会退婚，你还有什么机会嫁进去？她的名声毁了不要紧，连带的，松儿、荏儿的婚事都要受影响！"

说到这里，她顿了顿，道："再者，顾家的家产娘还没全部掌握，还得着落在这丫头身上。只要我替她掩盖了丑事，等于把这丫头捏在手心，顾家的财产，还不是手到擒来！"

"娘当了十几年的家，"杜荇奇道，"杜家的财产不是早就全都捏在娘的手里吗？"

柳姨娘眸光微冷："都说狡兔三窟，顾老爷子起码有九窟！明面上拿老爷当儿子，暗地里防得比贼还紧！交到杜家的财产，最多只有九牛一毛！老爷子一准留了后手，要等到那丫头出嫁时，才肯拿出来给她当嫁妆！"

"娘就是爱疑神疑鬼！"杜荇不以为然，"顾老爷子都死了好几年了，难道还能从棺材里爬出来帮贱人争家产不成？"

柳姨娘恨铁不成钢，一指戳上她的额："说你是棒槌还不信！顾老爷子若没有两把刷子，怎么可能跟平昌侯府结亲家？"

杜荇委屈地抱着头，却不敢吭声了。

杜蘅气得全身发抖，狠狠地握着拳，指尖深深地掐进肉里。

前世东窗事发后，柳姨娘施以雷霆手段，当夜所有在禅院伺候的下人被她卖的卖，逐的逐，剩下的也都下了封口令，不许任何人议论此事。事情才得以掩盖过去，从而保住了她的名声。

她失魂落魄，痛不欲生，好几次欲轻生。

亦是柳姨娘，亲侍汤水，百般疼惜，千般开导，让她重新生出了活下去的希望。

那件事之后，不只她对柳姨娘感激涕零，言听计从。柳姨娘更是赢得了父亲的信任，连老太太都夸她识大体，懂进退！不到半年，便扶了柳姨娘做继室。

杜荇、杜松、杜茳三人摇身一变，成了嫡子嫡女，身价水涨船高。

正因为当时事情没有闹大，才有了后来的圣上指婚，她风光嫁入燕王府。

新婚夜，南宫宸发现她非完璧之身，大怒而去。

她新婚便失宠，丑闻也再遮不住，各种流言四起，她亦沦为城中笑柄。

柳姨娘乘机劝说，她在燕王府势单力孤，才会遭人排挤。

不如让杜茳进府，两姐妹效仿娥皇女英，在一起互相也好有个帮衬。

可笑她听信谗言，竟真的帮她，让杜茳嫁进了王府，却因此更成了南宫宸的眼中钉，肉中刺！

她真是瞎了眼，错把仇人当恩人，引狼入室，糊里糊涂送了性命！

赵妈谄媚地道："放心吧！有夫人张罗谋划着，这侯府夫人，大小姐做定了！"

柳姨娘心里格外舒坦，嘴里假意斥道："啐！夫人在佛堂里躺着，你个老不死的东西，胡咧咧什么呢？"

"哈！"赵妈涎着笑脸，指了指佛堂方向，"府里上上下下谁人不知，哪个不晓，这十几年来，府里大小事情都是夫人在张罗。那位，就只是个摆设罢了！等着吧，不出三月，老爷定会把您扶正。"

张妈也奉承："早晚得改口，咱们几个私底下先叫着，算不上什么事。"

"话虽如此，老爷未发话之前切不可造次，以免落人口实，弄出波折来，反而不美！"柳姨娘板着脸训斥。

"是是是，"赵妈忙道，"老奴一定小心，决不给夫人添麻烦。"

杜蘅冷笑。

柳姨娘想当正室，做梦！

只要她活着，柳姨娘就要做一辈子姨娘，被踩在脚底，永无翻身之日！

柳姨娘问："交代的事都办妥了，不会有什么错漏吧？"

"放心，"张妈忙道，"人是街边找的乞丐，没亲没故！半夏粉也预备了，闯进去就立刻往他嘴里撒，保准他一个字都进不出来！到时打死了往山里一扔，神不知鬼不觉的……"

"来了！"赵妈忽地一声低嚷。

"嘘！"柳姨娘立刻制止，"别出声，小心隔墙有耳！"

"咱们这就去抓吧？"杜荇心脏怦怦乱跳。

"急什么？"柳姨娘似笑非笑，"好歹也是拿命换来的，总得留点时间，给他享受享受……"

屋中众人压低了声音笑了起来。

杜蘅无心再听，加快脚步出了窄巷，在院子门口略停了停，见四下无人，疾走几步溜进佛堂。

一脚踏进去，立刻惊觉不对。

棺材前跪着个男子，一身青色绸衫，听到脚步声回过头，跟杜蘅打了个照面。

他站起来，不卑不亢地道："二小姐。"

原来是药房的伙计，石南。

杜蘅定了定神，缓缓踏了进去："这里有我就够了，你歇着去吧。"

石南看了她一眼，眸中闪过一丝讶异，却没说话。

杜蘅顺着他的视线低头一瞧，不禁又是一惊。

在暗巷里摸黑走了一段，不仅衣裙上溅了许多黑色泥浆，就连绣鞋上都粘了一层黏稠的臭泥。

"我……"杜蘅飞快地思索着用什么理由搪塞。

"我先告退了。"石南却像没瞧见一样，向她欠了欠身，若无其事地从左侧门走出了佛堂。

杜蘅低了头，盘算着如何应付柳姨娘的盘问。

此刻回房换一套衣裙显然已不可能。

但柳姨娘为人精细，若是穿着这套衣服出门，必定会引起她的怀疑。

柳姨娘只要随便一查，立刻就会知道她躲在暗巷，把她们的计划全听去了。

得想个法子，骗过柳姨娘才好。

"咚咚咚……"急促的脚步声传来，紧接着是紫苑慌乱的声音："紫荆姐姐，不好了，不好了！"

杜蘅心一紧，知道必是紫荆东窗事发了。

却见石南去而复返，一脚踏了进来。

也不知是有意还是无意，他这一脚，竟然将烧香烛纸钱的铜盆踹了过来。

刚好紫苑慌里慌张地跑了进来，也没看脚下，一脚踩上去。

杜蘅心中一动，忙往前疾走几步。

只听咣当一声响，铜盆翻覆，香灰纸灰洒了杜蘅一身，再随手一拍，一身素衣白裙立刻面目全非。

"咳咳咳。"杜蘅被呛得连连咳嗽不已，掩着鼻训道，"怎么搞的，路都不好好走！看弄得我这一身，明日如何见人？"

"啊呀！"紫苑一愣再一惊，待看清人，越发吓了一跳，"小，小姐，你怎么在这里？"

杜蘅看她一眼，坦然道："我一直都在这，只是中间回房喝了杯水。"

"那，那紫荆姐姐呢？"紫苑蒙了。

"她乏了，我让她先回房歇着了。"杜蘅淡淡道。

紫苑这时才看到石南，狐疑地瞄他一眼："姓石的，你在这里做什么？"

虽说这里是佛堂，还供着夫人的棺木，可深更半夜，孤男寡女独处一室，传出去也不好听。

"二小姐，后院好像出事了。"石南不动声色把话题岔开。

杜蘅假意吃惊："出什么事了？"

"听说后面禅院里闯进了贼人！"紫苑抢着说话。

"这可怎么得了，后院里住的可都是女眷！"杜蘅一下子煞白了脸。

"我先去看看。"石南说着，率先出了门。

"咱们，要不要也去看看？"紫苑心揪得死紧。

杜蘅冷笑一声："自然是要去的。"

刚走出佛堂，就见石南站在院中，两个粗壮的婆子挡在门口不许他进门："柳姨娘说了，院子里都是女眷，要小心门户。"

柳姨娘想要大事化小，她偏要把事情闹大才好。

杜蘅苍白了脸道："柳姨娘说得对，后院都是女眷，深更半夜的，你去并不方便。"

望向石南话锋一转："这么大的事，没个男子做主也不行。劳烦你速去前院，请父亲和大哥前来。"

"是。"石南眼中闪过一丝笑意,转身就走。

"哎!"等两个婆子反应过来,石南已去得远了。

"走。"杜蘅看也不看两个婆子一眼,带着紫苑进了后院。

后院这时已灯火通明。

抄手走廊上站满了人,柳姨娘居中,左手站的是周姨娘,右边是个身穿深蓝色蜀锦比甲,圆髻上插着一支银白的珍珠簪子,腰间系着白巾的中年仆妇。

先不提那比甲的质料,单只论头上那颗东珠,起码也要四五十两银子,寻常人家的主子也未必戴得起。

杜蘅认出,这人是平昌侯夫人身边最得力的李妈妈,亦是平昌侯世子夏风的乳母。

顾夏两家是通家之好,她又与夏风自幼定亲,顾氏病逝,按理许太太应该亲自前来吊唁,不巧身子不爽利,这才打发夏风和李妈妈前来。

见杜苻杜莛都未露脸,杜蘅冷笑一声,柳姨娘倒是聪明,知道两位都是未出阁的小姐,这种腌臜事,自然是撇得越干净越好。

几个粗壮的婆子,推推搡搡地押着个五花大绑的男子走到庭院中,喝道:"跪下!"

那男子挣扎着抬起头,只嚷了一句:"冤枉,我是受小姐……"

张妈立刻拿了块抹布,敏捷地塞进他嘴里,喝道:"叫你满口喷粪!简直找死!"

那几个婆子一拥而上,一顿拳打脚踢,男子满地乱滚,张着嘴却吐不出半个字。

李妈妈眼见那男子从杜蘅的房里出来,已是脸色大变,再听他不清不楚地说了这半句,登时气得浑身发抖:"岂有此理,岂有此理!"

柳姨娘假惺惺地道:"二小姐素来端庄守礼,眼下又是夫人停灵之日,再怎么没有廉耻,也断然做不出这等下作之事!定是这贼子为了脱罪,胡乱攀污。李妈妈且不可听信谣言!"

说罢,转过头呵斥:"二小姐呢?还不快去找!"

"这……"张妈目光闪烁,期期艾艾。

"这什么这,还不快说?"

张妈忽然扑通一声跪倒,伸手扇了自己一个耳光:"老奴该死,没有保护好小姐……"

"什么意思?"柳姨娘大吃一惊。

"小姐,小姐她,她被这贼人奸污了……"张妈说着,号啕大哭起来。

"你,你胡说!"柳姨娘面色惨白,厉声呵斥。

"的确是一派胡言!"杜蘅冷笑着,从暗处缓缓踱了出来。

饶是柳姨娘奸诈似狐,冷不丁见了杜蘅,也禁不住吓得腿一软。

张妈猛然回头,顿时像见了鬼似地,尖叫出声:"啊!"

"张妈，"杜蘅全身缟素，挺着背脊站在她面前，小脸绷得紧紧的，目光锐利如鹰，"你为何血口喷人，污我清白？"

"我，我……"张妈百口莫辩。

"晚上灯光不明，张妈老眼昏花，一时错认也是有的。"赵妈定了定神，忙帮腔。

杜蘅冷笑："张妈不过三十出头，哪里就谈得上老眼昏花了？"

"是，是呀，"张妈从慌乱中回过神，顺势狡辩，"刚才情形太混乱，我认错人了？"

杜蘅上前一步，直勾勾地盯着张妈，眼神似悲似怒，十分复杂："别人许会认错，我是张妈一手带大，岂有认错之理？"

说着，她再踏前一步，语气咄咄逼人："发生这种事，便是旁人也会想着遮掩，张妈是我奶娘，为何在尚不能确定的情况下，便当众信口雌黄，是何居心？！"

问到最后一句，神情已近凄厉。

张妈一退再退，终于抵挡不住她的气势，一跤跌在地上："我，我不是故意的……"

李妈妈自幼服侍侯爷夫人，什么样的手段没见识过？

自然听出这件事内有隐情，本就阴沉的脸色，越发黑得像锅底："岂有此理！"

"不像话，太不像话！"杜谦面色铁青，大踏步走了进来。

"老爷，"柳姨娘唬了一跳，忙迎上去，"你怎么来了？"

"怎么，出了这么大的事，你还想瞒着我？"杜谦怒容满面。

柳姨娘一脸委屈："事关二小姐清白，自然不宜宣扬。我也不敢瞒，想查清了再向老爷禀报。"

"还敢顶嘴！"杜谦越发怒不可抑，"院里进了贼人，关蘅儿什么事？张妈猪油蒙了心，你也糊涂了不成？"

柳姨娘泫然欲泣，垂了头轻声道："是我思虑不周，老爷教训得是。"

"隔着好几道门，居然让贼人溜进来！"周姨娘幸灾乐祸地睨一眼柳姨娘，拉长了声音道，"姐姐果然管教有方。"

"你什么意思？"柳姨娘霍地抬头，尖声道。

"这事本就透着邪门！那么多上夜的婆子，难道都死了不成？"周姨娘平日便与她不对盘，自然不肯轻易放过打压她的机会。

"闭嘴！"杜谦喝道，"今晚上夜的，全部拉出去打二十板子，交人牙子发卖！"

一听要打二十大板，还要卖出府去，那些上夜的婆子，个个唬得魂飞魄散。

她们并不知柳姨娘的毒计，只收了几百钱，放个人进来，哪里晓得会惹来这么大的祸事。

不自觉就嚷出来："不关我们的事……呜呜……"

早有那粗使的婆子冲上来，用抹布一把堵住她的嘴，生拖活拽了出去。

噼里啪啦的板子声，很快响了起来，在深夜的庵堂显得格外瘆人。

"二小姐既然在这里，被污的那个又是谁？"周姨娘不死心，又冒出一句。

两个婆子架着紫荆从屋里出来。

她衣衫凌乱，一双眼睛睁得大大的，脸上表情扭曲而呆滞，脖子上，脸上遍布着青紫的瘀痕。一切的一切，无言地控诉着，刚才她经历了多么惨无人道的对待。

寂静，死一般的寂静笼罩了小院。

张妈不自觉地打了个寒战，赵妈也下意识地垂下了眼帘。

柳姨娘面无表情，心中暗骂：没用的东西，坏了我的好事，该！

"哟，"周姨娘瞪大了眼珠，无比惊讶，"这不是紫荆姑娘吗？"

"不管是谁，乱棍打死！"杜谦狠狠剜她一眼，怒道。

"是。"周姨娘见他动了真怒，不敢再吭声。

婆子架着紫荆出门，紫荆转动眼睛，视线从众人脸上茫然地扫过，当看到杜蘅时，眼中忽地射出精光。

原本安静无声的她，忽地拼了命地扭动着，挣扎着，想要扑过去，嘴里"嗬嗬"地大叫着，状若疯狂。

幸得两个婆子都是做惯粗活之人，力气极大，很快便制住她。

"啊！"紫苑尖叫一声，躲到了杜蘅的身后。

杜蘅毫不退缩，背挺得笔直，静静地迎着她的视线。

她并不后悔，若方才有一丝心软，现在生不如死的便是自己。

她已不是前世那个软弱可欺，天真善良的杜蘅！

只要能手刃仇敌，报前世血海深仇，即便永坠阿鼻地狱，又何惧之有？

杜谦一脸厌恶地摆了摆手："此事就此作罢，以后谁都不许再提！否则，一律赶出府去！"

杜蘅神色冰冷，脸上血色全无，白得像一尊没有生命的瓷娃娃。

好，很好！

父亲果然是一如既往地装聋作哑！无情狠辣！一句话，就把事情轻轻地揭过去！

自杜谦进门后一直冷眼旁观的李妈妈忽地出声："杜大人，有句话，老奴不知当不当讲？"

杜谦面上一红："李妈妈客气了，请讲。"

"按说，这是杜府家事，老奴本不该插手。"李妈妈话说得恭敬，神色却极傲慢，"可事关二小姐，由不得老奴不管。"

她指着张妈，道："这种糊涂之人，留在二小姐身边，早晚酿出祸事，还请杜大人及早遣出府去的好。"

杜谦像给人打了个巴掌，脸上热辣辣地发着烧，室了一室，才道："还是李妈妈想得周到，就依你说的办。"

张妈一听这话，腿一软，跪倒在地："老爷！"

她十七岁就进了府，说是奶娘实则比杜蘅这个主子还有威信，养尊处优惯了，现在要她再回家过清苦的日子，哪里能够？

杜谦看也不看她，冷声道："蘅儿如今也大了，张妈也该回家颐养天年了。"

张妈慌了神："柳姨娘！"

柳姨娘柳眉一竖，呵斥："下流没脸的东西，老爷的话也敢驳，还不快叩谢老爷？"

杜蘅忽道："张妈只是一时糊涂，求父亲饶了她这一回。"

李妈妈在侯府颐指气使惯了，连平昌侯有时都敬她三分，不想一片好心竟被杜蘅驳了，心中别扭可想而知。

她毕竟出身大家，心里再生气，面上亦是平静无波，让人挑不出半点毛病："自古刁奴害主之事数不胜数，二小姐年轻，恐不知其中厉害！"

张妈连连叩头，涕泪交流："冤枉啊！皇天在上，我若有心害二小姐，天诛地灭！"

杜蘅垂了头，语气虽轻，却字字清晰："张妈伺候了我十五年，没有功劳也有苦劳。如今年事已高，若为点小错就逐出府去，外人不知缘由，必会说我杜家凉薄。若有心人借此做些文章，碍了父亲的官声，蘅儿更是百死莫赎。"

杜谦大声道："我行得端坐得正，怕什么别人说？"

杜蘅跪下来："父亲虽不惧，但需知人言可畏。况且，我也信张妈绝非有意害我，关心则乱，一时错认也是有的。"

"李妈妈，你看这事……"杜谦故作为难。

李妈妈神色冷淡："这是杜府家事，自然是杜大人做主。"

杜谦便板了脸，对杜蘅道："是你要留她，日后可别后悔！"

"谢老爷，谢小姐，谢李妈妈……"张妈喜出望外。

"多谢父亲成全。"杜蘅缓缓站起来。

杜谦这时才注意到她满身狼狈，皱了眉："这是怎么回事？"

紫苑扑通跪下去，哆嗦着道："是奴，奴婢不小心，踩，踩翻了烧香烛纸钱的铜盆……"

"你怎么伺候的？"柳姨娘立刻训斥。

紫苑生怕被赶出府去，一个劲地磕头。

杜蘅拉了她起来："这些日子没日没夜地伺候着，便是铁人也要倒了，出点差错也难免，再说又没伤着皮肉，只是脏了衣物，换了就是。"

李妈妈瞧在眼里，暗自摇头。

二小姐性子这么绵软，以后怎么掌管偌大一个侯府？

"还杵着做什么，都散了！"杜谦一瞧满走廊的人，顿时气闷。

大家巴不得这句话，顿时一哄而散。

杜谦对柳姨娘道："蘅儿的屋子不能住了，你给安排一下。"

柳姨娘忙道："我正打算让大小姐和三小姐挤挤，给二小姐腾间房。"

"嗯，"杜谦缓了面色，道，"上夜的人，安排了没有？再有懈怠偷懒的，重罚不饶！"

柳姨娘连连点头："奴婢省得，老爷放心。"

杜谦又对一直站在身后默不吭声的杜松道："去挑些家丁，要谨慎细心的，到庵堂外巡逻。"

"是，父亲。"杜松忙道。

"紫苑，好生伺候你家小姐。"

"是。"紫苑垂着眼，不敢望他。

"蘅儿，"杜谦叹了口气，道，"你受委屈了，可明儿是你母亲下葬的日子，还得打起精神。别胡思乱想，洗个热水澡，早些安置吧。"

杜蘅轻应："是。"

杜谦又向李妈妈告了罪，这才带着杜松回了前院。

柳姨娘立刻紧锣密鼓地安排起来，折腾了好一会，庵堂才算恢复之前的宁静。

然而，在这宁静的表象下，究竟暗藏了多少波涛，却只有天知道了。

翌日，天空飘起了雨丝。

杜蘅一反前几日痛不欲生，哭得几近晕厥之态，显得分外安静。

她安静而机械地做着该做的事，还礼，下跪，磕头。

似乎已痛到麻木，又像是终于接受了事实，又或者是在酝酿着什么？

夏风的目光不自觉地开始追逐着眼前那个身着重孝，庄重肃穆的少女。

这个生下来，就注定要与他共度一生的女子。

从七岁到现在，杜蘅两字听得耳朵起了茧，然而在他心里，始终只是一个名字。

两家相距千里，见面的机会少之又少，偶尔瞥上一眼，也会因七岁的差距，对她视而不见。

只是今日，她忽然变得鲜活立体了起来。

看着她一身缟素，孤单而骄傲地跪在坟前，像一朵开在悬崖边的铃兰，有点凄清，更多的是惨烈的绝然之美。

他忽然心惊，感觉她随时会跳入坟中，随顾氏而去。

于是，生出一种冲动，想要阻拦她，保护她……

"小侯爷，你做什么？"

"呃?"夏风怔怔回头,见紫苑一脸讶异地瞪着他。

这才察觉,他竟然从人群中走了出来,站到了杜蘅的身边。

众人都瞪着眼珠子,等着他的解释。

"啊,"夏风顿生尴尬,只好轻咳一声,拈了一炷香,"我,想送岳母大人最后一程。"

见他竟丝毫不避嫌,杜荇妒忌得眼都红了。

"得婿如此,夫复何求!"杜谦脸上露出满意的笑容,连连点头,"内子在天有灵,定然很是欣慰。"

02　巧拔钉子

　　山路本就崎岖,下了一天的雨,越发泥泞湿滑,马车摇晃得很是厉害。有些路段,还要靠家丁车夫连推带抬才过得去。

杜蘅闭着眼睛靠着车壁,安静如老僧入定。

"小姐。"紫苑怯生生地唤了她一声。

杜蘅缓缓张开眼睛,目光那么淡淡一扫。

紫苑莫名心慌:"前头马车停了,小姐,要不要下车透透气?"

杜蘅盯着她,陷入沉思。

前世她之所以落得如此悲惨,有很大一部分原因,是身边的人都被柳姨娘收买了。

以致她的一举一动,一言一行,都被柳姨娘掌握,根本翻不出她的手掌心。

要想改变命运,把主动权握在手里,首先要做的就是把身边的"钉子"清理干净。

一颗一颗拔,太过浪费时间,也容易引起柳姨娘警觉,不利她进一步的行动。

最好的方法,是既能把有心人安在身边的爪牙一次性全赶走,自己还不必出面。

紫苑不自觉地摸了摸脸:"小姐,可是奴婢脸上,粘了脏东西?"

杜蘅意味深长地笑了笑:"是脏了,回去好好洗洗。"

紫苑激灵灵打了个寒战,突然间生出一种错觉。

眼前端坐的,不是懦弱温和的小姐,而是一头龇着獠牙,随时准备扑过来咬断她喉咙的恶狼!

傍晚时分,杜家的车队终于回到了位于京城西郊的杜府。

顾不得车马劳顿,杜谦领着一众子女、姨娘去瑞草堂给杜老太太请安。

杜老太太并不是个慈祥和蔼之人，一头银丝一丝不苟地盘在脑后，头上只简单地簪了几支玉钗，板着脸端坐在那里，望之森然，令人不敢造次。

杜老太爷原是个落第的秀才，靠着在私塾任教习的束脩养活一家，日子过得紧巴巴，却也算和美。谁知好景不长，二十出头便得了伤寒去了。

留下杜老太太一个人，靠给人缝补浆洗，拉扯两个儿子。

为表彰其贞节，弘扬美德，清州府还为她立了贞节牌坊。

杜谦进了门："给母亲请安。"

"坐。"杜老太太指着身边的椅子，示意他坐下后，问，"葬礼可还顺利，有没有失仪不当之处？"

"托母亲福，一切顺利。"杜谦神色恭敬。

"嗯，辛苦了。"杜老太太点头。

柳姨娘屈膝福了一礼，柔声道："给老夫人请安。"

杜老太太却只当没有听到，目光越过她，落到杜蘅身上，眉心微皱，招手道："蘅丫头怎么站后面？来，到祖母这来。"

杜蘅顺从地走过去，却并不在椅子上落座，挨着她在脚踏上坐了，顺手便给她捶起腿来。

杜谦九岁进顾家的药铺当学徒，十七岁娶了比他大三岁的东家小姐顾烟萝。

是杜老太太以命相挟，才没有入赘顾家，只约定婚后顾氏所出第一个男孩必须姓顾。

幸得顾氏体弱，只生了杜蘅一个，倒没发生教杜老太太血冲脑门的故事。

杜老太太心里却对顾氏生了膈应，对杜蘅自然也就不怎么上心。加上杜蘅又胆小，老太太终日板着脸，也不敢主动亲近。

顾氏这一死，老太太心里的膈应没了，不由得对杜蘅起了怜惜。

本也是随手一招，以示关爱，不想杜蘅竟然一反常态，亲近起她来。

众人都有些吃惊。

杜芷因年纪小，素常在老太太面前卖乖撒娇，逗趣说笑的都是她。

此时见杜蘅抢了她的位置，气得脸红脖子粗，眉毛一挑，便要出言讥刺。

柳姨娘手快，一把拽住她的衣角，轻轻摇了摇头，示意她少安毋躁，平白惹老太太不高兴。

杜老太太眼里也流露出一丝讶然。

转念一想，顾氏没了，杜家又是柳姨娘当家，要想不受欺压排挤，自然得对老太太恭敬孝顺。

想到柳姨娘的阴毒刻薄，厉害跋扈连自己都时不时要受些气，杜老太太不由得叹了口气。

伸手轻抚她的发丝:"蘅丫头,顾氏虽去了,你还有祖母,有父亲,有兄弟姐妹,切不可悲伤过度伤了身体。似前几日在灵前哭得昏厥过去的事,以后不可再有了。"

杜蘅眼中浮起泪珠,却强忍着不落下来,垂下头轻声道:"蘅儿谨记祖母教诲。"

她本就生得纤瘦,如今眼眶通红,含悲忍泪的模样,越发惹人怜惜。

杜老太太的声音越发温和了:"夏府来了人,想赶在热孝里把婚事办了,你怎么想?"

杜荇一听,急了!若让杜蘅嫁了,她还有什么指望?此事万万不能!

偏她是个未婚的姑娘,不好主动开口发表意见。

只好拼命向柳姨娘使眼色,巴望她出语阻止。

柳姨娘却另有打算,只装作没有看到,倒把杜荇急得像热锅上的蚂蚁。

杜谦入太医院不过半年,正担心因顾氏病逝,夏家找借口毁婚,他没了靠山。

如今夏府主动提出迎娶杜蘅,他自然也是乐见其成,遂笑眯眯地望着杜蘅,一副疼爱女儿的慈父面孔。

杜蘅不疾不徐地道:"按理婚姻大事,哪有孙女置喙的余地?只不过母亲尸骨未寒,蘅儿便谈婚论嫁,委实太过不孝。"

杜老太太眉心一蹙,正想提醒她,夏风已二十二岁,若等三年孝满,恐会夜长梦多。

谁知杜蘅接下来一句,令满屋子人集体石化:"蘅儿打算居垩室,为母守孝。"

杜芩年纪最小,才十岁,天真地眨了眨眼:"二姐,什么是垩室?"

自然没有人回答。

周姨娘惊讶地道:"二小姐的意思,是要给夫人守孝三年?万一,夏家以小侯爷年纪大了为由,要悔婚,怎么办?"

"百行孝为先,"杜蘅神情坚定,缓缓道,"若我因害怕夏府悔婚,便抛了对父母尊长的孝道,想必这样的女子,夏府也是不敢娶的吧?"

她拿"孝"这顶大帽子压下来,谁也不好再说什么。

难道说平昌侯府是可以不讲孝义,不尊父母长辈的?

杜谦身为人父,总不能要杜蘅不敬父母,罔顾孝义吧?

只好把目光投向杜老太太,巴望她再劝她几句。

杜老太太愣了一会,道:"居垩室,那可是极苦的,你确定自个的身子骨受得了?"

杜蘅点头:"祖母放心,身体发肤,受之父母,蘅儿不敢有毁损。定然会加意小心,决不令自己有事。"

"好孩子,"杜老太太见她态度坚决,不禁心中一热,叹道,"难为你小小年纪,有此孝心。祖母枉活了几十年,竟还不如你。罢了,便依你吧。若因此耽误了你的婚事,那也是你的命。"

老太太话一落,柳姨娘便觉眼前一黑,差点当场晕倒!

顾氏是杜谦的夫人，杜府的当家主母，是杜荇、杜松、杜荏等一干庶子庶女的嫡母。

杜蘅守孝三年，这几个自然也得跟着三年内不得嫁娶。

杜松是男子，二十岁成亲正合适。

杜荏今年十二，三年后及笄，再议婚也不算晚。

可杜荇今年已经十九岁，三年后，她已二十二岁，还有哪个正经的人家肯娶她？

正气得发抖，盘算着如何力挽狂澜，让老太太收回成命。

杜荇一股气冲脑门，尖声叫骂："蠢货！你也不想想，咱们杜家迁入京都不过一年，父亲入太医院也只半年不到，如今正是需要多方借力之时！平昌侯府，寻常人想攀都攀不到，你竟然傻兮兮地往外推！你个猪脑子，只想着你那死去的娘，有没有替爹考虑过？"

柳姨娘心知要糟，想去拽她的衣角，偏偏周姨娘好死不死，悄悄往前挪了一步，正挡在她和杜荇之间。

她一个姨娘，总不能当着老太太和老爷的面，冲上去堵小姐的嘴吧？

杜荇噼里啪啦骂了一堆，杜蘅也不回嘴，一双墨玉似的眼睛，静静地望着杜谦，态度极为恭敬柔顺，语气却暗藏嘲讽："大姐责备得是，蘅儿想得浅薄了。父亲，你要蘅儿嫁吗？"

话说到这分上，杜谦若是还要她嫁，跟卖女求荣，还有什么区别？

"大小姐，"周姨娘似笑非笑，"你这话要传了出去，不知情的，还以为老爷进太医院，靠的是夏家呢！"

夏家与顾家才是通家之好，与杜家可没半点关系。

周姨娘这话，分明就是拐着弯，影射杜谦靠裙带关系升官发财。

杜荇这时才知说错了话，煞白了脸，惊慌失措地看向柳姨娘。

柳姨娘也急了，大声呵斥周姨娘："当着老太太和老爷的面，哪有你说话的份？"

转过头看向杜谦，赔了笑脸："老爷，你别听她胡说八道，大小姐绝不是这个意思……"

杜老太太满脸怒容，拍着炕桌喝道："闭嘴！"

要知道，老太太最引以为傲的便是长子。

他医术高超，不说是名满天下，在清州府也是首屈一指的人物。在她眼里，这都是因为儿子聪明好学，天赋过人；再加上她自小严加管束，教导有方的结果，就算没有顾家，一样会飞黄腾达！

可他娶了顾氏，顾家家境比杜家好上一百倍，也是事实。这就成了老太太的一块心病。她生平最忌讳的便是别人说儿子依靠岳家才有今日！

"老爷……"柳姨娘还想再说点什么。

杜老太太冷笑一声："怎么，我说话没人听了？"

"你给我闭嘴！"杜谦面色铁青，狠狠瞪一眼柳姨娘。

柳姨娘只得乖乖闭了嘴，退到一旁，低了头寻思着找机会把话圆过来。只是这样一来，杜蘅替顾氏守孝，三年后再嫁，就是板上钉钉的事了！

之前订下的李代桃僵之计，怕是要延后三年再用了！

"蘅儿要替母守孝，这是好事，咱们不能阻止。"老太太淡淡地道，"只是她年轻，没经过什么事，郑妈妈你且带几个人，帮着安排安排。"

"是。"郑妈妈忙道。

"多谢祖母。"杜蘅忙跪下道谢。

有郑妈妈在场，事情比预想的更顺利了。

杜老太太见杜松站在那一动不动，连嘴上说一句都不肯，半点没有身为长子的自觉和责任，心里越发堵得慌。

杜谦也不是个笨的，忙道："荇儿、松儿是长姐长兄，自然也是要住垩室的。至于三儿和四儿，年纪还小，又是女孩，就免了。"

杜荇登时就恼了："我才……"

杜松忙用力扯着她的衣袖，兄妹两人同时跪下去："是。"

柳姨娘见杜蘅一句话，不但毁了自己精心布置的局面，甚至连累得一双宝贝儿女跟着住垩室，一把怒火在心里烧着，看向杜蘅的目光，满是怨毒。

死丫头，暂且让你得意一下，等过了风头，看我怎么收拾你！

杜老太太看着一屋子各怀心事的人，只觉心灰意冷，挥了挥手，道："乏了，都歇着去吧。"

杜蘅住在竹院，是杜府最偏僻的院落。原本只在东墙下栽了几丛竹子，因长期乏人整理，竹子到处乱蹿出来，再加上及膝深的杂草，风一吹簌簌响着，大白天都生出种森然之感。

郑妈妈一走进去，便微微皱起了眉头。

心道：这院子，委实太过荒凉了一些，便是少爷住着也瘆得慌，哪是小姐住的地方？

再一看，白芷，白术两个小丫头都在走廊上晒太阳，守门和粗使的婆子不知跑到哪去了。

杜蘅进了门，丫头们也只随意瞥了一眼，依旧说着闲话，并不上来伺候，权当没这个人。

郑妈妈恼了，喝道："人上哪去了，都死光了不成？"

白术，白芷一惊，这才认出是老太太跟前的郑妈妈。

两人跳起来，一个往屋里跑，另一个颠颠地迎了上来："郑妈妈今儿怎么有空，上这来玩？"

郑妈妈心知有异，脸色越发难看，照着她胸口一脚踹下去："混账东西！"

刚掀开帘子，就见紫薇从里屋急匆匆地走了出来，钗横鬓乱地，正用双手轻拢着。

见了郑妈妈，勉强挤出笑容，上前施礼："郑妈妈……"

郑妈妈一把推开她，直接往里屋闯，见到白术正慌慌张张地叠着被子，不禁冷笑一声，回过头赏了紫薇一巴掌："好大的狗胆！丫头睡到了主子床上，好，太好了！"

紫薇被这一巴掌打蒙了，捂着脸争辩："冤枉，我只是有点头疼，想着歪一阵子，一不小心……"

"还敢喊冤？"郑妈妈怒声道，"真当我老太婆瞎的，聋的？"

"小姐……"紫薇眼泪汪汪，望向杜蘅。

怎么说，她都是二小姐的丫头，就算有错，也轮不到郑妈妈来管！

二小姐的性子最是懦弱，又是个心软的，见自己挨了一巴掌，这事八成就揭过去了。

果然，杜蘅轻声道："郑妈妈，紫薇已受过教训，也知道错了，咱还是先办正事吧。"

正主子发了话，郑妈妈也没办法，叹了口气："我瞧着，这院子里也没个空屋安置二小姐，垩室只能设在里屋了。"

随即指挥带来的婆子："把屋子里值钱的东西都收到库房里。妆台，衣柜，桌椅都撤走，打扫干净了，再刷上石灰，铺上草席。"

除了紫苑心里隐约有点谱，其余几个都是一脸茫然，不明白这是闹的哪一出。

婆子们搬着家具等杂物，紫苑和紫薇收拾细软，郑妈妈在一旁，越瞧越是心惊。

八宝槅上几乎是空的，只象征性地摆了几件不值钱的小玩意，首饰，衣料也少得惊人。

要知道，杜家是清州首富，若不是亲眼所见，谁会信杜家唯一一个嫡出的小姐，住处竟如此寒酸！

杜谦累了一天，本打算早点歇着，谁知刚宽了衣，就听得院子外面有人声，正要发火呢，就听得玄参在帘子外怯生生地道："老太太请老爷和姨娘到竹院去。"

杜谦怔住，一时没想到竹院是谁住着，不由得把目光向柳姨娘望去。

柳姨娘怒火噌地往上蹿："二小姐想干吗？大半夜的不让人睡觉，瞎折腾！我看在姐姐刚逝的分上，这才让她几分，还没完了！"

"娘还等着呢，瞎叨叨什么？还不赶紧拾掇整齐了去竹院！"杜谦沉着脸，披了外衣往外就走。

他嘴上虽没说什么，心里已先入为主，认定杜蘅无事生非，搅得家宅不安了。

柳姨娘挑拨的目的既已达到，自是见好就收："老爷，天黑，仔细脚下。"

远远地，只见竹院里灯火通明，却是死寂一片。

杜谦心中一紧，疾走几步进了门。

只见院子里摆满了家什,走廊上放着一排箱笼,盖子全部敞开,四个丫头,两个婆子一字排开跪在坪里。

老太太站在房门外,满面怒容地道:"给我仔仔细细地搜,一条砖缝都不许放过!"

杜蘅满面惊惶,眼中含泪,绞着手帕站在老太太身后,一副惴惴不安的模样。

厢房里人头攒动,窗影上人影乱晃,不时有"咣当""乓乓"之声传来。

见杜谦进门,几个婆子忙行礼:"老爷。"

杜蘅福了福:"父亲。"

柳姨娘先声夺人,上来就给杜蘅扣顶大帽子:"二小姐,你也太不懂事了!姐姐刚逝,你伤心难过,要住垩室守孝,这是好事!可也不能把家里弄得鸡飞狗跳!老夫人年纪大了,万一有个闪失,你担当得起吗?"

不等杜蘅争辩,又讨好地朝杜老太太笑道:"老夫人,不过是间垩室,哪需要您亲自坐镇?夜晚风大,我扶您回房休息吧。"

杜老太太根本不理她,冷冷盯着杜谦:"你从杨柳院来的?"

顾氏今天才下葬,他就耐不住寂寞,睡到姨娘房里了?

杜谦面上一红,讷讷回不出话。

"好,真好!"杜老太太怒极反笑,"真给我老太婆长脸!"

杜谦自知理亏,也不敢分辩。

柳姨娘忙出言辩解:"我是怕老爷回烟霞院会睹物思人,徒惹悲伤,才留他在我房里,并无对姐姐不尊之意,请老夫人明鉴。"

"哼!"杜老太太依旧不接她的茬,铁青了脸道,"你做的好事,管的好家,教的好奴才!"

郑妈妈,周妈妈都有些尴尬,转过脸去装作忙碌的样子。

柳姨娘心中咯噔一响,不由得微微慌了起来。

转念一想,当着自己的面,倒看有谁敢攀污她?不觉又是心中大定。

杜谦脸上阵青阵红:"儿子实在不知做错了什么,求母亲明示。"

他堂堂五品官,当着女儿和满院子奴才被母亲训斥,实在是难堪至极。

"祖母。"杜蘅不安地轻扯老太太衣袖。

"问柳姨娘去!"杜老太太轻哼一声,到底缓了脸色。

杜谦一脸莫名,不由得把询问的目光转向杜蘅。

到底说了什么,惹得老太太这么生气?

杜蘅泫然欲泣,咬着唇,不吭声。

"找到了!"厢房里出来个婆子,手里拿着一只红漆描金的匣子,直奔到老太太跟前。

杜谦一瞧,匣子里装着一整套金缠丝点翠嵌宝石的头面首饰,正自不解,只听咕咚一声,紫薇已经晕倒在地。

婆子丫头陆续从厢房里出来,各人手中都有收获。

有头面,手串,项圈,玉如意,金银锞子,还有长颈花瓶,红珊瑚,甚至还有整匹的织金闪缎……

林林总总,不一而足。有些,是杜蘅的,有些却不是。

见此情景,四个丫头,两个婆子都瘫倒在地上。

杜谦再傻,这时也明白过来,登时大怒:"岂有此理!"

他平日里虽不太关心子女,却极重名声,断然不会允许有恶奴欺主之事发生。

柳姨娘是顾氏的陪嫁丫头,这么多年来,在杜谦面前,一直扮演贤良淑德,所以才能牢牢占据着他的心,甚至前世在顾氏死后不久,便得到了当家主母的位置。

杜蘅便是深知这一点,才借住垩室的名义,撕开她的假面具!

柳姨娘心中一慌,忙抢先道:"二小姐真是的,奴才都爬到头上来了,纵然你发落不了,也该跟我说一声,瞒着不说,算怎么回事?"

她这话,就是要把自己摘干净,把责任推到杜蘅的身上了!

杜蘅脸色苍白,豆大的泪珠滚下来:"是蘅儿没用。"

一个二个,还可说是她软弱,拿捏不住下人,可一院子里的人都这样,若没有人在背后撑腰,谁信?

柳姨娘咬着牙道:"这些奴才好生可恶,全拖出去乱棍打死!"

杜老太太冷笑:"你倒是好大的口气,问都不问直接打死!这可是六条人命,传出去,杜府的名声,谦儿的前程还要不要?"

柳姨娘当场变了脸:"我……"

"你闭嘴!"杜谦的额上滴下汗来,当今天子最重官声,若是声名狼藉,任你再大的本事,这仕途也就走到头了!

"此事,还请娘做主。"

杜老太太沉吟片刻,道:"打二十板子,全部发卖出府。"

"还是老夫人想得周全。"柳姨娘恭敬地道。

自有粗使的婆子,在院子里架起长凳,把四个丫头,两个婆子按在上面,板子声此起彼落,初时还听得到惨叫,渐渐便悄无声息。

张妈垂着手站在一旁,看得心惊胆战,冷汗一颗颗坠下来。

杜蘅面无表情地看着眼前一幕,心道:柳姨娘,等着吧!今天只是开始,我会一个一个砍掉你的爪牙,除掉你的臂膀,你加诸我身上的痛楚和屈辱,必将百倍千倍地还给你!

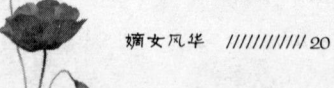

"柳姨娘!"杜老太太横眉竖目,"方才对照账册,蘅儿名下的东西,有四分之三

不见踪影,是怎么回事?"

要知道,老太太一生清贫,靠的便是傲骨,最注重的便是名声,最恨别人说杜家贪图顾家财产。

柳姨娘推得一干二净:"这些奴才,实在太胆大妄为!"

杜老太太冷笑:"别打量老太婆是傻子!金银首饰尚可挟带出府,那大件的摆设,古玩,八扇屏风,岂是想搬便搬得出去?"

柳姨娘只略慌了片刻,立刻便有了说法:"这阵子搬家事多,一时忘了,也是有的。等二小姐从芏室出来,再慢慢补齐了给她。"

杜家入京有一年多,事多忘记,不过只是推辞,但她既答应补齐,老太太也就见好就收,不想撕破脸。

默了片刻,又道:"竹院的人都发卖了,蘅丫头跟前不能没人伺候,你打算怎么安排?"

柳姨娘道:"萱草,茜草,你俩暂到竹院伺候。"

这两个都是她身边的二等丫头,杜蘅自然不肯收,否则这钉子岂不是白拔了?

当即婉拒:"姨娘掌家,手里千头万绪,她两个都是姨娘得用的人,我如何受得起?"

柳姨娘故作为难:"二小姐身边不能没人,可眼下府中银钱着实有些周转不来……"

"府中银钱周转不来?"杜谦一怔。

顾老爷子逝去后,他全盘接收了顾家的产业,这偌大的财产,这么快就花光了?

柳姨娘拨尖了喉咙,冷笑连连:"这话是什么意思?怀疑我把财产吞了?好啊!咱们不妨细算一下!京城的房子是什么价?咱家前后四进还带临街铺面的院子,花了多少银子?京城的铺面又是什么价?咱家开店,买田置地,动用了多少款项?老爷为了进太医院,这人情往来,流水似的花出去多少银子?姐姐常年卧病在床,各种珍稀药材不要钱似的买,人参燕窝萝卜白菜似的吃着,难道都不花钱?"

她气势如虹,问一句便上前一步,咄咄逼人。

杜谦只不过问了一句,她噼里啪啦回了几十句,夹枪带棒,连讥带讽,直把杜谦说得冷汗涔涔:"那,那也不至于,连几个丫头也买不起。"

柳姨娘柳眉倒竖:"这家里大到房子店面,小到针头线脑,女儿们的胭脂水粉,哪样不花钱?老爷进了太医院,药铺里也不能坐堂,咱们又是初来乍到,人脉全无,药铺生意一落千丈!田庄,铺子里的也只有出的,没有进项!老爷死要面子,压着我不许卖清州的祖宅,田产,硬说是顾家的祖业,将来要给二小姐当嫁妆!要不是我捏着,算着,这个家早让你败光了!哪还能站在这里说风凉话?"

杜谦被她一顿训,面子上下不来,瞪大了眼睛:"清州的祖宅,田产本就是顾家的祖业,留给蘅儿做嫁妆有什么错?"

杜蘅径自冷笑。

顾家的田庄、铺子、钱庄、金珠古玩，能变现的全变卖了现银，被他一股脑收入囊中，只剩一座祖宅和百亩祖坟田！

若不是怕地方上的人在背后戳脊梁骨，妨碍他的官声，怕是连这都要变卖光了吧？

如今却用这样冠冕堂皇的理由，在世人面前装出一副正气凛然，慈祥父亲的模样，沽名钓誉博取名声，真真可笑！

柳姨娘尖着嗓子，哭叫起来："您是一家之主，杜家的一切都是您的！莫说只把清州的祖宅田产留给二小姐，便是全给她，谁又还敢说老爷错了不成？您没有错！错的是几个庶出的少爷小姐，明明没有做少爷小姐的命，还要托生在杜家，一辈子给人踩在脚底，怨得了谁？"

"你，这是说的什么话？"杜谦面皮紫涨，提高了声音呵斥。

老太太不管家，明知她夸大其辞，话里虚的多，真的少，偏一时捉不到痛脚，只气得说不出话来，握了拳用力地捣在胸口。

杜蘅急忙上前，双手搀扶着她："祖母，千万别生气，气坏了身子不值当。"

锦绣搬了张圈椅过来，扶着她在椅子上坐下。

锦屏泡了杯热茶过来，伺候着她喝下去。

杜蘅含着泪，伸了手在她胸口揉搓，嘴里轻唤着："祖母。"

半晌，老太太才长长地出了口气："唉……"

那边，柳姨娘已经捶胸顿足，哭天抹泪地闹将起来："是！谁让二小姐是个有富气的人呢？娘家有财，夫家有势，自然要把嫡出的小姐捧在手心！可也不能把庶出的不当人！"

杜谦高声喝骂："混说什么？不论嫡出庶出，都是我的儿女，手心手背都是肉，岂有厚此薄彼之理？"

柳姨娘大声顶了回去："家里都快揭不开锅了，一句二小姐缺人伺候，立时三刻就要去买丫头，连缓口气的时间也不给！才辩了几句，便怀疑我昧了私房钱！大少爷大小姐现在都在垩室受着苦呢，这叫手心手背都是肉，这叫一碗水端平？骗鬼去吧！"

论起口才机辩，杜谦哪里是柳姨娘的对手？

只看到柳姨娘上下嘴皮翻飞，他却连插句话的功夫都没有，只气得呼呼直喘气："反了，反了！"

柳姨娘将脸一沉："从我进杜家门起，姐姐便病卧在床！一大家子，上有老下有小，老爷又是个不管事的，里里外外全凭我一个人撑着！我日日天不亮便起床，婆婆跟前尽孝，姐姐床前侍疾！伺候完老的，又伺候小的，可曾有过一句怨言？"

她边诉边哭，杜谦面上阵青阵红，讷讷地道："我明白，这些年来你的确辛苦了……"

"为了这个家，苦点累点不算什么，没人感激也算了！可临到头了，还要给老爷怀

疑，被老爷嫌弃！活着还有什么意思？"柳姨娘说着，朝杜谦怀里撞了过去，"不如，直接一根绳子把我勒死了干净！"

杜谦没有防备，给她撞得一个趔趄，老脸挂不住，喝道："这是做什么？我也没说什么，这不是心疼蘅儿，顺嘴多问了一句吗？"

赵妈妈忙一把抱住她的腰，流着泪道："二小姐是通情达理之人，又最孝顺老爷，柳姨娘把话都说清楚了，她还能不体谅你的难处？退一万步讲，想着大少爷和大小姐三小姐，你也不能轻生啊！"

瞧瞧，这话说得多有水平？

人家摆事实讲道理，从人伦到天理，挑不出半点毛病！若是她还坚持留着清州的祖宅和祖坟田做嫁妆，便是不通情达理，上不孝顺父亲，下不体恤兄弟姐妹，逼死姨娘的冷血之人！

杜蘅本就没打算再忍，被点到名，岂有不应战之理？

她轻咬着唇瓣，眼中含着泪水，一副惶急害怕的模样："父亲息怒，柳姨娘也莫着急。我，我不用人伺候也可以的，万不可因此伤了父亲和柳姨娘之间的和气！"

"别说傻话，杜家还没落魄到这般田地！"杜谦眉头一蹙。

赵妈妈气得狠狠剜她一眼："二小姐，您摸着良心说，这些年柳姨娘对你怎么样，对过世的夫人又是怎样，可有一丝半点的不恭不敬？眼见家里要砸锅卖铁，你还死守着那几间老房子和田地做甚？"

柳姨娘豁出脸面不要，在老太太跟前同老爷大闹一场，冲的根本是顾家在清州的祖宅和百亩祖坟田！

她还真天真到，以为杜家困难到揭不开锅，几个丫头婆子都养不起不成？

不管是真傻还是假呆，总有法子让你绕不过这道坎！

听了这话，杜蘅几乎要笑起来。

要她跟一个罔顾主仆之情，乘着她母亲生病，爬上父亲的床，最后鸠占雀巢，霸占了她的全部家财，抢了她的夫婿，害得她家破人亡，母子双双惨死的罪魁祸首，讲良心？

她就是把良心掏出来给狗啃，也不愿给这贱人一分一毫！

心中一把怒火在烧着，面上装出大吃一惊的样子，睁大了眼嚷道："是吗？可我明明看到，大姐早上还在喝血燕……"

谁不知道血燕价格比黄金还贵，小小一盅，至少五十两银子！

老太太面上一变。

柳姨娘急忙抢着解释："哪是什么血燕，明明是普通的白燕，还是碎的，根本不值钱。"

杜蘅一脸天真："我明白了！是因为昨夜后院进了贼……"

"蘅儿！"

"二小姐！"

几个人，数道声音，异口同声喝止。

"呀！"杜蘅惊呼一声，一脸慌张地掩住嘴。

"这是什么话？"杜老太太一惊，猛地站了起来，"昨儿个夜里，内院进贼了？"

柳姨娘抢着道："没什么大事，有人走错了门……"

杜老太太再精明不过，怎么可能被她糊弄过去："胡说！又不是逛庙会，还有走错门的！蘅丫头，你来说！"

柳姨娘狠狠瞪着杜蘅，一副想吃人的模样。

敢乱说话，回头看我弄不死你！

杜蘅惊惶失措地捏着衣角，支支吾吾地道："我，我，在佛堂里守灵，不，不清楚。"

杜谦忙道："是野猫蹿进了内院，巡夜的眼花以为进了贼。碧云庵娘也去过的，前后好几重门呢，每道都有婆子上夜，加上那么多家丁侍卫巡逻，怎么可能进去贼？"

"真的？"

"儿子不敢欺瞒娘亲。"

老太太这才释然，瞪一眼杜蘅："以后没影的事，别瞎嚷嚷，没的坏了自个的名声！"

"是。"杜蘅躬身应道。

柳姨娘这才松了口气。

危机既除，贪念又起。

既然拔出了刀，当然要见血方回，连根毛都弄不到手，算怎么回事？

打定了主意，柳姨娘道："不是我舍不得给二小姐添人手，实在是府里的开支太大，不算着抠着，细水长流地过，怕日后真有揭不开锅的那天。"

也不等人问，她掰着手指开始细数："我打听了一下，日后二小姐出嫁，只嫁妆箱笼，压箱银这二项，至少就得有二万两。还不算置办的铺子，田庄。这么一来，就得花上四五万。"

"啊！"老太太倒吸一口冷气，"五万两，铸个金人都够了！"

郑妈妈眉心一皱，强忍着没有说话。

这数目听起来是吓人了一些，可跟顾家的家产一比，实在上不得台面。

况且，夏家还有丰厚的聘礼送来，以柳姨娘的性子，不贪没就算好的，哪会这么好心倒贴几万两进去？

柳姨娘睨一眼杜蘅，叹道："没办法，谁让二小姐嫁的门第高呢？夏家身份摆在那里，咱就算吃糠咽菜，也不能让夏家没脸不是？"

"若只她一个，也还好说。偏偏三年后大少爷也该娶媳妇了！咱们没有侯府门第高，可杜家只有大少爷一条根，这唯一的媳妇可也不能太委屈了不是？打个对折，也得二万三万吧？何况还有大小姐，三小姐也都到了适婚年纪！"

杜谦跟她做了二十年夫妻，岂会看不出她打的什么主意？

只是顾氏刚入土，立刻就卖顾家的祖宅和祖坟田，实在说不过去！

何况，他还得留着它，帮他笼着杜蘅的心，从而牢牢攀住夏府这棵大树！

"不用再说了！"杜谦手一挥，斩钉截铁，"我说过，那是蘅儿的嫁妆，谁都不许打主意！"

"老爷只知道要体面，全不体谅我的难处！"柳姨娘哪里肯依，"事情一件接着一件，哪件不要花钱？家里，铺子，田庄，里里外外几百号人伸手问我要银子！想要逼死我不成？"

杜蘅一脸关心："柳姨娘，银子可以想法子筹，急坏了身子可不成！"

"二小姐若真是个懂事的，就该主动提出，把清州的祖宅和田产卖了，为姨娘分忧才是！"赵妈妈斜她一眼。

杜蘅咬着唇，怯生生地道："我自然想帮姨娘，可父亲的话，我亦不敢违逆。"

停了片刻，杜衡脸上忽地浮起一丝红晕："要不，等，等以后，那些田产地契到了我手上，我再转赠给姨娘，让大哥娶亲，成不？"

整整三年，看得着，得不到，馋不死你也气死你！

柳姨娘怒极反笑："不用了！"

三年太长，谁耐烦等？

更何况东西都到了杜蘅手里，杜蘅又嫁进了侯府，不再受她辖制！到了嘴的肥肉，肯再吐出来才怪！

她才没那么傻！

一计不成，再生一计："老爷，鹤年堂的掌柜一个月前就回来了，说库里存货不多了，要五万两银子进货。因姐姐病重，我一直给压着没处理。再拖下去，过了节气，下半年的生意也就甭做了！"

杜蘅装得一脸讶异："一次进这么多货？说明生意很红火呀，可先前柳姨娘不是说，父亲不坐堂，药铺里的生意一落千丈吗？"

"你懂什么？"柳姨娘面笑肉不笑地道，"京里的达官贵人多，什么老山参，鹿茸，熊胆，灵芝，何首乌，天山雪莲……什么稀罕珍奇的都有人要，不备齐了怕到时抓瞎！都备齐了，可不就得先花一大笔银子？"

杜蘅连连点头，清澈的大眼里，浮起羞惭之色："原来如此，蘅儿受教了。"

柳姨娘眼中闪过一丝不屑："二小姐没掌过家，不懂庶务也很正常！"

说到这里，怕她乘机提出学着理家，忙又补了一句，堵死她的退路："这也没什么，等以后嫁进侯府，有了自己的嫁妆铺子，慢慢学着打理，自然就会了。"

杜蘅挂着柔顺的微笑，乖巧地点头："知道了。"

柳姨娘的戒心便又去了几分。

杜蘅装出一副好奇又蒙懂的模样，不动声色地挖了个坑："柳姨娘，我刚进京的时候，常听人说起一句话，叫做南富北贵，东贫西贱，却不知是什么意思？"

"哦，"柳姨娘毫无防备，随口答道，"南富的意思，是说京都的富商巨贾，都住在南城。北贵呢，就是说权贵皇亲，都住北城。东城住的是平民百姓，全都苦哈哈，一贫如洗！西城就更不用说了，什么三教九流，下三滥，都在那扎堆！"

"这么说，南城的地价是全京城最贵的了！"杜蘅问。

柳姨娘冷笑一声："商人再有钱，还能越得过官去？稍有点身份地位的，谁不是削尖了脑袋往北城挤！"

士农工商，商人地位最是低贱，拿什么跟当官的比？

"那是不是，越靠近皇城的地段越贵？"杜蘅引着她往坑里跳。

"那是自然，"答话的是杜谦，"咱们大齐开国有一百七十余年了，好地段早就被人抢光了！除非是哪个官员犯了事被革职，被逼不得不卖祖宅，否则的话，绝对买不到。"

"买这房子，花了多少钱？"杜蘅再钉死一句。

柳姨娘伸出一个巴掌："五万二千四百两。还没算上托人情，拉关系，请客送礼花的钱。"

"天！"杜老太太惊得倒抽一口冷气，"这么贵的房子！要在清州，能买下一整条街了！"

柳姨娘嘴角微弯，勾出一抹嘲讽的笑："要便宜的，有哇！西城同样的房子，只要五千两。要不，咱把房子卖了，明天就搬过去？"

"你混说什么？"杜谦狠狠瞪她一眼。

柳姨娘轻哼一声，撇过头去。

杜蘅乌黑的眸子望着杜谦，微微一笑："二舅老爷真有本事，竟然在柳树胡同置了这套四进还带着临街商铺的房子。"

柳树胡同离皇城不过四条街，陈国公府，忠勇伯府皆与杜府比邻。

事实上，在这个胡同住的，除了杜家，全是三品以上大官，可谓家家深院高墙，真正的寸土寸金！

响鼓不用重锤，杜谦也不是傻子，听了这话，心中自会思量。

只要他起了疑，早晚会查出真相。

她只需静静等待，自会看场好戏。

果然，杜谦眼眸微眯，心中浮起疑云。

柳姨娘的二弟柳亨，本来在顾家做小厮，靠着柳姨娘的扶持，才在杜家做了外院管事。

他在临安更是举目无亲，一无地位，二无人脉！

就算真的这么巧有房子空出来，别人也早已争得打破了头，哪里轮得到他？

杜老太太虽大字不识一个，这辈子却经历了太多的风风雨雨，尝遍了人情冷暖，对人心自是瞧得十分通透。

她人老成精，亦是一脸的若有所思。

柳姨娘还未意识到危险，兀自挺直了腰杆，发泄着不满："若不是二弟机灵，这么好的房子，哪里轮得到咱们？老爷竟还埋怨我花多了银子！"

杜谦听了这话越发面色不善，当着母亲的面不好发作，强行按捺了，淡淡道："不早了，今晚蘅儿先到母亲院中住一晚，明天再找人牙子来买几个合心意的丫头。"

"嗯。"杜老太太点头，"如此安排甚好，蘅丫头，跟我走吧。"

杜蘅目的达到，乖巧地点头："好。"

人还没走出竹院，就听到杜谦咬牙切齿地低吼："柳氏，你跟我来！"

杜蘅随老太太回瑞草堂。

"蘅丫头，"老太太把锦绣几个支出去，盯紧了杜蘅的眼睛，"你跟我说实话，这房子是不是顾家的祖产？"

杜蘅低下了头："是。"

就知道老太太火眼金睛，必然看出蹊跷。

杜老太太狠狠地闭紧了眼睛，良久才缓缓张开："她好大的胆子，张嘴就是五万两！"

杜蘅聪明地保持了沉默。

老太太这辈子大起大落，养成精明而多疑的习性，挑拨已成功，若再接着落井下石，必会怀疑她别有居心。

"这么说，柳二买的铺子，田地，也全都是顾家产业？"杜老太太沉了嗓子。

杜蘅摇头："刚搬进来时，母亲有一次与我闲聊，我发现她对这院子竟是非常熟悉，追问之下，才知母亲幼时随外祖来京，曾在这小住过一段时间，这才偶然得知。至于铺子和田产，母亲并未提过，委实不清楚。"

她一个闺阁女子不管庶务，若非刻意调查，怎知杜家在京中买了哪些铺子，田庄又置在何处。

柳姨娘执掌杜家十几年，为杜谦育有二女一子，早已在杜府稳稳站住了脚。

她也没想，一下子就把柳姨娘扳倒。

她的目的，也不是简单地把柳姨娘扳倒，或是赶出杜府。

她要的，是把柳姨娘连根拔起，让她这辈子生不如死，活着比死了还痛苦！

今日，只是在这对母子心中，种下一颗名为"怀疑"的种子，它一旦扎了根，便会悄无声息地成长，到一定的时机，自然而然会爆发！

杜老太太陷入长久的沉默，长叹一口气："人哪，为什么这么不知足呢？"

杜蘅面上阵青阵红，清澈的眸子里，清清楚楚写着挣扎，惶恐和一丝羞惭："祖母，我没收下萱草和茜草，你不会怪我多疑吧？我，我实在是有些怕了……"

老太太岂会不明白？

"傻孩子，"伸手把她搂到怀里，"祖母只怕你一味纯良痴傻，不知替自己的将来打算。看你今日的表现，总算还没糊涂到底！"

若真是个扶不起的阿斗，将来嫁进夏家，也未见得就立得稳身，更遑论给杜家带来利益！

"祖母，你不怪我？"杜蘅仰起头，大大的眼中闪着泪花。

杜老太太拥着她的手紧了紧，心中已有了决断："你将来是要嫁进侯府，当侯爷夫人的！提高警觉，凡事多长点心眼，多想一些为什么，是对的！"

柳姨娘，把持了杜府还不够，还想把手伸进侯府去！

只要有她在一天，就决不许她兴风作浪！

杜蘅眼睛一亮，屏住呼吸："我有个想法，求祖母成全。"

"先说来听听，"杜老太太看了她一眼，摸不清她的底细，也不敢把话应实了，"只要不逾矩，祖母便答应你。"

"那几个丫头，我想自己做主挑。"杜蘅虽有些怯懦，却没有犹豫，毫不避讳地说出了想法。

杜老太太轻叹一声，望着她的神色越发和蔼："你想在府里选，还是想到外面买？"

老太太岂有不明白？

自古以来，有女人的地方，就一定有斗争！

这小小的杜府后院都如此复杂，平昌侯府那样的富贵繁华之地，暗地里的争斗只怕更加险恶。

"外面买的，一来不熟悉性子品行，二来易于做手脚。"杜蘅乘机把自个的想法说了出来，"通共只有六个，我想在家生子里挑，毕竟知根知底，老子娘什么的都捏在手里，也不怕她们翻出天去。"

老太太看着她的眼里，有一丝欣慰："你能想到这一点，很好。可有看中的人？"

原以为她提出要在家生子里挑贴身伺候的人，老太太心里会不高兴，没承想竟这么痛快地允了。

杜蘅悄悄松了口气，语气不自觉便轻快了许多："是有几个合眼缘的，还差几个，想费郑妈妈的心，到田庄铺子上打听打听，看有没有合适的。"

"家里的不够你挑？"老太太不动声色。

杜蘅轻咬唇瓣，委婉地解释："家里的，一般都分派了主子，总不能为了我方便，夺人所爱。"

老太太看着她，忽然笑了："你这丫头，倒也鬼灵精。"

显然她是给柳姨娘吓怕了，伺候过别人的，不敢要。

"府里没分派到哪个院子里固定伺候的，不是粗使的，就是年幼的。"老太太想了想，出言点醒。

"我就是想要十二三左右的。"杜蘅笑了。

"十二三？"老太太皱起眉，"会不会太小了些？规矩怕也没学全。"

杜蘅道："左右我还有三年才嫁，规矩什么可以慢慢教。最要紧的是人本分，做事勤快，若是再机灵一点，就更好了。"

老太太听得她说出实话，脸上露出笑容："成，明天一早我就让郑妈妈去打听。"

要培养得力的心腹丫头，没有两三年时间怕也是不成。

年纪小有年纪小的好处，从小跟着，主仆间的情谊，自然比那些半途而来的要强。关键时候，能急主子所急，危急关头，还能挺身而出。

杜蘅眼里掠过一丝羞惭，垂下头："给祖母添麻烦了。"

"这也不算什么大事，"老太太想着，既然允了，索性再大方些，"你只管挑，若是不够用，可以再添几个，月例银子从我这里出就是。"

"祖母肯允我胡闹，蘅儿已十分感激，哪敢再要祖母破费？"

"钱要花在刀刃上，银子不给孙女，难不成带到棺材里去？"杜老太太笑了，"你将来是要嫁入夏家的，侯府的做派与咱们家，必然又有不同。咱们虽不能跟侯府比，可也不能让人笑话了去。几个人，咱们眼下还用得起。"

"谢祖母。"杜蘅抬起头。

"跟祖母还客气。"老太太道，"既然要选，索性把打理嫁妆铺子的陪房也交代她替你留意一下。省得将来又费一番手脚。"

到底还是嫩了些，只知要培养几个心腹得力的丫头，却没想过要挑几房好的陪房，将来随着她过去，帮着打理嫁妆。

殊不知，杜蘅从头到尾是在做戏。

她压根就没想要嫁到夏家，陪房什么的，当然不会考虑。

"祖母，"杜蘅声音哽咽，若说前面都是做戏，这次却是真心地感激，"你对蘅儿这样好，让蘅儿如何报答？"

看得出来，老太太虽存了几分与夏家一较长短之心，怕她在夏家抬不起头，要给她撑腰之意。但连陪房都想到，却是真心实意替她着想，真心在疼她了。

老太太见她真情流露，越发怜惜，轻抚她柔软的发丝："又说傻话了不是？祖母难道是图你的报答么？"

杜蘅顺势偎进她的怀里，轻声呢喃，"祖母，你真好……"

不，她不能心软！

前世所尝到的痛苦，还不够令她觉悟吗？

不能被这一点点的温暖打动，必须坚定立场，让所有凌辱过她的人，付出代价！

小丫头收拾好了房间，来请杜蘅休息。

张妈跟在身边伺候她洗漱宽衣，多年没做这些，有些生疏，显得手忙脚乱。

杜蘅也不作声，默默地站到一旁，只在她铺床时，说了一句："被褥铺到地上。"

张妈本想劝阻，张了张嘴，终是没有多说什么。

服侍杜蘅睡下，张妈小心试探："小姐，不好麻烦老太太屋里的人，晚上还是我替你上夜吧？"

"嗯。"杜蘅轻应。

张妈一阵兴奋，看来小姐还是很信任自己的。

也对，小姐是她一手养大的，她什么性子，自己还不清楚？

就算心里有怨，这会子也早消了。

她大着胆子，抱了被褥到杜蘅身边，殷勤地替她掖了掖被角，这才挨着她并头躺下。

杜蘅心中冷笑，并不开口训斥。

她一个奶娘，按理只能睡在角落，或者脚下，哪有跟小姐并头躺着的理？

"萱草和茜草，不仅性子和顺，做事机敏，模样也是极出挑的。"张妈乘机劝哄，"将来跟着你嫁进侯府，还能帮着你笼住侯爷的心！柳姨娘心疼你，才会给你，小姐做什么不要？"

杜蘅不接话茬："不早了，睡吧。"

欺人太甚！她还没嫁过去呢，就想着往她房里塞人了！

张妈碰了个软钉子，自觉无趣："是。"

03　一石五鸟

第二日陪老太太用过早饭，前脚刚回竹院，后脚郑妈妈便送了三个小丫头过来。

杜蘅的目光，凝在中间那个身着藕色比甲，青色长裤，瘦高个子，浓眉大眼的小丫头身上。

郑妈妈也是个有眼力的，见杜蘅目不转睛地盯着那丫头瞧，便把她推了出来："这是厨房何妈的闺女，今年刚满十二，叫双儿。双儿，这是二小姐。"

"给二小姐请安。"双儿跪下叩了一个头，竟是中规中矩，丝毫不怯场。

"快起来。"杜蘅疾走两步，双手扶起她，眼底有一抹晶莹一闪而过。

"谢二小姐。"双儿抬眸，目光急切地在她脸上逡巡，似试探，似关怀，更多的是欣喜。

"以后，"发觉她的手竟然反握住了自己，杜蘅心中怦怦狂跳，垂了眸，低低地问，"我唤你紫苏，可好？"

"二小姐给你赐名呢，还不快谢恩？"郑妈妈心中微讶，忙出言提点。

这丫头命还真好，合了二小姐的眼缘，一上来便占了个大丫头的名分！

紫苏恭恭敬敬地叩头，竟是半点不骄不躁："多谢小姐赐名。"

郑妈妈暗自称奇：小小年纪，竟是这般稳重，说话行事的做派，哪像个厨娘家的丫头？就是侯府的大丫头，也不过如此了。

郑妈妈又介绍了另两个丫头，杜蘅已是心不在焉，胡乱改了名，偏瘦的那个叫白薇，肤色微黑的叫白前。

郑妈妈只说剩下三个，过几天再送过来，便告辞了离去。

送走郑妈妈，杜蘅再也按捺不住，在张妈一脸疑惑的注视下，拉了紫苏进屋："跟我来。"

把所有窥探的目光挡在门外，两个人手拉着手，默默地对视着彼此，听着彼此狂乱的心跳，异口同声："是你吗？"

紫苏眼中含泪，用力点头："小姐，是我，我回来了！"

"紫苏！"杜蘅一把将她拥入怀中，泪飞如倾。

可见老天还是有眼的，知她孤苦无依，把紫苏送还给她！

紫苏声音哽咽，急切地上下摸索着她："小姐，你没事吧？在碧云庵，她们有没有……欺侮你？"

明知此行碧云庵，小姐有危险，她却因年纪小，身份低，根本没资格去，急得如热锅上的蚂蚁，真真是度日如年！

杜蘅冷笑："狗改不了吃屎，她们又怎会放过对付我的机会？不过，我既有了准备，自然不会让她们得逞。"

遂压低了声音，把那夜的事说了一遍。

当听到紫荆伙同张妈出卖杜蘅，结果被柳姨娘反咬一口，毁了清白，送了性命，紫苏不禁恨得银牙咬断："小姐这些年是如何对她的？竟然忘恩负义，推小姐上绝路！活该有此报应！"

杜蘅闭着眼睛，那惊魂的一幕幕再次浮上脑海。

那时凭着一把怒火，一腔怨恨，咬紧牙关拼命撑过来了。

可现在回想，当时有一步行差踏错，便会再次坠入炼狱，身子不自觉地颤抖了起来。

"这一世，我再不会重蹈覆辙！傻傻地与人为善，一味地隐忍退让！我的朋友，必定舍命相护；与我作对者，哪怕不择手段，也定要逼得他上天无路，入地无门！"

紫苏同仇敌忾："我听小姐的！"

"血债要用血来偿！"杜蘅脸微侧，双眸幽明晦暗，仿若无波的古井，声音低而清晰，如一把锋利的匕首割开无边的黑夜，"所有践踏我，欺侮我，背叛我，胆敢阻挠我复仇的人，虽远必诛！"

紫苏只觉热血沸腾，低声重复："血债血偿，虽远必诛！"

杜蘅红了眼眶："前世你为我送了命，就不曾后悔，不曾埋怨过我？"

紫苏摇头："我的命本就是小姐给的，早已打定主意生生世世追随小姐！我只恨自己没有本事，不能护得小姐周全！"

杜蘅只觉喉头哽咽，眼眶热辣，一头扑入她怀中："紫苏！"

紫苏眼尖，瞥到窗纸上有黑影一掠而过，忙抑住了情绪，扶稳了她，轻声道："有人！"

杜蘅抹去泪痕，淡淡道："是张妈。"

"明知她居心险恶，小姐怎不把她一并打了板子，赶出府去？"紫苏蹙眉，百思不解。

"她害我母子双双惨死，"杜蘅眉间浮起戾色，"不弄得她家破人亡，身败名裂，怎消我心头之恨？"

紫苏咬着唇，沉默不语。

杜蘅心中一紧："你是否觉得我心思太过恶毒？"

"不，"紫苏轻声道，"这卑鄙小人，勾结外人谋害小姐和小王爷！每每忆起，都恨不能食其肉寝其皮！只是，我脑子笨，一时想不到好法子惩治她。"

杜蘅微微一笑："办法我早想好了，正愁找不到合适的人。原以为就算找你进来，至少也要花半年时候训练和培养默契，如今倒是省心多了。"

紫苏的到来，于她的意义，不仅仅是多了双眼睛和耳朵，更是架起了一座通向外界的桥梁。

"有什么事，小姐只管吩咐。"

杜蘅招手，示意她附耳过来，絮絮低语几句。

紫苏越听眼睛越亮，笑盈盈地道："我立刻就去办。"

"院子里的丫头，也全交给你，给我盯紧了，绝不能出什么么蛾子。"杜蘅又道。

这些人虽都是她自己选的，又都是些地位低下的丫头，目前柳姨娘还不曾把主意打

到她们身上。但人心隔肚皮，难保有人会禁不住诱惑，做出卖主求荣之事，前车之鉴，不可不防。

"放心吧！"紫苏郑重点头，眼里掠过一丝光芒，"最多一个月，包管咱们院里就是铁板一块，谁也休想把手伸进来！"

杜蘅想起一事，神情郑重起来："你记得石南吗？"

紫苏皱了眉，想了许久才想起来："小姐说的，是不是阅微堂少东家？"

杜蘅微讶："我记得他在鹤年堂当伙计的，什么时候进了阅微堂，还做起了少东家？"

紫苏比她还惊讶："顾老太爷病逝没多久，他便没在鹤年堂做事了，小姐不知道？"

杜蘅苦笑："前世我胆小懦弱，几乎足不出户，哪曾关心过这些？"

"也是，"紫苏点头，随即疑惑，"不对呀！我听说石南不久前还递帖子求见过小姐呢。"

"我从没单独见过他。"杜蘅摇头。

回想起来，那几天石南的表情的确很怪异，好几次欲言又止，怕是有话要说，苦于一直没有机会。

"这定然又是柳姨娘从中作梗！"紫苏义愤填膺。

杜蘅若有所思："这么说，上次佛堂之事并非偶然？"

触到紫苏困惑不解的目光，遂把那夜之事细说了一遍。

"石南肯帮小姐遮掩，是好事，为何小姐要怀疑他？"紫苏不明白了。

杜蘅轻哼一声："无事献殷勤，非奸即盗！"

这个世界并非简单到非黑即白，帮你一次未必就是朋友。

"我二哥在外院当差，"紫苏深以为然，"要不，让他去查一下石南的底细？"

"不！"杜蘅沉吟片刻，做了个大胆的决定，"找个机会，告诉他，我要见他。"

她有一种强烈的预感，石南的到来，也许将会是她命运发生转折的最大契机。

不入虎穴，焉得虎子？

她决定，正面出击，探一探石南的虚实！

"我找机会，让他进府来。"

"不，"杜蘅摇头，"这件事，我不想让任何人知道，在府外见吧。"

"小姐！"紫苏脸都白了，"万万不可！"

莫说她如今在热孝中，无法外出，便是出了孝期，闺阁中的女子与陌生男子见面，也是大大地有违礼法的！

杜蘅冷笑："若事事循规蹈矩，连家门都不敢出，还谈什么报仇雪恨，逆天改命？"

"话虽如此，亦不可贸然行事。"紫苏见她态度坚决，道，"不如让二哥先打听一下，看他行事为人，再做决定，可好？"

"这事不急，慢慢来。"杜蘅看一眼紫苏，忽地提高了声音，"谁在外面？"

张妈正躬着腰，把耳朵贴在门上偷听，冷不防门从里面拉开，"哎哟"一声，一跤跌了进来！

紫苏照着她的心窝就是一脚："哪个下作的小姐妇，敢在门口偷听？今儿便好好教教你，什么叫规矩！"

说着，不等她开口说话，又赶上前去，一连踹了好几脚，嘴里骂道："我叫你不学好！"

她恨张妈歹毒，存心要给她一个教训，这几脚自是下了死劲。

张妈这些年养尊处优惯了，加之没有半点防备，竟是没避得开，结结实实挨了几脚，痛得抱着头满地乱滚，嘴里胡乱嚷："哎哟，打死人啦！"

白薇和白前两个哪里见过这等阵仗，吓得抱成一团，瑟瑟发抖。

杜蘅等她踹得差不多了，这才慢腾腾地叫住了紫苏："呀，这不是张妈吗？快住手！"

"张妈？"紫苏假作诧异，一个劲地赔着小心，"既是你老人家，来了怎么也不吭声？害我还以为是哪个不开眼的小丫头呢！"

张妈疼得"哎哟哎哟"直叫唤，扶着腰，一瘸一拐地进了屋："谁偷听了？郑妈妈派了两个粗使的婆子来，说是帮着整理花园，我来请小姐示下的！"

紫苏殷勤地拍打着她衣上的灰尘："哎呀！这个真是对不住，瞧我这臭脾气，也没问清楚就动了手！没伤着您吧，要不要请大夫？"

张妈气得直翻白眼，用力一推："走开！"

杜蘅使个眼色："你出去做事吧。"

紫苏佯作愁眉苦脸地出了门："我，我真不是故意的。"

张妈再也忍不住，大声抱怨："也不知老太太怎么想的！给小姐选这么几个小丫头来！毛都没长齐，能做什么？"

杜蘅脸一沉："张妈是在指责祖母吗？"

张妈发现失言，顿时尴尬起来："我哪敢说老太太的不是？不过心疼小姐身边没个得力的人侍候罢了。"

杜蘅淡淡道："规矩可以学，年纪小，学东西反倒快。"

张妈偷瞧她的脸色，半是抱怨，半是试探："这个紫苏，性子野不说，做事又鲁莽，怕是难成大器！今儿幸亏是我，要换了别人，不知还要惹出什么祸来！"

杜蘅笑道："不知怎地，我一见紫苏，就觉得亲切。刚刚一问，才知她跟紫苑竟是沾了点亲。你瞧着，两人是不是有点像？"

张妈疑心尽去，撇了嘴道："要我说，不如求下柳姨娘，把萱草和茜草讨过来……"

杜蘅睨了她一眼："张妈可是得了萱草、茜草什么好处？"

张妈的脸，腾地一下涨得通红："这是什么话？"

杜蘅打断她："萱草、茜草都比我大，三年后我才出嫁，正是用人的时候，她们却到了该放出去的年纪。这几个小的，却正好得用。"

张妈张了张嘴，一时无话可驳，只好悻悻地出门。

隔天，郑妈妈果然又送了三个小丫头来，都是京中各个田庄上找来的家生子，年纪都在十二三岁。

杜蘅一并改了名，全都提做二等丫头，都交给紫苏管着。

张妈在一旁暗暗观察了两天，见紫苏年纪虽小，竟是颇有主见，做起事来更是有板有眼，教训起丫头，有模有样，府里的规章条程张嘴就来，比她还熟。

那几个小丫头，起初心中不服，再让张妈几句言词一挑唆，便有些跃跃欲试。

哪知两天下来，一个个被紫苏治得服服帖帖，见了她比见小姐还怕，大气也不敢喘！

张妈越想越觉得可疑，终于憋不住，寻了个借口，出了门。

紫苏推门而入，轻声道："张妈出了门，要不要派小丫头盯着？"

杜蘅淡淡道："小丫头们还要再敲打敲打，先不忙着派出去做事。"

"可她成天在小姐眼前晃，让人看了就想狠揍一顿！"

"那天那几脚，还没过够瘾？"杜蘅忍不住取笑。

"比起她做的那些缺德事，踢几脚哪里能解恨？说是利息，都算便宜她了！"紫苏握拳，做张牙舞爪状。

杜蘅轻笑："张妈只是个小角色，等着吧，不用我们出手，自有人会收拾她。"

紫苏正要追问，忽听门外白前一路惊嚷着，咋咋呼呼地跑了过来："出事了，出大事了……"

紫苏把帘一掀，眉一竖："慌什么！"

白前猛地煞住脚，小脸涨得通红："小姐，白前有事回禀。"

"进来。"杜蘅强忍了笑。

白前进了门，先规规矩矩给杜蘅行了一礼："小姐，老爷回府了。"

偷瞄一眼紫苏的脸色，见她并无斥责阻止之意，这才大着胆子继续道："听说，老爷怒冲冲地进了杨柳院，闹着要休掉柳姨娘呢。"

"老爷因何事发怒？"杜蘅问。

白前口齿伶俐，把前因后果说了一遍。

原来，昨日杜谦下值回府，见几个痞子模样的男子围在府前，吵着要见柳姨娘，见了他便一哄而散。今日回府，那几人又在门口闹事，还嚷着要柳姨娘交人，说什么大活人给她叫走,如今生不见人,死不见尸,要讨个公道云云……

杜谦起了疑,找柳姨娘追问,两人吵了起来。

白前本是去厨房拿点心,远远瞧到杜谦怒冲冲地往杨柳院去了,便多了个心眼,悄悄跟过去,听了个大概。

"做得好。"杜蘅示意紫苏拿了五百钱,赏给白前。

白前得了赏,欢欢喜喜地走了。

紫苏按捺不住兴奋之情:"听到没有,柳姨娘要被休了!"

这实在,大大超过她们的预期。

杜蘅却极平静:"别高兴得太早,要这么容易就被扳倒,她就不是柳姨娘了!"

"咱们该怎么做?"

"这么好的戏文,只我一个看,未免可惜了。"

杜蘅带着紫苏进到瑞草堂,老太太歪在炕上小憩,福儿立在一旁打着扇。

锦绣一脸歉然,以嘴型示意她过会再来。

杜蘅笑了笑,也不吭声,接过福儿手中的扇子,闷声不响地打起了扇。

老太太像是有所感应,睁开眼见了她,微微一怔:"蘅丫头来了?"

"祖母可是夜里睡得不好?"杜蘅一脸关切。

老太太自嘲一笑:"最近常觉头晕目眩,神疲乏力,夜里醒来好几次,白天便时常感到精神不济,经常要打个小盹。怕是死期将至啦。"

杜蘅二指搭上她的脉门,笑道:"祖母才五十出头,哪里就说得上老?您只是近段时间劳心伤神,略有些气虚血亏。回头我给您开个方子,饮食上再稍加调理,必可恢复。"

"什么五十出头?明后年就六十了,一只脚踏进棺材里的人了,有点小毛病不算啥,何必浪费银子。"

杜蘅眼眶微湿:"您一定会长命百岁的。"

老太太呵呵笑:"活那么久做甚,只会招人厌。"

"别总歪着,容易犯困。"杜蘅想了想,道,"我来时,瞧见园子里绣球花开得挺热闹,不如我们去摘几枝插瓶?"

"打发丫头去剪几枝就是,何必走这一趟?"

杜蘅不由分说,拖了老太太就走:"祖母,您就行行好,陪我去嘛。"

老太太半推半就,跟着她进了花园。

此时正值五月,花开如海,缤纷如画。

杜蘅挽着老太太的胳膊,一边赏花,一边说几句逗趣的话,惹得老太太不时会心一笑。

"呀,你听说没有?今日老爷回府时,有几个男子在大门外闹事呢!"刻意压低的声音,显得很是神秘。

"切，"另一个满是不屑，"这几日街上几个混混天天来闹，就只差上房揭瓦了，你才知道？"

另一个大吃一惊："我怎么听说，是柳姨娘打死了人，人家的兄弟上门来讨公道……"

杜蘅和老太太都是一惊，猛地顿住脚步。

郑妈妈心知要糟，忙提高了声音大喝："什么人？不要命了，在这里混说？"

"快！"老太太气得眼前发黑，颤了手喝道，"把人捉来！"

"是！"锦屏急忙追了过去。

可等她绕过短墙，却只见一片花草摇曳，哪里还有半个人影？

"祖母，"杜蘅扶着老太太的手，"丫头们闲着没事，在这胡说八道，你可千万别当真。"

老太太面沉如水："走，去杨柳院！"

一个十来岁的小丫头守在路口，远远见老太太一行人过来，扭头就朝院子里跑。

"反了！"老太太气得直打战。

杜蘅心中有数，柔声劝道："祖母不必恼，气坏了身子不值当。"

"站住，不许跑！"锦绣大喝一声，那小丫头反而跑得更快了。

哪知刚拐过弯，便听扑通一声响，接着便是"哎哟"一声叫。

锦屏追过去一瞧，不由得又气又笑。

那小丫头摔在路中，抱着膝盖直叫唤。

老太太有了防备，命几个粗使的婆子打头阵，见了通风报信的，不由分说堵了嘴绑起来。

就这样，一路畅行无阻，到了主屋。

屋子是粉刷一新的三间明晃晃的大瓦房，正中是客厅，西梢间做了卧室，东梢间布置成了书房的模样——显然，这是为了方便杜谦使用所设。

左右各有三间厢房，抱厦两边各设了两间耳房，就连后面的倒座厅都收拾了出来，做了库房。

这哪里是姨娘的居所，分明是按照正室的规格设计的！

杜蘅心中冰浸火焚，面上不动声色，搀着老太太缓缓踏入客厅。

厅里一个人也没有，地上满是零落的花瓣，流淌的污水，半人高的青花瓷美人耸肩大花瓶，横倒在地，满地都是碎瓷。

就连淡绿色的湘妃竹帘也被扯落下来，斜斜地挂在隔窗上，室内一片狼藉！

"哭！做出这样的丑事，还有脸哭！"杜谦的怒吼声清晰入耳。

柳姨娘的低泣声隐隐约约传来："老爷……"

郑妈妈心中一紧，下意识地便住了脚。

锦锈,锦屏,紫苏也是伶俐的,谁也不敢跟入,都留在了院中。

杜谦在房里不停地踱步,显见胸中怒火尚未平息:"平时在府里嚣张跋扈,独断专行也就算了!如今竟然发展到买凶伤人,坏人贞节的地步!"

柳姨娘跪在地上,涕泪交流:"老爷怎能听那几个泼皮的一面之词,断定妾身做出这等伤天害理之事?冤枉啊!妾身只是个深宅妇人,哪有什么机会去认识那些混混泼皮?这必是有人存心陷害,请老爷明察!"

"还敢喊冤!"杜谦骂道,"你敢不敢拿松儿的命起誓,说那日禅院进贼之事,真与你无关?"

杜松是她的心头肉,更是她在杜府立身的法宝,如何敢用他的命起誓?

柳姨娘一窒,一时竟无话可驳。

"贱妇!"杜谦本来抱着一丝的希冀,见此情形,心中一凉,手起掌落,啪的扇了她一记耳光,"你好大的胆子!竟然……真敢对蘅儿下手!你,你这个毒妇……"

老太太身子一晃,向后就倒。

"祖母!"杜蘅惊叫一声,忙用力抱住了她。

"我不碍事,别慌。"老太太稳住身形,缓缓推开杜蘅的手。

然,杜蘅这一声叫,已经惊动了屋中争吵的二人。

"娘!"杜谦见了老太太,顿时手足无措,"你,你怎么来了?"

老太太怒道:"我若不来,你打算瞒我到死?"

"儿子不敢。"杜谦神情尴尬。

柳姨娘眸光如刀,恶狠狠扫向杜蘅。

死丫头吃了豹子胆了,敢在背后向老太太告她的阴状?

杜蘅明显瑟缩一下,怯怯地勾着脑袋,盯着脚尖。

如果不闹到老太太面前,以柳姨娘的能耐和杜谦的性格,这件事最终定会悄无声息地掩盖住。

她既已出了手,又岂会让柳姨娘如愿?

老太太轻轻拍了拍杜蘅的手背,冷声道:"柳姨娘果然好威风!当着我的面,还想把蘅丫头吃了不成?"

柳姨娘当场气得满面通红,委屈地道:"老夫人,你,你这么说,妾身哪还有活路?"

老太太望着她,连声冷笑:"咱们杜家都给你弄得要满门抄斩了,你还想要活路?"

柳姨娘不敢接茬,只得一个劲地磕头。

杜谦朝杜蘅使了个眼色。

"干么把蘅丫头支开?"老太太冷声讥刺,"做了什么见不得人的丑事,要背着人说?"

"娘！"杜谦又是羞臊，又是恼怒。

老太太到底心疼儿子，叹了口气："蘅丫头，你先出去。"

杜蘅躬身福了一礼，悄然退出。

刚走到门外，就听杜谦叱骂："贱人，到底怎么回事，还不快一五一十，如实道来？"

"冤枉啊！"柳姨娘大声喊冤，"妾身再不知轻重，再器量狭小不能容人，也断然不会做这种伤天害理，有损杜家声誉之事！这分明是有心之人栽赃嫁祸！请老爷，老夫人明察！"

"人家怎么不栽别人的赃，单单嫁祸给你？"老太太问。

柳姨娘百口莫辩，心中，亦是疑窦丛生。

这事做得极为机密，除了心腹的赵妈和女儿杜荇，再没有其他人知晓。

赵妈和杜荇自然不可能背叛她，可若不是有人泄密，那几个泼皮，哪有胆闹上门来？

乞丐是张妈出面找来的，当日也信誓旦旦说那是个无亲无故之人，一死百了，绝无后顾之忧！现在却有人几次三番上门来闹。

想到这里，柳姨娘骤然一惊。

莫非……张妈那贱人，吃里扒外，为讨好贱丫头，把她给卖了？

可恨的是，她非但不能指认张妈，还得帮她遮掩。

否则，等于亲口承认企图毁坏杜蘅清白，一样难逃罪责！

柳姨娘越想越恨，心中波澜万丈，眸光越发阴冷恶毒！

好个张妈，竟然两面三刀，左右逢源！

敢在她面前玩手段，不整得她死去活来，柳字倒过来写！

柳姨娘心里千回百转，嘴里只一口咬定："冤枉，老爷，妾身冤枉啊！"

杜谦指着她，疾言厉色："若不是你平日太过嚣张，手段强硬不留余地，也不致招别人忌恨，竟不惜搭上杜府的名声，也要拉你下水！现在，你要如何交代？"

这话，乍一听是在叱责柳姨娘独断专行，缺乏人情味，为杜家招来祸患，给杜府脸上抹黑。

然细一琢磨，这话何尝不是在替柳姨娘抱屈，在老太太面前委婉陈情！

柳姨娘是因为执掌中馈，处事公正，铁面无私，以致得罪了小人。

言外之意，杜谦是相信了柳姨娘分辩之词：禅房进贼一事，与柳姨娘无关，确实是有人栽赃嫁祸。

看，这就她的父亲！在乎的是世人眼中他的形象，杜府的声誉！

她的安危，从来就不在他关心的范畴之内。

杜蘅神色木然，低着头慢慢地退出了大厅。

杜谦的反应，甚至事情的结局，早就在她的预料之中，本没什么好失望和伤心的。

为什么，心口依然紧得仿佛窒息般，透不过气来？

"二妹。"

杜蘅深吸口气，抬手，不着痕迹地抹去颊边温热而刺痛的液体，快步迎了上去："大哥来了。"

杜松一脸焦灼："到底怎么回事，父亲怎么说？"

杜蘅摇头："我不知道。"

"少装蒜！"杜荇尖声叫骂，纤细的手指差点戳到她额上，"明明就是你搞出来的鬼，你若不知，还有谁知？"

"大姐！"杜茳急忙轻拽她的衣袖，"事情还没查清楚，别冤枉了好人。"

杜荇狠狠甩开杜茳的手，厉声道："这不是秃子头上的虱子——明摆的事吗？她都把祖母拉过来助阵了，还查什么？"

"说！"她捏着杜蘅的肩膀，用力摇晃，恶狠狠地道，"到底是什么居心？是不是要我娘被休，赶出杜府，你才高兴？"

看着杜蘅纤瘦的身体，杜松的眼里浮起几丝犹豫。

这个终日低头弯腰，未语脸先红的二妹，真有胆做出这种事来？

"二姐，"杜茳淡雅的眉轻轻蹙起，半是气愤，半是埋怨，还带着一点痛心疾首，"都是一家人，纵然我娘平日对你有什么照顾不周的地方，令你心存不满，说开了也就是了。再不济，还有父亲和祖母呢！只为一点私利，诋毁我娘，甚至不惜搭上杜府的名声，绝不是为人子女的道理！"

这话，说得就相当地有道行了！

先是以退为进，明面上说柳姨娘有错，但一句"照顾不周"，将柳姨娘的错，变成了对杜蘅的恩！

再用一句"心存不满"，坐实了杜蘅"诋毁柳姨娘，搭上杜府的名声"的罪名。

最后，用"这不是为人子女的道理"，指出杜蘅此举无视孝义，实属大逆不道！

看似轻飘飘几句话，却是忘恩负义，不忠不孝的几顶大帽子重重砸下！

这就是杜茳，才十二岁，不论是思想的成熟度还是做事说话的方式都比十九岁的杜荇明显高过不止一筹，话中带骨，笑里藏刀。

可笑前世自己竟然对此一无所觉，一直当她是个天真烂漫的孩子，百般迁就，毫无原则地宠溺退让！

杜蘅深吸了口气，毅然抬起头，望着杜松："听说大哥进了泽被堂，师从大儒张岐山？"

都以为她必然不甘认罪，肯定要为自己辩解，不料话锋一转，突然跟杜松聊起了课业，不禁面面相觑。

"喂！"杜荇第一个沉不住气，厉声呵斥，"问你话呢，别岔开话题！"

杜松到底是读书人，跟杜蘅没有直接的利益冲突，柳姨娘平日在内宅里耍的这些个阴狠手段，也不会傻得在儿子跟前提及，心思相对要单纯得多。

进了泽被堂，师从张岐山，本就是他最引以为傲之事，脸上不由得露出笑容："我到恩师门下，不过月余。"

"小妹有一事不明，大哥饱读诗书，还望不吝赐教。"

杜松眼中闪过疑惑，仍旧客客气气："你说。"

杜蘅盯着他，眼神冷凝，语气铿锵："请问，正妻和姨娘，有什么不同？"

杜荇还一脸莫名其妙，黑着脸道："你什么意思？"

杜茬隐约有些明白，正想着如何转移众人的注意力。

紫苏脑中灵光一闪，已然明白了杜蘅的用意，脆生生地抢着答："正室和姨娘，一个是主，一个是婢！"

杜蘅赞许地瞥她一眼，继续发问："那，姨娘有没有资格管教正妻的子女呢？"

此问一出，杜松顿时面色难看至极。

紫苏扑闪着大眼睛，一脸天真："向来只听说庶子庶女养在嫡母名下，哪有姨娘管教嫡女的道理？"

扫了众人一眼，紫苏又笑："我年纪虽小，却也知道，身为奴婢，就要安分守己，做好自己分内的事！侍候好老爷，老太太，各位少爷小姐，就是奴婢最大的福分！"

照顾不周？

笑话，她一个姨娘，轮得到她照顾小姐吗？

侍候好了，那也是本分，是她上辈子修来的福气！

紫苏也是个妙人，谁都听出来她在嘲讽杜茬，话里话外，捎带着骂柳姨娘身为姨娘，却不知"安分守己"，觊觎主母之位！

偏她态度谦卑，姿态极低，让人挑不出半句理来！

杜茬恼羞成怒，一时竟也找不出话来驳。

杜蘅飞快地道："不错，大姐，三妹是柳姨娘生的，可也别忘了，她终归只是个姨娘！当着众人的面，你们一口一个'娘'地叫着，又将母亲置于何地呢？当今圣上最重规矩礼仪，这事要传了出去，对杜府，父亲的声誉，前途将造成什么样的影响，你们想过吗？"

郑妈妈微带惊讶地望着她，眼里闪过一丝欣赏。

真没想到，二小姐平时懦弱胆小，竟也有如此犀利的一面。这主仆二人，一搭一唱，配合得天衣无缝。

杜茬脸上青红交错，表情精彩万分！

她本想用孝道礼仪，父亲，祖母来压杜蘅。

不料被她揪住小辫，反过来拿规矩教训了一通不算，还搬出当今圣上来反制！

教她连反驳的机会都没有！

否则，等于是说当今圣上，不尊礼仪，不守规矩，尊卑不分！

"少拿皇上说事！你又没见过皇上，怎知皇上……"杜荇气得跳脚。

"闭嘴！"一声怒喝，炸雷般响起。

众人转头，见杜谦黑着一张脸，跟着老太太从里屋走了出来。

老太太狠狠地瞪了杜荇一眼："你教出的好女儿！再不严加管束，杜府早晚毁在她嘴里！"

"我哪里说错了？"杜荇犹不服气，"她本来……"

"啪！"杜谦扬手，甩了她一个巴掌："孽障！从今天起，禁足半个月！谁要是敢瞒着我偷偷见她，就给我滚回清州老家去！"

"爹！"杜荇捂着脸，张大了眼睛，一脸不敢置信。

见杜谦发怒，众人鸦雀无声，谁也不敢替她求情。

紫苏不屑地轻撇嘴角，心道：蠢到这等程度，也不容易！

老太太长叹一声，道："蘅丫头，我知道你心里委屈。我已罚柳姨娘禁足一个月，中馈交给周姨娘暂管，也算是教训过了。这件事，就这么揭过去，大家谁也不许再提！"

杜蘅垂着头，没有吭声。

她当然知道，这件事只能如此处理。

要知道，当天晚上，禅院里住着的，连杜荇在内，有三个未出阁的小姐！

这事要是张扬出去了，三个人的一生也就完了！

杜府的声誉，杜谦的名声，也全都毁了！

就是算准了这一点，她才敢给柳姨娘栽赃！

杜荇惊得目瞪口呆，想也不想，嚷道："没道理！哎哟……"

原来杜茬知她口无遮拦，生怕她惹出大祸，情急之下，用力掐了她一把。

老太太摇了摇头，扶着锦绣的手离开。

杜蘅也带了紫苏回到竹院。

紫苏兴奋至极："小姐看到没？杜荇的那张脸，气得都快变形了，哈哈！好过瘾！"

杜蘅神情极平淡："仅仅一个耳光，怎能让我满足？"

"可惜，这次让张妈那小人溜了……"紫苏扼腕。

杜蘅眸光一冷，悠悠道："张妈往后的日子，定会生不如死！我们越敬着她，捧着她，柳姨娘便会越疑她，恨她！"

紫苏喜滋滋地掰着手指："我算算，这次嫁祸柳姨娘，让老太太对柳姨娘生了膈应，

老爷对柳姨娘生了厌恶,离间了张妈跟柳姨娘,夺了柳姨娘掌家之权,还让杜荇受罚被禁足……哇,小姐这一颗石头扔出去,砸下五只鸟,好厉害!"

"傻丫头,这次是打了她个措手不及,才稍占上风。"杜蘅莞尔,"往后的路还很长,要对付的人,也会越来越强大。鹿死谁手,尚未可知。"

张妈见二人自杨柳院回来,本想要来探探口风,却见白薇在门前守着。

无奈只得在院子里转悠了一圈,瞅了个空子,蹑手蹑脚地溜到后窗下,伸长了脖子偷听。

冷不丁肩上搭了一只手,张妈唬得魂飞魄散,猛地扭过头来。

白前歪着头,一脸天真地看着她:"张妈,你看啥呢?"

"我,我找东西……"张妈含含糊糊地应了一声,惨白着脸头也不回地走了。

"张妈妈慢走,仔细崴着脚。"白前嘴角噙着一抹讽笑,扬声道。

杜蘅秀眉一扬,紫苏疾走两步,挑起窗帘一角,正瞧见张妈慌慌张张的背影。

"小姐,奴婢有事回禀。"

"进来。"

细竹帘一掀,白前轻盈地走了进来。

"方才在园子里,瞧见大蓟姐姐袖子里掉了一样东西,正想要提醒她,哪知她走得急,却是没听到。"白前口齿清晰,三言两语便交代清楚,"我本想给她送去,哪知拾起来一看,却是这玩意。奴婢不敢自做主张,特来请小姐示下。"

说完,她从袖子里摸出一只绣工精美的荷包,呈了上来。

"荷包里装了啥稀罕玩意?"紫苏打开一看,登时面色大变,"竟敢私藏男子汗巾!这不是作死吗?"

杜蘅瞄了一眼,唇角微翘:"是大哥的。"

这一下,白前额上见了汗。

还以为她与哪个小厮私相授受,谁想她胆竟这么大,竟敢想着大少爷!

大房只杜松一个男丁,杜谦对他寄予厚望,从小便要求严格。

柳姨娘更是一门心思要为他谋划一桩好婚事,好借此平步青云,自然对他管束得极严。

打十岁起,身边贴身伺候的便是小厮,丫头们是连他的屋子也不能进的,就怕他起了别的心思。

一则怕有了通房影响学业;二来未成亲先有通房,于他名声有碍,恐会坏了姻缘。

柳姨娘早在府里放了话,但凡胆敢爬大少爷床的,一律杖责后发卖出府,绝不宽贷!

大蓟身为杜荇贴身的大丫头,理所当然是要做陪嫁,将来随着杜荇嫁到夫家去。

居然想着大少爷,这若是让柳姨娘知道了,不死也要脱层皮!

"她丢了荷包，定然心急如焚。"杜蘅想了想，道，"你且去园子里等着，等她来了，什么也不用说，直接把荷包还给她便是。"

言外之意，就是要向大蓟示好了。

"嗯。"白前心领神会，重新把荷包纳入袖中。

"今天你们表现都不错。"杜蘅很是满意，示意紫苏取了钱匣出来，道，"这一吊钱，拿去你们几个分了吧。"

"谢小姐赏。"白前得了赏，欢欢喜喜地去了。

"大蓟打小跟着杜荇，怕是不容易听小姐的话吧？"紫苏略有些担心。

"女生外向，"杜蘅冷然一笑，"利用好了这一点，不怕她不低头。"

04　京都扬名

"啊！"一声尖叫，紧接着是"咣当，哗啦"两声响，打破了清晨的宁静。

杜蘅猛地睁开双目，翻身坐了起来。

紫苏一跃而起，三两步冲到门外，喝道："大清早的，瞎嚷嚷什么？"

铜盆滚到了阶下，热水洒了一地，白薇吓得面青唇白，身子软软地靠在栏杆上，颤着嗓子道："老鼠，好，好多老鼠……"

紫苏低了头，这才发现门前，横七竖八地躺着十几只死老鼠。

有的被咬断了咽喉，有的脑浆迸裂，还有的肠穿肚烂……场面惨不忍睹，令人望之色变，闻之作呕。

老鼠谁没见过，可数量如此之多，场面这么恐怖，却不多见。

闻讯赶来的几个丫头，不禁个个变色。

很明显，有人想借此威吓，警告杜蘅。

杜蘅神色平静，淡淡道："不过死几只老鼠，何需大惊小怪？"

白蔹拿了铁钳匆匆赶到，看着那几只死鼠，却有些不敢下手。

紫苏不声不响地接过铁钳，将老鼠一只只夹起来，扔到簸箕中。

白前端了水来冲洗，一会儿工夫，走廊便被打扫得干干净净。

杜蘅梳洗完毕，像往常一样去了瑞草堂，给老夫人请过安后，道："今儿初一，又恰逢母亲二七之日，我想去静安寺里烧香，一是想为母亲诵念《地藏经》超度亡魂，二

则之前曾许愿每月初一、十五去庙中烧香拜佛，为全家祈福。如今母亲虽不在了，还有父亲和祖母。蘅儿只愿两位长命百岁，让蘅儿得以承欢膝下。"

"好孩子，难为你有这番孝心。"老太太微怔，眼中浮起感动，"去吧，多带几个仆从。"

遂亲自挑了两个婆子，又命郑妈妈选了几个靠得住的家丁，陪她一同前往。

杜蘅谢过老太太，带着紫苏出了门。

瞧着左右无人，杜蘅压低了声音吩咐紫苏："通知石南，说我要见他。"

紫苏吓了一跳："不是说不着急吗，怎么改主意了？再说时间上这么紧，怕是来不及安排。"

石南怎么说也是阅微堂的少东，手底不知多少生意要处理，谁知道他会在哪里？万一传话的找不着人，两下里岂非要错过？

杜蘅嘴角微弯，语带轻嘲："我去静安寺礼佛，来回怎么也得花二三个时辰。若是这点小事都办不好，我要他何用？"

她之所以决定见石南，就是想给自己在府外找个强有力的帮手。

若出了事，对方半天都反应不过来，这样的外援，不要也罢！

紫苏眨了眨眼，忽地明白过来："小姐，这是要考验他？"

杜蘅看她一眼，笑而不语。

紫苏眼睛蓦地亮了："我这就给二哥捎口信。"

"竹院那边，还没动静？"杜茳把玩着纤细的指甲，状似漫不经心地问。

霍香心一紧："木香派了人盯着，很快会……"

湘妃竹帘一掀，木香喘着气小跑着进了门："小姐，二小姐那边正吩咐套车，要去静安寺烧香呢。"

"什么？"杜茳气得直哆嗦，手一挥，茶盘摔落地面，茶水四溅，盘杯碎了一地，尖叫道，"这贱人害得我被爹爹禁足，自个倒有闲心出门散心？"

木香吓得大气也不敢出。

杜茳脸一沉："事没办成？"

木香慌忙摇头："成了！"

"那她还能出门？"杜茳眉一挑。

以她的脾气，不是该吓得屁滚尿流，跑去求老太太撤掉垩室了吗？

"许，许是丫头们起得早，弄干净了，没让她瞧见？"大蓟垂着眼，小心地斟酌着字眼，接了一句。

"是这样吗？"杜茳头一偏，目光扫向木香。

木香一张脸煞白:"这……"

霍香帮着解释:"竹院那几个丫头,刚进来没几天,怕是不好套话。"

杜茳脸黑如墨,伸出二指,夹着木香腰间软肉,狠狠地拧了一把:"连几个小丫头的嘴都撬不开,我要你们何用?"

木香疼得眼泪直流,咬紧了牙关不敢吭声。

杜荇握着拳尖叫:"这该死的垩室,到底还要住多久?"

杜茳沉吟片刻,眸中滑过一丝阴狠:"既然老鼠吓不走她,那就下点重药。木香,去弄几条毒蛇进来。"

杜荇有些担心:"可别真把那贱人弄死了!"

"没出息!"杜茳轻哼,"世上莫非就夏风一个男人?"

至少,区区一个夏风,她还没放在眼里!

她坚信,只要好好谋划,自己一定可以嫁得比杜荇好!

杜荇被她戳破心事,禁不住面上一红,嚷道:"你再胡说,我撕了你的嘴!"

杜茳轻描淡写:"有爹在呢,哪这么容易死?不过,残废的可能性倒是挺大。"

"残废了更好!"杜荇恨恨道。

她就不信,以夏风的条件,会心甘情愿娶个残废为妻?

到时,要取而代之,就更容易了!

与此同时,杜蘅的马车已驶进了静安寺。

婆子事先来打点过,杜蘅一到,便被迎入了预先布置好的佛堂。

燃香、祷告等一系列仪式过后,小沙弥奉上一卷《地藏经》,悄悄退出门去。

偌大的佛殿,杜蘅跪在蒲团上,低着头虔诚地,一遍遍地诵念着佛经。

光线忽地亮了下,很快又暗下去,一袭青色衣角悄无声息地映入眼帘。

杜蘅没有抬头,甚至连诵经的声音都不曾停止。

她不动,石南也就不出声,饶有趣味地盯着她纤细的背影。

一男一女,一站一跪,就这么诡异而安静地对峙着,淡淡的青烟缭绕在身侧,远远望去,不沾一丝人间烟火,美得仿若一幅水墨画。

良久,石南打破了沉默:"把人叫来却一言不发,似乎不是待客之道?"

杜蘅微微一笑:"默不作声,亦不是有求于人的姿态吧?"

清淡如水的声音,却是字字针锋相对,态度更是出乎意料之外的强硬。

"你听谁说,我有求于你?"石南觉得好笑。

"如若不然,何必几次三番求见?"杜蘅反唇相讥。

石南负着手,嘴角那抹漫不经心的笑容十分迷人:"怎见得,我不是来帮你的?"

"无条件?"

"无条件。"

"你很幽默。"杜蘅笑了，是那种很轻蔑，很不屑的笑，"不过，我的时间宝贵，请你来，不是为了听笑话。"

这个世上，连至亲的亲人都有可能在算计你，千方百计榨干你最后一点价值。

她又怎会相信，一个非亲非故的外人，会无条件地助她？

石南讶异地挑起一边眉毛，重新审视面前看似柔弱无依，实则咄咄逼人的少女。

她一袭雪白的妆缎暗纹绣缠枝花卉长袖，外面罩着一件同色滚浅蓝边的比甲，下穿一条十二幅白纱挑线裙，簪一支白玉梅花簪，通身上下再无其他装饰，清淡素雅到极点。

虽非绝色，但那雅致出尘，超凡脱俗的气质，却让人眼前为之一亮。

杜蘅安静地看着他，神态从容淡定，无一丝扭捏不安："看够了吗？"

"冷静，沉稳，犀利，跟印象中的杜家二小姐完全不同。"石南摸着下巴，直言不讳说出心底感受。

仿佛在一夜之间脱胎换骨，那个胆小懦弱，畏首畏尾的杜蘅，消失了。

杜蘅很不喜欢他那种故做熟稔的亲昵姿态，微仰了脖子，冷笑反问："我们很熟吗？"

石南依旧是那副吊儿郎当的表情，含笑望她，先摇摇头，随即又点点头："二小姐对在下，自是陌生得很。在下对二小姐嘛……"

说到这里，故意住口不语，偏头去瞧她。

杜蘅没有羞恼闪避，波澜不兴，静静地等待下文。

石南自觉无趣，换了话题："二小姐找在下何事？"

"是你先要见我的。"杜蘅强调。

"这很重要吗？"石南有点抓狂。

她在府中孤立无援，是个人都能踩她一脚，被欺侮得喘气都不能。

他在此时出现，她不是该痛哭流涕，抓着他的裤腿，跪地求助吗？

于是乎，他英雄救美，顺便提点小小要求；她感激涕零之余，双手奉上。两人各取所需，皆大欢喜剧终落幕。

怎么剧情到了这，却不按预定的情节发展了呢？

杜蘅不语，清澈的眼睛里写着明明白白的嘲讽。

石南耸肩："若我说，我帮你，纯粹是为报恩，不带任何功利之心，你信不信？"

杜蘅愕然："报恩？"

"看来，"石南望着她，唇边一抹懒洋洋的笑容，"二小姐对在下，还真是毫无印象，忽视得十分彻底呢。"

杜蘅不吭声。

顾家的伙计仆役，没有一千也有八百，他又不是最出挑的那个，她怎么可能有印象？

"我的命,是顾老爷子救的。"

"那又如何?"杜蘅神情冷淡。

这世上总是忘恩负义者众,知恩图报者稀!

前一世,她救了南宫宸多少回?为了他,不惜以柔弱之躯,赴苗疆,闯毒窟,几度出生入死,最后换来的是什么?

石南深深看她一眼:"我没恶意,你不用害怕。"

杜蘅笑了笑:"有恶意,我也不怕。"

到底是生意场中混的,石南只尴尬了两秒,便神色如常,掏出一个紫檀木四角包金的盒子,打开,露出厚厚一叠银票,粗略估算,少说也有四五万两。

杜蘅愣了一下,疑惑地看着他:"你什么意思?"

"小小心意,博二小姐一笑。"石南笑嘻嘻。

"滚!"杜蘅俏脸一沉,眼中隐隐跳跃着两簇火焰。

石南笑了,望着她,眼中隐隐带着几分戏谑,几许得意:"终于怒了,还以为你永远冷静自持,无心无情。"

杜蘅僵住,用力捏紧了手中金针,正要狠狠给他一个教训。

石南却忽地敛了笑容:"这是顾老爷子留给你的,我不过是,物归原主罢了。"

杜蘅傻住,半晌才挤出一句:"你,你胡说!"

满腔的怒火,喷薄欲发,却被他一句话给堵了回去,那种感觉,当真是难描难绘。

"不信?"石南斜睨着她,嘴角始终噙着一抹可恶的笑容,"如果没记错,里面除了银票,应该还有顾老爷子亲笔批阅过的两本绝版医书。老爷子的笔迹,你应该还记得吧?喏,自己看看。"

一卷深蓝的线装书被塞入手心,《千金旨要》四个大字,映入眼帘。

随手翻看,字里行间满满都是端严方正的蝇头小楷。

纤细的手指,颤抖着在熟悉的字迹上游走,豆大的泪水控制不住,落了下来:"外公……"

石南轻咳:"咳咳。"

杜蘅急忙收了泪,屈膝,冲他盈盈一拜:"大恩不言谢。"

石南侧身避过:"举手之劳,何足挂齿。二小姐若执意要谢,不如帮我一个小忙?"

"公子请说。"

石南思忖再三,决定不绕圈子:"令堂有一把钥匙,不知是否跟你提过?"

杜蘅心中警铃大作,张大了眼,一副茫然不知的模样:"钥匙?母亲又不执掌中馈,自个的物品都是丫头打理,哪有什么钥匙?"

石南扬着眉,用着漫不经心的语调:"我也是受人之托,至于那把钥匙为何在令堂

手中,以及钥匙做什么用,我一概不知。"

换言之,就是要她乖乖按他的吩咐办事,理由和好处两样都别沾的意思了?

这人,当她真是傻的,吃定她了!

杜蘅嘴边浮起一丝嘲讽:"公子可否为我提供一下查找的范围?"

石南看了她一眼,道:"夫人长年卧床,左不过在杜府。"

"别告诉我,这几年公子什么也没做。"杜蘅冷笑,清澈的瞳眸,闪着睿智的光芒,"既如此,何不再坦诚一些,为彼此节省点时间?"

外公去世已有七年,他若真有诚意,那两本医书为何拖到现在才给她?

定然是手段用尽,依然遍寻不获,不得已才来找她。

所以,交还遗物不过是个借口,寻找钥匙才是目的。

这一点,两人都心照不宣,何苦自欺欺人?

石南俊颜一红,收起一直挂着的漫不经心的微笑,换了诚恳的表情:"不瞒二小姐,这几年我的确几乎将杜府查探了个遍。只除了,夫人的嫁妆以及二小姐的物品。"

杜蘅没有问他用了什么方法。

库房看似守得严密,但毕竟是要人看管的,买通几个人并不难。

顾氏不掌中馈,柳姨娘为显得自个贤良,自然不会用她的嫁妆。没有打开的理由,自然也就没有机会探查。

至于为何不去搜她的东西——当然是因为前世她太懦弱胆小,连身边的丫头都管束不了,他认为顾氏不可能将这么重要的东西交给她保管。

事实上,顾氏也的确不曾把钥匙托付于她,甚至连提都没提过。

她心里翻江倒海,面上却不动声色:"知道了。"

"有任何消息,随时与我联络。"

杜蘅微垂下眼帘,很是平和地问:"钥匙既由母亲保管,理当是我顾家所有。公子凭什么认为,我找到钥匙,就该乖乖奉上?"

石南一怔,杀机陡起,不自觉地眯起了眼睛。

眸光如刀,冷冷射向面前的少女。

杜蘅的眼睛黑白分明,清澈透明如水晶,不畏惧不退缩,就这么坦荡洁净与他对视着。

石南略感气馁,狠狠地移开视线:"你拿了钥匙也没用。"

"那也不代表,就得白送给你。"

"你想怎样?"

"我需要一双眼睛,一对耳朵,一双手。"杜蘅笑了笑,道,"能帮我打探消息,并且及时反馈给我;那些我不方便出面的场合,能代我出面处理。"

"你需要一个伙伴,对付那些企图对你不利的人。而我不幸,成了你的目标。"石南皱眉，心情有些不爽。

有种本来是来打猎的，却莫名其妙成了别人的猎物的感觉。

"是，我选中了你。"杜蘅也不讳言，"但……"

"但是，你并不相信我。"

"那是因为，你一直兜圈子，没有表现出诚意。"

"在你眼里，怎样才算有诚意？"

合着他几万两银子砸进去，连个水花都没砸出来，是吧？

杜蘅笑了。

跟聪明人打交道，就是省心。

她沉吟片刻，再抬起头来，神情竟有几分俏皮："记得以前看话本子，说到江湖好汉的故事，有一个叫投名状的东西，倒是可以借鉴。"

石南瞪大了眼，冲口而出："你当自个是山大王呢？"

不过是找枚钥匙，怎么弄得跟落草为寇似的？

还投名状呢！又不是穷途末路，逼上梁山！

再说了，就算要占山为王，大王也该是他，啥时轮到她？

"那你投不投呢？"杜蘅撇了撇唇。

山大王又有什么不好？

只不过，她这个大王，占的地盘有点大。因为她的目标，是倾覆天下！

石南一窒，几乎是咬牙切齿地道："大王有令，敢不遵从？"

杜蘅自然不会计较他的无礼。

清淡如水的声音，不疾不徐地道："祖母很喜欢听戏，其中有一出，说的是一位官家小姐，出游踏青，路遇强盗，家丁随从都被杀，危急时刻，有位少年侠士路过，救了这位小姐。小姐以身相许，相约夜奔。多年后，侠士亦高中状元，携小姐衣锦还乡，阖家团圆，欢喜落幕。"

说完看向他："你觉得如何？"

"俗得要死！"

"自古美人爱英雄，如果这位英雄同时拥有高贵的身份，俊美的外表，想必天下女子，没有不倾心的吧？"

"敢问，这位被你钦点的美人芳名？"

"杜府大小姐，你应该不陌生吧？"杜蘅边说，边上下打量着他。

石南顿觉毛骨悚然："你不会，要我去英雄救美吧？"

诚然，杜荇的确貌美如花，但她的脾气更无敌。

他没有自虐倾向，更没兴趣蹚杜家的浑水。

"若你对她有兴趣，我倒是不反对你亲自出马。"杜蘅撇撇嘴，冷酷地道，"否则，戏子倒是个不错的选择。"

石南白她一眼："我的眼光，有那么低吗？"

说完才意识到不对劲，琢磨了一阵，霍地抬起头。

眼前少女笑靥如花，姿态翩然，高贵如云上仙子俯瞰着他。

"那，是你亲姐姐！"

杀人不过头点地，什么样的仇恨，需要用这么恶毒的法子，来对付一个如花的少女！

杜蘅的神态依然安详沉静，吐出来的话，却阴冷残酷："良心和钥匙，你选哪样？"

石南两手一摊，学着她的语气："我跟她又不熟，干吗把良心浪费在她身上？"

杜蘅心中一松："她目前被禁足，你有半个月的时间做准备。"

"这么着急？"石南摸着下巴盯着她瞧，语气仿佛漫不经心，眼神却极锐利，"看来你在杜府处境很不妙啊？"

"妙不妙都是我的事，与你无关。"

石南振振有词："你若连自身都难保，谁来给我找钥匙？我做这么多事岂不都白干了？"

杜蘅懒得理她，略提高了声音："紫苏，送客。"

紫苏应声推门而入："石少爷，请。"

"我认得路。"石南悻悻拒绝。

紫苏似笑非笑地道："还是让奴婢送送的好。"

石南愣了千分之一秒，漂亮的眉毛拧起来，环顾一遍佛堂，视线在满室缭绕的青烟上停顿片刻："檀香，有毒？"

"我是弱女子，孤身与陌生男子见面，总得有个倚仗吧？"

石南的脸色顿时变得极为难看："若我不答应，是不是就得死在这间佛堂？"

杜蘅一派坦荡："若你心怀恶意而来，死了也不算冤。"

石南怒极反笑："我现在反悔呢？"

杜蘅丝毫不慌，很认真地问他："你要反悔吗？"

"姓杜的，算你狠！"石南气得眼冒金星，怒冲冲拂袖而去。

紫苏送了他回来，杜蘅已跪在蒲团上默诵经文，她快步上前，俯身低语："我找过了，没见着。小姐要的东西，倒是置办好了。"

"嗯。"杜蘅也不失望。

本来就是来碰运气，也没指望一次就遇上。

忽听得一阵急促而凌乱的脚步声响起，有人慌乱地大声嚷："让开，让开！"

听声音，竟是朝着这边来了，紫苏生怕闲杂人等闯进来，毁了小姐的清誉，急忙地蹿出去，守在佛堂门口。

就见着一大堆人，慌慌张张地抬着一乘翠盖珠缨的软轿穿过回廊，乱哄哄地进了后院的禅房。

正暗自琢磨，轿子里坐着的是哪家皇亲贵胄的女眷，有这么大的排场。

忽听一个冷峻的嗓音喝道："还不快去请方丈，愣在这里，作死么？"

紫苏蓦然一阵心惊肉跳，双膝不自觉地一软，往后退了一步，跌坐在了门槛上。

佛堂里的杜蘅，更是如遭雷击！

她猛然跳起来，三步并作两步，冲到了门前！

一眼，便看到了站在人群后的那个丰神俊逸的白衣男子！

弱冠年纪，生得极其俊美，眉目清逸，唇薄如线，只是斜飞的眼角，隐隐挟着一股煞气！

杜蘅死死地抠着门框，她是那么用力，指甲深深地抠进木头里，心脏犹如被刀尖刺中，窒息般地抽痛着。

是他，南宫宸！

化作灰都认得，毁了她一生的男人！

南宫宸的身侧，立着位锦衣男子，双臂被两个侍卫拽着，神情狂乱地念叨着什么。

杜蘅觉得有几分面熟，一时却想不起名字，正要看得再仔细些，紫苏已回过神，反手将她推进了佛堂。

推搡时，力气稍大了些，竟把门撞得咣当一声响。

此时院中乱糟糟的，这点小动静像大海中的一朵小浪花，半点都不起眼。

南宫宸却立刻转过头来，利若鹰隼的目光扫了过来。

杜蘅站在阴影中，小脸绷得紧紧的，直勾勾地盯着他，眼睛里是不合年龄的老成，带着冰冷的警惕和刺探。

南宫宸看着她眼中那分咄咄逼人的锐利，莫名地觉得遍体生凉。

他心生不悦，俊颜下意识地一凛，暗忖：这是谁家的小姐？胆子倒是不小！竟敢跟他对视。

紫苏胆战心惊，忙不迭地反手将门严严实实地关上。

"方丈来了！"也不知谁嚷了一声。

南宫宸收回目光，快步迎了上去："方丈大师请了。"

慧能双手合十："阿弥陀佛。"

"不好了，"锦衣男子还没来得及开口说话，从后院里跑出个满手是血的丫头，脸色煞白地嚷，"冷侧妃流血了！太医来了没有？"

"心妍！"锦衣男子一声狂吼，挣脱了两名侍卫的手，冲进了后院。

"闲话免叙，大师请先随本王来。"南宫宸领了慧能急匆匆朝后院走。

"去看看。"杜蘅已定下心绪，朝隔壁努了努嘴。

"你想做什么？"紫苏紧张得手心都是汗。

她有预感，小姐一定不会甘心安静地做个旁观者。

肯定会利用这个机会，做点什么。

可是，她实在是怕了那种日子，以致听到那人的声音就胆寒，看到他的影子也想绕道走。

她还没做好准备，也真心不希望小姐这么快就跟他发生交集！

杜蘅明白她在惧怕什么，拍拍她的肩："我自己去。"

如果连跟他碰面的勇气都没有，还谈什么报仇？

这一步，一定要跨出去！

"别，还是我去！"紫苏怎么会让她去冒险？

闭上眼睛，深呼吸好几次，这才拉开门迅速闪了出去。

杜蘅回到蒲团上，默默翻开经书，只是诵的是什么，却只有天知道了！

院子里此时已是一团混乱，然而，细一看却是乱中有序：每一道门前都站了四个带刀的侍卫。

外人别说进来，就是往门里多看一眼，也会立刻被呵斥、盘问。

紫苏在走廊站了半天，也没找到机会，却被守门的侍卫盯上了，半盏茶工夫，看了她三四眼了。

她越发不敢造次，垂了眼守在佛堂前。

正无法可施时，方丈一脸惭愧地从后院走了出来："老衲接骨疗伤，治个头疼脑热什么的还勉强可行，这接生之事……实在是无能为力！王爷还是派人催请太医吧。"

南宫宸冷冷盯着他，俊美的脸上凝着寒霜："她肚子里怀的，可是我六叔的孩子！万一有个三长两短，你担当得起么？"

"阿弥陀佛。"

南宫宸缓了语气，软硬兼施："随行的嬷嬷都很有经验，大师只需从旁给点建议即可。"

慧能方丈苦笑："王爷何苦强人所难？"

吱呀一声响，一侧的小佛堂门开了："我能试试吗？"

南宫宸和慧能同时转头。

南宫宸俊容一凛，眉目如笼薄冰："怎么搞的，竟让外人混了进来，嗯？"

侍卫噤若寒蝉，垂着头不敢吭声。

紫苏只觉浑身发冷，心脏狂跳，想上去护着杜蘅，却浑身虚软得挪不开脚。

杜蘅对他的怒火视而不见，安定而从容："我一早就来了，在佛堂诵经。刚不小心听到二位对话。小女子自幼熟读医书，或许，能帮得上忙。"

南宫宸难掩讶异，不自觉地扬起了眉。

抛开皇子尊贵的身份不谈，只凭这张美得几近妖孽的俊容，就鲜少有女人在他面前表现得如此镇定。而面对他的怒火，还能保持从容的，就更不多见了。

杜蘅不焦不躁，合十行了一礼，问："大师，患者是什么情况？"

慧能喜出望外，引着她急匆匆朝后院走："女施主还差二十天临盆，不小心滑倒……"

"慢着！"南宫宸踏前一步，挡住二人去路，"未得本王允许，谁敢擅入？"

慧能为难地看一眼杜蘅，再看一眼南宫宸："事急从权，不如……"

"你怎知她是真的擅长医术，还是想借机谋害皇嗣？"

一顶谋害皇嗣的大帽子砸下来，慧能立刻噤了声。

"病人受了外力冲撞，不及时救治，产妇胎儿都有性命之忧！"杜蘅没有退缩之意，清淡的声音沉而冷，字字坚脆如金石，"争分夺秒尚嫌不够，你却在这里拖延塞责，不许大夫入内，到底是何居心？"

骤然间，院子里静得连呼吸声都停了。

仿佛看不见的弦拉紧了，下一秒就是天崩地裂！

南宫宸气得脸都青了："你！"

"李太医来了！李太医来了！"杂乱的蹄声，打破沉寂。

一个年近六旬的老者，被两名侍卫挟持着，从墙外飞身掠了进来。

他面色如土，身子还没落地，半空中已"哇"地吐了出来。

一股秽臭之气，迅速在空气中弥漫开来。

南宫宸不自觉地沉了脸，往后退了几步。

"微臣李……"李义山吐得昏天暗地，强撑着虚软的身子过来见礼。

话没说完，就被几个婆子簇拥着进了后院："快快快，快请！"

杜蘅侧身施了一礼："民女告辞。"

南宫宸冷冷一笑："想走？没这么容易！"

"王爷欲待如何？"杜蘅脸上不见丝毫惊慌惧怕，神情隐隐夹着一丝轻蔑之意，似是对着一个无理取闹的孩子。

南宫宸好不窝火，从声音到脸色都倏地冷下来，冻得人发寒："来人，把她押下去！"

"你们讲不讲理？"紫苏飞奔过来，张开双臂挡在杜蘅身前，小老虎似的睁着一双眼睛，冲着他愤怒地嚷，"我们小姐好心帮忙，还惹来祸事不成？"

南宫宸冷哼一声："未确定冷侧妃安全之前，任何人都不许离开！"

"混账！蠢材！"后院传来一声怒吼，如野兽垂死的悲鸣，"滚，都给我滚！"

"六叔！"南宫宸一惊，顾不上理会杜蘅主仆，一个箭步冲进了后院。

丫头仆妇个个神色慌张，黑压压地跪了一地。

隔着门，就听到南宫述在大叫："再派人去传！给我传钟翰林……告诉他们，若救不回心妍，我让整个太医院陪葬！"

"六叔！"南宫宸心一紧，顾不得规矩，掀开帘子闯了进去。

冷心妍斜躺在床上，半边身子被南宫述托在怀中，脸上血色全无，惨白如纸。

她的身下，是一大摊的血渍，红得近乎妖异。

李义山跪在门边，上半身伏在地上，抖得如风中落叶："微臣无能，微臣无能……"

"陈太医来了！"

"许太医来了！"

很快，派出去的人马陆续返回，太医请来了三四个，却个个束手无策。

南宫述越来越绝望，已不再企盼太医，只抱紧了怀中的人儿，低了头不停地蹭着她的颊："心妍，心妍，心妍……"

那声声呼唤，饱含痴情，饶是南宫宸心硬如铁，也不禁鼻酸。

他不忍卒听，转身离开禅房。

隔着花树，看着在侍卫环伺下，紧紧依偎在一起的紫苏和杜蘅。

听到脚步声，两人同时转过头来。

紫苏满是不忿，眼里满满的是燃烧的怒火。

杜蘅却是一派安详沉静，关心地询问："病人情况如何？"

当那样明亮的眸子，如水般清澈的目光平静地望过来，他一直狂躁烦乱的心绪，刹那间平和了下来。

"你进去吧，"鬼使神差，南宫宸走到她身边，道，"但，有任何差池，唯你是问！"

"我尽量。"杜蘅微微点了点头，头也不回地进了后院。

那几名太医见来了后援，俱是一喜，等到她进门，顿时又凉了半截。

他们个个医术精湛，尚且束手无策，她一个乳臭未干的黄毛丫头，能顶什么事？

杜蘅不慌不忙，上前搭着冷侧妃的腕脉，却见她两道秀丽的眉毛越蹙越紧，忽地掀起了冷侧妃的裙角，伸手覆在了她的肚子上！

随侍的嬷嬷惊得瞪圆了眼睛。

"做什么？"南宫述猛地握住了她的手腕。

杜蘅安静地抬眸："你不想救尊夫人了？"

"你，你有办法救心妍？"南宫述眼睛蓦地一亮。

"时间宝贵，再拖延下去，我可不敢保证。"杜蘅皱眉。

"这是什么地方，岂容你大放厥词！"李义山忍不住叱道。

杜蘅并不理他，挽了袖，在冷侧妃的肚腹上揉搓起来："胎位不正，我现在用按摩之法，略加矫正。"

"从未听说胎位不正，可用外力矫正！"李义山瞧得心惊胆战，伏地重重叩首劝谏，"此女分明是在妖言惑众！娘娘失血过多，身体极度虚弱，恐支持不了多长时间！微臣斗胆，恳请王爷早下决断！剖腹取子，最少还能留得小王爷一命。拖下去，只怕……"

南宫述的脸上，也显出迟疑之色。

三个太医，行医时间最短二十年，最长四十载，一致裁定最好的办法是弃母保子。

这个来历不明的少女，最多不过及笄之年。

就算从娘胎里就开始研读医书，最多也就十几年的光景，凭什么超过几个德高望重的老太医？

杜蘅忽地扭头："谁有金针？借我一用。"

陈朝生半是疑惑半是好奇，递了针盒过去。

杜蘅拈了一支金针在手，却并不下针，望着几位太医，嫣然一笑："娘娘即将临盆，几位不需回避吗？"

"还不退下？"南宫述大喜过望，叱道。

李义山几个只得按下满腹疑虑，躬身退到院外等候。

杜蘅在冷侧妃高高隆起的肚子上摸索了一会，找准了位置，正要一针扎下去。

一直处于昏迷的冷侧妃，忽地握住了她的手，挣扎着道："一定要，保，保住孩子……"

南宫述心头一窒，紧紧地抱住了她："心妍，我不要孩子，我要你活着！"

杜蘅鼻头微酸，微微一笑："为母则强，为了孩子，相信你一定能撑下去。"

冷侧妃定定地看着她，泪水潸然而下。

"我的事做完了，"杜蘅一针扎下，起身让到一旁，"接下来，交给产婆了。"

"快，拿参片来！"产婆捋起袖子，大声吩咐。

丫头，仆妇端着铜盆，在几个婆子的支使下，开始忙碌地穿梭来往。

"用力，娘娘，再用点力！"

"看到头了，看到了！"

"生了，生了！"

"是个小王爷！"

走廊上焦急等待的众人，欢喜得几乎跳起来。

"哇哇！"婴儿嘹亮的哭声，响彻整个寺庙的上空。

慧能大师双手合十："阿弥陀佛。"

嬷嬷接过婴儿，麻利地包好，小心翼翼地交到南宫述手中："恭喜王爷，贺喜王爷，

冷侧妃诞下小王爷，母子均安。"

盯着婴儿粉粉嫩嫩皱巴巴的小脸，南宫述手足无措，竟是欢喜得呆了。

南宫宸如释重负，大踏步上前："恭喜六叔！"

众人一拥而上，恭喜道贺之声，不绝于耳。

杜蘅乘乱转身，悄然离去。

李义山又是羞愧又是不解地将她拦下："老朽有一事不明，还望姑娘不吝指教。"

"我们几人都把过脉，明明是难产，想尽办法都无功而返。为何姑娘一针下去，竟顺产了？"陈朝生迫不及待发问。

杜蘅笑了："其实很简单，婴儿本身胎位不正，再加上他的手又抓住了脐带。我先用按摩手法，帮娘娘把胎位矫正，再用金针刺婴儿的手。他感觉到疼，自然就会撒手。大人若是不信，可以去瞧小王爷的手。"

顿了顿，又道："几位大人，并非医术不如我。只是我是女子，可以直接接触病人的肌肤，从而能更直观，更准确地判断病情。"

"你怎么知道，小王爷抓住了脐带？"许良将目瞪口呆。

又不是神仙，怎么可能只凭触摸，便准确地知道胎儿在腹中的情形？

李义山顿时惊为天人："姑娘观察入微，真乃神人也！"

"请问姑娘师从何人？"陈朝生更是好奇地连声追问。

杜蘅笑了笑："今日之事实是机缘巧合，小女子不敢居功。雕虫小技，不敢亵渎先人之名。告辞。"

她不骄不躁，自始至终表现得温婉谦逊，立刻赢得了三位太医的好感。

要知道，按摩孕妇腹部矫正胎位；针刺婴儿手，使他放开脐带。这两件事说起来虽然简单，实际操作起来，却是难于登天！

更何况，对方的身份如此尊贵，稍有差池，便是灭顶之灾！

没有绝对的把握，没有对自身医术强大的自信，没有丰富的经验，谁敢这么做？

许良将啧啧连声："此女蕙质兰心，仪态高雅，行事磊落，必是名门之后。"

"最难得的是，有本事却不居功自傲，懂得谦虚谨慎。"李义山大为感慨，"得女若此，夫复何求？"

几人正大发议论，南宫宸从内院走了出来，问："方才那位小姐呢？"

"已经走了。"

"没留下什么话？"南宫宸微感意外。

明知道他的身份，明知道救了恭亲王府的侧妃、小王爷是何等功劳，竟然不辞而别？

这倒有意思得很！

不知她是真的无欲无求，还是在玩以退为进，欲擒故纵的把戏？

"王爷请她来，竟不知她来历？"李义山觉得匪夷所思。

病急乱投医这种事，可不是精明而多疑的燕王的做事风格！

看着空荡荡的佛堂，南宫宸微微翘起薄唇，勾出一抹玩味的笑："给我找！就算是掘地三尺，也要查出她的来历！"

两个婆子给侍卫挡在院外，眼瞧着天色擦黑，正急得团团乱转时，忽见杜蘅主仆二人出来，喜得跳起来："二小姐，可算出来了！"

杜蘅歉然地侧了侧身："王府侧妃生产，侍卫封了后院，这会子才放出来。让两位妈妈久等了。"

见杜蘅态度恭谨，言词很是客气，两个婆子登时如三伏天饮了冰水，十分地受用，连声道："王府封院，事先谁也料不到。二小姐没有受惊就好，做奴才的多等一会，又算什么？"

杜蘅上了马车，再也无法强装镇定，双膝一软，跌坐在车内。

紫苏一惊："小姐……"

一根冰凉的手指按上她的唇："我没事，别嚷！"

紫苏忙将她搀到锦凳上坐好，顺手倒了杯茶给她，压低了声音埋怨："这会知道怕了？方才倒是挺能显摆的！"

杜蘅就着她的手喝了口水，没吭声。

"不过，"紫苏掩不住敬佩和疑惑，一个劲地盯着她瞧，"小姐难不成，真的有阴阳眼不成？"

要不然，怎么知道冷侧妃肚子里的情形呢？

"你才阴阳眼呢！"杜蘅横她一眼，道，"忘了咱们是两世为人啦？"

十年前，恭亲王府的冷侧妃，怀孕九个月时不慎跌倒，提前二十多天生产。

当时太医会诊后，做出的决定就是弃母保子。

主刀的正是李义山，剖开腹部后，发现婴儿的手紧紧地抓住脐带。

此事成了临安轰动一时的大新闻。

正因为如此，她才甘冒杀头之险，挺身而出，救了冷侧妃的性命！

相信今日过后，她想不扬名京都都难。

"所以，"紫苏与她心意相通，会心一笑，"你今日是以退为进？"

杜蘅闭眸，重重靠向软垫："南宫宸生性多疑，与其主动示好，不如敬而远之。"

"这样，王爷反过来，会主动纠缠小姐？"紫苏似懂非懂。

杜蘅弯唇勾出一抹冷笑："杀他不难，请个杀手就能做到。可我，要他尝尝什么是撕心裂肺的痛，让他从云端跌入泥坑，要他卑微地趴在我的脚下哀求，后悔这辈子遇上我！"

紫苏握紧了她的手："刀山火海，我总是陪在小姐身边！"

回到杜府，天已全黑。

老太太派了人在二门等候，她一回来，立刻带到瑞草堂询问缘由。

杜蘅简单解释了几句，陪老太太用过晚饭，又说了会话，这才回了竹院。

临睡前，杜蘅特地去厢房看了张妈，给她送了个寺里求来的玉符。

回了屋，杜蘅小声问："东西可放置好了？"

紫苏笑道："放心吧，一共四副，都是我亲自安放的。"

"夜里警醒点。"杜蘅拉过薄被盖上，"若猜得不错，今夜当有不速之客。"

"小姐收到密报？"紫苏惊讶于她的笃定。

"父亲入宫侍值，要明天才回。"

这么好的机会，那人怎会白白错过？

"对了，"紫苏忽地想起一事，爬起来问，"小姐见了石少东，印象如何？"

杜蘅闭着眼："八面玲珑，长袖善舞，看似无话不谈，实则滴水不漏。"

紫苏不禁有些担心："这样的人，嘴一般都不牢靠，咱们一定要跟他合作吗？"

"至少目前，他还有求于我，不敢乱来。"杜蘅并不担心。

"他要什么？"

"钥匙。"

紫苏蓦地坐直了身体："他也在找钥匙？这钥匙究竟藏着什么秘密，这么多人惦记着它？"

杜蘅缓缓道："这把钥匙既然如此重要，前世石南为何没来找我？"

"或许，"紫苏想了想，"他不是没找，而是找不到？"

前世柳姨娘看得太紧，她又自惭形秽，躲在家中羞于见人，两下错过也未可知。

杜蘅摇头："杜府并非铜墙铁壁，他若有心，不可能见不着。"

"那……"紫苏茫然了，"我可真不知道了。"

杜蘅见她一脸苦恼，不禁笑了："管他什么理由，咱们只需见招拆招就好。"

"钥匙在柳姨娘手里，小姐要怎么拿回来？"

"我自有办法，让柳姨娘把娘的嫁妆乖乖交出。"

"怎么做？"

"到时自然知道。"杜蘅打了个呵欠，"时候不早了，睡吧。"

"哦。"紫苏不甘心，可又没法可施，悻悻躺下。

05　密室蛇踪

杜老太太如往常般，卯时即起。

锦屏服侍她洗过脸，拿了牛骨梳替她梳了个大圆髻，拿了几支簪子在脑后比画着，正要取镜子给老太太过目。

"不好了，不好了！"就听外面小丫头大呼小叫一路嚷了过来。

锦绣掀了帘子出去，劈头就是一顿骂："死蹄子，大清早地鬼喊鬼叫什么？"

小丫头脸一白："不好了，二小姐中了毒，快死了！"

"什么？"杜老太太在里屋听到，噌地一下站了起来。

锦屏收手不及，玉簪啪地掉在地上，摔成两段。

杜老太太铁青着脸，掀开门帘走了出来："这是怎么说的？好好的，蘅丫头怎么会中毒，请了大夫没有？"

"这……"小丫头一头一脸的汗，跪在地上直摇头，"奴婢不知……"

"烂舌头的东西，事情没弄清楚，就敢这么混回？"锦绣作势欲撕她的嘴。

杜老太太心急如焚："走，去竹院看看去。"

在竹院大门前，正遇着杜茳和杜荇两姐妹。

"祖母，早！"两人对视一眼，过来请安。

"荇丫头，"杜老太太脸一沉，"你爹罚你禁足半月，不在青荇院静思己过，跑到这里来做什么？"

杜荇自知理亏，怯怯地低了头。

"祖母，别怪大姐姐。"杜茳拉了她的手撒娇，"是我听说二姐姐被毒蛇咬了，心中害怕，央着大姐姐做陪。"

"什么，蘅丫头给毒蛇咬了？"杜老太太只觉眼前一黑。

锦绣眼疾手快，双手扶了她的腰。

"快，扶祖母回去休息。"杜茳乘机想把老太太弄回瑞草堂。

等控制好局面后，老太太跟前想怎么回话都成。

"围着我做什么！"杜老太太缓过气来，斥道，"还不快去请鹤年堂的掌柜！另外，把周姨娘给我叫来！"

顿了顿，又道："再派个机灵的小厮去宫门外守着，老爷一出宫，立刻请他回府！"

"是！"自有小丫头，飞快地跑着四处送信。

杜荇，杜茳得意地交换了一个眼神。

老太太气得不轻，先不说杜蘅那丫头会落个什么结果，最少可以肯定，周姨娘的中馈，今天算是掌到头了。

只要瞅准了机会，煽煽风，点点火，弄不好柳姨娘立马就能出来管事。

进了竹院，迎面就见院中摆着块门板，依稀可以看到，板上躺着一个女子，身上盖着块白布。

张妈带着紫苏，还有两个小丫头，弯着腰围着门板站了一个圈，不知在捣鼓着什么。

众人心中都是咯噔一响，暗忖：不好，二小姐怕是中毒不浅！

杜荇心里一阵痛快，嘴角不自觉弯了起来，转念一想，若杜蘅就此香消玉殒，她跟夏风的婚事说不定也会告吹，不禁又有些着急。

"二姐姐！"杜荏假意抹起泪来。

"蘅丫头！"老太太身子又是一晃。

白前小跑着过来，神情诧异中夹着几分慌张："大清早的，老，老夫人怎么过来了？"

"你们几个怎么伺侍的？"杜荇大声呵斥，"竟然让二妹被毒蛇咬伤！来人，拉下去每人打二十板子！撵出府去！"

"大姐。"清冷沉稳的女声突兀响起。

张妈，紫苏几个人让到一旁，露出蹲在门板边的杜蘅："不知白前做错什么，大姐一上来，就要她的命？"

杜荇指着她，张口结舌："你……我……"

"二姐别血口喷人！"杜荏则抢着说话，"大姐姐也是心疼你，罚几个丫头给你出气！目的也是警醒她们，以后做事要加倍尽心，切不可轻忽大意！"

言外之意，今日竹院毒蛇咬人，完全是丫头们不忠职守，轻忽大意所致，怨不得旁人！

"蘅丫头！"老太太又是惊喜又是疑惑，"这是怎么回事？"

杜蘅急忙上前挽着她的胳膊："是这样的，前几日我院子里闹鼠灾，一晚上就打死十几二十只。我想着不是什么大事，没敢惊动祖母，私底下吩咐丫头们买了几只捕鼠夹放在院中。哪知今晨起来一看，院子里竟然死了个丫头。"

"捕鼠夹，怎么把人弄死了？"老太太觉得不可思议。

杜蘅咬着唇，略带不安地指了指门板。

众人这才注意到。

躺在门板上的女子，右小腿上卡着一个一尺多的铁圈，十几枚长达二寸的铁齿，从腿骨两边交错穿过。

铁齿上满是污浊的血渍！

众人瞧了这一幕，齐齐倒吸一口冷气。

这玩意，别说是捉老鼠，就是老虎，熊瞎子踩着了，也跑不了！

紫苏煞白着脸，一副闯了大祸，惶恐害怕的表情："我怕太小了老鼠会跑，这才，特地嘱咐拣大的挑……"

杜荇厉声喝道："你糊弄谁呢？这分明就是捕兽夹！"

"真奇怪，被夹断了腿，也不致就丢了性命。"杜蘅观察半天，见那丫头除了腿上有伤，未见有毒蛇噬咬的痕迹，遂仰了头，一脸天真地问："二姐姐，不会是夹子上抹了毒药吧？"

本想阴杜荇一把，哪知她竟然轻轻颔首："我也觉得奇怪，这才先瞒了消息，原想查明了死因再去回禀祖母。也不知外面怎么就传出我被毒蛇咬了？扰了祖母和两位姐妹的睡眠，真是罪过。"

这段话，看似寻常，却传递了几层意思。

首先，她在院子里放捕兽夹，意在捕鼠，不想伤人。即便伤了，也不致死。但人却死了，为什么？

其次，她本不想惊动老太太，有心人却唯恐天下不乱，刻意歪曲事实，散布不实谣言。

最后，明明是外伤，为什么传话的却说是中了蛇毒？

细思起来，个中缘由，委实耐人寻味。

响鼓不用重锤，杜老太太稍一琢磨，便明白了杜蘅言外之意。

联想几天前在杨柳院的那场闹剧，不禁心一沉，两道寒芒朝杜荇、杜茳姐妹冷冷扫去。

该不是这几个不安分的，背后又闹什么幺蛾子？

杜荇被老太太瞪得心慌，大声道："夏天蛇虫本就多，你非要住垩室，席地而睡，别人误会是毒蛇咬伤，也不稀奇。"

"大姐，原来是对住垩室有所不满。"杜蘅意味深长地道。

"你别转移话题！"杜荇心中焦躁，提高了声音喝道，"分明是你不小心搞出人命，怕祖母父亲责罚，找理由赖到我身上，门都没有！"

杜老太太冷着脸，问了关键的一句："这丫头是你院子里的人吗？"

杜蘅不吭声。

紫苏一脸激愤中带着委屈的表情，解释："夹子的事，我们院子里的人都知道。为防止误伤，小姐还特地吩咐，需得在上了夜，关门落锁之后，才在房前屋后的草深偏僻、蛇鼠出没之地放置夹子，天一亮就要收起来。"

你若是堂堂正正来传话，自然相安无事。

但若是心怀鬼胎，半夜三更，爬树翻墙而来，被夹断了腿那就是活该！

一听这话，杜荇立刻认定张妈跟杜蘅串通了，给她们姐妹下套，恨得牙痒痒，望着她的眼神里不断飞出刀子。

张妈听得冷汗直流，心里直叫苦！

天地良心，杜蘅根本连"捕兽夹"的字都没提过一个！

她一宿没睡，偷偷把门打开放人进来，等了好久才隐约听到一声惊呼。

躲在远处，看到小姐窗外围了几个丫头，一迭声在叫"小姐"，以为事成，这才趁着场面混乱，把消息送出去。

谁知道一回来，院子里已架起了门板，小姐若无其事在那站着。

这时才明白被二小姐算计了，再想出去，已是不能……

"二小姐，我可怜的二小姐！"伴着呼天抢地的哭声，周姨娘跌跌撞撞地闯了进来，见了老太太顿时万分委屈："老夫人，你可要替我做主啊……"

"闭嘴！"杜老太太面色铁青。

周姨娘的哭声戛然而止，猛抬头见了杜蘅，先是一惊，继而喜得扑了过去："二小姐，你，你，你……"

杜蘅给她摇得头晕，退了一步："我没事。"

周姨娘喜得语无伦次："没事就好，没事就好，阿弥陀佛！万幸，万幸！"

"她究竟是怎么死的？"老太太沉了脸，不耐烦地打断她。

"毒蛇噬舌，不治身亡。"杜蘅一字一顿地道。

白前机灵地蹲下身，掰开死者的嘴，把她黑得发紫、肿得大了数倍的舌头给大家瞧。

舌尖部位，果然有两个齿痕。

"怎会那么巧，刚巧给蛇咬到舌头？"

白薇默不作声，提了个细竹篾编织的精巧竹篓出来。

紫苏解释："这是她随身带着的。"

一见这竹篓，杜老太太的脸色立刻变了。

杜家做药材生意，蛇胆自然不稀奇，这种竹篓就是专门用来存放毒蛇，以备随时取胆的。

但凡在杜家的老人，对它都不陌生。

"你看仔细，这贱婢是哪个屋的？"杜老太太手里指着门板，声色俱厉地让周姨娘辨认，眼睛却冷冷盯着杜荇。

往房里投放毒蛇，这是要害人性命，跟之前的姐妹之间争宠，抢风头的性质已经完全不同了！

老天保佑，千万不要让她抓到把柄，是这丫头搞的鬼！

周姨娘盯着那丫头看了几眼，吃了一惊："咦，这不是梅院的粗使丫头，带喜吗？"

杜老太太心一紧，霍地转过头去，眼中寒光大盛："你没有认错？"

郑妈妈不禁轻轻皱了皱眉头。

陈姨娘怀孕七个月，这些日子一直深居简出，连顾氏的葬礼，都得了老太太的特许，在家里安胎，可不必送上山去！

这会子把她牵出来，事情越发复杂了！

周姨娘吓了一大跳，结结巴巴道："这丫头原先是在洗衣房做事，我见她乖巧懂事，前几天刚把她调到梅院……"

杜茳暗自得意，扑闪着大眼，一副天真无邪之态："周姨娘心地真好，刚接管中馈就想着给陈姨娘添人。"

杜荇立刻倒打一耙："哟，前两个月周姨娘还为套头面跟陈姨娘闹呢，啥时候突然跟陈姨娘这么好了？"

姐妹二人搭一唱，无非是暗示周姨娘为了争宠，谋害二小姐，栽赃陈姨娘了！

"冤枉啊！"周姨娘急得扑通一声跪倒在地，"我只，只是收了带喜她娘十两银子，别的，什么也不知道啊！我刚接掌中馈，二小姐若出了事，能有我的好吗？老夫人，你一定要相信我！我，我若是对二小姐意图不轨，天打五雷轰……"

"老爷来了！"小丫头飞跑着过来送信。

杜谦急匆匆地赶来，连衣服都没换，进了门先给老太太行礼："儿子给母亲请安。"

"老爷！"周姨娘扑过去，哭得梨花带雨，"你一定要给奴婢做主啊！"

杜老太太气得脸都青了："还不快退下！大庭广众，成何体统？"

"老爷！"周姨娘哪里肯退，拽紧了杜谦的袖子不撒手。

"哭什么！"杜谦气不打一处来，狠狠甩开她，"不过是死了个丫头，抬出去就是了！全围在这里干什么，不用做事了？"

见他发怒，众人吓得大气都不敢喘。

周姨娘使个眼色，四个粗壮的婆子，抬着门板飞快地出了门。

杜荇心有不甘，还想再煽煸风："周姨娘才管家几天，就闹出这么大的事……"

"好大的胆子！"杜谦双眸一瞪，厉声喝道，"把我的话当耳边风吗？禁足半月不够，是不是要禁一年才行？"

"来人，把大小姐押回青荇院，谁要是敢放她出来，立刻打二十板子，发卖出府！"

"爹。"杜荇委屈得淌下泪来。

"大小姐，走吧。"婆子上来拉她。

"滚开！"杜荇尖叫着甩开婆子的手，气势汹汹地离去，"我自己会走，别拿你的脏手碰我！"

"大姐。"杜茳怕她惹祸，又想留下来看事态发展，一时有些拿不定主意。

"三儿，你也回去，没事在房里待着，别整天瞎逛！"杜谦板了脸训道。

杜茳心知有异，装作很是乖巧地应了："是。"

杜蘅虽不受宠，到底是杜家的嫡女。今日之事，摆明了有人要陷害于她，杜谦却连

问都不问,只把丫头抬出去了事。

这完全跟他平日的行事风格不符,明显有更重要的事,困扰了他,才会不顾杜府的体面,甚至顾不上给侯府一个交代,草草收场。

出了竹院门,杜茌低声吩咐霍香:"叫个小丫头盯着,有什么风吹草动,立刻来报。"

"是。"

老太太满腹疑虑:"谦儿,这是……"

"娘,咱们进去再说。"杜谦上前,亲自搀了老太太起来,步入前厅。

周姨娘亦步亦趋地跟过去,谄媚地道:"还是老爷想得周到,夏天太阳毒……"

杜谦眉一皱,吓得她立刻噤了声,再看一眼锦绣锦屏几个,淡声道:"你们先出去。"

"是。"众人鱼贯而出,在院子里站了一排,互相交换着惊疑不定的眼神,却都极有默契地不吭一声。

周姨娘心急如焚,当着众人的面,又不敢去偷听,那心情当真难以形容。

公然把仕途放在她的生死之上!有这样一位父亲,着实让人心寒!

杜蘅双手在宽大的袍袖里紧紧地握成拳,心里像针扎一般难受,面上却平静如水:"紫苏,上茶。"

"是。"紫苏留下担忧地一瞥,转身进了茶水间。

"出什么事了?"见他这番做派,老太太不由得心一紧。

杜谦这才惊觉自己太过严肃了,忙缓了语气,面上带了笑容:"娘,是喜事,大喜事!"

杜老太太沉了脸斥道:"说什么胡话呢?"

居丧之家,哪有什么喜事?

察觉语气太过轻浮了些,杜谦不禁面上一红:"儿这还不是怕娘担心,再说了,燕王亲自造访,的确是咱们杜家的荣耀。"

不错,平昌侯是超品,在大臣中拥有无上的尊崇,说到底只是个虚衔,且再尊贵也只是个臣子。跟正宗的皇室血脉燕王一比,无疑是云泥之别!

杜老太太吃了一惊:"哪个燕王?"

"除了三皇子南宫宸,还有哪位敢称燕王?"说到燕王的名讳,杜谦下意识地压低了音量。

"咱们杜家与燕王府素无来往,他来做什么?"杜老太太并未给这意外的喜讯冲昏了头脑。

口头致哀和亲自来府上吊唁,有着本质的区别。

燕王突然纡尊降贵,福祸实难预料!

"蘅丫头没跟你说起过?"说起这事,杜谦不禁颇有些不自在,心中更是五味杂陈。

入京一年，进太医院半载，他绞尽脑汁，想跻入临安的社交圈，却始终不得其门而入。夏家对他始终不冷不淡，除年节亲戚间正常的走动之外，谢绝一切私交。

每每午夜静思，常觉自己种种行为，像个跳梁小丑，很是可笑！以致对孤注一掷举家迁入京城，生出无限悔意！

可谁又想到？那个曾经以为最无用，最懦弱的女儿，却给他铺了一条仕途光明的大道！

燕王的突然造访，如同一星火苗，瞬间点燃了他濒临熄灭的希望！

若能得到燕王的认可，无疑拥有了一张通往上流社会的通行证。

"这么说，是平昌侯府从中牵的线？"老太太略略安心。

"详细的我也不清楚，大概是蘅丫头昨日去烧香，无意间帮了燕王的忙，今日是来登门致谢的。"杜谦轻轻一语带过后，话锋一转，"那位出了名的心思难测，喜怒无常。周姨娘又是个没经过事的，万一有什么闪失，必会惹来大祸。您看，是不是让柳姨娘出来主持大局？"

"父亲的安排，恐有不妥。"清淡的女声，冷静而沉稳。

杜谦吃了一惊，迅速掉过头来。

杜蘅端着两杯热茶，缓缓踏了进来，将茶分别奉到二人手上，这才不疾不徐地道："不错，柳姨娘掌家二十年，接待过不少地方官员。然而，父亲不要忘了，那是在清州，最多只到四品知府，与燕王岂可同日而语？"

"正因为如此，才更需要经验！"被女儿驳斥，杜谦很不高兴，"否则，临事慌张，容易出错，一个弄不好，就要给杜家招灾惹祸！"

"父亲的顾虑原本是不错的。"杜蘅的声音柔且轻，语气十分笃定，"不过，您算漏了一件事！"

"什么？"插话的，是杜老太太。

"身份。"杜蘅抬眸直直地望着他，眼神温和中含着若有似无的讥嘲，"父亲忘了，柳姨娘只是个姨娘！堂堂燕王来访，却以姨娘相迎，算不算奇耻大辱？"

杜谦无词以对，张着嘴，脸上青红交错。

"可是，"杜老太太道，"顾氏已经不在了，姨娘出面待客便不算逾矩，燕王总不能因此而降罪吧？"

"母亲不在，还有祖母呢。"杜蘅淡淡道。

"我？"杜老太太先是一愣，随即连连摇手，"不妥，不妥，我大字不识一个，又没见过什么大场面，万一闹了笑话就不好。"

"燕王是来拜访的，又不是来考校功课的！"杜蘅冷冷一笑，"他也是人，又没有三头六臂，祖母只需以平常心待他就可以了。从辈分上说，祖母还高他两辈呢！见他就

是给他脸！他有什么资格挑剔？"

一番话，说得杜谦母子面面相觑。

眼前这个自信满满、侃侃而谈的少女，哪还是记忆中那唯唯诺诺、畏首畏尾的蘅丫头？

莫不是，顾氏的逝去，让她一夜之间成长了？

最多还有半个时辰，燕王就要上门，已没有太多时间让他犹豫，杜谦思索了片刻，便做了决定："如此，请母亲多多费心。"

杜老太太无奈道："既然你们坚持，我只好勉为其难了。"

"恭送祖母。"杜蘅起身，把老太太送出门。

"这衣服太素了些，叫丫头进来重新打扮一下，换身衣服。"老太太看她一眼，叮嘱一句后，带着锦绣几个匆匆离去。

"蘅儿，"杜谦招了招手，"你过来，为父有话问你。"

杜蘅依言，回到他身边。

"你……"杜谦犹豫再三，终于问道，"没事吧？"

杜蘅却不答，仰脸静静地看着他。

呵呵，他的关心来得可真早！从进门到现在，怕是有小半个时辰了吧？

杜蘅一双极肖生母的清澈瞳眸，黑白分明却又不失锐利。在她的注视下，仿佛一切都无所遁形。

杜谦微感狼狈，低头啜了口茶："父亲平日忙于琐事，忽略了对你的管教。竟不知……不知你的医术竟精进如斯。教父亲，好生，欣慰。"

杜蘅突然勾了勾唇，那笑容极淡，仿佛风过灯烛，拂得烛影一晃，瞬间恢复原状。待他定睛细看时，依旧是那副恭谨的神情。

这让他很不得劲，轻咳一声，索性单刀直入："你，究竟何时习的医术，师承何人？"

"没有师承。"

"什么？"杜谦几乎以为听错。

"没有人教我医术，就是自个看书，瞎琢磨出来的。"杜蘅垂着眼，语气平淡。

"都看些什么书？"杜谦拼命控制，眼里仍忍不住露出贪婪之色。

顾家世代行医，至今已有百余年，出过不少医学大家。

若非祖有遗训，凡顾氏子孙皆不得入朝为官，只怕大齐王朝的太医院院正，半数以上都要姓了顾。

作为顾泝之的女婿兼接班人，却并未得到顾泝之的信赖，晚年更是对他诸多不满。

在生时，除鹤年堂外，不许他染指顾氏任何产业，辞世后更不曾给他留下片纸只字！

这么多年，他想尽一切办法，寻找被顾泝之藏起来的医学典籍。

万万没想到,竟然在最不可能的人身上,发现了端倪!怎不让他激动万分?

"《黄帝内经》,《金匮要略》,《伤寒论》,《本草纲目》,《神农本草经》……"杜蘅张嘴就来,行云流水地背了一大串书名。

杜谦瞪着她,差点背过气去。

"基本是拿到手就看,"杜蘅张大了眼,一脸天真,"有几十上百本呢,父亲还要我背吗?"

"不必了!"杜谦脸黑如墨。

别的不知道,体外按摩转胎位之术,他就曾亲眼见顾泫之施用过不止一次。

这可是顾家独门绝技,别人莫说会,就连听都没听过!

她这样说,就是要藏私了,真是岂有此理!

杜蘅无视他的怒火:"燕王要来拜访,父亲不需要稍做梳洗,换套衣服么?"

杜谦轻哼一声,拂袖而去。

紫苏推门而入,见杜蘅站在窗前发呆,眼眶微微泛着红,仔细一瞧眼角还闪着些晶莹的光。

一愣之后,反身蹑手蹑足往外走。

杜蘅迅速整理好了情绪:"做什么?"

"老夫人吩咐,请小姐沐浴更衣。"紫苏小声嗫嚅。

"嗯。"

紫苏进内室,挑了几套衣服:"小姐,选哪套?"

"越素越好。"杜蘅眼皮也不撩,掀帘出门,进了净房。

巳时正,燕王轻车简从,准时来到杜太医府上。

杜谦身着朝服,领着杜松在大门等候已久,迎上去长揖一礼:"下官杜谦,率阖家恭迎燕王王爷。"

南宫宸翻身下马,扫了一眼大开的中门,眉头不易察觉地皱起来:"大人客气。"

杜谦见他面有不悦,不禁有些后悔没听杜蘅劝告,低调一些,以免有刻意逢迎之感。

当下强掩了懊恼:"王爷光临寒舍,蓬荜生辉,请。"

南宫宸边走边看,状似随意道:"这个地段的房子,怕是不好买吧?杜大人好本事。"

杜谦心中咯噔一响,额上汗水密密渗出来:"不敢欺瞒王爷,这房子实乃下官岳家祖产。"

"哦?"南宫宸饶有兴致,"令岳仙乡何处,以何为营生?"

"岳父顾泫之,祖籍清州,世代行医。"杜谦力持镇定自然。

"是北有钟翰林,南有顾泫之的那个顾泫之吗?"南宫宸假作吃惊。

"正是。"

"失敬失敬！"南宫宸赞道，"怪不得令嫒医术神乎其技，原来是名师出高徒。"

他先赞顾洐之，后夸杜蘅，偏偏把杜谦撇在一旁。

杜谦犹如被刮了一巴掌，脸上火辣辣地烧着，偏还要装出一副高高兴兴的样子，诚惶诚恐地道："小女年幼，不足之处甚多，王爷见笑了。"

南宫宸面容一肃："本王从不说笑。"

杜谦顿时十分尴尬，幸得此时已行至二门外。

杜老太太领着杜蘅，在二门外等候，双方见了面，又是一番介绍，寒暄，客套。

南宫宸一边应付自如，一边以眼角余光看着杜蘅。

她一直垂着头，站在人群之后，看似十分拘谨害羞，然嘴角时不时轻轻一撇，显示出心底的极度不耐。

如果说，昨天还只是猜测，今日已十分确定。

这位杜家二小姐，是真的不买他的账！

不仅对他不感兴趣，甚至是不屑和轻视，以及一种莫名其妙的敌意！

是的，就是敌意！

尽管她努力想掩饰，然而她的肢体语言，无一不在诚实地表达一个意愿：离我远点！

不喜欢他，这并不奇怪。

毕竟她与平昌侯府的小侯爷夏风自幼就有婚约在身。

他也没有自大到以为天底下的女人，都会为他俊美的容貌而疯狂的地步。

可是，昨天之前他与她还素不相识，那份从骨子里散发出来的敌意，从何而来？

既然如此讨厌他，昨日之事，她只需作壁上观即可，为什么出手相救，是何道理，有何目的？

陈泰轻咳一声。

南宫宸回过神，发现自己对着一株香樟发呆，身后一群人杵着，一脸莫名地看着他。

他微微一笑，遥指远处："假山，造得不错。"

"此宅经过上百年的经营改造，园林确实颇有特色。"杜谦字斟句酌，态度很是谨慎。

杜蘅乘人不备，偷偷打了个呵欠，不料却被南宫宸尽收眼底。

"哦，是吗？"南宫宸忽然转头，眼睛盯着杜蘅，带着几分戏谑，几分挑衅的语气，"如果不失礼的话，可否请二小姐领本王参观一二？"

杜蘅眉一挑。

废话，当然失礼！

她有父兄在场，他不去请，偏偏要她这个有婚约的未出阁少女陪他游园，算怎么回事？

杜谦的脸，刷一下红了！

此举不只是失礼，简直是无礼至极！

但是，他是王爷是皇子，谁又敢说他的不是？

杜谦飞快地思索着对策。

应了吧？不只是杜蘅闺誉被毁，杜府声名扫地，他杜谦从此也会贴上卖女求荣的标签，任人耻笑。

不应？立刻就会开罪燕王，一样混不下去！

左思右想，一时间竟想不到既能委婉拒绝又不伤他体面的措词，急得鼻尖渗出汗来。

杜松不禁大叹倒霉。

本以为今天只要表现得体，适当展露才华，就会得到燕王青睐，日后前途自然一片光明。

哪里晓得这位燕王竟比传闻中还要蛮横无理，公然仗势欺人！

杜老太太虽是怒火中烧，顾及着杜谦的前程，杜府上上下下几百条人命，却也开不得口！

现场一片沉默，温度降到冰点。

南宫宸却负着双手，两脚跨立，下巴微微挑起来，似笑非笑的神情，极其骄傲的姿态环顾众人一周，正要把话圆回来："本王……"

杜蘅忽然踏前一步："王爷，你今天，不是特地来吊唁先母的吗？"

南宫宸一愣。

杜蘅客客气气地道："那就委屈王爷先移步香堂，拜祭过先母，再来游园如何？"

很好！她没答应也没直接拒绝，既挫了对方锐气，令杜家名声不坠，又周全了燕王的颜面未伤双方和气，端得是再圆滑不过。

就算挑剔如南宫宸，也找不到半点毛病。

南宫宸看了她半晌，忽地微微一笑："杜大人，请。"

众人皆长长地吐了口气，场面立刻活跃了起来。

杜谦暗中抹了把冷汗，生怕再节外生枝，满面堆笑，拱手为礼："王爷，请。"

大家众星拱月，簇拥着南宫宸朝香堂走去。

杜老太太差点要为她鼓掌喝彩，心中对她的怜爱益发深了。心道：到底是世家出身，见识气度就是跟别人不一样，处变不惊，应变神速，高！

杜蘅功成身退，默默地退到一旁，再次隐到人群后。

南宫宸接过杜谦递过来的三支香，对着顾氏灵牌躬身拜了三拜，把香插入鼎炉内："顾夫人，请安息。"

这个男人曾与她做了七年夫妻，却是第一次在母亲灵前焚香！

一念及此，杜蘅猝然红了眼眶。

杜谦见她直挺挺地跪着，并不答礼，心中焦急，又不敢高声呵斥，轻咳一声。

杜蘅却恍如未觉，怔怔地望着南宫宸，眼眶中蓄着两汪晶莹的泪珠，将坠未坠。

一旁的杜松额头触地，无奈地轻扯她的衣袖："二妹，答礼。"

看着泪眼朦胧的她，南宫宸心中没来由地一抽，踏前一步伸手欲扶："人死不能复生，还请节哀顺变。"

杜蘅自然不会让他的手真的碰到，顺势站了起来，侧身福了一礼，垂首退至香案之后。

南宫宸微微皱眉，眼角余光，若有所思地追随她的身影。

这是怎样的女人？

前一秒冷若冰霜，后一秒又热泪盈眶，下一刻又变得淡定从容……

她就像是一汪水，不停地变化着形态，令人难以捉摸，却有着一股魔力，吸引着人想要涉水而去，一试深浅。

一门之隔，杜茳紧紧地攀着门框，身子趴在门缝间，贪婪地盯着门外那个气宇轩昂的男人，表情如醉如痴。

这才是男人！

不止有俊美的外表，更有傲人的权势，再加上那股生人勿近的冷漠气势，有男子汉的刚毅，又不乏似水的温柔……

这样的男人，才是她心之向往，一辈子的依靠！

她决定了，就算不择手段，一定要嫁给他为妻！

祭拜过顾氏后，南宫宸不顾杜谦的挽留，打道回府。

目送他渐行渐远直到连影子也瞧不见，杜茳才从藏身处出来，迫不及待地进了杨柳院。

"什么？"柳姨娘噌地一下从贵妃榻上站了起来，"这个不要脸的贱蹄子，去烧个香，竟然勾搭上了燕王？"

"娘，"杜茳皱着眉，"咱们的计划，只怕要改一下了。"

柳姨娘也是个心思玲珑的："比起没实权的侯爷，王爷自然高了不止一个档次。问题是，人家能看上你大姐吗？"

杜荇是她肚子里爬出来的，有几斤几两她最清楚。

脾气坏，嘴巴臭，又懒又笨，还没脑子，一激就暴！除了一张脸可以看，其他几乎一无可取！这样的性子，真嫁进王府，还不知会惹出什么天大的祸事来！

杜茳冷笑："娘的心里，莫非只有大姐是你生的？"

柳姨娘一愣之后，张大了嘴："你？"

"怎么，我不配？"杜茳眼神冰冷如刀。

南宫宸是她的！

谁要是胆敢破坏和挡路，就算那个人是她的亲娘，下场也只有一个：死！

"傻孩子！"柳姨娘爱怜地拉她入怀，"娘恨不得把天上的星星摘给你，区区一个燕王跟你比起来算什么？我只是觉得，你的年纪小了点……"

柳姨娘有自知之明，燕王足足大她九岁，正妃之位不可能一直虚悬。

况且，以杜家的家世，王妃之位想都别想，就是侧妃之位怕也轮不到她！

杜荭是她的心头肉，怎么舍得让她嫁去王府做姨娘？

"正因为年纪小，可以从长计议。"杜荭嘴角噙着一抹阴冷的笑，语气很是笃定，"用三年的时间去谋划，不信换不到一个侧妃之位！"

王妃？谁想要谁拿去！

当然她的目标绝不会止于侧妃，那只是一个晋升的阶梯罢了！

以她的智慧和心机，终有一天，会踏着它走向权力的顶峰，俯瞰天下！

柳姨娘对于杜荭的心计，一向是心悦诚服的，见她如此信心满满，不禁也生出了希望："等你进了燕王府，娘就再也不用看侯府的脸色了。"

"所以，"杜荭眉头一皱，"给大姐再选个人家，别太挑剔，条件差不多就赶紧嫁了！"

以前袖手旁观，是因为跟她无关，乐得看戏。

可为一场戏，搭上自己的终身，这种傻事，她可不干！

柳姨娘虽偏爱杜荭，却也舍不得杜荇。

那毕竟是她第一个孩子，不仅让她尝到了初为人母的快乐，让杜谦默认了她的地位，更让杜老太太感情的天平倾向于她……这些，都是杜荭没法比也给不了的！

这么多年，杜荇一直以嫁进夏家为目标，眼见变成了老姑娘，突然要她放弃，哪有这么容易？

若是对方条件比夏风好，那又另说。

杜府在清州好歹是首富，地方上又有名望，知府大人见了面也客客气气，只有她挑别人，没别人挑她的。

而京里三品大员则是满街走，听说一个城门将领都是四品。杜谦的这个五品太医，实在拿不出手！

想找一个人品样貌家世样样都比夏风强的女婿，难于登天！

"她嫁夏风，跟你嫁燕王并不冲突，再者说，你以后进了王府，有个做侯爷的姐夫，也多一份助力不是？"柳姨娘想了想，委婉地劝道。

"有个抢妹妹未婚夫的姐姐，对我有什么好？"杜荭冷笑，"就凭她的脑子和脾气，不被休就是万幸！指望她帮我？笑话！"

柳姨娘脸上阵青阵红："她是你大姐！"

"是我大姐，我才说。"杜荭冷冷地道，"现在你能帮她，嫁了人，还怎么帮？不能总惯着她，得让她看清现实！"

柳姨娘沉默半晌才道："可也不能太委屈了她，总得选个条件相当的。"

杜荭深深看她一眼，道："只要有心找，总会有合适的。"

顿了顿，又补了一句："夏家那几位小姐都不是省油的灯，夏风若是跟她两情相悦我就不说什么了，偏偏……大姐的脾气，得不到夫君的庇护，嫁进去，还不定怎么死！"

"我知道了。"

送走南宫宸，老太太留杜谦和杜蘅用饭。

饭罢，祖孙三代在西梢间里喝茶，锦绣在外面回话："老太太，陈姨娘来了。"

杜蘅心里有数：必是得了消息，喊冤来了。

她能忍到现在方来求见，可见还算是个有眼力见的。

要不然，她也不能在柳姨娘严密的掌控之下找着缝隙，怀上了孩子。

杜谦面上登时就有几丝不喜："还嫌不够丢人，跑这来出丑！"

杜老太太心疼未出世的孙子，忙道："外面日头毒得很，晒着了可了不得，快，进来说话。"

陈姨娘挺着大肚子，在丫头青蒿的搀扶下缓缓走了进来。

容颜很是憔悴，眼睛肿得老高，可见来之前，狠狠哭过一场了。

进了门，口还没开，泪就先流了下来，颤巍巍地跪下："奴婢给老太太，老爷请安，问二小姐好。"

老太太道："你怀着孩子，这些个虚礼就免了。有什么事，站着回，没的伤着肚里的孩子。"

锦绣和锦屏两个上去搀她。

"这可真是人在家中坐，祸从天上来！"陈姨娘却坚持长跪不起，哽咽着道，"奴婢这几个月深居简出，连自个的院门都没出过。压根就不认识什么带喜还是带丧的丫头！再说了，二小姐善良又温和，跟奴婢并无矛盾，奴婢又没得失心疯，干吗要害她？"

"不用说了，"杜谦蹙着眉，"这事我已发了话，谁也不追究，就这么算了。"

陈姨娘哭得一抽一抽："老爷说得倒是轻巧，倘若不分个是非曲直出来，大家伙嘴里不说，心里还不得把奴婢给骂死？奴婢还有什么脸见二小姐？"

杜谦就给杜蘅使眼色，示意她说句话。

杜蘅端起杯子喝茶，根本不跟他视线相接。

陈姨娘一把眼泪，一把鼻涕地哭诉起来："退一万步讲，就算带喜是我支使的。药铺库房那一块，奴婢可支使不动！就算侥幸得手，偷着一笼好了。老爷也不想想，从库房到内院，这一路得经多少道门，有多少双眼睛盯着，难道奴婢还有那个本事，把人全都买通了？"

"好了，好了，"杜谦很是不耐烦，"我知道了！这事是带喜那丫头自个作死，跟你没关系。"

"带喜进了奴婢的院子，不到两天就躺着出了门，奴婢怎么跟她老子娘交代？"

杜谦霍地站了起来："反了他了！奴害主是死罪，我没把她全家扭送到衙门就算仁慈，她还敢上门来要交代？"

"来人，把带喜一家全部打二十板子，发卖出去！"

"慢着。"老太太喝道。

"娘。"

老太太语重心长："杀人不过头点地，带喜做得再错，已经把命都搭上了，何苦还要赶尽杀绝？她老子娘死了闺女，一时想不开闹下情绪也是有的。给五十两抚银，再买口薄棺，这事就这么了了。"

陈姨娘抽抽搭搭："老太太的安排，再周全不过。只是，奴婢……"

老太太斜她一眼，厉声道："不管是不是你支使的，人是你院子的，这绝错不了！真要追究下来，失察之罪是跑不掉的！再这么不依不饶地闹下去，谁也讨不了好！"

陈姨娘虽仍不服气，却也总算安静下来。

杜薇不禁暗赞：姜还是老的辣。

老太太虽没念过书，却深谙为人处世之理。

对一个奴才来说，五十两银子，就算拼死拼活做一辈子，也不见得能攒到这样一笔巨款。

有了它，带喜她哥可以娶一房好媳妇，还可以做个小本生意，日子也有了盼头。自然不会再为了个死人，跟主家闹！

老太太缓了语气，问："近来身子怎样，吃得可好，睡得可安稳？"

陈姨娘受宠若惊："奴婢身子还算好，就是天太热，没什么胃口。不知是不是喝多了酸梅汤，一晚要起好几次夜，又爱出汗，还常做噩梦。"

她一边说，一边拿眼角余光偷觑杜谦，盼着他温言安抚几句。

可惜，杜谦面无表情，正襟危坐。

"谦儿，"老太太很是关心，"今儿刚好你有空，给她把把脉，开几服补药。"

杜谦有意考校杜薇，笑道："我一夜没阖眼，现在头还晕着，不如让薇丫头试试？"

"胡闹！"老太太斥道，"小孩子家家懂什么？诊错了出丑事小，害了我的金孙事可就大了！"

杜谦笑道："此言差矣！连恭亲王府的侧妃都敢让她治，陈姨娘还能比她金贵？再

说了，不是还有我把着关呢吗？"

"那，"老太太迟疑一下，实在好奇杜蘅到底有几分真本事，松了口，"就让蘅丫头试试吧。"

杜蘅也不推辞，一边把脉，一边询问起她的饮食起居来。

陈姨娘初时老大不愿，后来见她有模有样，渐渐安下心来，一五一十地答了。

锦绣磨好了墨，铺好纸，杜蘅一挥而就，写了一张处方，吹了吹交到杜谦手里："请爹爹过目。"

转过头对陈姨娘絮絮地交代着："胃不好，酸梅汤最好不要喝了。别为了贪凉，用太多冰盆……"想着前世她因难产而死，忍不住又加了一句，"你骨盆窄，别吃太多，不然婴儿太大不易生……"

杜谦审视那张药方，见不论是用药还是分量，都拿捏得十分到位，细微之处，甚至比他考虑得更周到，完美得无可挑剔。

在又是羡慕又是惭愧的同时，不禁疑云陡起。

她身上流着顾氏的血液，学医天分极高他能理解。可有些东西，你天分再高，没有经过现实的千锤百炼，是绝对达不到的！

手里这张药方，分明是出自一位经验十分老到的名医之手，绝不可能是初出茅庐的小丫头，只凭背几本医书，胡乱写得出来的！

这，实在太诡异，太不合常理了！

"怎么样？"老太太屏住了呼吸。

杜谦提起笔，改了一处无关痛痒的地方，把方子递给了青蒿："不错，细节上再多注意下会更好。"

这就算是肯定了，老太太很是高兴："把我那串蜜蜡手串给蘅丫头。"

锦绣开了首饰匣，取了一串蜜蜡手串出来，那珠子色泽昏黄，清透圆润，一瞧就是好东西。

杜蘅忙推辞："这么贵重的东西，孙女哪敢要？"

"给你就戴着，"老太太不由分说，拿起手串直接套进她手腕，"年纪轻轻的，不好好打扮，等到了我这把年纪，守着一堆首饰又有什么用？"

陈姨娘在一旁，羡慕得眼珠子都快掉出来。

老太太见了，笑骂："瞧你这没出息的样，快把嘴闭上，蚊子该飞进去了！"

顺手从匣子里拣了一支双蝶戏蕊的赤金簪子，往她手上一塞："呐，拿去！省得说我老太婆偏心！"

一屋子的人，都轰地笑了起来。

陪着老太太凑了会趣，杜蘅才起身回竹院。

刚换过一身家常的衫子，白前就掀了帘子进来："小姐，何仁哥带话进来了。"

"他说什么？"杜蘅放下梳子，转过头。

"那人回来了。"

杜蘅眼睛蓦地一亮："叫他继续盯着，不得松懈。"

"哦。"白前一头雾水。

那人是谁，他回来了，为什么要特地告诉小姐？又为什么要派人盯着？

杜蘅示意紫苏开了钱匣："今天都辛苦了，这些钱，拿去分了。"

白前忙不迭地摇手推拒："给小姐办事是应该的，用不着每事都赏。"

她一个月月银才一两，进来竹院几天工夫，赏银倒拿了一两有多了！

挣得多自个当然开心，就怕小姐的私房钱不够贴的！

"给你就拿着，哪这么多废话？"紫苏不由分说，把钱袋塞到她手里。

杜蘅笑了："事办得好，才赏。若做错了事，罚起来也不会轻。"

"做事要走心，对小姐要忠心，明白了吗？"紫苏乘机教育。

"是。"白前拿了钱袋，高高兴兴地走了。

杜蘅敛了笑，道："准备一下，得再去趟静安寺了。"

"昨天才去过，明儿又去，老太太那，总得有个说法吧？"

"这个不用担心，实在不行，可以先斩后奏。"

第二日杜蘅如常给老太太请安。

"祖母，前几天不是说睡不着吗？我翻了几天的古籍，写了几个方子，您先服几天看有没有效果。"

老太太一愣："我不过随口一说，你还当真了？"

"这是益气汤的方子，这是安神茶的方子。"杜蘅一一解说，"这一张呢，是我前天去静安寺，找师傅讨的清淡的药膳方，共有十二道，让厨房每日轮换着给您做，胃口会好些。"

老太太叹道："你这傻孩子，也太实诚了些！我都一只脚踏进棺材了，还折腾这些做啥？"

杜蘅轻声道："祖母才说傻话呢！您是咱家的主心骨，活得长长久久，才是咱们做晚辈的福气！"

老太太点头："好孩子，万事有祖母呢。"

杜蘅乘机道："前天去静安寺烧香，给恭亲王府这一闹，原本要念一百遍的《地藏经》只念了一半，仪式也没完成。蘅儿想抽空再去一趟。"

杜老太太心里有些不愿意，但刚说了大话，不好立刻驳她，只得道："早去早回。"

"是。"杜蘅谢过老太太，便回竹院。

哪知正要出门，丫头却来送信，说是忠勇伯府递了帖子，说伯夫人稍后要登门拜祭顾氏，要她出面接待。

她只得捺下性子与之周旋，哪知刚送走忠勇伯夫人，陈国公夫人又来了。

这两家都与杜府比邻，顾氏病逝，依礼节遣仆人吊唁，今日突然亲自登门造访，显然是昨日燕王登门的余韵。

一番应酬下来，已是中午，老太太又留饭，等好不容易出门，抵达静安寺，已是未时末。

负责盯守的小厮来报："慧智大师一早已经离寺。"

"可有人来找他？"杜蘅心一凉。

"这个，小人就不知道了。"

杜蘅不死心，穿过寺庙，沿着一条蜿蜒的、杂草丛生的小径往后山走。

约刻把钟，眼前霍然开朗，现出一个修剪得极为整齐的草坪，坪中有一石桌，两个石凳，四周栽了十几株枝繁叶茂、形态各异的松树。

浓荫密盖，置身其中，烈日炎炎，不见一丝暑意，是夏日消暑的绝佳之地。

石桌上刻着棋盘，布着一局残棋。

她随手拈起一颗棋子，作势欲下。

"放肆！"一声叫喊乍然响起。

06　奉召入宫

杜蘅手中棋子应声滚落地面，停在一双黑色薄底男靴前。

抬眸，入眼的是一个中年男子，眼角眉梢已有些老态，但仪容华美，气质雍容。

穿着简单的丝绸长袍，面上套件深色马甲，然而细看上去却绝不随便。高雅中透着尊贵，身上每一件饰品都很有质感，就连对襟马甲上的盘扣都镶着顶级的东珠。

此人正是当今天子：太康帝！

他的身侧，站着两个随从。

一人着黑衣，英气勃发，不苟言笑；另一人着青衣，相貌阴柔，颔下无须。

杜蘅自然识得，黑衣的是皇帝的随身暗卫：聂寒。

另一人则是十年后荣升大内总管，现在是皇帝身边的红人：张炜。

"小姑娘对棋道颇有研究?"太康帝弯腰,拾起脚边棋子,在手中把玩着。

杜蘅深吸口气,略带着羞涩和不安地道:"没正经学过,只是偷偷学着下而已。"

太康帝眉一扬:"下棋又不是什么坏事,干吗偷偷摸摸?"

"学棋太费工夫,耽搁了女红的时间,会被母亲骂。"杜蘅冲他悄悄吐了吐舌尖。

太康帝先是一愣,继而哈哈大笑:"小滑头!原来是以学棋为借口,行偷懒之实!"

"才不是啦。"杜蘅噘着嘴,嗔道,"下棋本来就比绣花有意思得多嘛!"

太康帝一时兴起,指着石桌上那局残棋:"那你说说,这局棋,谁赢了?"

杜蘅不假思索地道:"这还用问?当然是白棋输了!"

话一出口,张炜的脸色立刻变了:"放肆!"

杜蘅吓了一跳:"你干什么这么凶?"

太康帝摇了摇手,制止张炜上前,笑呵呵地道:"小姑娘,还得努力学啊!这盘棋,黑棋看上去来势汹汹,白棋被逼得走投无路,其实只要一着棋,立刻就能令形势逆转,反败为胜!"

他苦思了一个晚上,才想到这招绝妙好棋,哪知慧智那贼秃,竟然不等他落子,留下一局残棋,可耻地逃走了!

害他半年来,天天惦记着这局未完的棋局,日思夜寐,寝食难安!

杜蘅小嘴一撇:"原来老伯不会下棋啊!这局,的确是白棋输定了,绝无反转的余地。"

张炜倒吸了口凉气,看着她的眼神,已经是在看一个死人。

好大的狗胆,敢笑话皇上不会下棋?这比骂昏君更罪不可恕!

简直是死有余辜,死有余辜啊!

"你说什么?"太康帝一蹦三尺高,拈起一颗棋子,"啪"地敲在棋盘上,"睁大你的眼睛看清楚了!白棋只要在这里落子,就能反败为胜,把黑棋的一条长龙全部吃掉!"

"可惜,棋差一着。"杜蘅一脸遗憾,"不等落子,先被黑棋吃掉了!"

太康帝恼了:"你这小娃娃,怎么说不清呢?"

"老伯,你大概没算清吧?"杜蘅很有好心地指点,"这一着,该黑棋下了。白棋已经被吃了,怎么反败为胜?"

太康帝登时大怒:"岂有此理,黑棋还能连落二子不成?"

杜蘅笑道:"执白先行,这局已下了一百七十一手,自然是该黑棋落子了。"

"胡说八道!"

"这样吧,咱们也别争了!"杜蘅索性坐下来,大有跟他辩个水落石出之势,"不妨试着把这局棋重新演练一遍?"

说完，扭过头冲旁观二人甜甜一笑："有劳两位大叔做个见证，如何？"

聂寒嘴角几不可察地向下一弯，回了她一个阴森诡异的笑痕。

小命都要玩完了，见证个屁！

张炜嘴角直抽抽。

我说小姑娘啊，没事跟皇上较什么真啊？自己活腻了就算了，别连累咱家！

太康帝一怔："你说什么？"

杜蘅微微一笑，把黑白棋子分别拣到嵌在桌角的棋盒里："既然老伯坚持白棋赢了，不妨执白先行。"

"看来，你是不到黄河不死心。"太康帝冷笑着，落下一子。

杜蘅笑着回应一手，太康帝再下，杜蘅再回，如此往复，眨眼间两人下了五十多手。

太康帝不禁暗暗纳罕。

这盘棋是他迄今为止，与慧智贼秃对弈，赢得最漂亮的一局，半年来不知在脑海里盘桓了多少遍，闭着眼睛也不会走错。

这小女娃当天并未在场观战，居然只凭借一局残棋，就能分毫不差地推算出每一步棋子的落点，简直是神乎其技！

"老伯，老伯！"

太康帝恍然回神，见杜蘅单手支颐，白嫩的指尖上拈着一粒漆黑的棋子，清澈的眼睛，一眨不眨地盯着他，一脸好奇："想什么呢？"

"没什么，"太康帝望着棋盘，哂然一笑，"还用走下去吗？"

"不用了，"杜蘅双手绞在一起，扭啊扭，不好意思地道，"是我看错了，白棋赢了。"

这局棋，前世慧智曾作为经典的战例，为她详细解说过。

重生后，经过反复思考和仔细斟酌，她决定以这盘棋为切入点来接近皇上。

今天的每一句话，每个表情，动作，都是预设了数种反应后，精心策划过的。

到现在，她确信已在最短的时间里，最大程度地赢得了皇帝的好感。

"哈哈！"太康帝又是骄傲，又是得意，纵声大笑，"有没有兴趣，跟我杀上一盘？"

哐，张炜的眼珠碎了。

皇上，竟，竟然主动向一个及笄少女邀战？！

"固所愿也，不敢请尔！"杜蘅满眼兴奋，欣然应战。

太康帝莞尔一笑："输了，可不许哭鼻子！"

"切！"杜蘅娇气里带着点骄傲，"怎见得哭的不是你？"

"你年幼，执白先行。"太康帝呵呵笑。

杜蘅也不客气，拈了一粒白子，想也不想，直接放在了天元之上。

"喵！"太康帝抬头，惊讶而赞赏地瞥她一眼，"果然是初生牛犊不怕虎！看来该打起精神，与你大战数百回了！"

杜蘅自信满满："拭目以待！"

太康帝拈了一颗棋，下巴微微抬起来，似笑非笑的表情，以一个非常骄傲的姿态，极随意地应了一手，嗒的一声，其声清脆悠扬："请。"

第一局，杜蘅下在天元，不肯占执白先行的便宜，太康帝却怜她年幼，又是个少女，恐输得太难看不高兴，布局上失了先机，负三目。

第二局，杜蘅大意失荆州，输二目半。

第三局，两人不再试探谦让，各自使出浑身解数。棋盘上硝烟四起，杀机四伏，步步陷阱，处处危机，杀得难解难分……

张炜第 N 次催请："老爷，该用膳了……"

"嗯。"太康帝眉峰紧蹙，手里拈着一颗黑子，盯着棋盘头也未抬。

"戌时已过，"张炜赔着笑脸，小声提醒，"就算老爷不饿，杜姑娘也该饿了。"

杜蘅抬起头，果然见一弯弦月高挂，衬着满天繁星，佯作大吃一惊，霍地站了起来："哎呀！居然这么晚了！"

太康帝按着她的肩，止住她往山下冲的脚步："吃完东西再说。"

"不行啊！"杜蘅哭丧着脸，急得团团转，"我出门时没跟祖母说，她一定着急死了！"

"这个时间，城门早就关了，回去也没用啊。"太康帝淡淡道。

"啊！"杜蘅无比沮丧，"城门关了……"

张炜帮着出主意："我跟城门将领熟，一会找人帮你捎封信回去，就说有事耽搁了，要在寺里住一晚，明天一早就回。行不？"

"也只能这样了。"杜蘅垂头丧气。

聂寒眉毛一抽，对主仆二人合谋，欺骗无知少女的无耻行径，很是无语。

不着痕迹，就把人小姑娘的身份背景，家庭住址套了出来……

张炜拍拍手，几个内侍提着食盒悄无声息地走了过来，不过片刻，浓郁的香味弥漫在鼻端。

"都说相国寺的素菜天下第一，殊不知静安寺的佛跳墙，才是人间美味。"太康帝笑眯眯地看着她，亲自夹了一箸到她碗中，"你尝尝。"

"这道麻婆豆腐也挺不错，伯伯你尝尝。"杜蘅舀了一勺豆腐，笑眯眯地递到太康帝碟中。

常言道，下棋似布阵，点子如点兵。

一个人的性格，在对弈时可见一斑。

从棋风来看，他深谙权谋，颇懂韬略，绝不是个谦谦君子。

她犀利狠辣，锋芒毕露，从不心慈手软！

两个在棋盘上杀得血腥遍地之人，下了棋桌，一个温文尔雅，亲切里带着关怀；一个笑语盈盈，活泼中透着俏皮。其乐融融，一团温馨！

前后变化之快，角色转换得之自然，不禁让张炜叹为观止！

饭后，张炜信守承诺，派人飞马入城，往杜府递信。

那边老太太正为杜蘅这么晚没回，闹得鸡飞狗跳。

家丁得了信，没往瑞草堂，反而是进了杨柳院。

"嚄！过了几天舒心日子，开始目中无人了！"柳姨娘捏着帕子，冷笑道，"竟敢先斩后奏，夜不归宿！"

赵妈妈阴阴地笑道："说是去烧香，谁知道干什么去了？要我说啊，八成是去私会情郎！要不然，侯府那么好的亲事，她也敢往后推三年？换谁，不是巴巴地往上贴啊？"

"留点口德，"柳姨娘看她一眼，笑了，"二小姐还没出阁呢，这要是传到侯府耳里，怎么了得？"

萱草小心问："人还在院子里等姨娘示下，看怎么给老太太回话呢！"

"什么人，"柳姨娘冷冷问："你看到了吗？"

赵妈妈道："姨娘早早睡下了，什么话也没听到。"

"是。"

一夜鏖战，令太康帝对杜蘅刮目相看！

身为帝王，尤其是一个太平盛世的帝王，他的骄傲是与生俱来的。

输了固然没有面子，赢得太过轻松，同样觉得有失身份。

唯有旗鼓相当，才能成功激发他的好胜心，让他欲罢不能。

面前这个女娃娃，聪明慧黠，对弈中常有奇思妙想，对谈时更是妙语连珠，让他常常不自觉地开怀大笑。

他一岁就被立为太子，自小就学着言行留心，时时提防，防人陷害，怕人构陷。登上帝位后，更是谨言慎行，刻刻警醒，防人害，怕人谄媚。

这一晚，他第一次体会到，原来他也可以谈笑无忌，和乐融融……

天，蒙蒙亮。

"老爷，寅时了。"张炜小心翼翼提醒。

太康帝意犹未尽，将棋子扔回棋盒："今天先下到这吧。"

杜蘅愕然抬头："还没分出胜负呢！"

"我还有事，必须先走了。"

"什么事这么急？"杜蘅不满地噘着嘴，"又不是皇上，天不亮就早朝！"

"姑娘,"张炜一头汗,忙转移话题,"下了一晚棋,你不累吗?"

杜蘅站起来,伸了个懒腰:"你这一说,还真是挺累的。"

太康帝亲切地摸摸她的头:"下回有机会,咱们接着再下!"

杜蘅转嗔为喜:"一言为定?"

"一言为定。"

太康帝带着聂寒和张炜刚一消失,杜蘅立刻软软地跌回椅中。

在对弈中想要输给对方并不难,难的是不着痕迹,要输得漂亮,又要赢得对手的尊重,起惺惺相惜之意!

这一晚,看似轻松趣意,实则拼尽了她所有的智慧,说是殚精竭虑毫不为过。

若非前世对他的棋风烂熟于胸,加上现在记忆力和思维能力大大提高,还真的无法做到。

"小姐,"紫苏端上一杯热茶,"咱们是不是也收拾东西,立刻回府?"

"不,"杜蘅摇了摇头,"先睡个回笼觉,天亮了再回去不迟。"

紫苏狐疑地挑眉:"你真的相信,柳姨娘不会从中作梗,肯乖乖待在杨柳院,把口信送到老太太那?"

如果猜得不错,此刻的杜府,定然已经乱成了一锅粥。

"这么好的机会,柳姨娘怎么可能放过?"杜蘅笑了,"我敢打赌,她一定把消息拦下了,正跷着脚,等着看好戏呢。"

"那你还睡得着?"紫苏更不解了。

"柳姨娘有一晚的时间布局,"杜蘅笑了笑,"咱们回得再快,终是晚她一步。不如索性从容点,方显得我坦荡无私。"

紫苏茫然了。

皇上是微服出游,小姐无论如何都不能据实相告。

除了被动挨打,还能怎样呢?

锦屏服侍老太太梳洗完毕,打算去花园摘花插瓶,见小丫头飞奔着进了门,竖了眉喝道:"一大早,瞎跑什么?"

"不好了,"小丫头慌慌张张地嚷,"二小姐,昨晚,跟人私奔了!"

"胡说!"锦屏唬了一跳。

"整个府里早传开了,单瞒着咱们院里的人呢。"

老太太两眼发直,呆站在碧纱橱外:"这是什么话?"

锦绣垂下头,不敢与她对视。

原是怕老太太年纪大了经不起折腾,这才编了谎话哄她,想不到一觉醒来,会闹这一出!

她不禁暗暗埋怨起杜蘅：都说不叫的狗咬人，最懦弱的人，犯起浑来能把天都捅破！

老太太心里一凉："难道，蘅丫头昨夜没回？"

锦屏定了定神，扶了老太太小心地避开碎瓷，回了屋："二小姐不是那糊涂人，绝不会做有辱门风的事。"

"蘅丫头在哪？叫她来见我！"老太太喘着气，厉声喝道。

"这会才刚天亮呢，二小姐怕还没起来。"锦绣心中咚咚狂跳，"不如，等过了早，再去叫二小姐过来给您请安。"

一边说，一边给小丫头使眼色，让她去搬救兵。

老太太阅历无数，这种一听就是托词的话，怎么可能骗得过她？

"好，她不来，我去见她！"

众人劝不住，又不敢拦，只得簇拥着她往竹院来。

杜谦脸黑如墨，负着手站在抄手游廊上。

周姨娘跪在地上，身边还跪着三个小丫头，白薇被反绑了双手趴在春凳上，裙上血迹斑斑，显然已经挨过板子了。

"你，你们……"老太太眼前一黑，身子往下就倒。

"娘！"杜谦唬得魂飞魄散。

郑妈妈几个把老太太抬到屋里，掐的掐，唤的唤，全没反应。

最后还是杜谦一针扎下去，这才"唉"地一声，缓过劲来："快，赶紧派人去找！"

"娘，"杜谦急忙安抚道，"您别着急，兴许是昨夜有事耽搁了，这会子正往回赶呢……"

静安寺就在北郊，离城不过三里地，坐车也就是一炷香的时间，有什么理由一夜不归？

大伙心知肚明，这不过是安慰老太太的托词罢了。

老太太老泪纵横："怪我，都怪我！这孩子自顾氏殁后就很反常，我还以为是她开了窍，哪知是起了别的心思……"

"是二小姐自个猪油蒙了心，与别人什么相干？"周姨娘满腹委屈。

"闭嘴！"杜谦气不打一处来，抬脚将她踹翻在地，"自从你掌了中馈，这个家就没过过一天安宁的日子！还有脸叫委屈！"

周姨娘顺势滚倒在地，哭叫起来："我的命好苦啊……"

正闹哄哄乱作一团，忽听一声悠悠长喝："懿旨到。"

"懿旨？"杜谦一下蒙了，竟忘了去迎。

还是郑妈妈最先反应过来，低声提醒："老爷，接旨……"

杜谦这才回过神，匆匆整了整朝服，撩开袍角大步迎上去："张公公有礼了。"

"杜大人客气。"张怀拱手还了一礼，"咱家公务在身，不便久留，请杜二小姐出来接旨。"

没想到这旨竟不是颁给自个的。

杜谦愕然之后顿感慌乱，但到底不是没经过风浪的人，很快镇定下来："这里不是说话之处，请公公到花厅奉茶，待小女沐浴后再恭迎懿旨。"

"请二小姐快点，娘娘还等着咱家回话呢。"张怀神色颇为不耐烦。

杜谦上前一步，塞了一卷银票到他手上，试探着问："不知娘娘……"

他故意只说了半句，若是张怀不待见他自然不会理睬，若是有心与他结交，便会透露一二，让他心里有个准备。

张怀斜眼一瞥，已看清面上是张百两的银票，手指一搓，估摸着有十来张。

心里很是满意，眼里便露出笑容来："恭喜杜大人，生了个好女儿。"

短短一句，透露的信息却很多。

原以为杜谦听了必定会喜上眉梢，不料杜谦心里直发苦，面上还得强挤出笑容，干笑数声："呵呵……"

这懿旨若是昨天到的，杜府能得皇后娘娘青睐，自是喜从天降；可这会子蘅丫头不知去向，抗旨不接却是杀头大罪……

一辆青油小车驶进杜府大门，停在了二门外，杜蘅扶着紫苏的手，从车里跳了下来。

"二小姐回府了！"小丫头一路飞奔叫着。

轰地一声，竹院再次炸开了锅。

"快，带我去见蘅丫头！"杜老太太噌地一下站起来。

锦屏锦绣双双挽着老太太，扶回圈椅上，好说歹说劝住了她："老太太，二小姐既然回了，就不急在这一刻。"

杜蘅带着两个丫头，在众人异样的目光中施施然回到竹院。

当春凳上血迹斑斑昏迷不醒的白薇映入她的眼帘，脸上的笑容倏地隐去，眸中如在清水里倒入墨水，在瞬间被染黑，冷冷地扩散开来。

"谁干的？"她挺着背脊，环顾众人，一字一顿地问。

周姨娘打了个寒战，竟不敢搭话。

郑妈妈暗叹一声，岔开话题："二小姐，先进屋吧，老太太还等着呢。"

"你，你还有脸回来？"帘子刚一掀开，一只青花茶盏飞了出来。

杜蘅早有准备，闪身避过，杯子应声坠地摔得粉碎。

她一脸讶异："我不回家，还能去哪？"

杜老太太指着她，气得直哆嗦："说，昨晚上哪了？"

"静安寺烧香。"杜蘅坦然望着老太太,"没有事先向您报备,夜宿禅院,的确是我的不是。但事出突然,来不及向您请示。我派了人回府送信,等回来再向您解释。怎么,口信没送到吗?"

杜老太太眸光渐渐锐利起来:"你真的派人送了信?"

"是。"

"宫里来了人,"老太太点头,道,"你先去沐浴更衣,准备接旨。这事,压后再谈。"

"好。"杜蘅并未多言,偏过头低声交代紫苏几句,便顺从地去了净房。

"要接旨,穿得太素是大不敬,得庄重些。"老太太皱了眉叮嘱了一句。

"是。"紫苏越过老太太,进了内室,开始搭配衣物和首饰。

"她一个小丫头,进门也没几天,哪会搭什么衣服。"郑妈妈在一旁,小声提点,"平常也就算了,这可是接旨,万一有失仪之处,不堪设想。"

"锦绣,你也帮帮她。"老太太一想也是。

没多大工夫,紫苏捧了配好的衣服来给老太太过目。

"怎么没一并把首饰也挑了?"老太太一一看过,从颜色、款式到衣料全都无可挑剔。

"小姐习惯自个搭。"紫苏道。

身后锦绣便向老太太使了个眼色。

"去吧。"老太太不动声色。

紫苏便捧了衣服去净房,服侍杜蘅沐浴。

锦绣压低了声音道:"二小姐的首饰统共也没几件,除了一套珍珠的是齐全的,余下的都是零散的。"

"这哪成?"老太太一愣,"上我那拿几套来给蘅丫头挑。"

"您的东西给二小姐戴着,怕是不合适……"郑妈妈委婉地道。

锦屏小声道:"大小姐那倒是有不少好东西,要不奴婢去借一套来?"

老太太愣了一下,道:"不成,这事要传了出去杜府成什么了?好在只是接个旨,穿戴得略差些也不打紧。回头再要周姨娘给蘅丫头好好置办几套首饰,银子走公中的账。"

众人陷入沉默,谁也不敢搭腔。

"怎么?"老太太眉一挑。

郑妈妈赔着小心:"这样处置好是好,就怕……"

"哼!"老太太冷笑道,"谁要是敢不服,让她来找我!"

正说着话,门帘一掀,杜蘅已走了进来。

锦绣亲自给她梳头,杜蘅轻声吩咐:"梳个弯月髻吧。"

一会儿工夫,打扮妥当,众人一看,不禁都暗赞一声:好个雅致清秀的小美人!

她一身雪白的丝缎暗纹梅花通袖长衫,上罩同色却绲了粉红宽边的比甲,下穿一条十二幅白色挑线织锦裙,梳了一个极漂亮的弯月髻,头上插着一支蝴蝶簪,簪尖上垂下几络流苏,坠着几颗红通通的珊瑚珠子,随着步伐晃动,娴静温婉中平添了几分活泼俏皮。

"成了,"老太太大感欣慰,连连点头,"见了公公,亦不需紧张,以平常心待之即可。再说,还有你父亲从旁照应,无需害怕。"

"是。"

张怀尖着嗓子,颤悠悠地道:"皇后娘娘口谕,召太医杜谦之女杜蘅即刻入宫觐见!"

杜蘅恭恭敬敬地叩头跪拜:"民女杜蘅,领旨谢恩。"

紫苏上前扶了她起来。

杜老太太在偏厅,听到这个消息,已是呆若木鸡。

杜谦忙不迭地再塞了一卷银票在张怀手中,压低了声音:"公公,不知娘娘何事……"

"杜大人放心,"原以为一个小太医没什么油水,不料竟是发了笔横财,张怀乐得嘴都合不拢,说话也就没了顾忌,"娘娘只是一时好奇,想看看二小姐。"

杜谦一颗高悬的心,立时落了地:"小女从未进过宫,请公公照拂一二。"

恭亲王南宫述,名为皇上的六弟,实则是由皇后一手带大,情谊胜似母子。

杜蘅救下冷侧妃,保住了小王爷的性命,皇后此时提出见她,必是有所嘉奖了!

"那是自然。"张怀满口答允。

杜老太太这时才回过神,急急过来,明明心里有千言万语,望着她却是一言未发。

杜蘅微笑着,轻轻拍了拍祖母的手。

她的笑容很平和、纯净、通透,眼睛很黑很亮,极具安定人心的力量。

杜老太太的情绪,莫名地平复下来:"宫里不比家中,切记谨言慎行,万事小心。"

"我会的。"杜蘅说着,转身上了马车。

车声辚辚,出了杜府,驶向御街,一路向皇宫进发。

紫苏压低了声音:"这就是小姐等的转机?"

杜蘅笑而不语。

皇后多疑又善妒,除非皇帝刻意隐瞒,否则行踪难逃她的耳目。

皇上不顾身份跟一个少女对弈竟至一夜不归,她怎么可能坐视不理?

紫苏越发奇怪了:"你又不是她肚里的蛔虫,怎知她一定会召你入宫?"

杜蘅不答反问:"东西带来了吗?"

紫苏从荷包里掏出一只白瓷的圆形粉盒:"给你。"

杜蘅揭开来,轻轻闻了闻,确定无误,这才小心翼翼地挖了一点粉末藏于指甲内,重新将盒子交还给紫苏:"藏好了。"

紫苏见她说得郑重,忍不住多嘴问了一句:"不就是寻常的香粉吗,干吗怕人看见?"

杜蘅却不答,闭了眼靠在车壁上养神。

紫苏满腹疑惑，却也知马车里并不是好的谈话之地，只得强行按捺。

很快抵达皇宫，张怀自去复命。

杜蘅在朱雀门下车，换乘了宫中软轿，一路过文华宫，乾清宫，穿过御花园，经过无数门廊，终于到了坤宁宫。

在前庭落了轿，早有女官韶华在此等候多时。

"二小姐请在此等候，我去通报一声。"韶华瞥了她一眼，淡淡道。

杜蘅不着痕迹地左跨一步，站到上风，躬身一礼："有劳了。"

广袖垂下来的瞬间，迅速弹了弹指尖，将藏于指尖的香粉弹到了她的裙角……

凝视着韶华袅袅婷婷的背影，杜蘅唇边浮起一丝极淡的冷笑，转瞬即逝。

韶华进了坤宁宫："启禀娘娘，杜二小姐到了，正在宫外候传。"

卫皇后恍若未闻，端起斗彩缠枝荷花纹茶盏，揭开茶盖，先闭上眼轻轻嗅了嗅，接着撇了撇茶上浮沫，不疾不徐地轻啜一口，慢条斯理地道："嗯，果然好茶。汤色鲜亮清澈，滋味醇和……"

话未完，茶杯忽然"啪"一声掉到地上。

韶华吓得扑通一声跪在地上："奴婢该死！"

卫皇后砰地趴倒在炕桌上，双手用力地揪着衣襟，张着嘴却只发出丝丝气音，表情扭曲，显见极度痛苦。

"不好！"林妙音服侍得最久，知道她素有咳喘之症，大喊一声，"娘娘的老毛病犯了！"

碧云扑过去，死死地掰着卫皇后的手。

"愣着做什么，还不快去传太医！"林妙音一边抱着卫皇后，一边扭过头大喝一声！

恍如当头一棒，韶华立时清醒，跳起来，跌跌撞撞往外冲："太医，太医！"

"出什么事了？"杜蘅佯作惊讶。

"太医，娘娘……"韶华边说边往外跑。

"什么症状？"杜蘅拦住她。

韶华摇着头，面有惧色："我不知道，本来好好地在喝茶，突然就趴倒在桌上，自个掐着自个的脖子，拼命地吸气……"

杜蘅扭头朝门里跑。

"不行，未得娘娘宣召……"韶华一把拽住她。

"娘娘性命垂危，"杜蘅凛容，一直温和柔顺的眼神，刹那间锐利如鹰，"倘若延误了治疗，后果会不堪设想！你，担待得起吗？"

韶华蓦然心惊，下意识地放开她："我……"

等回过神来，杜蘅已跑远了。

"回……"韶华伸出手却拽了个空,咬了咬牙,返身朝公所狂奔而去,"快,传太医!"

杜蘅一头闯进坤宁宫,宫女太监已乱成了一锅粥,抱的抱腰,掰的掰手,把卫皇后围得水泄不通。

"都退开!"杜蘅大喝一声。

"你是什么人,竟敢闯坤宁宫?"碧云扭头见了她,大喝一声,"给我拿下!"

杜蘅缓缓靠近,一双清澈瞳眸坦然无惧地与她对视:"我是杜蘅,杜太医的嫡女。你们这样围着,不但不能帮娘娘,反而会令病情加剧。"

她语调并不如何高昂,但那沉稳淡定的气度,却让人不由自主地信服,依赖。

碧云和碧珠对视一眼,问:"你就是杜家二小姐?"

"是。"

"听她的。"碧珠在最短的时间里做了决定。

几位太医均束手无策的情况下,她却能保冷侧妃母子平安,想必是有几分真本事的!

杜蘅却并未直接奔向卫皇后,反而向冰盆看去。

盆中大部分冰已化了,只余些残冰浮在水面。

她弯下腰,将纤纤素手探入铜盆,指甲内残留的最后一点香粉,消逝无踪……

众人瞧得莫名其妙。

"娘娘需要新鲜空气,留一人扶着娘娘,其余人全部退出去,窗户全敞开。"杜蘅抽出手帕拭净了手,疾步走到榻旁:"给我一块丝帕。"

碧珠递给她一条。

杜蘅将其拢成袋状,罩到卫皇后鼻部。

她的手方才浸入冰盆,触到卫皇后的肌肤,立刻有一丝寒冽之气扑面而来。

卫皇后一个激灵,目光立刻清冽。

"娘娘,看着我的眼睛。"她的声音轻柔而徐缓,如一缕清风拂过。

"不要紧张,跟着我一起,深呼吸……对,吸气,呼气……"

一遍遍引导,慢慢地,卫皇后的情绪平缓下来,呼吸开始顺畅。

杜蘅松口气:"好了,太医来了再把个脉就行了。"

卫皇后缓过气来,直直地盯着她:"你就是杜蘅?"

"民女杜蘅,见过皇后娘娘,娘娘万福金安。"

"一事不烦二主,杜二小姐既然出了手,怎好半途而废?"卫皇后斜靠在林妙音的怀中,眸光如刀,上下打量着她。

碧珠搬了锦凳在榻前:"二小姐,请。"

杜蘅告了罪,细白手指搭上卫皇后脉门,秀眉微蹙,思索良久后放开。

"如何?"卫皇后问。

杜蘅沉吟片刻，抬眸看着她："从脉象看，娘娘患此疾由来已久，不知民女判断得对否？"

看卫皇后一眼，见她并未否认，也没制止。遂接着往下说："娘娘有此旧疾，饮食起居，自然十分小心，已有好些时日不曾发作了。今日却突发旧疾，故，民女大胆推断，此次，是由某种外因诱发。"

卫皇后有咳喘之症，在后宫里并不算秘密。

她的咳喘是过敏性的，某些特定物品，会诱其旧疾复发。

比如，添加在香粉里的天竺葵，就是其中之一。

这，却被列为最高机密，仅有少数几个皇后的心腹掌握。

他们会严格过滤所有送到坤宁宫的物品，绝不给有心之人可乘之机。

不料，却给一个名不见经传的少女，一语道破！

杜蘅这句话，正戳中卫皇后心中疑虑，不禁一惊。

但她久处深宫，喜怒不形于色："哦？这可真是巧了！本宫以为早已痊愈的旧疾，偏在今日复发。若不是刚好遇上二小姐，差点连命都没了。二小姐，功不可没啊！"

杜蘅镇定自若："娘娘吉人天相，自会逢凶化吉，民女不过适逢其会，不敢贪功。"

卫皇后静静看着她，凤眸一眯，眼中杀机陡现："你有何建议？"

富贵财帛动人心，她小小年纪，竟不为名利所动？

若非另有目的，就是心怀叵测，不论哪一种，都不能留！

杜蘅道："每个人的体质都不一样，这是先天决定的，很难根治。"

顿了顿，话锋一转："不过，有一个偏方，能预防和减轻过敏症状。娘娘可愿一试？"

可愿一试？

若你给某种顽疾困扰数十年，痛苦不堪，突然有人告诉你，有办法减轻甚至预防你的痛苦，你想不想试？

卫皇后眸光蓦地一亮，声音不自觉微微颤了起来："此话当真？"

杜蘅微微一笑："请借纸笔一用。"

碧珠立刻铺好宣纸，并且亲自磨墨。

杜蘅执笔一挥而就：接骨木花三钱，薄荷二钱，百里香一钱，以温水适量调和，早晚饮用。

交到碧珠手中，道："此方可缓解过敏时，鼻部及呼吸系统的不适症状。另外，娘娘此病迁延已久，对气道已造成一定损伤，需通过药物慢慢调理。"

她一边说，一边迅速开方：灵芝，苏叶各二钱，茯苓，冰糖各三钱，厚朴一钱……

写完，依旧递给碧珠，道："先服十帖，到时视情况再转方。"

卫皇后接过碧珠递过来的药方，还来不及看。

"娘娘,陈太医来了。"韶华在门外禀道。

"宣。"

"微臣陈朝生,参见娘娘。"陈朝生满头大汗,拎着药箱疾步走了进来。

抬头,冷不丁见了杜蘅,微微一愣:"二小姐也在?"

"陈大人。"杜蘅欠身,福了一礼。

"陈爱卿,"卫皇后顺手就把手中药方递给了他,"你瞧瞧,这两个方子,可还使得?"

陈朝生接过方子:"接骨木花,薄荷和百里香,这样搭配倒是新鲜。接骨木用来祛风利湿,活血止痛,筋骨折断,跌打损伤确有奇效。接骨木花,消炎镇痛的功效是极好的;薄荷嘛……"

说着说着,竟然开始细数每样药材的功效,作用,搭配一起会产生什么样的效果……

叽里咕噜讲了一长串,卫皇后被他绕得头都疼了:"陈爱卿,本宫只要你说这方子可不可用,谁要你来授课了?"

陈朝生一愣,顿时激昂起来:"岂止是可用?简直是奇思妙想,神来之笔!先说这厚朴吧……"

卫皇后立刻打断他:"也就是说,方子有效?"

"呃,"陈朝生眨了眨眼,"方子确是奇方,但有没有效,还得服过才知。"

他在太医院二十年,早练就一身泥鳅功,说话两边都不得罪,留有回旋余地。

杜蘅对其性子了若指掌,闻言会心一笑,仿若置身前世。

卫皇后轻笑一声,示意碧云把方子收好,傲然扬起下巴:"说吧,你想要什么?"

"为娘娘效劳,民女幸甚,不敢求赏。"

卫皇后冷笑一声:"本宫说的话,就是皇上也敬三分,你敢违逆?"

杜蘅略略思索片刻,跪地:"民女斗胆,请娘娘赏民女一盆天竺葵。"

闻听此言,碧云几个心腹立时变色。

卫皇后不动声色,凤眸半眯:"哦,为何是天竺葵?"

杜蘅笑着解释:"天竺葵是个好东西呀,止痛,除臭,止血,排毒……都可用。最奇妙的是,它能使皮肤细腻光泽,富有弹性,且可淡化疤痕,用来制成香膏,每日涂抹,调理肌肤,可永葆青春。"

谁不渴望永葆青春?

尤其是生活在深宫中,环肥燕瘦,美人如云,拥有一张永不衰老的脸,是多么的重要!

在场每一个女人的眼里,都绽放出异样的光彩。

就连卫皇后也禁不住心旌摇曳。

杜蘅轻轻一叹:"只可惜,它来自异国,栽培不易。我家世代行医,花圃经营了上百年,天竺葵也只种得四盆。听说皇宫里,奇花满园遍地异草,民女原是不信的。进了

坤宁宫，竟在一位宫女姐姐身上，闻到了天竺葵的香味，方知传言不虚。"

此言一落，几位宫女两两相顾，骇然失色！

"你确定，"卫皇后盯着她，凤眸里藏着谁也看不透的东西，深得无边，冷冷的，让人心里渗着寒气，"闻到的是天竺葵的香味？"

"确定。"杜蘅十分肯定地点头，"它的气味芳香独特，略有点像薄荷，却比它多了丝甜味。"

"御花园里数千种花卉，盛开的就有几十上百种之多，怎么确定不会闻错？"卫皇后再钉死一句。

"绝错不了。"杜蘅十分笃定，"要学医必得先学分辨药材。需辨其形，观其色，闻其香，尝其味，四项都掌握了才能谈到其他。闻香一项，必得蒙上眼睛，在数百种药材中找出指定的药材，才算过关。"

卫皇后神情冰冷，一字一顿地问："是谁？"

杜蘅犹豫了一下，轻声道："是，带我进来的那位姐姐。"

卫皇后笑了，表情很是欢愉："韶华。"

她对天竺葵过敏，自然不会允许御花园里种植。

整个后宫，只有梅妃的花房里，才种着三盆。

韶华是她的宫女，身上却染了天竺葵的香味，这意味着什么？

梅妃那贱人，表面恭谨顺从，暗地里却早已经把手伸进了她的坤宁宫！

若不是今儿个赶了巧，正好召了杜家二小姐进宫，无意间撞破了她的阴谋，不知要生出什么事端来！

杜蘅笑道："原来是韶华姐姐，端的是人如其名，很是雅致。"

"是很雅致，"卫皇后也笑："可惜，韶华易逝，红颜易老……"

陈朝生激灵灵打了个寒战，深深垂下了头，悄悄往后挪了几步，恨不能缩进帷幕里去。

一室寒冷，针落可闻，忽听内侍尖厉的嗓音传来："皇上驾到。"

呼啦一声，寝宫内外黑压压跪了一地的人。

杜蘅心中突地一跳，来不及多想，低头跪好。

卫皇后匆匆整理着云鬓，正欲下榻，太康帝已大踏步走了进来，见状急忙上前，按着她的肩："你身子不好，不必起来了。"

"谢皇上。"

太康帝在皇后身边坐下，眼角余光从跪在地上的杜蘅身上扫过，落到卫皇后脸上："好好的，怎的突然病了？"

卫皇后不动声色："臣妾是旧疾复发，幸得杜太医之女杜蘅在，否则后果不堪设想。"

"杜蘅？"皇帝眉一扬，"抬起头来。"

"民女不敢。"

"朕赐你无罪，抬起头来。"

"是。"杜蘅缓缓抬头，目光与太康帝一撞，惊得睁圆了眼睛。

卫皇后默不吭声，冷眼旁观。

太康帝也是一愣，随即哈哈大笑："丫头，咱们可真有缘。"

杜蘅呆愣愣地看着他，一副受惊过度的模样。

"皇上，你们认识？"卫皇后佯作吃惊。

"有过一面之缘。"太康帝一语带过。

"这可真是巧了！"卫皇后抚掌笑道，"她与皇上有缘，医治本宫有功，只赏一盆花，未免太小家子气，有失皇家尊严。"

"那你说，该如何赏？"太康帝问。

卫皇后不答，只望向杜蘅："祖籍何处？"

"清州舞阳。"

卫皇后笑得温和无害："皇上觉得，封她为舞阳县主，如何？"

"皇后力谏，朕岂敢不尊？"太康帝半是玩笑，半认真地道。

杜蘅吓了一大跳，连连摇手，神色惶急："民女何德何能，岂敢妄称县主？"

卫皇后笑容一敛，声音蓦地冷了八分："皇帝金口玉言，岂容儿戏？"

杜蘅身子伏地，叩首道："民女家中祖母健在，不敢让祖母日日与民女行礼。这于礼不合，于情不忍，民女万不敢受，请皇上收回成命。"

陈朝生暗暗点头，心道：还算有脑子，没听到受封就乐昏了头，是个知道深浅的。

"你倒是个孝顺的孩子。"太康帝沉吟片刻后，忽尔一笑，"这也不难，你祖母何人，报上名来，一并封她个二品诰命就是。"

祖孙二人同时受封，是大齐开国以来头一回，真是天大的恩宠！

碧云等人听得目瞪口呆。

杜蘅跪在地上，一个劲地叩头："求皇上收回成命。"

卫皇后原本只是试探，不料皇上竟真准了，心头恼怒，凤眸一瞪："放肆！可知抗旨不遵，要诛九族？"

杜蘅无奈，只得叩头谢恩："杜蘅领旨，谢皇上，娘娘恩典。"

"这才对，起来吧。"卫皇后转嗔为喜，又赏了她大量金银瓷器，绸缎衣服。

"恭喜舞阳县主。"众宫女内侍齐声道贺。

杜蘅一一叩谢了，这才辞别了帝后，从坤宁宫出来。

站在宽阔的宫道上，微眯着眼睛，仰头望着巍峨的宫墙，默默地道：南宫宸，我，回来了！用韶华的血，吹响了进攻的号角，复仇的利剑，终将贯穿你的心脏！

07　夜探闺房

"阿蘅……"一声轻唤，突兀响起。

这称呼，只有外公和母亲才唤。

自两人相继过世后，已有十年不曾听过。

杜蘅心中一悸，蓦然回首，眉头微微一皱：怎么会是他？

身后男子穿黑色侍卫服，腰佩长刀，容长脸，面皮白净，眉眼温润，正是小侯爷夏风。

他比南宫宸略长二岁，五官不如南宫宸的清逸绝俗，身上也没有石南长年混迹商场的玩世不恭之气；身为武将，举手投足间却有股温文尔雅的味道。

杜蘅哂然：怎么忘了，他是御前带刀侍卫，自然是要紧跟着皇上的。

只是，这么多年一直对她不闻不问，突然跑来装亲密，是什么意思？

"你，还好吧？"夏风犹豫片刻，问。

杜蘅笑了："你觉得呢？"

夏风不安地看一眼坤宁宫方向，压低了声音："娘娘，没有为难你吧？"

杜蘅忽然明白了。

皇后自以为聪明耍的小动作，皇上一直是了然于胸的。他不戳破，不过是给彼此留一份体面。

今天过来，也不是特地探皇后的病，而是因为她——怕皇后刁难她，怕她年少莽撞，言语无状被皇后捉到把柄。

也因此，顺水推舟，册封她为县主。

他是在表明态度，也是一种变相的支持和保护。

难怪，皇后的脸色，会如此难看。

她摇头，笑："没有，娘娘贤德大度，怎会为难于我？"

"这就好。"夏风搓了搓手，实在是平日交流得太少，一时间竟不知如何让谈话继续下去。

杜蘅并没有深谈之意，枯等了一会，见他没了下文，遂礼貌地点点头："告辞。"

"等等！"夏风心有不甘。

"还有事？"杜蘅是真的诧异了。

这个男人，名义上是她的未婚夫，实则两人之间，并无过多的交集。

记忆里的夏风是温雅的，对任何人都彬彬有礼，却也有份淡淡的疏离感。

也许正是这份疏离，将两人的距离拉开，最终成了陌路。

若撇开柳姨娘母女的所作所为，撇开夏雪，她对他本人，其实谈不上有多怨恨。

并不习惯主动向人示好，夏风这番话说得有些艰难："有什么困难，可以来找我。"

杜蘅又笑了，反问："你是我什么人？"

她的笑容，她无礼的态度，语气里明显的不屑，让他心生烦躁，语气不知不觉变得郑重："你是我的未婚妻！"

杜蘅扑地笑出声来："哈！"

他不是一直目中无人，视她如无物吗？

那就一直让她当隐形人好了，干吗突然跳出来，装什么未婚夫！

这听在夏风耳里，无疑是极大的讽刺，窘迫得红了脸，忍不住反问："难道不是？"

他看似温雅，骨子里其实极其骄傲，并不是个容易受别人影响的人，此刻却因为她一个语调，一个嘲讽的眼神，失了态……

杜蘅哂然："我从未认可！"

前世，她多盼望能有一个人，在她最低落最绝望的时候，向她伸出手，换来的却是更深的绝望。

重生后，她决定不再依靠任何人！

这份关注，来得太迟。

"你什么意思？"夏风蹙眉。

"就是字面的意思。"杜蘅坦然无惧。

不等他接话，笑了笑，道："我是一定要替母亲守孝三年的。小侯爷不必拘泥于一纸婚约，若有心仪的女子，随时可以娶进门，我很乐意给你自由。这样解释，够清楚了吗？"

"你！"夏风瞪目，"你知道自己在说什么吗？"

杜蘅快步越过他，头也不回上了宫轿："抱歉，我必须出宫了。"

夏风无奈地目送她离去，心中充满了无力感。

"啧啧，"南宫宸自花丛后转了出来，薄唇微勾，神情似讽似嘲，"你的小未婚妻，似乎不买你的账呢！"

"参见王爷。"夏风躬身行礼。

南宫宸拍了拍他的肩："说起来，我跟杜二小姐倒是打过几次交道。怎么样，需不需要本王出马，帮你说项说项？"

夏风垂手肃立，默不吭声。

南宫宸眼望宫门，似讥刺，似欣赏："本王倒是有些佩服她，能在一天之内博得父皇欢心，册封她为县主！"

他努力了二十年也达不到的目标，她只用一天时间就做到了！

怎不让他又羡又妒？

他严重怀疑，她与父皇下的不是棋，而是蛊！

夏风愕然抬眸："谁说的？"

"她没告诉你？"南宫宸笑了，颇感欣慰，"果然，你在她心里毫无地位。"

本来以为她单纯只是对他无好感，现在看来，夏风在她眼里同样没有优势。她根本是个还没长大的孩子，没尝过感情的滋味。

这个感知，莫名地令他心情愉悦。

夏风忍不住蹙起眉峰。

皇上并不是个轻率的人，突然封她为县主，是什么意思？

"别担心，"南宫宸冷冷地道，"至少，有个县主的头衔，杜府里已没有人轻易敢动她。"

"这是什么话？"夏风是真的惊讶了，"杜谦能有今日，全靠顾夏两家的恩惠。阿蘅是杜家唯一的嫡女，又是我的未婚妻，地位牢不可破。谁能动她，又有谁敢动她？"

南宫宸一下笑出声来，却未反驳他的话，只在心中默念：阿蘅，阿蘅……听上去还不错。

杜蘅乘宫轿到朱雀门，换乘杜府的马车回府。

紫苏神情紧张，拉着她的手上下打量："娘娘召你想干什么，怎么去了这么久？"

杜蘅忍不住取笑："她又不是老虎，还能吃了我不成？"

紫苏横她一眼："她不是老虎，可比老虎还可怕！"

"放心吧，"杜蘅拍拍她的手，"我心里有数，知道怎么应付。"

"那香粉……"

"回去再说。"杜蘅立刻截断她。

两人遂陷入沉默，马车一路在御街穿行，朝柳树胡同驶去。

杜蘅靠着软垫，想着心事，忽然一阵颠簸，她全没防备整个人往前一栽，差点摔出去。

紫苏手快，一把扶住了她，怒声喝问："怎么赶的车？"

车夫很是委屈，辩解道："前面不知什么事围了一大堆人，把路都堵住了！这不刚拐过弯，小人也没看到，这才停得急了点。"

"你还有理了？"紫苏见他顶嘴，气往上冲。

这里离御街只三条街的距离，正是繁华地段，街面十分宽敞，按理不会发生拥堵的情况。

杜蘅止住她："别骂了，你下车去看看，到底是什么情况？万一不行，就绕路过去吧。"

"二小姐，"车夫一听要绕路，不高兴了，噘着个嘴，"这是街尾，绕的话，要穿过整条街再从那边绕回来，得多走小半个时辰呢！"

紫苏跳下马车，钻进了人群。

忽见人群哗然，一个衣衫褴褛的少年，满头满脸的血，从人群里冲了出来。

几个凶神恶煞的男子，家丁打扮，手持棍棒呼喊着追了上来。当先那人，不由分说，照他脑后就是一棒，嘴里骂道："不还钱，还敢逃？"

少年连吭都没吭，捂着头倒下去，正挡在了杜府的马车前。

后面几个人一拥而上，将他围在中间就是一顿棍棒交加，拳打脚踢，嘴里骂骂咧咧："叫你不还钱，叫你逃！"

紫苏气喘咻咻地回了马车，一迭声催促："快走，快走！"

往前已是不能，后面围满了看热闹的人，想调头却也不易，车夫只得尽量将车子往马路沿子上靠，气得直骂："晦气！"

"听说是个人牙子，男的好赌，欠了一屁股债。夫妻天天打，一时错手打死了妻子，自个也上了吊！"紫苏叹了口气，"留下一对儿女，飞来横祸，突然变成孤儿。本想上街乞讨点银子好安葬父母，偏偏债主追来了。啧，也不晓得是哪家的恶奴，狗仗人势目无王法！若再没有人管管，那少年只怕就要给生生打死了。可怜。"

杜蘅眉心微微一蹙，挑起窗帘往外看了一眼，忽然手一顿："紫苏。"

紫苏忙探了头过来："什么事？"

"你去，"杜蘅淡淡吩咐，"问问他欠人多少，帮他还了。另外，再买两副薄棺，找人帮他把父母葬了。"

紫苏的嘴张大成了个圆形。

她们自顾尚且不暇，哪里是管闲事的时候？

"快去！"杜蘅低叱。

紫苏一脸莫名，只得下了马车，讪讪地道："各位大哥且先住手，我有话要说……"声音细若蚊蚋，哪里有人听见？

那群家丁，棍棒拳头雨点似的落下，打得那叫一个畅快淋漓！

紫苏急了，也不知哪来的勇气，猛地冲进人群，张开双臂站到少年身前："住手！"

"哟——"为首家丁一愣之后，笑了，"哪来的漂亮小妞啊？"

"小是小了点，倒是够水灵的！"另一人调笑。

"是不是看上哥哥了，想跟哥哥回家呀？"也不知谁起哄。

"哈哈哈！"众家丁跟着笑得前仰后合。

"嘴巴放干净点！"紫苏怒火中烧，"再胡说，信不信我拔掉你满嘴牙！"

"喵！还挺横！"

"横点好，哥就喜欢这种，够劲！"

"哈哈哈。"

"小姑娘，"为首家丁一只手叉着腰，另一手拄着棍子，笑嘻嘻地望着紫苏，"这里可不是戏园子，别多管闲事，赶紧回家去绣你的花吧。"

紫苏眼睛一瞪，冷冷道："这闲事，本姑娘管定了！"

"小妹妹，"为首家丁不耐烦了，"你活得不耐烦了？"

紫苏反唇相讥："天子脚下，竟敢草菅人命！我看你们才是活腻了！"

人群立刻聒噪起来，有人吹口哨，有人叫好，有人拍手。

"好个不识好歹的小丫头！"为首家丁面色一变，"再不走，连你一起打！"

"你敢？"紫苏腰杆一挺，不退反进，"动我一根寒毛，让你吃不了兜着走！"

"当老子是吓大的……"

"不就是欠你钱吗，多少银子？我替他还！"

为首家丁挥舞的拳头，硬生生顿住："你还？"

"你是他什么人？"

"萍水相逢，不认识。"

"你知道他欠多少钱？"

"不管多少，我负责！"

几个家丁面面相觑，傻了眼。

众人开始起哄："哦嗬。"

"多少？"紫苏不耐烦了，"我家小姐还急着回家呢，赶紧的！"

"一千二百两。"家丁随口报出一个数字。

"哟。"围观众人倒吸一口冷气。

"你放屁！"少年强撑着伤痛，爬起来，一瘸一拐地走过来，"明明只有三百多两……"

"那是几天前的价，你他娘的东躲西藏，害得大爷满世界找！这么多人不用吃饭，不用住店？这些银子都得算你头上，懂？"为首家丁伸出指头戳着他的额，大声骂。

少年怒容满面："你！"

"紫苏，给他。"马车里，传出一个清润的女声。

紫苏不情不愿，从袖子里掏出银票狠狠往地上一扔："呸！拿去买棺材！"

人群开始起哄，车夫更是惊得差点连眼珠子都快掉出来！

本以为这些家丁白讹了一大笔银子，自是眉开眼笑，拿了银子走人，不料竟是没人动，银票也没有人拾。

"给了银子，还不滚？"紫苏没好气地喝。

"七哥，怎么办？"

为首的家丁不答，却拿眼睛往街边二楼瞄了一眼，俯身拾起银票："走。"

临走，还狠狠踹了少年一脚："狗东西，算你走运！"

因场面混乱，绝大多数人都只盯着地上银票，根本没注意到这个细节，却被坐在马车里的杜蘅，尽收眼底。

"大恩不言谢，"少年扑通跪在马车前，"请受楚桑一拜！"

紫苏拿了一张银票塞到他手中："别傻站在这了，这些银子，拿去安葬你的父母。"

楚桑身子伏在地上，长跪不起："请问恩公姓名，楚桑好立个长生牌位，日日焚香磕头，保恩公一生福寿双全。"

紫苏扑哧一声，笑道："你连自个的命都保不住，哪里还能保我们小姐？我们小姐也不指望你报答，名字更不可能告诉你。你还是走吧。"

楚桑面皮紫涨，哑口无言。

紫苏"嘻"地一笑，跳上马车，弯腰钻了进去："回府！"

杜蘅前脚刚进门，宫里册封的传旨太监就到了。

巧得很，这次传旨的还是张怀。

只是，早上的是懿旨，晚上接的却是圣旨。

早上是召见，晚上是册封。

早上是福祸难料忐忑不安，晚上却是喜从天降，平步青云。

张怀一天之内，两次来杜府，凭白收了二千多两银子，笑得见眼不见牙："杜大人，以后升官发财，不要忘记小人呀。"

"不敢，"杜谦连声道，"还请张公公多多照拂。"

张怀笑眯眯地道："杜大人谦虚了，有舞阳县主在，平步青云指日可待。"

杜谦呵呵干笑数声，胡乱敷衍几句，把他送出府去。

"蘅丫头，"杜老太太还没回过神来，茫然无措，"这到底是怎么回事？好好的，皇上怎么突然间封你为县主，连我都封了诰命？"

"祖母，"杜蘅嗔道，"有诰命在身不好吗？"

"倒不是说不好，"杜老太太活了大半辈子，早已看得通透，叹道，"就怕我没这么大的福分。"

常言道：福祸相倚，福分过了头，就是大祸临头啊！

"祖母一生与人为善，刚直不阿，再大的福分也受得起。"说到这里，话锋一转，"就怕有的人，无事生非，硬要搅得家宅不宁，那才是招灾惹祸的根源！"

这话，分明就是意有所指了。

老太太是明白人，一听就知道她要追究昨晚之事了。

杜谦刚好一脚跨进门，皱眉道："大喜之日，这些不痛快的事，还提它干吗？"

杜蘅冷然一笑："合着白薇那顿打是白挨了？"

"白薇是我要打的，"杜谦脸一沉，"难不成还要为父给你认错赔礼不成？"

"好！白薇的事暂且揭过不提。"杜蘅怒火中烧，"那些散布流言，恶意损坏我的名声的人，是不是也要放过呢？"

杜谦神色微僵，顿了片刻道："只是一场误会，现在谣言也已不攻自破。这种流言蜚语本就是无头公案，很难追查到源头，若是硬要追究，又会闹得沸沸扬扬，对你有什么好？不如，随它去了。"

杜老太太也心怀不满："这是什么话？事关女儿家的名声，怎么能随它去了？"

"是不是非得把女儿逼死了，才算事？"

杜谦本来有些愧疚，被她这一质问，面子上下不来，登时便恼了："你这是什么态度？这话是做女儿的该跟父亲说的吗？"

杜蘅红着眼眶，一字一句地道："若父亲不能尽一个父亲的责任，怎么能期待我给予你父亲的尊重？"

"你说什么？"杜谦气得发抖。

"蘅丫头！"老太太出言呵斥，"他是你爹！再生气，再委屈，也不能目无尊长！"

"别以为封了个县主就可以耀武扬威！"杜谦暴跳如雷，指着她大声道，"没有我就没有你，本事再大，也要叫我一声爹！"

杜蘅狠狠地瞪着他，泪珠在眼眶中打转，却倔犟地仰着头，不让它掉下来。

看着酷似亡妻的她，杜谦心中忽地一软，长叹一声："冤孽！"

"你这孩子，"老太太连连摇头，"平日挺能忍的，怎么今儿忍不了了？"

杜蘅沉默着，豆大的泪水滑下眼眶。

老太太把她拉到怀里，掏了帕子拭去眼泪："其实也不能怪你，兔子急了还咬人，被逼到这个分上，若还能忍着不吱声，那不是人，是活菩萨！"

叹了口气，道："你放心，这事我会去查，总要给你一个交代。"

郑妈妈这时才敢上前，小声道："二小姐，老太太真不是敷衍你。我问过了，昨夜大门值夜的，有四个人，可没一个说有人送信来。会不会……"

"郑妈妈这样问，是不信我了？"

"二小姐误会了。"郑妈妈连连摇手，"我只是想，会不会是送信的人偷懒，又或者是被关在城外进不来？怕被二小姐责备，索性就不承认了？"

"不可能！"

"二小姐派的谁？要不叫来问一下，看他把话传给谁了，当时都有什么人在？"

杜蘅默然半晌，摇头："我不知道，也，不能说。"

"什么意思？你自个派人的，怎么会不知道……"突然意识到一件事，老太太猛地噤了声，把郑妈妈几个都打发了出去，低声道："你昨晚，见的谁？"

杜蘅不再瞒她："皇上。"

老太太虽已隐约猜到，仍禁不住倒吸一口冷气，瞪着她半晌说不出话。

"你怎么知道他是皇上？"杜谦问到关键。

杜蘅神色颇为冷淡，不想多说："今天在宫中见到了。"

杜谦默然，心中百味杂陈。

太医一职，品级确实不高，做到院正，也只是个三品。

可他是天子近臣，掌握着皇室宗亲的健康的同时，也知晓了他们的隐私。

只要脑子够灵活，自然不难在朝廷中占一席之地。

他一度以为，进了太医院，就能平步青云。

哪晓得，太医院也是论资排辈。

这半年来，他名义上是太医，其实也就是打杂坐冷板凳，最多在别人忙不过来时给小才人，宫中女官把把脉，瞧瞧病。

妃子以上根本轮不到他，皇帝的面更是连见都没见过，空有一身本领却无可用之处，只能徒呼奈何！

反观杜蘅却机缘巧合，两次去静安寺，一次救下冷侧妃母子，得燕王、恭亲王赏识。

一次遇到皇上，获皇帝册封……

这不得不让他感叹：时也，命也！天意如此，造化弄人！

"既是那位派的人，信指定是送到了。"老太太眸光沉冷，"谦儿，这可不是什么误会。是有人刻意抹黑蘅儿，坏她名声！不能就这么了了！不然放任下去，下次不知道闹出什么大事！"

"儿子听母亲的。"

"蘅丫头今儿这一天折腾得也够呛，先回房休息，有什么事明天再说。"

"是。"杜蘅辞别了老太太，回到竹院。

白前立刻敲门进来："奴婢打听过了，昨晚守门的是四个，二人一班。上半夜当班的是李柱和付强。收到消息后，李柱继续守门，付强去了杨柳院回话，之后继续当班。柳姨娘一直拖到子初，才打发了一个小丫头去周姨娘的怜星院去报信……"

杜蘅挑眉："昨夜，爹在怜星院歇的？"

"是。"

杜蘅了然。

柳姨娘果然好心计。

这个时间派丫头过去，算准了周姨娘以为她来抢人争宠，自会想方设法阻止，更不会听丫头说一个字。

倘若事迹败露，追查下来，柳姨娘没有一点干系，责任全在周姨娘身上。

也难怪，父亲吞吞吐吐半遮半掩，毕竟顾氏七七未了，姨娘之间为争宠闹出这种丑事，传出去有失体面！

"知道了，"杜蘅道，"白薇挨了打，这段日子卧床静养，账上支一百两银子做药费。她的事，你们几个分担。"

白前应了，笑道："对了，张妈的男人，前几天吃酒摔了一跤。"

"哦？"杜蘅眉一扬，"什么时候的事？"

白前捂着嘴，吃吃而笑："就是初一，小姐去静安寺烧香的那天晚上。"

"怪不得这几日不见张妈。"杜蘅撇撇嘴，"大夫去瞧过没有，伤得严不严重？"

"白天张妈回了赵府，哭天抢地，闹得可凶了。说是摔断了两根肋骨，还折了右腿。下半辈子，只能要张妈养了。"白前幸灾乐祸。

"闹什么？"杜蘅心里有数。

张妈的男人是屠夫，在离柳树胡同不远的小巷弄的菜场里卖肉，家离得并不远。

虽然的确有些好酒贪杯，平地摔一跤，怎么也不可能伤这么厉害，必是给人打的。

出手这么重，不留余地，明显是杜荇的手笔。

"自然是为银子！"白前极之不屑，"她拿了最好的伤药，却不给银子。鹤年堂的掌柜不答应，让她拿柳姨娘的印章。柳姨娘不肯，她就要死要活了。哼！也不瞧瞧她是什么身份？还真当自个是主子了，处处颐指气使的！我呸！"

说笑间，白蔹备好了热水，杜蘅梳洗毕，换过一身干净清爽的家常衣裳，关上门跟紫苏坐在席子上说话。

杜蘅把从进坤宁宫起，计诱皇后病发，出手救治，栽赃韶华，到皇上驾到，册封县主……等等一系列的事件，细细道来。

紫苏紧张得脸色发白："阿弥陀佛，这么危险的事，以后千万不能做了。"

杜蘅不以为然："这才刚开始呢，以后这种事只会多，不会少。这点胆子都没有，还提什么复仇？"

"可是，"紫苏有些担心，"咱们现在府里还没站稳脚，那几个仇人都没摆平，就把手伸到宫里去惹事，会不会太急了点？"

杜蘅笑道："独乐乐不如众乐乐，只我一个人埋头苦斗，不如四处点火，只有大家都斗起来，我才有机会。"

紫苏委婉提醒："不怕一万，就怕万一。"

在她看来，这件事有太多漏洞，能成功，只能说是她运气太好。

"万一？"看她一眼，笑，"你指韶华吧？她本来就是梅妃安插在皇后身边的眼线。所以，死得一点也不冤。"

南宫宸是很能忍的，装作对储君之位无心，一直在暗中安插着自己的眼线，积蓄着力量，只等时机一到，这才发动攻击。

她不会给他时间，不会傻得等到他做好准备，再出手。

"如果，今天负责接引的不是韶华呢？"紫苏忍不住了。

"那也没关系，"杜蘅耸耸肩，"我还有别的法子，总能让她旧疾复发，总会把火烧到梅妃身上。"

紫苏叹息："复仇固然重要，可在我心里，小姐的安危和幸福更重要。"

"幸福？"杜蘅冷笑，"这么虚幻的东西，你觉得世上真的有吗？"

"你还这么年轻……"紫苏激动了。

杜蘅却不想谈，立刻打断她："我让你派人跟着楚桑，帮着他安葬父母，有没有做？"

"有是有，"紫苏点头，有些狐疑地问，"不过，你干吗对那个楚桑这么上心？出了钱还不算，还帮他安排父母后事？"

别又是犯了前世的毛病，心软！见不得人受苦，结果最后苦的是自己！

杜蘅笑了笑："施恩不图报，我有那么傻么？"

"小姐认识的？"紫苏并不笨，立刻省悟过来。

"嗯。"杜蘅也不瞒她，"这人留着，关键时候能起大用。所以，光只是给钱可不行，这个恩一定得让他领实了，不还都不行！"

"他是谁啊？"她如此郑重其事，紫苏不禁起了好奇心。

"说说看，我也想知道。"一道男声，蓦然从窗外传来。

"谁？"紫苏吓得一蹦老高。

窗纸上映着一只手，黑糊糊的，显得格外阴森。

"……"紫苏张大了嘴，差点骇叫出声，杜蘅眼疾手快，一把捂住了她。

石南捡了颗石头轻轻扔到窗框上，咚地响了一声，不耐烦地催促："我倒是不介意站在花园里跟你聊一晚，就怕给人瞧见了，万一传出什么闲话来，可别怪我！"

"石少爷，"紫苏这才听出他的声音，开了窗户，"半夜三更的，你……"

话没说完，眼前一花，石南竟然跳窗进来，堂而皇之地登堂入室了！

"你想干什么？"紫苏大吃一惊，猛地冲到杜蘅身前，横眉竖目喝道，"出去，不然我要叫人了！"

石南掏了掏耳朵："姑娘，我耳朵没聋，夜深人静，不想把人都引来，最好放低点音量。"

"你也知道现在夜深人静？"杜蘅把紫苏拉到一旁，冷冷质问，"究竟发生了什么惊天动地的大事，使得石少东家，不顾男女大防，非得夜入女子闺房？"

"咦，"石南四周扫一遍，眨了眨眼睛，"这也算是女子闺房？"

紫苏怒："你放尊重点！"

"尊重？"石南冷哼一声，"应该是双方面的吧？"

"石少东看起来火气很大，"杜蘅淡淡道，"我有什么做得不好，惹你生气的地方吗？"

"我很好奇，"石南憋着一肚子火，"楚桑究竟是你什么人，让你放弃一贯低调处世的原则，在大街上大出风头，横插一杠？"

"我也好奇，你与他之间有什么深仇大恨？"杜蘅反唇相讥，"他只是个十四岁的少年，就算他的父母有什么对不住你的地方，也跟他没关系。为什么要下这样的狠手，赶尽杀绝？"

"你和楚桑果然是认识的！"不然，怎么知道他多大？

石南眯起眼睛，神色间满是愤怒，诡异的是，嘴角依然噙着一丝漫不经心的笑意。

"那些人果然是受你指使，且你当时就在现场。"杜蘅也很肯定。

为首的那个家丁，当时看的就是他，得到他的指令后，才离开。

"你们两个在说什么？"紫苏则是一脸茫然。

石南敛去笑意："回答我！"他沉下声来。

杜蘅眉一挑："给我一个理由。"

"如果，"石南忽地倾身过来，温热的气息喷到她的脸上，邪魅地低语，"我不给呢？"

杜蘅泰然自若，连眉毛都不动一下："那就休怪我不客气。"

"哦？"石南笑了，"敢问杜二小姐，要怎么个不客气法呢？"

杜蘅嫣然一笑，毫无预兆地，突然扯开嗓子放声尖叫起来："啊！"

刹那间魔音穿脑，"喂！"石南慌了手脚，冲上去一把捂住她的唇，"你疯了？想诏告天下，我在你房里么？"

杜蘅并不挣扎，大大的眼睛里，满是嘲讽和不屑。

紫苏早被这突如其来的变化吓傻了，一时竟忘了阻止。

杂沓的脚步声响起，很快到了门边，白前开始敲门："小姐，小姐？出什么事了？"

石南眉一挑："让她们走！"

杜蘅却只一径冷笑。

白前得不到回答，开始砸门。

"你！"石南无可奈何，跺了跺脚，只得放开她，纵身跃上了横梁。

紫苏见他藏好了，这才把门闩拉开。

"咣当"白前撞开门，一马当先冲了进来："小姐，出什么事了！"

见杜蘅好端端地站在房里，不禁愣住了："小姐？"

"蛇，有蛇！"紫苏灵机一动，闭着眼胡乱一指。

白前唬得一蹦三尺高："在哪，在哪？"

垩室里并无家什，除了一张凉席，两床被褥，一览无余。

"原来是眼花，看错了。"杜蘅盯着墙上的水渍，若无其事地道。

"是啊，是啊。"紫苏笑得脸都僵硬了，"对不起，给带喜吓怕了。"

她一提带喜，大家的脸色都不自然起来。

"没什么事，都睡去吧。"杜蘅吩咐。

众人散去，紫苏重新把门关上，石南这才从横梁上飘然而下："算你狠！"

杜蘅却忽然笑了："我不认识楚桑，只想帮他安葬了父母，其余的事，我不管也管不着。"

石南停步："什么意思？"

"很简单，"杜蘅笑，"我做我的事，你报你的仇，互不干涉。"

"即使我逼得他走投无路？"

"随便逼，"杜蘅摊开手，"没人拦着你。"

这倒是奇了，本来以为她肯定要阻止自己，不料竟是打算隔岸观火？

她砸出一千多两银子，难道仅仅只是为过一下"路见不平，拔刀相助"的瘾，让世人颂扬她的高风亮节？

石南忽然发现，看不透眼前的少女。

仿佛戴着无数的假面，把自己层层包裹，但每一次，都让他耳目一新。

又像一座宝山，每当你以为这已是她的全部时，又会挖掘到新的宝藏，诱使你不停地发掘，不断地深入……

"还来。"杜蘅忽地把手伸到他面前。

石南回过神："什么？"

"我说，既然你志在报仇，"杜蘅很耐心地重复一遍，"想必并不在乎银子，那一千二百两，还来。"

"哈！"石南听了，不怒反笑，"你还真敢想！"

杜蘅理直气壮："那本来就是我的钱，找你拿回来有什么不对？"

石南瞪着她，嘴里传来磨牙的声音，又恨又痒："女人，你还能再无耻一点吗？"

杜蘅立刻道："麻烦你，帮我找个粗使的婆子和一个丫头。"

石南："……"

事实证明，她还真的能！

"婆子只要会做简单的饭菜，会浆洗衣服就行。"杜蘅不理他，径自往下说，"丫头年纪不能太小，也不能太老。嗯，十七八岁左右刚刚好。模样普通即可，但皮肤一定要白皙，要细滑，腰肢要软，最好是来自江南的。还有，一眼看上去不能太妖娆，但一定得懂得伺候男人，会撒娇，能勾得住人。嗯，暂时就这些。"

石南给她气到无语。

还暂时就这些？她是挑丫头，还是选花魁呢？他，就长得那么像那啥公了？

杜蘅一副理所当然，吃定了他的模样："我明天就要，你最好动作快点。"

"我为什么要听你的？"石南负隅顽抗。

杜蘅给了他一个诧异的表情，仿佛奇怪，他怎么会问这么蠢的问题。

然后，很温柔地给出了答案："因为你要找钥匙，没有我不行，不配合我，也不行。"

好吧，石南承认，他的确问了个很蠢的问题。

不，他根本就不该来！

石南一走，杜蘅立刻敛去笑容："再去买二十个捕兽夹！"

紫苏忍住笑，把窗户关上："哦。"

第二天一大早，杜蘅刚用过早饭，丫头正收拾桌子，白前来回话："周姨娘来了。"

"请她进来。"

周姨娘掀了帘子进来，笑："二小姐，正用饭呢？"

"用完了，"杜蘅看她一眼，"周姨娘吃过没？没有的话，凑合着吃一点？"

"多谢二小姐，我吃过了。"周姨娘连连摇手，瞥一眼桌上的菜碟，立刻眉眼一竖，"这些下人也太可恶了！二小姐如今已是县主了，哪能这么简朴？回头，非得狠狠收拾她们一顿不可！"

杜蘅不接茬，接过紫苏递来的茶，啜了一口。

周姨娘觉着无趣，强笑道："奴婢给二小姐道喜了！可怜夫人去得早，若是亲眼看到这一天，不知该多高兴……"

她抬了袖子假装抹泪，偷觑杜蘅的反应。

杜蘅放下杯子："我还得去给祖母请安，姨娘若没事的话，我就要出门了。"

周姨娘装不下去，只得一咬牙，扑通跪下了："二小姐，我错了！"

"这是做什么？"紫苏忙去拉她，"快起来，让人看到，还当我们小姐怎么着你了呢！"

姨娘虽算不得什么正经的主子，却终归是老爷的女人，传出去于小姐的名声不好听。

"不！"周姨娘赖在地上不肯起，"二小姐若不肯原谅我，我就不起来。"

"有事说事，这算什么？"紫苏气得不轻。

"她喜欢就让她跪着。"杜蘅轻笑，起身往外走，"咱们走。"

周姨娘一呆，抬起头来，像是不认识似的，直愣愣地盯着她。

眼见杜蘅快要走出屋子了，周姨娘才如梦初醒，跳起来挡到她身前。

"二小姐，"她神情焦灼，"我真的不知道前晚你没回。要不然，这么大的事，我也不敢拦着不往老爷，老太太跟前报啊。"

她越说越快，越说越气："咱俩无冤无仇，四小姐将来的婚事还指着二小姐拉一把呢，我疯了才去败坏二小姐的名声。你们说，是不是这个理？现在倒好，出了这个事全赖我头上了！我冤不冤啊！"

杜蘅不吭声，冷冷地看着她。

周姨娘被她看得流下汗来，小声嗫嚅道："我，我真是冤枉的！二小姐，你一定要信我！"

见杜蘅始终不发一言，周姨娘急了："是柳姨娘，是柳姨娘那贱人使的奸计！我问过了，信本来是送到她那里的。她知道那晚老爷歇在我房里，故意半夜三更才打发个小丫头来传话。我，我哪知道她要说的是二小姐的事啊？如今老太太要撵我出去！我冤啊……"

杜蘅冷笑："我不是父亲，在我面前哭没用！"

"我的命真苦啊！家里穷，只能给人做姨娘！又没有儿子撑腰……"

杜蘅淡淡道："你再嚎下去，我撒手不管了。"

"那，"周姨娘倒是个机灵的，一听这话立刻不哭了，"二小姐想要我做什么？只管吩咐！"

杜蘅不答反问："你能为我做什么？"

这话还真把周姨娘给问住了，张着嘴不知如何回答。

杜蘅笑了笑："不着急，姨娘慢慢想，想好了再来跟我谈也不迟。"

说着，领着紫苏往瑞草堂去了。

她封了县主，老太太得了二品的诰命，杜松、杜茌、杜苓、周姨娘、陈姨娘都来道贺。柳姨娘和杜荇被禁了足，也打发了丫头来道喜。

这里贺过一轮，那些管事，掌柜，账房，稍有体面的婆子，大丫环们又轮番来贺喜。老太太和杜蘅都开了银箱，见人都有赏，还是双份，阖府欢喜。

巳时初，一些见机早的邻舍，以及杜谦太医院的同僚，开始陆续登门拜访。

忽听得外面一阵噼里啪啦鞭炮响，下人气喘咻咻地跑来："老太太，恭亲王府送贺礼来了。"

"恭喜舞阳县主，恭喜老太太。"管事道了贺，把东西送上来。

送给老太太的是一整套金龙献寿的斗彩瓷器，一尊观音玉佛像，一斤极品血燕，一斤乌龙冻顶。

尤其那尊观音玉佛，雕功十分细腻，线条极流畅，观音的衣袂飘飘，手里拿着杨柳枝，端坐在莲花台上，神态很是安详。

一看就是宫中的御用之物，极之珍贵，老太太很是喜欢。

给杜蘅的只有一件，是一只长方形的盒子。

拆开面上包着的红绸，里面雕着缠枝莲花的沉香木盒，打开，只觉金光灿然，瞬间耀花了众人的眼睛。

定睛一瞧，红丝绒衬底上，卧着的是一整套黄澄澄，金灿灿的金针！

盒内盖上嵌着一块薄薄的玉牌，上刻"法炙神针"四个龙飞凤舞的草字。

有人辨出，那是恭亲王亲笔。

这四个字，无疑是对杜蘅精湛医术的最高赞誉！比任何东西都珍贵，意义隽永！

大家纷纷发表意见，称恭亲王别出心裁，杜二小姐当之无愧云云……

正乱哄哄闹成一团时，外面又有人奔进来嚷："燕王府贺礼到。"

把燕王府的人请进来，还没来得及说话，那边又道："平昌侯府贺礼到。"

一会儿工夫，忠勇伯，陈国公府的贺礼也都到了……

杜谦忙得像个陀螺，心里却乐开了花，走路像生了风。

杜蘅也忙啊，以前家里来客，不关她什么事。今天不同，贺她升县主，她不能置身事外啊，得出面接待不是？

可她也奇怪。

府里的人来贺吧，她就到竹院里招呼；若是有夫人，命妇来访，便命人把人引到瑞草堂，她再带着人过去。

这一天的时间，就见她马不停蹄，一会回竹院，一会又到了瑞草堂，跟走马灯似的来回穿梭个不停，也不嫌累得慌。

周姨娘本也不是个蠢人，看了一天，终于琢磨点门道出来了。

二小姐，这是做给她看的！

变着法在告诉她，竹院寒碜，不体面，想换个舒适的，宽敞的院子。

再一想，整个杜府里，除了杜谦住着的烟霞院，老太太的瑞草堂，最宽敞的不就只有杨柳院了么？

周姨娘惊得倒吸一口冷气：二小姐，这是要跟柳姨娘明刀明枪地对着干了？

二小姐是嫡女，如今升了县主，未婚夫是小侯爷，又得了皇上皇后的赏识，往后的地位只会水涨船高，日子肯定是越过越红火。

跟她把关系处好了，不光是苓姐的婚事不用愁，好处更是数之不尽。

柳姨娘？到底只是个姨娘，而且她在府里一手遮天，万一被老爷扶了正，自己的日子只会越过越艰难。

斗倒了她，自个就稳稳地掌了中馈，而不用时刻担心被柳姨娘夺回权力。

让二小姐跟柳姨娘开战，自个在一旁煽个小风，点个小火，就能从中获利，何乐而不为？

想明白了这一层，周姨娘也就拿定了主意。

但她还想让杜蘅亲口说出来,将来也好有个退身的余地。

瞅准了空子跑了趟竹院,可不管怎么旁敲侧击、拐弯抹角,杜蘅始终揣着明白装糊涂,什么话也不说,真真恨得人牙痒痒!

她心里便明白了,二小姐精着呢!不止不肯给她当枪使,还要逼着她跟柳姨娘撕破脸,不许她做墙头草。

柳姨娘在杜家经营了近二十年,家里的财权捏在她手里,府里上上下下几百号人,绝大部分要看她的脸色。

真要是撕破脸了,二小姐有侯府撑腰可以置身事外,自己可就再也没了退路。

周姨娘犹豫不决的当口,张妈进了府。

她到了竹院,也不让通报直接进了杜蘅的屋,一进门就一把眼泪一把鼻涕地哭开了:"小姐,你一定要给我做主哇!"

紫苏皱着眉,冷冷地道:"张妈,你也是府里的老人了,按说规矩不用我来教。大喜的日子,哭哭啼啼的成什么样?"

张妈猛地一扭头:"小浪蹄子!老娘伺候小姐的时候,还没你呢!我跟小姐说话,轮得到你来插嘴?"

只见她一张脸肿得跟猪头似的,眉骨裂了道口子,左眼乌漆抹黑肿得只剩一条缝了。

紫苏唬了一跳:"张妈,你这是怎么啦?"

这一问,不得了,张妈索性一屁股坐在了地上号啕大哭了起来:"哎呀,我不活了!让我死了算了……"

"有什么事,好好跟小姐说,在这寻死觅活的也顶不了事是不?这几日府里人来客往的,万一给人瞧见了,传到老爷耳中,一怒之下把你撵出去,或是打个几板子,您十几年的体面可就全没了……"

紫苏几个好说歹说,连吓带哄地这才把她劝住,把事情说了个清楚。

原来她男人自摔了那一跤,得卧床静养,吃喝拉撒都在床上,还不许喝酒,脾气大得不得了。

每天在家摔盆打碗,动不动呼来喝去就算了,一个不如意,就要打人。这不,张妈眉上那道伤,就是他用茶杯给砸的。

张妈这些年养尊处优惯了,哪里受过这种苦?

几天的工夫,整个人瘦了一大圈。

"他生病了,脾气大些也难免,你多忍忍也就是了。"杜蘅柔声细气地劝。

张妈心里苦啊,他男人根本不是摔的,是夜里走半道上让人从后面用麻布袋套了头,狠狠地揍了一场,临了还扔下话,说叫他管着自家的婆娘,少在外面多管闲事!

换句话说,他是因为张妈才断了肋骨折了腿,这股无名火咽不下去,当然要往张妈

身上撒！

一天照三餐赏她耳光，甩脸子，爆粗口，还动不动就把药碗摔了！

也不想想，那药是花了多少银子买的！

张妈有苦说不出，望着杜蘅直流泪："小姐，我受不了，你得给我做主哇。"

杜蘅蹙了眉："常言道，清官难断家务事。两口子的事，我怎么好插手？再说了，你男人也不是我们杜家的人，我也管不着他啊！"

"我不是让小姐管他，"张妈道，"是想让小姐帮帮我，我都快愁死了！"

"你想我怎么帮？"

张妈看她一眼，吞吞吐吐地道："我男人突然倒下，肉铺的生意也没法做了。没有进账，每天还要买药材，补品，银子流水似的花出去，实在是周转不过来。小姐，能不能，借我点银子应急？"

紫苏一脸诧异："这才几天，就周转不开啦？"

张妈老脸一红："小姐你知不知道跌打药有多贵？尤其是断续膏，简直要老命！"

杜蘅扼腕："若是你昨天来，怎么也要送你百八十两。可你也看到了，我的私己钱全拿出来打了赏都不够，还跟老太太借了一百两。这可，真是不巧了。"

张妈眼睛就不住往内室里瞄。

紫苏俏脸一沉，冷冷地道："皇上御赐的东西，可不敢动，那是大不敬！"

张妈讪讪地道："是是是，不止不能动还得供着，这个理，我懂。"

"对不起，帮不了你。"杜蘅一脸歉然。

"小姐能不能跟鹤年堂的掌柜说说，让我先把药拿了，银子先赊着？"

紫苏冷笑：说得好听，赊着？以后还不是想赖到小姐头上？

"我先去问问，看有没有赊药的先例？若是有，就向柳姨娘讨个人情，让你也赊几服。若没有，我也无能为力。"

张妈火气噌地上来："小姐不答应就算了，何必糊弄我？"

杜蘅笑容一敛，淡淡道："我是不能答应。"

张妈一愣。

杜蘅不急不缓地道："府里上上下下几百号人，谁没有几分脸面，谁没伺候过主子，谁又没有几分功劳？若是今天你来赊，明天他来赊，鹤年堂也不必打开门做生意，直接改成善堂得了！"

张妈张大了嘴，直接呆掉了。

老实木讷，寡言少语的二小姐，啥时变得这么能说会道了？

"不过，"杜蘅话锋一转，"我升了县主，按例屋里得添人。我反正一个人，也用不着这么多人伺候。你若是不嫌弃，拨两个人给你使唤，帮着伺候你男人，这倒是可以的。"

"小姐真会开玩笑，我眼下的处境，哪还养得起闲人。"张妈苦笑。

"既是我拨给你的，吃穿用度月例自然由我负担。"杜蘅的态度不耐烦中多了些傲慢，"我只能帮这么多，要不要随你。"

"要，我要。"张妈忙道。

有人帮她洗衣做饭，伺候瘫在床上的男人，还不用花一文钱，不要才是傻子！

08　群蝎乱舞

老太太靠着迎枕在炕上歪着，锦绣帮她捏着肩，听到外面院子里有人小声说话，不禁皱了眉："谁在外面？"

锦屏撩了帘子出去，见周姨娘正跟丫头禄儿低声说着什么，便道："是周姨娘。"

老太太一听是她，便有些不喜："她来做什么？"

周姨娘听得动静，转过头见锦屏出来，气呼呼地："锦屏姑娘，你来得正好，这小丫头竟然拦着不许我见老太太。"

"折腾了一天，老太太也乏了。有什么事，明儿再来吧。"

"来都来了，老太太若没睡的话，劳烦你通报一声。"周姨娘赔了笑脸。

老太太在屋里听到了，便道："让她进来吧。"

周姨娘冲禄儿得意一笑，扭身进了门："老太太，没打扰你休息吧？"

老太太闭了眼，并不搭理她。

周姨娘坐了会，笑道："老太太真是个有福气的，老爷进了太医院，已经是光宗耀祖。不想如今二小姐也封了县主，往后的日子，自然是芝麻开花节节高。"

她不谈正题，老太太便也跟着她兜圈子："谦儿凭的是本事，早晚有这么一天。蘅丫头自个争气，跟我这老太婆没啥关系。我老了，不定哪天，两眼一闭撒手就去了。"

"快别这样说，"周姨娘急急道，"老太太还不到花甲之年，哪能这么快去了？往后享福的日子还长着呢！"

"生死有命，富贵在天。"老太太一半是不以为然，一半是真的心有感慨，"顾氏不过不惑之年，却走在了老身的前面。"

老太太人老成精，说话滴水不漏，周姨娘几次试探都无动于衷，眼瞅着玩不过她，

索性不兜圈子了："老太太，我想单独跟您说几句话。"

老太太很不喜她这做派，冷冷道："有什么见不得人的事，不能当着人面说？"

周姨娘挨了训，脸上阵青阵红，低了头小声解释："是关于二小姐的……"

老太太一怔，心道别又是哪个闹什么幺蛾子祸害蘅丫头。

打发了锦屏几个出去："说吧，蘅丫头那又出什么事了？"

"倒不是已经出了什么事，而是我担心这样下去，早晚要闹出事来。"

"什么意思？"

周姨娘咬了咬唇，一副豁出去的样子："按说，这话不该由奴婢来说。只不过奴婢实在看不过眼了，这才多两句嘴。"

老太太恼了："别总弄些虚头巴脑的话唬人，说重点！"

"是，"周姨娘赶紧道，"不为别的，只是今儿人客多，奴婢瞧着二小姐在竹院和瑞草堂之间来回折腾，觉得心疼。"

"哼！"老太太轻哧一声，"蘅丫头在竹院住了一年也没见你说过什么，这会子倒是知道关心她了？"

周姨娘面上一红，辩道："以前咱们关起门来过日子，左邻右舍都鲜少走动，爱咋咋地别人管不着。可如今有那么多双眼睛盯着，二小姐再住在竹院，却有些不合适了。"

"怎么，有人说什么了？"老太太不自觉地坐直了身子。

"这倒还没有。"周姨娘暗暗有些得意：饶是你奸似鬼，也得按着我的戏本子唱！

抬眼偷觑一下她的脸色，小心翼翼地道："只是，如今老太太有了诰命的身份，二小姐也升了县主，又跟燕王府、恭亲王府攀上了交情，再加上平昌侯府，老爷太医院的同僚……"

周姨娘掰着指头，一一细数："年节时的迎来送往，命妇间的人情往来，这些走动也都是少不了的。"

老太太皱起了眉，忍住了没打断她。

"二小姐是舞阳县主，论品秩还在老爷之上，可她住的那地，实在是上不得台面，东西厢没有，跟丫头们挤着住也就算了，连个正经的花厅也没有。难怪二小姐不敢把人客往自个屋里迎，要往老太太这边带。"周姨娘摇了摇头，"这回还可拿老太太做挡箭牌把人糊弄过去，时间长了，可不好说。"

"你的意思我明白了，"老太太沉吟片刻，道，"明儿跟谦儿商量，找几个工匠把竹院规整规整，加盖几间房，也不是什么大事。"

"盖房子连带粉刷，怎么也要几个月吧？"周姨娘笑了笑，道，"别事先不提，夫人七七日，平昌侯府是肯定要来人的。二小姐总不能不请人到屋里坐坐吧？这可说不过去。"

"那你的意思,是想怎样?"

周姨娘绕了一个大圈,总算把话引到正题上:"恕我大胆说一句,现在咱们家,有些规矩确实不成个样子。正经的县主在破屋里住着呢,有的人连主子都不是,却是高床软枕,高屋广厦地住着,也不怕折了阳寿!"

老太太一听,这话中有话,分明是在影射柳姨娘呢!

再一想,柳姨娘的做派确也霸道了些,确实逾了做姨娘的本分。

只不过,她想着顾氏体弱命不长久,柳姨娘迟早是要扶正的,没必要为个将死之人闹得彼此不愉快,家庭不和睦,也就睁只眼闭只眼了。

可是,柳姨娘最近的一些事情做得实在太过火,让她很是失望。

加上本以为最没出息,最无用的蘅丫头,竟是深藏不露,很有几分真本事。

出去两趟,就结交了燕王府、恭亲王府,还进了宫,得了圣上的青睐。当真是不鸣则已,一鸣惊人。

按这个势头发展下去,以后杜谦的前程,杜家几个孩子的前途,只怕还得着落在蘅丫头身上。

这种情况下,柳姨娘做杜府的当家主母是否合适,就得再掂量掂量了。

这就叫人心不足,也叫时移势易。

老太太在最落魄的时候,只想着有饭吃有衣穿,把两个儿子拉扯大,死了就有脸去见杜家的列祖列宗。

到杜谦娶了顾烟萝,她又想着要为杜家传宗接代,顾氏不能生,便逼着他纳妾。

恰好柳姨娘成功爬上杜谦的床,还怀了身孕,这就有了抬姨娘的理由。

生下杜松,她又觉得一个孙子太孤单,需得多子多福才好,于是又有了周姨娘和陈姨娘……

等顾老太爷逝了,杜谦决定进京,她又盼着他能平步青云,官运亨通,光宗耀祖。

对于柳姨娘,老太太其实一直是不满意的。

觉得她丫环出身,说话尖酸刻薄,做事不择手段,为人霸道跋扈,对她又不够尊重。

只不过以前处境不同,不可能要求太多,对柳姨娘的出身,也没有资格嫌弃。

如今她封了诰命,杜谦的前途也是一片光明,日常往来的对象,即将变成朝廷命妇,王侯千金……

柳姨娘,就有点上不得台面了。

尤其是,她还是顾氏的陪嫁,这就使她处境变得越发尴尬——传出去,杜谦难免有宠妾灭妻,霸占岳家财产之嫌。

若,另娶一位身家清白的良家女子为正室,那又另当别论——杜谦正当盛年,妻死再娶,是人之常情。

她沉在自己的思绪里，周姨娘见她不吭声，便有些急了："老太太，你倒是给句话啊。"

她可是豁出命去要跟柳姨娘撕破脸，若是连个浪花都没砸出来，岂不冤枉？

老太太回过神："我老了，管不了那么多。"

这话，等于是默许了。

周姨娘长长吁了一口气："老爷如果问起，要怎么回？"

"既然掌了中馈，该怎么办，自个掂量着来。"老太太冷冷道，"事事来问我，要你又有何用？"

周姨娘被训得作不得声，起身告辞了出门。

想了想，拔脚去了前院。

杜谦被老太太训了一场，不敢再歇在内院，索性去了书房。

周姨娘见了他，反倒没有在老太太面前拘束，仗着比柳姨娘年轻了近十岁，又有了老太太的默许和杜蘅这个同盟，说话生生比平时硬气了许多。

她知道杜谦死要面子，假道学，事事喜欢讲道理，拿圣人的话教训人。

于是压根不提前程，先把各种利害关系剖析了一番，紧跟着就说柳姨娘如何偏心，如何不守规矩，如何费尽心机地挤对，欺侮，算计杜蘅。

话锋一转，回到这次的"私奔"风波上。一把眼泪一把鼻涕，把柳姨娘的心态，在中间耍了什么手段，添油加醋地说了一遍。

末了指出：柳姨娘为达目的，不惜污蔑二小姐的名誉，甚至连累老爷挨老太太的骂。

杜谦心里本来就窝着火，再给她这一挑拨，回想起在碧云庵之事，益发厌恶起柳姨娘。

"再说了，本来四进院子住的是几位小姐，柳姨娘偏要挤在中间，也不合适。"周姨娘又指出。

原来杜家四进的深院，第一进是前院，住了杜松，有侧门与鹤年堂相通。第二进住着杜谦两夫妇，陈姨娘和周姨娘。老太太住了第三进；第四进本来该是杜荇，杜蘅，杜茳，杜芩四个小姐住的。

偏柳姨娘看中了杨柳院，便借口方便照顾大小姐和三小姐，硬生生给占了。

把杜蘅调到了第三进的小偏院，竹院。

"住都住了，还能怎样？"杜谦满是不耐。

他搞不明白，话题怎么突然跳到住房上去了。

"老爷，"周姨娘乘机提出，"我的意思，是不是借这个机会，让柳姨娘跟二小姐把房子对换一下，就是园门落锁，也方便些。"

柳姨娘之前掌着中馈，常有外院的管事来找她回话，虽说几个小姐各有各的院子，但有男子出没，总是不方便。

"嗯，"杜谦便顺水推舟，"她如今也不掌中馈，一个人住那么大的院子，确也不合时宜。让蘅丫头住确实更合规矩。不过，这么大的事还是得跟娘商量一下。"

"我刚从瑞草堂过来，老夫人的意思，是让我掂量着办。"周姨娘立刻打蛇随棍上，"老爷若是也没意见，我可就着手去办了。"

"嗯。"杜谦想了想，道，"柳姨娘那边箱笼，家什太多，竹院那边怕是放不下。"

"这个容易，"周姨娘早想好了，"先拣要紧的，急用的带过去，其余的依旧锁在库房里。要用的时候去领，或是寻了房子再搬过去，都使得。"

"既然你都考虑到了，那就去办吧。"

"万一，"周姨娘犹豫一下，问，"柳姨娘要闹起来怎么办？"

"她敢！"杜谦眉一拧，喝道，"还没了王法了！"

周姨娘得了尚方宝剑，喜滋滋地走了。

到第二天，吃过早饭，便趾高气昂地领了几个仆妇去了杨柳院，当众宣布了这项重大决定。

柳姨娘万没想到，杜府里竟然还有人敢在老虎嘴上拔毛，公然跟她做对？

这一辈子只有她在背后算计别人，抢夺别人的东西。谁承想，一觉醒来，竟然连住处都保不住，让人谋算了去？

气得两手都在抖："你，你说什么？有胆子再说一遍？"

周姨娘居心叵测地笑了笑："姐姐，你也别生气，气坏了身子不值当。老爷的意思，是小姐们全搬到一块住，园子也好管理，省得闹出什么事来，后悔就迟了。"

"你放屁！"杜荇得了消息，顾不得禁足令，急赤白脸地赶了过来。

眼里满是熊熊的怒火，指着周姨娘的鼻子破口大骂："谁不知道这是你跟那贱人联手要的贱招！想把我娘赶出杨柳院？别说门，窗户都没有！"

周姨娘也不恼，笑吟吟地望着她："大小姐，你口口声声骂的贱人，是谁啊？"

杜荇想也不想，大声嚷道："谁犯贱，想占⋯⋯"

"大姐！"杜莊及时赶到，一声大喝，截断她。

大家族就是这样，你可以指桑骂槐，就算别人心里都明白你骂的是谁，就是不能挑明了说！不然就落了话柄！

杜荇意识到失言，又不肯示弱，涨得一张脸通红："贱人就是贱人，还分谁和谁！"

"这个家，不是你一个人说了算。"柳姨娘镇定下来，冷冷地道，"走，我们到老爷跟前评理去！"

"找谁都没有用，"周姨娘得意扬扬，"你以为这事我一个人能做得了主？老爷和老太太不发话，谁敢动你一根寒毛？"

柳姨娘心里何尝不知道她敢来，定是得了杜谦的首肯。

这样说，只不过是在替自己争取一个机会，留一个转圜的余地。

杜谦的脾气她最清楚，也知道什么话能戳中他的心窝子。

他现在是给人蒙蔽了，不知道深浅厉害！

她得去提醒他，让他明白：没有她，就没有杜府，更没有他杜谦的今天！

"你算什么东西，敢这么跟我娘说话？"杜荇气得眼都红了，冲过去用力推她，"滚，滚出去！"

周姨娘猝不及防，差点给她推得跌一跤，登时拉下脸："大小姐，别忘了你如今还禁着足！再闹下去，惊动了老爷，就不怕把你送回清州老家去！"

杜荇被她戳中死穴，张大了嘴呼哧呼哧直喘气。

"请问，姨娘犯了什么错？"杜茳微微往前一步，问。

"三小姐来得晚，怕是有些话没听清楚。"周姨娘似笑非笑道，"不是姐姐犯了错，是老爷想让园子里规整些，给二小姐和姐姐调了屋子而已。"

杜茳笑了："原来姨娘没犯错，只是给二姐腾屋子。"

"本来就是……"

"那周姨娘缘何摆出一副气势汹汹，兴师问罪的样子来？"

"我……"

杜茳不等她说话，抢着道："都是一家人，都是杜家的房子，本来谁住不是住？你不该独断专行，事先也没个商量，突然带着人上门，强行要人搬走。难怪大姐生气，谁看了不生气？天底下，就没有这么办事的！"

周姨娘被她说得哑口无言。

杜茳道："再说了，姨娘这边家什箱笼甚多……"

周姨娘立刻打断她，得意地道："这个，老爷说过了。眼下天热，只拣要紧的，急用的带过去就成。余下的堆到库房里，用时再来领。或是等建了新房了，再搬过去也成。"

"岂有此理！"杜荇听得心头火起。

杜茳拦住她，盯着周姨娘的眼睛，心平气和地问："父亲可有说，今天之内必须搬？"

周姨娘怔了怔："这倒没有。"

"这就对了。"杜茳笑了，"虽不必全搬走，但也得给个时间把东西归置一下。不然，这么胡搬乱抬，难免忙中出错。万一弄坏，或是缺损了一二件……周姨娘可会负责赔偿？"

周姨娘差点跳起来："凭什么要我赔？"

府里谁不知道柳姨娘的屋子最是富丽堂皇，喝茶的杯子，都值十几两。

到时随便打坏一个，或者说丢了东西，她上哪赔给她？

跟她玩栽赃？呸！想得美！

"那就给姨娘两天时间准备。"杜茳脸一沉，森冷之气立显。

周姨娘给她盯得心里直打怵，脸上显出迟疑之色："这……"

"周姨娘若觉得为难，我自己跟祖母去说。"杜荭望着她，重又恢复天真无邪之态。

"不用了，"周姨娘咽了咽口水，摇头，"两天就两天，到时不得再找借口推托。"转过头，对几个仆妇一挥手："我们走！"

"滚！"杜荇跳起来，大骂，"滚得慢了，小心我打断你们的腿！"

"这里不是说话之地，到屋里再说。"杜荭冷冷觑她一眼，率先推门而入。

杜荇被她眼中的蔑视，激得火冒三丈："站住！你那是什么眼神！我是你大姐，敢对我不敬？"

"大小姐！"柳姨娘低叱一声，"大家都看着呢，还不快进去？"

杜荇恶狠狠地扫了眼周围的仆妇："看什么看，滚！"

她冲进房，对着杜荭就是一顿骂："孬种！见那贱人得势了，急着逢迎巴结，以为帮着她把娘赶出去，她就会帮你谋一桩好婚事是吧？别做梦了……"

杜荭二话不说，扬手给了她一个巴掌。

"啪"的一声脆响，杜荇的声音戛然而止，傻傻地瞪着比自己矮了一个头的杜荭，几乎不相信自己的眼睛："你，你打我？"

杜荭冷笑："打你又怎样？若你还是像现在这样无所顾忌，不知收敛，早晚死在别人手里！"

"你说什么？"杜荇冲过去，抬手就要打她。

杜荭胸一挺："你敢碰我一根寒毛，信不信我废了你的手！"

"你！"

"好啦！"柳姨娘低叱一声，"都给我闭嘴！什么时候了，还在这里吵吵！"

"娘，"杜荇气得头顶冒烟，"没看到她打我？"

"你该打！"柳姨娘瞪她一眼，转而看向杜荭，"谁让你自做主张？我是绝不会搬走的，绝不！"

"以为死撑着不搬就行了？愚蠢！那只会让祖母更加厌恶你，让父亲更加疏远你，让你在家里的地位一落千丈！"

柳姨娘脸上阵青阵红，半晌作不得声。

杜荇尖叫："你说什么？"

杜荭冷冷地道："我给你争取了两天的时间，若你连说服父亲，让他收回成命的信心都没有，那就只能乖乖搬走，给二姐腾地方。"

"你闭嘴！怎么跟娘说话的？"杜荇又惊又气，怒嚷。

"要想做当家主母，首要的便是牢牢地抓住父亲的心。如果做不到这一点，最少也要让祖母站在你这边。"杜荭根本不理她，毫不客气地说，"而你，两件事都没做到。"

"我被禁足……"柳姨娘讷讷分辩。

"这不是理由，过分骄傲又太过轻视对手，才是你失败的原因。"杜茬打断她，面无表情地道，"你最蠢的，就是弄了个不靠谱的谣言，妄想损坏二姐的名声——明明知道，只要杜蘅一回府，谣言就会不攻自破！结果画虎不成反类犬，白白送了别人一个话柄。"

"你……"

杜茬却不给她说话的机会："如果是我，不会给她机会再回杜府。"

"我……"柳姨娘试图解释。

"我明白，"杜茬扫一眼杜荇，满眼讥嘲，"你对夏家还有迷恋，想把大姐变成侯爷夫人。你哪怕，找人绑架了她，随便在哪个地方躲个三五天，把谣言做实了，我也就不说你什么了。"

不料她小小年纪，心肠竟如此歹毒，杜荇不禁倒吸了一口冷气："三儿……"

"归根结底，你不够狠！"杜茬下结论，"需知斩草不除根，春风吹又生。是你给了二姐机会，如今她贵为县主，众星捧月。娘现在是墙倒众人推，怨得谁来？"

"她素日最是懦弱无用，谁想到出了门，竟成了香饽饽？"柳姨娘也很委屈，"不止是恭亲王赏识她，连皇上都对她另眼相看，还封了她县主！"

"就是！"杜荇好不容易才找到机会，反唇相讥，"你有本事，还不是一样被她骗？"

杜茬狠狠瞪她："所以，我们要汲取教训。瞅准了机会，不出手则已，一出手就要她的命！"

"不成！"杜荇尖叫，"她死了，我怎么办？"

杜茬恨铁不成钢："世上除了夏风，就没男人了么？况且，你凭什么以为，夏风不娶二姐，就非娶你不可？"

杜荇辩不过她，只好向柳姨娘求救："娘，你答应过我的……"

"好啦好啦，"柳姨娘安抚她，"娘答应你，总归替你谋一桩好婚事。"

"早几年你怎么不说给我另外挑门好婚事？到现在再来改弦更张，晚了！"杜荇气急败坏，吼，"我不管！我就看中了夏风，一定要嫁到夏家去！她不能死！至少我嫁进夏家之前，不能死！"

柳姨娘气得眼冒金星，偏又拿她没法子，唯有苦笑："怪我，都怪我。"

若不是她一门心思要跟夏家攀亲，总是一拖再拖，她也不至于弄到十九还没许人家。

杜茬冷笑："还做着当侯爷夫人的美梦呢？醒醒吧！娘现在已被她逼得泥菩萨过河，自身难保了，谈什么将来！"

"这是父亲和祖母的主意，那贱人未必有这个胆量！"杜荇还是不相信，那个成天低着头走路，说话都不敢看人眼睛的杜蘅，真有这么大的胆。

"谁的主意不重要，重要的是她已向我们宣战了！"杜茌用一种看白痴的眼神看着她。

"就凭她？"柳姨娘不屑地撇唇。

杜茌很是烦躁。

不明白这么明显的事实，为何她们却看不到，还沉浸在过去的成功中，感觉不到危险正一步步向她们逼近？！

"单凭她一个，当然不足为惧。麻烦的是，她不仅弄了个县主的头衔，还把父亲和祖母都拉到了她的阵营！甚至，连周姨娘都变成了她的马前卒，为她冲锋陷阵！再不反击，给她点教训，咱们很快就会无立足之地！"

杜荇虽然不认为杜蘅有能力影响这么多人，甚至支使周姨娘替她办事。

但是，她无法忍受，以后每天要对这个最瞧不起的废物二妹行礼，问安！

对于教训杜蘅这一点，她举双手赞成："只要不弄死，怎么玩都成。"

柳姨娘知道她鬼心眼最多，这么说必是心里有了打算："你有办法？"

"办法多得是。"杜茌道，"关键是，你能不能狠下心，要做到什么程度？"

"什么意思？"杜荇被勾起了好奇心。

杜茌懒懒地看她一眼："说了你也不明白，还是继续发你的梦去。"

"你！"杜荇气结。

"娘去找父亲，"杜茌笑了笑，"虽然不能改变什么，起码要表示一下反抗之心。否则，她一定会起疑。"

"你怎知父亲一定不会改主意？"杜荇颇不服气。

柳姨娘虽也不以为然，却听出了重点："你的意思，要那两天时间，是演一场戏。故意让人以为是缓兵之计，最后不得不搬走，让她放心入住的？"

杜茌眉一扬，得意之色溢于言表："连娘都没想到，她一定更想不到了！"眼睛一眯，寒意森森，"只要来了，包管让她竖着进来，横着出去！"

柳姨娘俩正在商量着如何反击时，竹院里，亦迎来了一位不速之客。

"大哥来了？快请！"杜蘅一脸惊讶地站起身来，不及迎出门外，杜松大步闯了进来。

他甚至，没让白前为他打帘子！

"紫苏，上茶。"杜蘅几不可察地蹙了蹙眉。

"不用了，"杜松冷冷地觑着她，"我不是来喝茶的，有几句话，问完就走。"

杜蘅已猜到几分来意，面上却不动声色，亲自搬了圈椅过去："坐吧。"

看他一眼，笑："不管什么事，坐下再说。"

不习惯绕来绕去，杜松索性牙一咬，单刀直入："是你看中了杨柳院，要让姨娘搬出去的吗？"

杜薇微愕："大哥从哪听来的胡话？"

"胡话？"杜松义愤填膺，"这会子周姨娘正带了人，气势汹汹地往杨柳院去呢！"

"有这种事？"杜薇吃了一惊。

杜松盯着她："分明是你嫌竹院地方小，让姨娘给你挪地方！在这装什么傻充什么愣呢？"

"我真不知道。"杜薇道，"大哥若不信，跟我一起去问父亲不就行了？"

杜松半信半疑："父亲不会无缘无故想起要调房子。若不是你，又是谁的主意？"

沉吟了片刻，道："难不成是祖母的主意？不对不对，她向来不管这些琐事的。"

忽地惊叫："我明白了！定是周姨娘那贱人，见你升了县主，我娘又被禁了足，自以为有机可乘，为了巴结讨好于你，打压我娘，自做主张想出来的贱招！父亲也真是糊涂，被她几句话就糊弄过去了！"

杜薇皱了眉，淡淡地道："大哥左一句贱人，右一句巴结讨好，不觉得有辱读书人的斯文吗！"

杜松面上一红，强辩道："是她以下犯上侮辱我娘在先，骂她几句又能怎的！"

杜薇冷笑："柳姨娘比周姨娘大上那么几岁，两人一向姐妹相称，就算有所争执，也是同辈之间的吵闹，以下犯上却是挨不着。"

不待他答话，又道："再者，柳姨娘以姨娘身份占了小姐的居处；而你以儿子的身份，却对父亲的行为妄加指责，这才是以下犯上吧？"

"你！"杜松被她驳得哑口无言，半晌怒道："你还不承认！明明就是你觊觎杨柳院，躲在背后挑是拨非！"

"我只是就事论事，"杜薇也不动气，淡淡道，"是大哥先入为主，非要把罪责扣到我头上。"

杜松霍地站了起来，指着她道："别以为皇上封了你一个小小的县主，就一步登天，可以为所欲为了！有我在一天，就不许你欺侮我娘！"

"给我坐下！"杜薇低叱。

"你有什么资格给我下令！"

杜薇面无表情："大哥不要忘了，我这小小的县主，是三品的品秩！你这个大秀才，不会连尊卑都分不清吧？要不要，到金銮殿上去辩个是非曲直？"

"你！"杜松脸上青红交错，纠结半天，终是不情不愿地落了座。

"我最后警告你一遍。"杜薇深吸一口气，慢慢地道，"背了人，你们怎么称呼，我管不着。但当着人面，若是再让我听到你叫她一声'娘'，别怪我翻脸不认人！"

"你，你能怎地？"

"你可以试，"杜薇语气极平静，"到时就可以知道，我是虚言恫吓，还是真的会付诸行动。但我劝你,最好还是别试。因为后果,你未必承担得起!"

杜松看向她,眸子里是极度震惊。

与其说是震惊于她话里的决绝,不如说被她狠戾的语气吓到!

他从来不知道,软弱卑微的二妹,也有这么毒辣的一面!

杜蘅不再看他,端起茶杯:"送客。"

"大少爷,请。"紫苏撩起了门帘。

杜松心有不甘,走到门边,忽地停步回头,气呼呼地道:"我也警告你,别打我娘的主意!你敢动她一根手指头,后果,同样承担不起!"

杜蘅眸光一冷,幽幽道:"你犯禁了!"

杜松激灵灵打了个寒战,本欲撂几句狠话挣回点面子,无奈张了几次嘴,竟然说不出话。

他脚一跺:"咱们走着瞧!"

转身就走,不料门边杵着一人,险些撞个正着。

他本能地往后趋避,却忘了身后是门槛,绊了个四脚朝天!

"大少爷!"白前几个惊呼失声,却没有人上前搀扶。

"你还好吧?"夏风双手环胸,半点拉他的意思也没有。

"没事,没事。"杜松臊得满面通红,狼狈地从地上爬起。

夏风上下打量他一眼,凉凉道:"我有几句话想跟二小姐单独说……"

"啊,小侯爷请便。"杜松慌忙夺路而逃。

从头到尾,杜蘅端坐在锦凳上,悠闲地喝着茶,连眉毛都没抬。

夏风四下打量一遍,眼中掠过一丝震惊和愤怒:"你就住这种地方?"

难怪,他提出要见她一面,老太太顾左右而言他,百般推脱。

若不是他坚持,还不知要被他们欺瞒到何时?

"这里没什么不好,"杜蘅神态自若,没有半点不安和不满之意,"清静,安逸,自在。"

回想杜府前院的富丽繁华,那些颇具江南特色的精致风景,乃至老太太房中那些贵重奢华的古董摆设……

夏风情不自禁地握起了拳头:"欺人太甚!"

杜谦能有今日,完全是托了顾烟萝的福,没有顾家,他只怕现在还穿着短衫褂子在太阳下挥汗如雨,为一日三餐而奔走呢!

竟忘恩负义至于此,让顾氏唯一的血脉,平昌侯府的准儿媳,住在这么破败的小屋里?

想起稍早时候,南宫宸那阴阳怪气的腔调,再进一步想起碧云庵停灵那一晚后院的

骚乱……

当初，杜松以一句"误会"一语带过。他因未曾上心，也就没把它当一回事。

可亲眼看到，亲耳听到今天这一场口角之后，他无论如何都不会相信，那真的只是"一场误会"！

杜蘅笑了："你错了。"

柳姨娘根本就没想欺她，是完全把她当成一个死人，为所欲为。

夏风定定地看了她良久，忽地叹了口气："我真不明白，这样的家，这样的父兄姐妹，还有何留恋的？"

"再不好，也是我的家。"杜蘅抬眸看他，目光坦荡洁净，"我不会离开，更不会不战而逃。"

要走，也应该是其他人卷铺盖滚蛋，绝不应该是她！

这个家是她的，她会用自己的力量找回来，并且守护到底！

"嫁给我，"夏风蹙眉思忖再三，突然道，"让我来照顾你，不好吗？"

"你？"

"是的，我。"夏风神态笃定。

杜蘅笑了，笑容讥讽味十足："你凭什么这么自信满满，以为自己能做得比别人好？"

"怎么，"夏风挑眉，心里颇不是滋味，"你不信我有这个本事护得你周全？"

杜蘅没有作声，但眼里的不屑却说明了一切。

两世为人，至少让她领悟了一件事。

这个世上没有净土，侯府的水比杜府更深，更脏！

有多少繁华富贵，就有多少贪婪成性和龌龊不堪！

"我这就去跟父母说，尽快上门迎娶。"夏风在最短的时间里，做了决定。

"别折腾了，"杜蘅不为所动，兴趣了无，"母亲孝期未满之前，我哪里都不会去。"

"你别傻！"夏风竭力劝说，"嫁人和尽孝并不冲突。"

"小侯爷，"杜蘅失了耐性，沉下脸，"我想，你弄错了一件事。"

夏风微感诧异："什么事？"

"我说不嫁，就是真的不嫁，不是矫情，更不是口是心非。"杜蘅语速极慢，吐词十分清晰，"那天在御花园，我已说得很清楚了。我猜你大概从未被人拒绝过，所以听不出来，或是拒绝承认。我不妨把话再说清楚一点。我不会嫁给你，现在不会，三年之后，也不会。所以，你还是及早另做打算吧！"

夏风乘兴而来，不料竟碰了一鼻子灰，弄得灰头土脸败兴而去。

紫苏望着那抹仓皇逃离的背影，不赞同地摇了摇头："何苦把气撒到他身上？"

杜蘅微笑："他若不生气，某些人会分不清立场。"

紫苏先是一愣，继而吃惊地瞪大了眼睛："原来，小姐在演戏？"

"称不上演戏，半真半假吧。"杜蘅笑了笑，"我只是小小利用他，推了某人一把而已。"

老太太的脾气，她最清楚。

表面最是公正无私，实则是个无利不起早的厉害角色。

若不触到她的痛处，让她感觉到杜府的利益受到威胁，她是绝对不可能立场鲜明地站出来支持自己的。

因为，在老太太的心里，杜家的利益，杜谦的前途，才是高于一切的！除此之外，必要时都是可以牺牲和舍弃的棋子。

杜家稳步发展，才是老太太真正希望看到的。

老太太的如意算盘就是尽量置身事外，避开冲突，避免进一步激化矛盾。

她，怎么可能让老太太如愿？

"小侯爷，岂不是很无辜？"紫苏叹气道。

杜蘅淡淡道："我可不认为他无辜。"

不管理由为何，前世他背弃了两人的婚约，娶了杜荇是事实。

这样的惩戒，连利息都算不上。

紫苏轻声道："小姐难道不觉得，他跟以前不一样了吗？没准，他真能成为小姐的良人呢？"

"良人？"杜蘅一下笑出声来，"这个世上哪有什么良人？大家都是买卖人，只不过有人赚得多，有人赚得少。"

而她的前世，倾家荡产，血本无归！

"小姐！"紫苏有些吃惊，更多的却是担忧，"你不能这么偏激！报仇固然重要，却不能因此毁了自己……"

杜蘅打断她："柳姨娘不会乖乖搬走，肯定会耍花招，叫她们盯紧点，任何细节都不能放过。"

心知此时她一定什么劝告都听不进去，紫苏轻叹一声，道："知道了。"

不出所料，柳姨娘当天就到老太太面前哭诉了一场，诉说自己这么多年的付出，如何含辛茹苦地抚养儿女，如何不辞劳累地伺候婆婆……

老太太原本是不打算掺和到小辈们的争执当中。

偏偏夏风去了竹院，听说走的时候脸色还很不好看。

老太太虽不识字，心里却跟明镜似的。

别看眼下燕王府、恭亲王府都跟杜府有来往，瞧着很体面很热闹，其实都是噱头。

真正在杜谦的仕途需要帮一把的时候，能使上力的，还是得指着平昌侯府。

杜夏两家是姻亲，打断骨头连着筋。

这逼得她不得不站出来，公开维护杜蘅。先狠狠驳斥了柳姨娘一通，指出她行事嚣张等等缺点之后，再委婉解释：换房，并不是对她的惩罚，而是因为之前闹出"私奔"一事，让杜谦痛下决心，整顿家中秩序，好好规整内院。

最后允诺，等她解除禁足令后，中馈会重新交回到她手中，这个家还是让她打理。

柳姨娘又连着两晚到杜谦跟前哭闹，具体说了什么，不得而知。

最后的结论是：房子非搬不可，杜荇提前得到自由。

出人意料的是，她解禁后竟没有跑到竹院，指着杜蘅的鼻子破口大骂。

众人在刮目相看的同时，纷纷感叹：看来十天的禁足，的确让她领悟了不少道理，收敛了许多脾气。

柳姨娘虽然还在硬撑，但杨柳院的人气焰明显低了下去，赵妈妈已经吩咐仆妇们，开始整理箱笼，一点一点为搬家做着准备。

紫苏向杜蘅报告："赵妈领着人收拾东西，估计明天就能搬进去了。"

"柳姨娘和三儿，有什么动静？"杜蘅问。

"这几天都在屋子里，哪也没去。"紫苏道，"这太奇怪了，完全不是柳姨娘的风格。"

杜蘅不动声色："让她们别松懈，继续盯着。"

柳姨娘当然不可能乖乖把住处拱手相让，这么安静，一定是在暗中谋划着什么。

一直按兵不动，显见是胸有成竹，胜算在握。

她们到底在谋划什么，打算怎么对付她呢？

"小姐，"白前急急过来，报告最新动向，"柳姨娘找了匠人，看样子，是要把东梢间改成罕室。"

杜蘅眉一挑："她竟这么有闲心，还给我安排罕室？"

"反正她是看不得小姐好！"白前悻悻道，"就让小姐睡一晚床又如何？巴巴地提前给准备好！"

杜蘅想了想，问："是单给我准备了，还是大少爷那边也重新刷了一遍？"

"柳姨娘说夏天虫蚁多，乘这个机会，大少爷，大小姐那边的罕室也都粉刷了一遍。"

"大小姐那边也刷了？"杜蘅问。

"嗯，"白前忍不住说，"谁不知道，大小姐一晚都没睡过，她那罕室纯粹只是摆设？"

"就算是糊弄人，面上的功夫也得做足了。"紫苏从旁插言。

一直到第二天，也没发现柳姨娘有何异常。

用过早饭，去瑞草堂给老太太请过安后，就开始正式搬家了。

紫苏疑惑又不安："难不成，柳姨娘识时务，总算安生了一回？"

杜蘅笑而不语，缓缓跨进了杨柳院。

狗是改不了吃屎的，柳姨娘怎么可能放过她？

"她不捣鬼，我应该安心才对，为什么心跳得这么快呢？"紫苏小声嘀咕。

白前忙着指挥几个仆妇，归置箱笼，安放家什，一时之间，还真有些手忙脚乱。紫苏见她忙不过来，主动过去帮忙。

杜蘅一个人，慢慢踱进了东梢间。

这边原来是布置成书房的，后边连着一间内室，收拾成了净房。洗澡，洗漱都不用出屋，方便得很。

此时家什书籍搬走了，四面墙全刷上石灰，空气里弥漫着石灰的味道。

空荡荡的房子，打扫得纤尘不染，明净亮堂，无遮无掩，一眼就能看完，实在想不通她要怎样做手脚。

杜蘅弯下腰，很仔细地在墙上四处摸索。

"二姐姐。"怯生生的声音，在背后响起。

杜蘅转头。

杜芩扳着门框，半边身子藏在门后，探出半边身子，大大的眼珠骨碌碌转着，正上下打量着她。

杜蘅冲她笑了笑。

"二姐姐，你以后就住这了？"

"嗯。"

"我可不可以来找你玩？"杜芩怯生生地问。

"当然。"

"真的？"杜芩兴奋地跑进来，"不骗我？大姐和三姐都嫌我小，不搭理我。"

"嗯。"

杜芩张大眼睛，眉目间全是飞扬的喜悦："那，你可不可以跟姨娘说，让我来玩？她不许我来，说我会打扰到你！可是，我会很乖的，一定不吵到你。"

"我会告诉她，"杜蘅心一软，放柔了声音，"你想什么时候来，都可以。"

"太好了！"杜芩跳起来。

"晚上，要不要跟二姐一块吃饭？"

"要！"杜芩欢呼。

看着她像只青蛙似的满屋子乱蹦乱跳，杜蘅嘴角一弯，笑了……

搬到杨柳院后，最大的改变，是有了自己的小厨房，以后可以单独开伙，想吃什么做什么了！

紫苏很是兴奋，几天前就跟白前几个商量着把菜单拟好了，凑了份子，打算好好庆贺乔迁之喜。

天刚擦黑,院子里到处点了灯笼。

院子里摆了三桌,杜蘅和杜苓一桌,几个丫头们一桌,粗使和上夜的婆子一桌。

大家说说笑笑,很是开心。

喝到兴头处,也不知谁提议,几个丫头闹着轮番给杜蘅敬酒——居丧之家不能饮宴,以自制的酸梅汤代替桂花酒,是紫苏想出来的招。

"二姐,"杜苓怯生生地扯了扯杜蘅的袖子,"我要上茅房。"

"我带你去吧。"白蔹忙放下碗筷。

"不用,"杜苓羞涩地道,"我认得路,你们继续吃。"

"那,你可要小心些。"白蔹也并不坚持。

杜苓捂着肚子,弯着腰飞快地朝着茅房跑去。

"不成,凭什么白前姐姐敬的你就喝得,我敬的就不喝?"白芨闹着不依。

杜蘅推辞不掉,只得抿了一口:"不成,再喝,肚子要胀破了。"

"又不是真的酒,小姐忒不爽快。"白芨有些不爽。

紫苏接过杜蘅的杯子:"我替小姐喝了,行吧?"

"去!"几个丫头喷她,婆子们也跟着起哄。

一片叫嚷声中,杜苓从茅房返回,贴着墙根,悄悄溜进了东梢间。

杜蘅的视线捕捉到那抹瘦小的身影,眸光微微一冷。

不过眨眼的功夫,杜苓就从东梢间出来,若无其事地回了席。

一顿乔迁饭,直吃到月上柳梢头才尽兴而散。

侍候杜蘅梳洗毕,换过清爽的衣服入睡,已快到子夜时分。

"不早了,睡吧。"紫苏打了个呵欠,正要摊开被褥。

静夜中,隐约有窸窣声传来。

"听,什么声音?"

"什么?"紫苏莫名其妙。

杜蘅脸色一变,忽地踏前一步,猛地握住了她的手腕:"别动!"

她叫得那么急,动作幅度那么大,把紫苏吓得一个激灵:"怎么啦?"

"嘘!"杜蘅示意她噤声,拔下头上发簪,握在手中,屈起右膝,弓起左腿,极慢的动作伸出手,轻轻挑起被褥一角。

一只二寸左右的黑褐色的蝎子,嗖地一下蹿了出来,从席子上一掠而过,迅速没入了墙根。

紫苏瞪大了眼珠,惊出一身冷汗:"……"

"别作声!"杜蘅先把被子检查一遍,确定没有其他的蝎子藏于其内,这才把它搬走。

再悄悄地把席子揭开,底下趴着四五只大蝎子,被光一照,四散奔逃。

"这……"紫苏倒吸一口冷气,"方才明明打扫干净了,一时之间哪来这许多蝎子?"

杜蘅嘴角噙着一抹冰冷的笑容,眼睛盯着地面上一撮极细微的黄褐色粉末,指尖在墙壁上轻轻摩挲几个来回后,定在某处:"拿篓子来。"

紫苏开门出去,到厨房取了只竹篓,顺手再抄了一把铁钳,急匆匆折返。

杜蘅先是撕下裙子的薄纱衬里,把竹篓扎成喇叭形状的口,用竹篾固定住,再去接铁钳:"给我。"

紫苏握着不撒手:"我来,你到外面去。"

"听话!"杜蘅不容分说,把烛台塞到她手上,"站到凳子上去,小心它们跑出来时蜇到你。"

紫苏握紧了烛台,紧张得手直发抖。

杜蘅也站到凳子上,把竹篓搁到地上,对准墙壁,轻轻用铁钳一掀。

只见原本完整的墙壁,竟然掀开了一道三寸左右的口子,窸窸窣窣的声音蓦然放大数倍。

原来,此处的墙是中空的,里面密密麻麻挤满了黑褐色的大蝎子,怕是有上百只!

此时被灯光一照,争先恐后往外爬,绝大部分钻进了杜蘅事先预置在洞口的竹篓里,十几只躲过一劫,四散逃窜的蝎子,也被杜蘅用铁钳,一一捉拿归案。

经过两人再三检查,确定再无漏网之鱼,才瘫在地上,大口大口喘气。

两人都已是汗透重衣,紫苏这时才感到后怕:"好险,要不是小姐机警,差点就遭了毒手!"

杜蘅闭着眼,胸膛剧烈起伏。

不愧是杜茳,竟能想出在墙壁里藏蝎子这样恶毒的法子。

难怪,她一点也不着急。

这些蝎子想必是上次用毒蛇暗算她的时候就带了进来,一直藏在杨柳院的。

"那些蝎子藏在墙洞里,为什么突然会跑出来?"紫苏百思不得其解。

杜蘅淡声道:"不奇怪,这些蝎子是喂养的,只要在地面撒上它惯用的饲料,时间一到,它自然会爬出来觅食。就像钓鱼一样。"

"院子里全是咱们自己的人,她有什么机会来撒饵……"紫苏蓦然醒悟,"难道,是四小姐!"

杜蘅不吭声,眼里浮起一丝悲哀之色。

万没有想到,连杜苓都被她们拉着入了伙,加入了对付她的行列。

"卑鄙!"紫苏气得握紧了拳头,"周姨娘表面装得恭敬顺从,豁出去跟柳姨娘决裂的架势,转身却跟柳姨娘联手,背后捅了你一刀。"

"不,"杜蘅冷静下来,"这事,周姨娘应该是不知情的。一定是杜茳从中捣鬼,

哄骗得苓姐帮她做事。"

虎毒不食子，周姨娘做一切事都会为了杜苓着想，这事一经揭露，首当其冲的就是杜苓。

周姨娘，绝不会蠢得让杜苓亲自动手！

"现在，咱们要怎么办？"

"她既无情，休怪我无义！"杜蘅咬着唇，一字一句地道，"以其人之道，还治其人之身！"

"好！"紫苏咬牙，"跟他们拼了！"

09 双目失明

子夜时分，刮起了一阵风，杨柳院门廊下的两盏灯笼晃了晃，熄了。

天快亮时，杨柳院那边终于有了动静，却不是杜莛期待中丫头们的哭声，而是"咚咚咚"疯狂砸门的声音。

天将亮末亮之时，正是最犯困的时刻，婆子睡梦中被人吵醒，老大不高兴："谁啊，大半夜的叫魂呢？"

"开不开？"柳亨气急败坏，抬起脚狠踢大门，"再不开，老子揭了你的皮！"

旁边有人扯着嗓子嚷："柳二爷来了，快开门！"

婆子唬得连滚带爬地爬起来，刚拉开闩，门就被外力撞开，她一个不防备，被撞得四仰八叉倒在了地上。

柳亨还不解气，照她胸口就是一脚："操你姥姥，开个门也这么磨叽，活腻味了？"

婆子捂着胸口，倒在地上直哼哼。

柳亨看也没看她一眼，直接闯进了院子，站在庭院里，口口声声嚷着："二小姐呢，快叫她出来！"

门口这一通闹，院子里的丫头婆子都被惊醒，纷纷亮起了灯，披了衣服出来瞧个究竟。

冷不丁见院子里竟然杵着几个凶神恶煞的家丁，顿时吓得花容失色，尖叫声四起。

砰砰砰，一通门响，各人又缩回了房中。

"这个时间，"白芨急匆匆穿了衣裳，重新出来，"柳二爷怎么来了？"

柳亭一眼扫过去没见着杜蘅，拉长了脸："叫二小姐出来！"

"吱呀"一声，紫苏拉开了门，走了出来："半夜三更的，谁在外面吵吵？"

柳亭说着，直奔东梢间而来："死丫头，给老子闪一边去！"

"你想做什么？"紫苏双手撑着两边门框，挡在门口不许他进，"里面住的可是舞阳县主！你硬闯进去，毁了县主的闺誉，担待得起吗？"

"滚开！"柳亭心头焦躁，伸手把她扒拉到一边，喝道，"延误了治疗，大少爷若有个三长两短，你担待得起吗？"

"大哥怎么啦？"清润的女声，从黑暗中传来。

"大少爷被毒虫咬了，现如今还躺在床上昏迷不醒呢，老太太打发我过来叫你。"柳亭到底不敢真的闯进屋去，站在走廊上。

灯光亮起，一抹纤瘦的身影映在窗户上。

"父亲怎么说？"杜蘅的声音，如一汪清泉，潺潺流动，冲走一切躁动。

柳亭渐渐冷静下来："姐夫入宫侍值，正好不在家。"

杜蘅又问："什么时候出的事？"

柳亭不耐烦了："问那么多做什么，赶紧穿上衣服走人是正经。"

"不先问清楚了，怎么能对症下药呢？"杜蘅依旧是不急不慢。

"我也是刚刚得的消息，"柳亭只好捺着性子，答道，"具体的情况不知道，麻烦二小姐快点，时间耽搁不起。"

杜蘅打开门走了出来，越过他，径直朝外走。

这边杜荭听得杨柳院乒乒乓乓动静闹得不小，打发了丫头过去打探，不料带回来的竟是晴天霹雳般的消息！

杜荭不信："中毒昏迷不醒的，不应该是杜蘅吗，怎么会变成大哥？你们一定是听错了！"

"不会错的，这会子柳二爷正领着二小姐赶着往松柏院给大少爷瞧病呢！"藿香小声道。

杜荭气得掀翻了桌子。

咣当一声巨响，杯盘碎了一地，污水横流。

没有一个人敢动，也不敢吱声，屋子里陷入死一般的寂静。

"有内奸！一定有内奸！"

这个局设计得天衣无缝，若非事先得知消息，绝对逃不掉！

偏偏，杜蘅就是躲过了！

不止躲过了，还反过来将了她一军，给杜松下了毒！

最最可恨的是，居然还装得若无其事，去给杜松治病！

这简直，就是比当众甩她耳光更让她难堪！

是可忍，孰不可忍！

杜茬愤怒之极，在房里快速地来回走动，踢得碎瓷哗啷作响："是谁？哪个吃里扒外的王八蛋，敢坏我的事？"

霍香胆战心惊，忍不住出语提醒："小姐，地上有碎瓷，小心割伤脚……"

杜茬忽地停下来，二指夹着她腰间软肉，用力狠拧："下作的小娼妇！见二姐当了县主，想要巴结逢迎，所以出卖我，对不对？"

霍香痛得小脸煞白，也不敢挣扎，战战兢兢地求饶："没有，我没有，奴婢打小就伺候小姐，死也不会出卖主子。"

"不是你是谁？"杜茬拧得累了，松开手，从针线笸箩里拈了一枚绣花针，在她眼前一晃，"快说，说不出来一样是死！"

霍香吓了一大跳，顾不得满地碎渣，扑通跪倒在地，胡乱嚷道："是，是，四，四小姐！"

"胡说！"杜茬眉一挑，冷笑，"苓姐那傻蛋，根本不知发生什么事，怎么可能告密？"

"奴婢的意思，"霍香勾着头，脑子里飞快地想着对策，"会不会四小姐没找着机会把药粉撒进去？又或者她胆小，没敢撒或撒得不够？"

"哼，算你会说话！"杜茬抚着下巴，沉吟片刻，把绣花针扔进笸箩。

霍香如逢大赦，急忙爬起来，也不敢抹泪，垂着手站着。

看着一屋子大气也不敢喘的丫头，杜茬没好气地骂道："杵着做什么，拿着月例吃干饭的？还不把屋子收拾了！"

正骂着，杜荇一阵风似的跑了进来："听说了吗？大哥中了毒！"

"刚知道。"

杜荇惊疑不定："不是说这次把握十足，一定可以整死她吗？怎么那贱人毫发无伤，大哥却躺下了？"

"蠢货！"杜茬憋了一肚子火，推开她往外跑，"现在是追究这个的时候吗？还不赶紧去松柏院，省得那贱人动手脚！"

"哦，对！"杜荇蓦然醒悟，慌不迭地掉头追上去，"三儿，等等我。"

松柏院里灯火通明，院子里黑压压地站满了人，却安静得针落可闻。

杜松面色乌青，躺在床上一动不动，柳姨娘披头散发，跪在床头，哭得死去活来："儿啊，我的儿啊！"

杜老太太面沉似水地坐在床边，听到焦躁时，忍不住大声呵斥："闭嘴！你还有脸哭？松儿要有个好歹，我第一个不饶你！"

正闹哄哄乱成一团，忽听有人嚷了一句："二小姐来了！"

人群呼啦一下散开，给杜蘅让出一条路来。

老太太喜不自禁，霍地站了起来："蘅丫头，可把你盼来了！"

"祖母。"杜蘅急步上前行礼。

"还行什么礼啊？"老太太拉着她往床边走，"快，看看你大哥。好好的一个人，突然间变成这样了，教我……"

说着说着，已是老泪纵横。

杜蘅轻声安抚道："父亲不在家，您就是咱家的主心骨。您可不能慌，您一慌，大伙可就全乱了。"

"不慌，我不慌。"老太太强做镇定，"不过给虫子咬一口，没什么大不了。"

锦屏搬了张小杌子过来，杜蘅在床边坐了，探身看了眼杜松紫黑肿胀成猪头的脸，秀眉立刻蹙了起来："都肿成这样了，怎么才来找我？"

当归跪在地上，哭着道："本是丑时咬的，小人立刻飞奔去禀老爷，哪知老爷刚好当值，并不在家。小人不敢做主，一边派人去鹤年堂敲门，一边就回了柳姨娘……"

"丑时？"老太太登时大怒，"等我知道时已快卯时了，整整拖了一个半时辰！"

柳姨娘哭着辩道："我一接到消息，头都没梳立刻就来了！怪只怪该死的蔡田，竟然不在。高三山又正好出急诊，也没说去了哪，一时找不着人！我没办法，只好让人赶了车，去城东接蔡田……"

这一晚杜谦入宫侍值，蔡田回了家，剩下唯一一个大夫，又半夜来了急诊病人，给接去出诊！

事情就是这么巧，杜松偏就在这一晚，就被毒虫咬了！

她徒有百般机巧，苦于不懂医术，叫天天不应，叫地地不灵！

若不是实在没有办法了，又怎么会禀到老太太跟前，出面去求那个连看一眼都觉得胸闷的贱丫头？

"你，你个猪油蒙了心的蠢婆娘！"老太太大怒，指着她大骂，"放着家里现成的名医你不找，偏舍近求远，转半个临安城去找蔡田！你，你到底安的什么心？"

"我能安什么心？"柳姨娘又是委屈又是伤心，"大少爷是我身上掉下的肉，他哪怕掉根头发，我都觉得心疼！难道，我还能害他？"

老太太哆嗦着手指，指着她："松儿要有个三长两短，就是你害的！"

这两人吵闹的时分，杜蘅已打开药箱，取出一柄薄薄的锋利小刀，在烛火上炙烧片刻，切开了伤处皮肤。

两手拇指按压伤口附近，用力挤压，一直到黏稠腥臭的黑血，变成新鲜血液为止，这才停手。

"拿碎冰来，"杜蘅吩咐，"用干净的布包了，敷在伤口附近。另外，找几条活地龙，若没有，天螺蛳也成。"

锦屏见她额上见汗，掏出丝帕替她擦拭。

"谢谢。"杜蘅转头，冲她微微一笑。

地龙并不难找，很快就送了过来。

杜蘅不避腥秽，将地龙撕开，挤出内脏，只留那黏稠的液体，轻轻涂抹于患处。

柳姨娘等人平日养尊处优，见那地龙被撕开后，仍在她手里扭动挣扎，当下只觉胃中翻涌，等看到杜蘅竟把那灰乎乎鼻涕似的黏液涂在杜松脸上，早已忍耐不住，冲到门边，张开嘴，"哇"地吐了出来。

那几个丫头，本就是在竭力忍耐，她这一带了头，余下的纷纷冲出去，大呕特呕了起来。

一时间，庭院里呕吐声此起彼伏，臭气弥漫，味道难闻至极。

杜蘅伸出手："针盒。"

紫苏打开沉香木盒，露出一排黄灿灿的金针。

示意当归替他宽衣，杜蘅手起针落，一口气扎下了十几针。

最后一针抽出来，杜松猛地张嘴吐出一股血箭，溅得床帐一片污浊。

紧接着，呜里哇啦一阵吐，呕出半盆黑漆漆的脏物，登时秽气冲天，臭不可闻。

"你，你竟敢害松儿，我，我跟你拼了！"柳姨娘疯了似的往前冲。

赵妈赶紧张开双臂，从身后死死地抱住了她："姨娘，使不得！老太太跟前，借她一百个胆也不敢伤害大少爷！一切有老太太做主，你，你可千万不能冲动啊！"

"大哥，"杜蘅握住了他的手臂，柔声道，"感觉可好些了？"

杜松转头，眼神却极涣散，显得茫然而空洞："谁？"

杜蘅还不及答话，当归已经喜极而泣，扑上去："大少爷，你，你可算醒了！"

"当归，"杜松的表情却极惊骇，瞪大了眼珠，死死地盯着声音传来的方向，"这么黑，怎么不点灯？"

当归傻傻地张大了嘴巴："少，少爷？"

此时天边已露出鱼肚白，院子内外灯笼火把，屋里烛台照得比白昼还亮！

"大哥？"杜蘅发觉不妙，伸了手在他眼前晃动，"你看得到我吗？"

"二妹？"杜松越发惊惧，扭着脖子惊慌地四处寻找，"你，你在哪？干吗躲起来，出来，快出来！"

这一下，满屋子的人都惊悚了。

"松儿？"老太太颤巍巍地走过去。

杜松惊惶不已，趴在床边，歇斯底里地吼叫起来："点灯，快点灯！当归，好大的胆子，连少爷的话都不听了？我叫你点灯，没听到吗？"

当归吓得坐在地上，瑟瑟发抖。

"松儿……"柳姨娘只觉眼前一黑，身子往后一倒，昏死在赵妈妈的怀里。

"孩子！"老太太脚下一软，差点栽倒在地。

杜蘅眼疾手快，一把搂住了她。锦屏锦绣两个上来，帮着把人搀到圈椅里。

一屋的丫环婆子，哭的哭"老太太"叫的叫"姨娘"唤的唤"大少爷"。

正乱哄哄闹成一团的时候，杜荇，杜茳两姐妹赶来了。

远远就听到哭声震天，两人都是心一沉，不约而同地飞奔了进来："大哥！"

杜蘅侧坐在床边杌子上，二指搭着杜松的脉门，秀眉紧蹙，表情十分凝重。

当归和柴胡一左一右按住杜松的四肢，一边拿了布条绑他，一边流着泪劝："少爷，别动，让二小姐好好给你瞧瞧。"

杜松拼了命地挣扎着，想要挣脱制锢，龇牙咧嘴地大骂："放开我！放开！我要去点灯，你们不点，我自个去点！"

"大胆奴才！"杜荇又惊又怒，冲上去不由分说，啪啪甩了当归两个巴掌，"想造反不成，还不快放开大哥！"

"荇丫头！"老太太怒叱一声，"你给我退下！"

"祖母！"杜荇跺脚，"你没看到吗，这贱人想害死大哥，要把大哥绑起来呢！"

"啪"一声脆响，老太太抬手一记耳光，杜荇的声音戛然而止。

"祖母。"

老太太却连眼角都不瞄她，屏了呼吸死死地盯着杜蘅，颤着嗓子问："如何？"

"不行，延误了太久，医治得太迟，毒气已扩散到了经脉……"杜蘅缓缓地收回手，摇头，"大哥，双目失明了。"

晴天霹雳！

"你胡说！"杜茳尖叫。

"放屁！"杜荇口出秽语。

老太太往后退了一步，惨然地盯着杜蘅："一点希望，也没了？"

杜蘅歉然地垂下眼帘，良久，轻声道："祖母也无需绝望，父亲医术超卓，或许另有良方也未可知。"

这话的意思就是，她已经无能为力了。

杜荇跳起来，揪住杜蘅的头发，拖着往床柱上撞："是你，一定是你害的！你这妖女，你这毒妇！害了我娘还不够，还敢害大哥！我打死你，打死你！"

"大小姐！"紫苏冲上去，将杜蘅死命护在怀里，一脸激愤地嚷道，"你就算心疼大少爷，也不能含血喷人！不错，大少爷是你哥哥，可也是二小姐的兄长！"

"荇丫头,你疯了?"老太太愣了一下,才喝道,"她是你二妹!快放开她。"

"是她,一定是她!"

"若不是蘅丫头,松儿怕是连命都保不住!"老太太喝道。

杜荇疯了似的往前扑:"我不信,哪有这么巧的事!大哥早不中毒,晚不中毒,偏偏是今晚被毒虫咬了?这绝不是偶然,肯定是她的奸计!我们都给她骗了!"

杜蘅也不挣扎,就这么定定地任她推搡,捶打,表情漠然而麻木。

"来人,把大小姐给我绑起来!"老太太一声令下,几个仆妇上来捆人。

"为什么绑我?"杜荇疯了似的尖叫,拼命反抗,"罪魁祸首在那,不去抓她,为什么要来抓我……"

杜茌远远地站在门边,靠着门框,看着乱成一锅粥的人,完全不明白,事情怎么会演变成这个样子?

好不容易,杜蘅才从松柏院脱身,回到了杨柳院。

白前早备好了热水,她洗完澡换上干净衣服,一头扑到柔软的迎枕上。

紫苏上前,轻声问:"小姐,你还好吧?"

"我有什么不好的?"杜蘅自嘲一笑,"大哥不听我的警告,偏要犯禁,我就给了他一个教训。我要让他们知道,我,是不能惹的!"

"做得好!若你不还击,前世的悲剧,还会重演。"

杜蘅沉默,许久后,才轻声道:"我也没觉得自个错了。只是,有点累……"

"这不怪你,是柳姨娘的刚愎自用害了他。"紫苏轻拍她的肩,"当年,三小姐那样对小姐,如今大少爷双目失明。这就叫,天道轮回,报应不爽。"

顿了顿,问:"我只是不明白,小姐什么时候,布置了这一切?"

杜蘅淡淡道:"我一直是防着柳姨娘的,只是不知道她要用什么办法对付我。直到那天白前告诉我,柳姨娘在东梢间里,布置了一间垩室。我那时就猜到,她是要在垩室上做文章。"

"垩室里什么也没有,除非下毒,但这一招上次已经用过了,而且证明无效。她居然还敢再用第二次,可见是个诡计多端的。"紫苏摇头。

"我让人打听了一下,发现她上回,不止拿了一篓毒蛇,还要走了一篓蝎子。"杜蘅慢慢道,"我知道,那蝎子必定早已养在杨柳院。就算我有一万只捕兽夹,也防她不住。杨柳院我插不进手,猜不准她要在什么时间,以什么方式下毒。所以,我只好把目标放到了外院。"

紫苏提醒她:"柳姨娘必定不会善罢甘休,一定会把罪名往你身上推。你想好要如何脱身了吗?"

"即便她放过我,我也没打算放过她。"杜蘅冷冷地道,"我的目标,本来就不是大哥。"

"难怪，今天一整天不见白前。"紫苏想了想，恍然。

"小姐，"白芨在门外禀道，"决明哥来了。"

"请他进来。"

"是。"

"小的给二小姐请安。"决明进了门，在碧纱橱外站定，躬身行了一礼，"老爷请二小姐到松柏院去一趟。"

"知道了，"杜蘅应道，"我换件衣服，一会就来。"

决明恭敬地道："小的在这等就是。"

不肯先走，就是不许她拖时间，要防着她做手脚了？

杜蘅微一挑眉，露出一抹冷笑："那就，劳烦你稍等片刻。"

紫苏挑了帘子出来，塞给他一个荷包，笑道："决明哥辛苦了，不过传句话，打发个小丫头就成了，干吗亲自跑这一趟？"

"谢二小姐赏，"决明掂了一下，沉甸甸的，遂收进怀中，不动声色地道："老太太，柳姨娘她们几个已先到了，就等二小姐了。"

这话，等于是在变相警告她，进了门要小心说话。

柳姨娘已经恶人先告状，且杜谦，老太太都已先入为主了。

杜蘅心里有数："白芨，给决明看座。"

紫苏复挑了帘子进门："小姐的头发乱了，我给你重新梳一个吧。"

白前还未回来，事情办得怎样，不得而知。

决明又守在这里不走，只好拖得一时算一时了。

"不用。"杜蘅直接换上衣服出了门。

不过半天的工夫，门廊走道，已用水冲洗得干干净净，不留半点痕迹。

"二小姐到了。"小丫头看到她，飞奔着进去报信。

杜蘅前脚刚踏进门，身子还有一半在门外呢，一只茶杯迎面飞了过来。

"畜牲！你还有脸来？"

夏风手一抬，一枚铜钱脱手飞出，"叮"地一声将茶杯撞偏几寸，掉在地上摔个粉碎。

"杜大人，事情还未查清，仅凭一面之词就判定阿蘅有罪，怕是有失公允吧？"

"小侯爷，"杜谦面色很是难看，"这是我的家事，希望你不要插手！"

夏风笑得很是温和，态度却很坚决："我是阿蘅的未婚夫婿，应该不算外人吧？何况事情牵涉到阿蘅，我有权知道真相。"

"小侯爷的意思，是要以势压人了？"柳姨娘难抑愤怒。

夏风眼角都不瞄她，大步迎向杜蘅："阿蘅，你没事吧？"

杜蘅皱起了眉:"你怎么来了?"

"听说舅兄中了毒,身为准妹婿,理当登门探望。"夏风竟毫不避讳,上前欲牵她的手。

杜蘅屈膝,向老太太行了一礼,借机不着痕迹地避过他的碰触:"给祖母,父亲请安。"

夏风的手落了空,不仅不觉尴尬,反而乘势与她并肩而立:"我相信,岳父大人一定会不偏不倚,还你一个公道。"

"蘅丫头,"老太太眉目如冰,"松儿跟你有什么深仇大恨,你要下这样的毒手?"

杜蘅不闪不避,昂首望着老太太,平静里带着一丝委屈:"祖母这样说,就是不信蘅儿了?"

"人证物证俱在,由不得她不认!"柳姨娘瞪着她,两眼欲喷出火来。

夏风淡淡道:"原来主子说话,姨娘可以随便插嘴!长见识了。"

柳姨娘气得发抖:"你!"

杜荇早已按捺不住,见柳姨娘吃瘪,腾地站了起来:"这里不是平昌侯府,要耍小侯爷的威风,似乎走错了地方!"

"荇儿,你闭嘴!"杜谦脸一红,解释,"母子连心,兄妹情深,松儿双目失明,柳姨娘急怒攻心,荇儿爱兄情切,一时忘了规矩也是有的。"

"我明白,"夏风微笑,"两位都是关心则乱,才会一时忘了尊卑,出语无状。"

杜莅皱起了眉头:"小侯爷文武双全,论起机辩口才,相信在场的没有人能比得过你。然而,今天的事,并不是靠耍几句嘴皮子就能揭过去的。你若是真把自己当成杜家的一份子,就该站在公正的立场,替大哥讨个公道。"

"说得好。"杜蘅鼓掌,"我也很想知道,你们凭什么一口咬定,是我害了大哥?"

"要证据?"杜谦深深看她一眼,"好,我给你证据!厚朴,把人带上来。"

一阵杂沓的脚步声,把一个小厮,反剪了双手,绳捆索绑地推了进来。

厚朴在他膝弯处踹了一脚:"还不给老爷跪下?"

"小人吴阿蒙,给老爷,老太太请安。"那人身子往前一冲,双膝跪地。

杜蘅斜眼望去,见他不过十五六岁的年纪,单单瘦瘦,一双眼睛灵活地转来转去,很是机灵的样子。

老太太看到他,激动得站了起来:"你,是你,害得松儿双目失明?"

吴阿蒙垂着头,不敢看她的眼睛:"小人该死,猪油蒙了心。"

老太太几欲昏厥,哆嗦着唇骂道:"你,你这黑心的狗奴才!杜家给你吃,给你穿,你不思感激,反而恩将仇报!我,我跟你拼了……"

她挣扎着要往他身上撞,吓得锦屏死命抱住了她的腰:"老太太,气坏了身子不值当……"

"娘！"杜谦忙劝道，"且让他把事情从头到尾说清，再治罪也不迟。"

转过头，把眼一瞪，怒吼："畜牲，你做了什么好事，还不老实交代？"

"小人吴阿蒙，是鹤年堂里专门管理、饲养毒虫的药童。"吴阿蒙年纪虽小，说话却很有条理，"前些日子，有人给了我五十两银子，买走了两条剧毒的金头蜈蚣……"

"是谁给你的银子？"柳姨娘打断他。

"是……"吴阿蒙抬起头，畏畏缩缩地看一眼杜蘅，眼神闪烁，欲言又止。

杜蘅见他这般做派，心中只觉好笑。

柳姨娘果然煞费心机，不知从哪找来这么个小厮，串通一气，演了这场蹩脚的好戏！

仿佛唯恐天下不乱，杜荇大喝一声："你看她做什么？当着这么多人的面，谅她不敢动你一根寒毛！"

杜谦怒火中烧："再不老实交代，先拉下去打五十大板！"

"别打，我招，我招！"吴阿蒙惊慌失措，扯着嗓子道，"是外院洒扫的许进。"

"许进是谁，不用我说了吧？"柳姨娘冷笑。

白芷情急，嚷道："你胡说！我大哥怎么可能做这种事？再说，他手里也没有这么多银子！"

"他是没有！"杜荇阴恻恻地道："舞阳县主有得是，对不对，二姐姐？"

杜蘅一脸平静："银子，我的确有。别说五十，就是五百、五千我也拿得出。"话锋一转，"但这是两码事，有银子不代表这件事背后的主使是我。大哥待我一向不薄，无缘无故，我为什么要害他？"

"就是你，挟怨报复，借刀杀人！"

"大哥？"杜蘅转过头，吃了一惊。

"二妹！你好狠毒的心肠！"杜松在当归和柴胡两人的扶持下，强撑着虚弱的身体，颤巍巍地走了进来，残余着青气的脸上，满是悲愤，"兄妹一场，万没想到，就因为我逆了你的意，叫了柳姨娘几声'娘'，你竟真要置我于死地！"

杜蘅吃了一惊："那不过是气头上说的话，转眼即忘，哪能当真？再说，那天大哥也说了很多狠话，难道大哥想过要置我于死地？"

"那天我也在场，"夏风立刻道，"好像是杜兄为换房之事，上门找阿蘅理论。两人发生口角，杜兄情绪失控，似还在阿蘅之上。"

"你是她的夫婿，自然帮她说话。"杜松愤怒不已。

夏风转过头，望向杜谦："杜大人，阿蘅是你的女儿，她的品性你最清楚。为了几句口角之争，就要置兄长于死地。这种话，你信吗？"

"我是不信，"杜谦一副痛心疾首的样子，"可事实摆在面前，由不得我不信。"

"这就是父亲所说的证据？"杜蘅的表情，有些失望。

"当然不止，"说话的是杜荏，"还有何平，他负责外院巡夜。很明显，这是二姐策划，许进，何平合谋，共同谋害大哥！"

紫苏又气又急："你，血口喷人！"

杜蘅拍拍她的手，示意她少安毋躁："就这些，还有吗？"

"你还要什么证据？"杜荇尖叫起来，"是不是非要抓到你亲自下手，才算是证据确凿？"

"吴阿蒙是吧？"杜蘅却不理她，"我且问你，许进是什么时候从你手里把蜈蚣买走的？"

吴阿蒙一愣，偷瞄柳姨娘一眼，答："昨，昨天……"

"昨天什么时候？"

"我没注意，不记得什么时辰。"

"上午，下午，还是晚上，这总应该记得吧？"

"上午。"吴阿蒙随口道。

"你说谎！"白芨嚷了出来，"大哥昨天根本不在府里！"

"我记错了，是，是前天上午！"吴阿蒙急急改口。

"也不对！"白芨胜利地大叫，"他三天前就去了庄子，帮着看守瓜田，根本没回来住！"

夏风听到这里，松了口气。

吴阿蒙傻了眼。

杜荏大喝一声："吴阿蒙，你再好好想想，到你手里买走蜈蚣的到底是不是许进？"

吴阿蒙愣了一下，忙道："是是是，我记错了，不是许进，是……"他眼珠骨碌碌乱转。

"是不是许遥？"杜荏出言提点。

"对对对，就是许遥。"吴阿蒙松了一口气，"小人刚来不久，这兄弟俩的名字，有点混。"

"你，你分明是胡说八道！"紫苏气晕了。

"府里上上下下几百号人，这两人又是兄弟，一时间弄混了，有什么稀奇？"杜荇帮腔。

"记错名字，的确不稀奇。"杜蘅微微一笑，"不过，许遥小时大病一场，两条腿不是一样长，走路有点瘸，你不会也不记得吧？"

吴阿蒙呆了片刻，下意识去看柳姨娘。

府里几百号人，柳姨娘哪可能个个都认识？况且，许遥做的又是最下等的杂役！

依稀只记得府里是有这么个人，忙冲他使了个眼色。

吴阿蒙点头："对对对！二小姐这么一说，我就想起来了，许遥的腿的确有点瘸。"

"你没记错？"紫苏冷笑，"不会到时又改口吧？"

杜莛心中一动，隐隐觉得不对，正要阻止。

"错不了！"吴阿蒙信誓旦旦，"他走路像鸭子摇摇晃晃，我还笑过他。"

杜蘅笑了，笑意不达眼底，声音倏地变得沉而冷："许遥的腿好得很，瘸腿的是许进！"

吴阿蒙早被杜蘅翻来覆去，左一盘右一绕，给问得傻了，哪里还说得出话？

"狗奴才！"杜谦怒不可抑，上前一脚将他踹翻，"还不说实话？"

柳姨娘也急了，霍地站起来："来人啊，把这满嘴胡说八道的奴才，拖出去重打五十棍！"

吴阿蒙两眼一翻，直接昏死过去。

夏风双手环胸，和和气气地问："柳姨娘，这是想杀人灭口么？"

"你！"柳姨娘涨得满面通红，好容易才找回声音，"这狗奴才竟敢胡言乱语，构陷二小姐，不打不足以平心头之恨！"

"岳父大人，"夏风望向杜谦，"阿蘅的嫌疑，是不是可以洗清了？"

"当然，当然，"杜谦硬挤出笑容，"蘅丫头，让你受委屈了。"

杜蘅忽然跪了下去："父亲，我的确受了很多委屈！"

杜谦的笑容僵在脸上："是是是，父亲不该听信小人之言，错怪了你……"

"身体发肤受之父母，莫说几句责骂，就是要女儿的命，也是该当的，女儿不敢埋怨。"杜蘅咬着唇，嘤嘤低泣，"女儿哭，是因为府里有人容不下我，尽管我一退再退，仍然苦苦相逼！女儿若是再退，只怕真的活不成了！"

"这是什么话？"杜谦脸上挂不住了，"你是堂堂杜家嫡女，圣上亲封的舞阳县主，谁敢容不下你？谁又有这个本事，逼得你连命都没有？"

"这话，蘅儿本不想说，"杜蘅抬起头，神情坚毅，"可是，既然退让不能解决问题，我只能拼却一死，也要让真相大白于天下！"

"到底什么事？"杜老太太也不高兴了，绷着脸，"逼得你要死要活？"

杜蘅拍了拍手掌。

白菽从门外走了进来，手里提着一只加了盖的红漆木桶。

听到从桶里传来的阵阵窸窸窣窣的声响，杜莛的脸色一下变得雪白。

"祖母请看。"杜蘅轻轻揭起桶盖。

老太太满腹疑惑，倾身过去一看。

几十只黑褐色的大蝎子，翘着尾巴，挨挤着，争抢着，往桶上爬。

坚硬的外壳，碰撞在一起，摩擦着，发出咔咔嚓嚓的细微响声。

她顿时毛骨悚然，连声喝骂："快拿开！还嫌不够乱吗？竟然把这许多脏物带到这里！"

夏风面色微变，看向杜蘅的眼里，满含了心疼、怜惜和愤懑！

"祖母也觉得这东西可怕吧？"杜蘅面色苍白，竭力想保持着平静，颤抖的嗓音却诚实地反映出了她内心的恐惧，"这是昨晚，蘅儿在垩室里捉到的。"

"你说什么？"老太太一呆。

杜蘅一字一句地道："垩室粉刷一新，搬进去仅一天，竟然有如此之多的蝎子在等着我。祖母以为，这是偶然吗？蘅儿又该不该为自己讨个公道？"

杜谦霍地瞪向柳姨娘："是不是你搞的鬼？"

"冤枉啊！"柳姨娘连声道，"那些毒虫，我连看一眼都毛骨悚然，哪里敢去碰？"

"谁知道蝎子是从哪来的？"杜荇阴阳怪气地道，"如果真有这么多蝎子，二姐早就该躺在床上昏迷不醒了，哪还能站在这里大放厥词？"

"是啊，那人弄了那么多蝎子，目的就是要置我于死地。"杜蘅淡淡地道，"可惜，她算漏了一件事。这么多蝎子挤在一起，发出的声音是十分可怕的。尤其，是在夜深人静的时刻，那动静除非是死人才听不到！更何况，有十几只还跑了出来。"

笑了笑，道："我好歹是顾沂之的外孙，别的本事没有，捉几只蝎子还是不在话下的。"

"那也不能赖在柳姨娘头上。"杜荇尖着嗓子叫。

"想知道蝎子是谁放的，其实也容易。"杜蘅指着昏倒在地的吴阿蒙，"把他弄醒，一问即知。"

夏风抬起脚作势欲踩，极温和地道："阿蒙小兄弟，你再不醒，我一脚下去可就要肠穿肚破了。"

原本紧闭双眸装死的吴阿蒙，一下子爬跪起来："别，千万别！"

杜谦狠狠踢了他一脚："狗奴才！还不说实话？"

吴阿蒙"嗷"地一声嚷了起来："老爷，小人什么都不知道，要怎么招啊？"

"蝎子是你养的，给了什么人，你会不知道？"杜蘅冷笑。

"是不是你保管不善，蝎子偷跑出去了？"柳姨娘给他递了根杆子。

"这……"吴阿蒙眨巴着眼睛，犹疑着是不是要顺杆子往上爬。

夏风在一侧，凉凉地提醒："谋害县主，其罪当诛。小兄弟，你可要想好了。"

"不，不会的。"吴阿蒙一个激灵，忙道，"且不说养毒虫的屋子四周全都砌了围墙，根本出不去。就算真的逃走了几只，也会散落在外院里，不可能跑那么远进了内院，还是几十只这么多，集中出现在一个地方。"

"这么说，就是有人刻意谋害了？"夏风钉死一句。

柳姨娘恼羞成怒，大声道："这小子贼眉鼠眼，说话反反复复，说不定就是他偷溜进去，把蝎子放进杨柳院，借以陷害我的！"

杜荏心知要糟，脑子里飞快地盘算着怎么把话题引开。

"对！"杜荇已大声附和，道，"咱家人虽多，会伺候毒虫的，只有他一个。不是他还有谁？"

"柳姨娘，大小姐，你们可不能冤枉我！"吴阿蒙倏地抬起头，眼中充满愤怒之色，"小人是专职负责养虫子不错！可小人来鹤年堂一年多，连二门都没进过，更不知道杨柳院位于何处，如何能下手？那蝎子……"

杜荏截断他的话："其实，就算拿了蝎子，也不一定就是对二姐心怀恶意。"

"是否有恶意，"夏风看她一眼，笑得温文尔雅，"待问出真相，自有定论。阿蒙，蝎子交给谁了？"

"是我！"杜荏见势不妙，把心一横。

杜谦震惊万分："三儿，怎么会是你？"

"不错，"杜荏深吸口气，挺身站了出来，"蝎子是我花了十两银子买的。不过，我绝不是要害人，而是前些日子翻看《大齐奇域志》，里面提到，在岭南有个地方，喜食蝎子，称其美味无比。我一时好奇，这才买来想要在姨娘的厨房里一试……"

夏风微微一笑，语气无比温柔，眉眼之间却陡然生出分凌厉的霸气："看不出来，三小姐小小年纪，口味竟是如此独特。不过，不知道原本该进了三小姐肚腹的蝎子，缘何会出现在垩室里？"

杜荏捏着衣角，一副小女孩做错事，不知所措的样子："只因蝎子看起来委实太过恶心，是以我一直不敢尝试，那一篓蝎子就一直养在厨房里。至于它们是什么时候，怎么跑到垩室里去的，我就不知道了。"

恰在此时，白前气喘咻咻地进了松柏院，却被萱草拦在院中。

"让开，我有重要的事情禀报小姐。"白前怒道。

"老爷、老太太正在处治毒害大少爷的奸人，任何人不得打扰！"萱草趾高气扬。

白前眉一挑："你不让我进，误了县主的事，你担待得起吗？"

"少拿县主吓唬人！"茜草喝道，"这里是杜府，没有老爷、老太太发话，谁也不许进！"

白前咬了咬唇，转身就走："我在外面等，总行吧？"

萱草得意之极："这还……"

不料白前猫了腰，拔腿就跑，从她和茜草两人中间穿过，一溜烟进了大厅，边跑边扯开嗓子吼："小姐，小姐！"

"站住，给我站住！"萱草，茜草气急败坏，追上来逮她。

柳姨娘立刻出来，横眉冷目："哪来的混账东西！来人，拖下去，打二十大板！"

"慢着！"杜蘅走出来，"不准打！"

"公然到松柏院闹事，不罚不足以服众！"

"柳姨娘好像忘了一件事，"杜蘅淡声提醒，语带讥讽，"杜府如今，已不是柳姨娘掌家。"

柳姨娘气得脸红脖子粗："反了，反了！闹事的还有理了？"

白前分辩道："我没有闹事，是萱草姐姐拦着，不许我进门。不得已，才大声嚷了几句。"

她走到杜蘅跟前，附耳迅速低语了几句。

"我知道了，你下去吧。"杜蘅边听边抬眸，望了柳姨娘一声，掀开帘子重新回了内室。

柳姨娘给她一眼瞧得头皮发麻，冷冷的，从心里直往外泛着寒气。

定了定神，亦步亦趋地跟了进来。

杜蘅唇边泛起一抹冰冷的笑意，清冷的声音，如冰池中相互撞击的薄冰："不仅如此。昨晚父亲入宫侍值，这么巧，蔡大夫家中有事回了家。偏偏半夜又有急诊上门，把唯一宿在鹤年堂的高大夫给叫走了。正是如此，才会延误了最佳治疗时机，以致大哥毒入经脉，造成终身遗憾。"

杜松悲愤怒吼："你什么意思？我命中注定，要做个瞎子吗？"

杜蘅环顾室内众人一遍，最后把视线停留在杜谦脸上，一字一顿地道："父亲，你相信这一切真是巧合吗？"

杜谦脸上肌肉一阵痉挛，颤声道："不然呢？"

"蔡大夫家中昨日下午突然走水，接信后匆匆返家，却是虚惊一场。"杜蘅清清淡淡，水波不兴地道，"高大夫半夜接诊，貌似也很平常。有意思的是，请他出诊的，竟然是赵妈妈。"

赵妈妈一个激灵，忙分辩道："昨夜孙子突然高烧，呕吐不止。请高大夫，实属无奈之举。"

杜蘅笑了笑："只不知赵妈妈这套说词，大哥能不能接受？"

杜松双拳紧握，恶狠狠地瞪着赵妈妈的方向，呼哧呼哧地喘着粗气。

"这，不过是巧合罢了！"赵妈妈嘴硬。

"一件是偶然，二件是巧合，三件还可视为天意。"杜蘅唇角一弯，讥刺意味十足，"可这么多事情全凑到一起，还要硬坚持这是巧合。我只能说，你比天桥说书的还能编！"

"你！"柳姨娘气得七窍生烟。

"柳姨娘！"一直沉默的杜老太太抬眸，眼风如刀，"你要怎么解释？"

"老太太，冤枉，我真是冤枉的啊！"

"冤枉？好！"杜蘅步步进逼，"咱们把当日负责垩室粉刷翻新之人找出来，问问他，是谁指使他把垩室的墙壁挖空，暗藏毒蝎！"

闻言，赵妈妈的脸色一白。

就听柳姨娘道："垩室翻修粉刷，是由外院管事，岳叔华负责。"

很快，岳管事被叫了过来，他连声叫屈："小人与二小姐无冤无仇，为何要陷害她？再说了，杨柳院人来人往，凿壁挖墙，不可能没有声响，如何瞒得过人？"

"垩室墙壁中空，内藏毒蝎是事实。"夏风的笑意不达眼底，声音里带着股冷冽的寒意，"不是岳管事所为，就是柳姨娘，二者必居其一！"

"不是我，我没有！"两人同时叫了起来。

柳姨娘狠狠瞪着岳叔华。

岳叔华不敢看她，额上渗出一层密密的汗珠。

"还有一件事，不知父亲和祖母是否知情？"杜蘅暗中冷笑。

"什么？"

"垩室新粉刷过，屋子四周的缝隙，墙角旮旯里都重新撒了防虫粉，按理大哥的房内是绝不应出现毒虫的。"杜蘅慢悠悠地道，"可偏偏，毒虫却来了，还咬了大哥。所以，我特地留意了一下，没想到，竟然发现了一件极可怕的事！"

杜荇怒道："有话就说，有屁快放！别在这里装神弄鬼地兜圈子！"

杜蘅瞥她一眼："大姐着什么急呢？是不是眼见奸计要被揭穿，沉不住气了？"

"你说什么？"杜荇踏前一步，怒目而视。

杜谦喝道："别打岔，让蘅丫头说。"

老太太有两个儿子，没有杜松，还有其他的孙子。

可是，他却只有杜松一根独苗！

他向来又是个争气的，年纪轻轻中了秀才，本来打算秋天乡试过后，明春参加会试，梦想着殿前夺魁，高中三甲，光宗耀祖的！

谁想到，一觉起来，竟然双目失明，一切美好的希望都化为了泡影！

"我发现，"杜蘅眸光清亮，字字清晰地道，"原本应该是预防毒虫的防虫粉，却变成了饲养毒虫的饲料！"

"你，说什么？"杜老太太身子一晃，往后就倒！

"老太太，老太太。"丫头婆子乱成一团。

满屋子的人，嗡地一下，闹了起来。

"你，你胡说！"杜荭再也沉不住气，激动得跳了起来！

"药成粉末，就算他们想毁灭证据，也不可能清除干净。"杜蘅淡淡一句，把闹哄哄的人群，压得安安静静，"父亲若不信，可即刻派人查验。"

"不，这不可能。"岳叔华汗如雨出，忍不住去瞧柳姨娘。

"决明！"杜谦目眦欲裂，死死地盯着岳叔华，"把垩室内外的防虫粉，扫一点来。"

"是。"

不过片刻工夫，防虫粉已送了上来。

杜谦低头闻了一下，立刻面色大变，一脚将他踹翻在地："畜牲！"

"姓岳的，我杀了你！杀了你，杀了你！"杜松狂吼一声，疯狂地往前扑。

只可惜，他身上毒性尚未完全清除，身体极度虚弱，哪经得起如此激烈的情绪？

叫了几声，便倒地不起。

"少爷，少爷！"当归和柴胡泪如雨下，合力把他抬出去。

屋里又是一阵忙乱。

"哎哟，"老太太悠悠醒转，一眼看到跪在屋中的岳叔华，立刻泪水长流，"我杜家有哪点对不住你？你要下此毒手？"

赵妈妈脸色煞白，身子不停颤抖。

柳姨娘还试图力挽狂澜："老爷，这里面一定有误会！"

"给我闭嘴！"杜谦用尽全力，一个耳光甩过去。

柳姨娘"噗"地喷出一口鲜血，竟生生被打断了一颗牙！

杜谦唰地抽出夏风腰间长剑，一步一步地逼了过来。

"呜呜……"柳姨娘嘴里包着一口血，含混不清，呜呜哇哇地叫着。

"娘！"

"不要！"

杜荇，杜茳双双扑出去，一人抱着柳姨娘，一人抱着杜谦的腿，痛哭了起来。

"这贱人心肠歹毒，不配做你们的娘！"杜谦喝道，"滚开！"

"事情还没查清楚，我不能看着娘不明不白地死在爹手里。"杜茳抱着他的腿哭。

杜蘅凉凉道："是不是冤枉很简单。只要派人去竹院搜一下……"

"杜蘅！"杜茳双目赤红，凄厉地嘶吼，"你是不是一定要逼死我娘，才甘心？"

"是你们做得太绝，没给我留活路！"杜蘅冷笑。

"不是我，是赵妈！"杜茳大声嚷道，"所有事情，都是赵妈做的！"

"你说什么？"杜谦手中的剑，停在了半空。

"我说，唆使我买蝎子，在垩室凿壁穿墙，暗藏毒蝎，把防虫粉换成药粉，找人在蔡大夫家放火，用计叫走高大夫……全都是赵妈的主意！跟柳姨娘没有关系！"杜茳脸色苍白，紧紧地握着双拳，胸脯剧烈地起伏着。

她越说越快，越说越流畅："都是赵妈妈教我的！她说，这么多年，二姐一直都心怀怨恨，认为是我杜家侵占了顾家的财产，柳姨娘霸了母亲的地位，抢走了父亲的宠爱；如今她刚当了舞阳县主，立刻就来占柳姨娘的房子。往后，她会变本加厉，一步一步逼得我跟大姐，还有大哥无立足之地！要防患于未然，就要先下手为强，给她一个教训……"

岳叔华惊叫一声："三小姐，你，你不能血口喷人！"

杜苁双目血红，狠狠地瞪着赵妈妈，一字一句地道："事到如今，你还不承认？"不要忘了，你男人，你两个儿子的命，可全都捏在我的手上！

赵妈妈脚跟一软，跌坐在地上："是，都是我的主意。"

夏风蹙眉："赵妈妈，你何苦替人顶罪？"

"是我，全是我做的！"赵妈妈咬着牙道，"大少爷，大小姐和三小姐都是我一手带大，眼见二小姐的气焰一天比一天嚣张，老身看不过去，这才一时想歪，做了傻事！可我……"

她声音哽咽："我没想到，会错手害了大少爷！"

"我该死！"赵妈妈吸一口气，抬起头来，"求老爷不要连累我的家人，我一个人做的孽，由我一个人承担！"

转过头，望着岳叔华，惨然而笑："安儿和平儿，就交给你了。"

"不！"岳叔华手足无措，"你为什么要认……"

话没说完，赵妈妈忽地站起来，朝着杜谦冲了过去。

杜谦吓得傻了，呆在原地。

赵妈妈却越过他，一头撞上了坚硬的红木桌角，只听得"咣"地一声巨响，刹那间鲜血流了一地……

"平儿他娘……"岳叔华呆若木鸡。

10　慧智大师

一场闹剧，最终竟以如此惨烈的方式草草收场。

老太太到底上了年纪，连番刺激之下，终于病倒在床。

柳姨娘被关进柴房，杜苁又在祠堂罚跪，杜松两眼失明，性格大变，松柏院里每天

咆哮声不断，杯盘碗碟一天都要换上十好几套……

杜谦整天长吁短叹，整个杜府的气氛陷入前所未有的低迷之中。

杜荇勉强在家里坐了三天，终是受不了这种氛围，开始往外跑。

杜谦忙得焦头烂额，哪还有心思管她？

唯有杜蘅，一如既往的平静。

每天早起，用过早点就去瑞草堂，喂老太太吃完药，陪她说会话回杨柳院。

午后绣绣花，有空在紫藤架下看书，偶尔还下下棋。

十五一大早，套了马车去静安寺。

紫苏从包袱里拿出东西，一件一件往香案上摆，嘴里念叨："小姐精心策划了这么久，本以为一定可以扳倒柳姨娘，不想还是给她逃过一劫！柳姨娘只掉了颗牙，三小姐也只罚跪几天祠堂！真是可恨！"

"如果一次就被击倒，她也不是柳姨娘了。"杜蘅不以为意，淡淡道，"好在，了结了赵妈妈的狗命，也不算全无收获。"

"这么死，真是便宜了她！"紫苏狠狠啐了一口，"只要一想起小……"

杜蘅冷冷看她一眼。

紫苏一窒，垂了头，嗫嚅着小声道："我，我就恨不得千刀万剐了她……"

杜蘅没有搭腔，拣出一个无字的牌位，从怀里掏出丝帕，反反复复无限温柔地擦拭着——仿佛她擦的不是一块牌位，而是婴儿的脸，那么轻柔，那么细心，眉眼之间全是温柔……

她擦了很久，直到擦到纤尘不染，这才小心翼翼地摆到顾氏的牌位之旁。

紫苏看得鼻酸，燃了香，默默地递到她手上。

杜蘅拈着香，给顾氏拜了几拜，把香插入香炉之中："娘，蘅儿来看你了。"

泪水渐渐地凝满了眼眶，一滴一滴落下来，砸出一个个小坑。

孩子，我可怜的孩子！娘向你发誓！

赵妈妈，张妈妈，柳姨娘，杜荇，杜荏，南宫宸……

那些所有害得我们母子惨死，那些让你甫出世，不曾喝过一口奶水，不曾享受过娘的拥抱，甚至来不及看这个世界一眼，就冻死在冰天雪地的畜牲！

终有一天，我会亲手将他们一个个送进地狱！

抬手，缓缓撕下一页画纸，递到烛火上，宣纸在高温下迅速熏黄，青烟冒起，转眼火舌漫卷而上。

火光中，赵妈妈的脸慢慢扭曲，变形，蜷缩，最终灰飞烟灭……

蹲在横梁上的石南，看着这惊悚的一幕，无声地搓了搓手臂，开始明白一个道理：以后得罪谁也千万不能得罪女人，尤其是，眼前这个看似弱不禁风，温和无害的小女人！

此刻的他，完全没有意识到，此刻的一个闪念，会成为他往后严格奉行的金科玉律，并且为他点亮了一条通往明媚人生的康庄大道！

他竭力俯低身子，想看清她手中的画册里，有没有熟悉的脸庞。

梁上灰尘簌簌落下，掉在紫苏头上，她面色一变，厉声喝道："谁？"

石南飘然落地，吊儿郎当地往香案上一靠："别紧张，是我。"

"石少爷？"看清来人，紫苏松一口气的同时，怒火飙了上来，"你来就来，干吗鬼鬼祟祟地躲在横梁上偷窥？"

幸亏方才小姐及时阻止，不然她叫出"小王爷"三字，就全完了！

一念及此，惊出一身冷汗，看向他的目光，变得格外警惕。

石南笑嘻嘻地指了指杜蘅手里的画册："看起来，二小姐的仇人有点多哦，竟然还弄了本生死簿。啧啧啧，怪不得人常说最毒妇人心，古人诚不欺我！"

"胡说八道！"紫苏脸上变了色。

"啊哟，"石南嬉皮笑脸，"大家都合作这么多次了，不要这么严肃嘛！来来来，给我看看，都有哪些人榜上有名？"

杜蘅眸光一冷："你很想上去？"

"误会，误会！"石南的头摇得像拨浪鼓，"小生绝无此意！"

错身之间，画册已然易了主。但是……上面竟是一片空白！

"石少东好功夫！"杜蘅不温不火，语气却暗含讽刺。

"啪"，把画册扔回香案，石南抬手，挠了挠头，"啧，防得滴水不漏，一点也不好玩。"

"想要好玩的？"杜蘅斜睨着他，"帮我做件事，包你好玩又刺激，还有大把的银子可赚。"

石南挑起一边眉毛，好气又好笑："你没搞错吧！刚给你办完事，立马又派任务！你以为自己是谁啊？"

"你可以拒绝。"

"是吗？"石南表示怀疑，"我不记得你给过我拒绝的机会。"

"你选择了合作，证明我的提议并不是那么不可理喻，且那把钥匙，的确有这么大的价值。"杜蘅淡淡地看着他，"既然是互惠互利，就不能奢望一点代价都不付，对吧？"

"……"

"其实，我并不是非找你不可。"杜蘅好脾气地解释，"我完全可以找其他人，只不过，要求别人做事，总要给足理由和甜头。我想，你一定不希望除你我之外，还有第三个人知道钥匙的存在吧？"

"……"最可气的是，明明被她算计威胁了，竟然还摆出一副：看，我多么为你着

想的姿态!

而他,瞬间由据理力争,变成了无理取闹!

"现在,你有没有兴趣听听我给你拟的新计划?"杜蘅很有礼貌地征询他的意见。

石南深感憋屈:"你是老大,爱咋咋地。"

"紫苏。"

紫苏应声上前,递了一只紫檀木盒过来。

石南不接,只扬了扬下巴,嘲讽地问:"毒蛇、蝎子、蜈蚣都用过了,这回打算用什么?蟾蜍,大黄蜂?"

"这是五万两,"杜蘅不理他的挑衅,慢条斯理地道,"我要你半个月之内,想办法把它全部输给柳二爷。"

"很好,下毒玩腻了,改行坑蒙拐骗了!"石南讽刺。

"这也是跟石少东学的。"

石南睁大了眼睛:"我不记得,什么时候教你做过这种缺德事?"

杜蘅沉默了片刻,略带点失望地道:"我不知道,石少东居然如此健忘。"

顿了顿,道:"只要能达成目的,我其实是不介意用些手段的。"

"听起来,你似乎对我很是了解?"石南吊儿郎当地问,"我是该深感荣幸呢,还是该退避三舍?"

"稍有了解,没你想象的多。"杜蘅竟然一本正经地回答,"除非你背叛了我,否则无须担心,我暂时还没有精力去对付你。"

"哈!"石南失笑,"我是不是应该感谢主子的恩宠?"

"现在,可否言归正传了?"

"我对赌博一道,并不精通。"

"石少东何必自谦?"杜蘅淡淡道,"柳二爷并不精于赌,所以你对付楚桑父亲的那一套,用在他身上,就足够了。"

石南瞪大了眼珠瞪她。

杜蘅讶然:"这么明显的事实,你不会以为我猜不到吧?"

石南窒了一下,冷笑:"我的任务就是,让柳二爷倾家荡产?"

"我赌他手里一定私藏有杜家的房产地契,你要想方设法,逼得他用房产地契做抵押。"杜蘅也并不否认,淡淡道,"我对他的家产并不感兴趣,事情结束后,包括那五万两银子全都归你。"

石南吹了声响亮的口哨:"不愧是清州首富之家,二小姐出手,果然豪爽得很!"

笑了笑,冷冷提醒:"我记得,这五万两银子还是当初,我孝敬给您的?"

而柳亭的家产,既然是他劳心劳力赢来的,本来就没她什么事!

她完全是在慷他之慨嘛！

杜蘅理直气壮："我给了你欺诈的对象和理由。"

顿了顿，补充一句："这件事，关系到柳姨娘能不能早日把母亲的嫁妆交到我手里。所以，只能成功，不能失败。"

石南瞪了她好一会，败下阵来："好吧，你的确是我见过的最无耻的女人！"

也许，他应该回过头来，仔细查查二小姐的底？

起码，要弄清楚这块无字牌位的主人是谁，对不对？

"说起楚桑，"紫苏见缝插针，小心翼翼地问，"他现在怎样了？"

"怎么，"石南没好气地睨着她，"你对他有兴趣？"

紫苏脸一红，啐道："鬼才对他有兴趣！"迟疑了一下，解释："我，只是好奇。"

"女人，好奇心不能太盛，会害死人的！"石南瞪她一眼，懒洋洋地摇了摇手，转身消失，"走了。"

"等等！"紫苏眼角余光，扫见那只紫檀盒赫然还在香案上，急忙抄在手中，"银子还没拿呢！"

追到门外一瞧，哪里还有他的影子？

"真是个怪人。"折回佛堂，把盒子扔进包袱，"五万两银子，居然连眼角都不瞄？"

"说明他根本就不缺钱。"杜蘅冷静地道，"也说明，那把钥匙，比我们想象的利用价值还要高出很多倍。"

"那，"紫苏犹豫一下，压低了声音问，"小姐找到那把钥匙后，真的要交给石少东？"

杜蘅不答反问："你说呢？"

"我不知道。"紫苏叹了口气，无限苦恼，"既是夫人留给小姐的东西，拱手让人心有不甘。可是留在手里，肯定后患无穷。别人先不提，石少东已经替小姐做了这么多事，万一恼羞成怒，怎么办？"

杜蘅忍不住笑了："车到山前必有路，船到桥头自然直。没必要预先为将来的事苦闷，做好眼前的事，才是最重要的。"

"那，"紫苏收拾好包袱，"咱们现在，是不是要打道回府了？"

"在此之前，还有一个地方要去。"杜蘅说着，领先步出了佛堂。

从侧门出了寺庙，沿着小路朝山上走。

走到一半，眼前居然出现一处断崖！

浓雾弥漫，山岚缭绕，崖下一片怪石嶙峋，俯视崖底，黑黢黢不知有多深！

紫苏愣住："怪了！明明应该有路的，哪去了？"

杜蘅却是眼睛一亮，提起裙摆跑到断崖边，果断跳了下去。

"小姐！"紫苏大吃一惊，来不及想，跟着纵身跃了下去。

想象中粉身碎骨，撕心裂肺的疼痛，并未降临。

眼前景色一变，绿草如茵，花香阵阵，竟还有一条小溪潺潺流过。

杜蘅站在一丛金盏菊之前，抬头望天，嘴里念念有词。

"小姐，"紫苏急步过去，"这地方好生古怪，咱们还是……"

"你怎么来了？"杜蘅这才看到她，"别动，这里满是机关，走错一步，就会万劫不复！"

紫苏唬了一跳，立刻僵在原地，一动也不敢动："怎么办？"

"别吵，"杜蘅敲了敲脑袋，示意她噤声，"好多年没有走过了，记忆有点模糊了，让我好好想想。"

思索了片刻，示意紫苏过来："跟紧了，走错了我可没辙。"

两人牵了手，在草坪里兜兜转转地走了几圈，眼前霍然开朗，现出修剪整齐的草坪，坪中有石桌，桌边有石凳，四周栽了十几株枝繁叶茂，形态各异的古松……

正是那日杜蘅与太康帝对弈之处。

此时石桌旁坐了一人，听得脚步声缓缓转过身来。

原来竟是个年轻的僧人，一袭灰色缁衣，素色鞋袜，头顶却无戒疤。

一缕阳光映上他的面庞。

他的眼睛，如同百合花一样的洁净，有一种未经尘世浸染的沉静，美得惊心。

温润干净到极致，却也清冷遥远到极致，如雪山之巅，那一抹亘古不化的冰雪。

"你是谁？"语气里并无不悦，更多的只是惊讶。

"杜蘅，见过慧智大师。"杜蘅强抑着内心的激动，在离他十步远，停了下来。

而紫苏，早已惊讶地张大了嘴巴。

"杜蘅，杜蘅。"慧智默念两遍她的名字，眼里闪过一抹异色，向她招了招手，"过来。"

杜蘅梦呓般走了过去："大师。"

慧智上下打量了她一遍，微微颔首："谁带你进来的？"

"我自己来的。"杜蘅定了定神，轻声道。

"你？"慧智明显吃了一惊，望向她的目光里多了一丝好奇，"你学过奇门遁甲？"

"没有。"杜蘅摇头，坦白道，"可是，我想跟大师学习奇门遁甲和权谋韬略。"

"完全没学过？"

杜蘅沉默。

她的确不曾学过，但他却曾教过她进出此阵的方法。

如果说，这个世界上还有值得她尊敬的人，慧智就是唯一的一个。

她，不想欺骗他。

"会下棋吗？"慧智指了指石桌上的一局残棋——正是太康帝的得意之局。

杜蘅点头："略知一二。"她的棋艺，正是他教的。不止棋艺，包括医术，都是他教的。

"依你看，这盘棋谁输谁赢？"

"白棋必输无疑。"

"哦？"慧智随手拈了一颗棋子落在棋盘之上，"可白棋只要在这里落子，顷刻间就灭了黑棋的长龙。"

"那条龙，本来就是黑棋的弃子，被吃是必然的。"杜蘅也拈了一颗子，敲在棋盘上，"黑棋不过是在声东击西，诱敌深入。"

可叹，太康帝穷十年之功，始终未曾勘破局中奥意，将一局完败之棋，引为毕生骄傲，四处宣扬……

两人往来厮杀了几十个回合，白棋果然渐渐势微，难挽颓势，投子告负。

慧智眼里浮起一丝奇特的笑意："小小年纪，竟有如此造诣，难得。"

"请大师，收我为徒。"杜蘅心虚地垂眸，避开他的视线。

"你能寻到这里，也算与我有缘。"慧智微笑，"只是，奇门遁甲，权谋韬略入门之初是极其乏味的，你确定要学？"

"是。"杜蘅目光坚定。

"好。"慧智一口应允。

紫苏看得呆掉了。

这么简单？不问缘由，不问来历，甚至连她的身份都不问，就这么爽快地答应了？

杜蘅松了口气，盈盈拜了下去："师傅。"

再抬头，眼中已是泪光盈然。

慧智示意她入座："让我看看，你的……"

紫苏忽然冲了过来，扑通一声跪在他脚下，咚咚咚先磕了十七八个响头："师傅，你也收我为徒吧！"

杜蘅吃了一惊："紫苏？"

"你也要学奇门遁甲？"慧智问。

"不。"紫苏摇头，"请大师教我武功！"

慧智皱起了眉："学武，以你的年纪，稍嫌晚了。成名成家，已经不可能。"

"我并不奢望成名成家，"紫苏一脸郑重，"只要能保护小姐不受伤害就行了。"

"你有很多仇家吗？"慧智抬眼望着杜蘅。

杜蘅面上发烧，垂了眸，不知如何应答。

幸好，慧智并不是个喜欢追根究底的人，伸手去扶她："起来吧，我不惯给人跪拜。"

"不，"紫苏固执地不肯起身，"大师若不答应，紫苏长跪不起。"

杜蘅有些好笑:"你这不是耍赖嘛!"

慧智踌躇片刻,问:"你的资质,其实并不是特别适合学武,再说你起步又晚,学起来会加倍辛苦。很可能,三五年都没什么效果。这样,你也愿意?"

"愿意!"紫苏异常坚定,"只要大师肯教,多辛苦我也愿意。"

"你怕不怕疼?"慧智又问。

"不怕!"

"也许,"慧智沉吟片刻,道,"我们可以试试易筋洗髓……"

直到夜幕低垂,杜蘅乘的青布小油车,才慢悠悠地驶进了杨柳院。

紫苏从车里下来,面色苍白得像个鬼,宛如大病一场,走路都摇摇晃晃。

白前吃了一惊,忙上来挽着她的腰:"紫苏姐姐怎么了?"

"染了点风寒,"杜蘅淡淡交代,"扶她躺下,睡一觉起来就没事了。"

说着话,径自进了西梢间。

白芨跟过来,伺候她洗过手脸,换了一身舒服的家常服。

刚刚上了炕,头还没挨着迎枕呢,白菝就来报:"三小姐来了。"

"这么快就从祠堂里出来了?"杜蘅挑了下眉,"还以为爹要关她十天半个月呢!"

白芨撇了撇嘴:"一定是她使了诡计。"

"二姐姐。"杜茬被霍香和木香,一左一右挽了进来。

杜蘅吃了一惊,挪了身子:"怎么弄成这副样子?快,到炕上来。"

看这样子,竟是真的扎扎实实在祠堂里跪了五天,没有弄虚作假。

怪不得杜谦心软,把她放了出来。

原本粉妆玉琢,娇娇怯怯的一个女娃娃,憔悴成如此模样,任谁也不忍!

"二姐姐,"杜茬咬着唇,颤巍巍地站着,作势欲跪,"三儿错了,求二姐姐原谅。"

"快别跪了!"杜蘅下了炕,亲自将她搀了起来,"自家姐妹,难免斗嘴吵闹,说开了也就是了,说什么原不原谅的傻话!父亲也真是,骂几句也就算了,竟真的这么狠心,罚你跪了这许多天。啧啧,瞧这小脸,瘦得只剩巴掌大了!"

霍香木香搀了杜茬到炕上坐,不小心碰了她的膝盖,她"嗷"地一声叫,整张脸都疼得变了形。

"奴婢该死!"木香吓得冷汗直冒,急忙跪地求饶。

杜茬嘴里直吸气,勉强挤了个笑容出来:"不要紧,是我自个不小心,起来吧。"

白菝在一旁,暗自称奇。

心道:要搁以前,早就一巴掌劈下去,外带连踢带踹了!哪会这般通情达理?

莫非跪了几天祠堂,三小姐真的换了个人?

"是。"木香战战兢兢,垂手在她身侧站了。

白芨拿了个软枕过来，杜蘅接过，塞到杜荏的腰后："靠上，会舒服一点。"

"多谢二姐姐。"杜荏一边说话，一边移动身体。

这样一个简单的动作，竟让她龇牙咧嘴，疼出一身冷汗。

"给我看看。"杜蘅说着，伸手将她的裙子撩开，把裤腿捋了上去。

一大片乌黑青紫的膝盖，在雪白的肌肤映衬下，越发显得触目惊心。

杜荏小脸涨得通红，讪讪地道："瞧着吓人，过几天自然就会消散了。"

"去，"杜蘅皱眉，吩咐白芨，"拿我的药箱来。"

看一眼杜荏，道："闲着没事，做了盒薄荷膏，逐瘀去疤倒还算是有些疗效。你若不嫌弃是我用过的，不妨拿去一试。"

"连恭亲王都夸你医术精湛，二姐亲手做的药膏，必是千金难求。我感激还来不及，哪敢嫌弃？"杜荏当着她的面，挑了一点膏药，抹在伤处。余下的更是大大方方地揣进兜里。

杜蘅便留她吃饭，本是随口一问，不料杜荏竟是满口答应，还提议把杜荇和杜苓也请过来，算是为她乔迁新居贺喜。

杜蘅沉住了气，倒要看她葫芦里到底卖的什么药。

饭桌上气氛勉强还算和谐，直到——白前将一盘香喷喷的油炸蝎子端上了桌。

席间三个女孩子，皆是面色大变。

杜蘅执着箸，笑吟吟地指着那盘油炸蝎子道："三儿，你不是想试试蝎子什么味道吗？今儿有口福了。我查过医书，原来这蝎子制成美食，的确由来已久。且它还有祛风活血，祛湿化瘀的功效。正合你用。"

杜荏勉强挤了个笑容出来："是吗？那我真要好好尝尝了。"

"三妹，请。"杜蘅夹了一只放入她面前的小碟中。

杜荏用力瞪着碟子里那只黑褐色的蝎子，感觉它还是活的，随时会舞动尾部，冲杀过来。

"三妹，怎么不吃呢？"杜蘅笑眯眯地瞧着她，一脸关心，"可是嫌厨子做得不好？"

"怎么会？"杜荏咬牙，拼命忍住恐惧，慢慢地夹起蝎子，放入嘴里咀嚼，"果然不错，酥脆鲜嫩，爽口得很……"

杜苓死死地瞪着她，看着那蝎子在她的唇边，每一下的咀嚼，都仿佛蝎子在蠕动，把尖利的尾部长针，刺入她的皮肉，注入毒液……

眼前，浮起杜松那张浮肿变形，惨不忍睹的脸庞……

"啊！"她再忍不住内心巨大的恐惧，尖叫着从桌子上跳了下来，还没冲出屋子，就狂呕了起来。

杜荇再也按捺不住，一巴掌将整盘蝎子扫到地上，拖了杜荏就跑："三儿，我们走！"

杜莛面白如纸，两眼发直，却坚持着把那只蝎子吞吃入腹。

脸上的表情，十分奇异，似笑非笑，似哭非哭："二姐姐，多谢招待。"

"走啦，走！"杜荇一脸怒容。

走出杨柳院，杜莛立刻放开藿香和木香的手，弯了腰，呕得肠子都快青了。

几个仆妇合力，好不容易才把她抬回茳蓼院。

"噗！"杜莛将漱口水吐入痰盂，含恨发誓，"不报此仇，我誓不为人！"

杜荇跺脚："你真是的，明知她一定会借机羞辱你，干吗非要去这一趟？"

杜莛冷笑着接过丝帕，轻拭嘴角："势不如人，只好示之以弱。不然，很快就会被她吃得尸骨无存！"

"那贱人最近的确占了些上风，但也不至有你说的这么夸张。"杜荇不以为然，"一只小泥鳅，还能翻起什么大浪来？"

"你忘了大哥被她害得有多惨了？"杜莛狠狠瞪她。

"大哥，"杜荇顶回去，"说到底，还不是你害的？若不是你坚持要置她于死地，把所有退路都堵死了，大哥也不至于……"

"你这个蠢货！"杜莛气得站起来，"到底要我说多少遍，大哥不是我害的！是那个贱人，栽赃嫁祸给我！"

动作过大，牵到伤处，疼得龇牙咧嘴。

"好好好，不管是不是她做的，这笔账都要算到她头上。"杜荇伸手，扶她躺好。

"到底要我说多少遍？"杜莛气得直翻白眼，"我没吩咐过任何人，把防虫粉换成饲料！是那贱人做的手脚，却装出无辜的样子，把责任推到我头上！"

"那你为何不当场反驳？"杜荇不明白了。

"当时你也在场，那种情况下，我怎么驳？"杜莛恨不得掐死她，"驳了，就等于承认了这件事是我策划！而且，我如果承认了，又怎么让人相信，这所有的事情都是我安排的，独独防虫粉，是她搞的鬼？"

"认也不成，不认也不成。"杜荇想了想，叹息，"果然好奸诈！"

"现在知道，她有多么阴险了吧？"杜莛冷笑着警告，"所以，在我想到万全之策之前，最好不要去招惹她！"

杜荇耸了耸肩："我没你们聪明，这么复杂的事，你与娘商量着做就好，别把我扯进去。"

一间垩室，惹出了无数风波，杜谦一气之下，下令撤了垩室。

东梢间被重新布置，窗下摆了一张绣架，绣架后边摆了张桌子，桌边有椅，几个丫头围在一起做着针线。

"哟，"周姨娘笑吟吟地踏了进来，"都在这呢？"

"什么风把周姨娘吹来了？"几个丫头忙都站了起来。

白芨略带点为难地道："这可不巧，小姐这会子正歇晌呢。"

周姨娘一怔，笑道："也不是什么要紧事，要不，我坐这等会？"

"哪能让姨娘等？"白前笑盈盈地道，"我去瞅瞅，说不定小姐已经起来了。"

说着，拔脚去了西梢间，一会儿工夫，便过来请人："小姐让请姨娘进去。"

周姨娘进了门，歉然道："瞧我这糊涂劲，也不知挑个时辰，扰了二小姐休息了。"

杜蘅从榻上下来："丫头们不知礼数，慢怠了姨娘是真的。"

白前笑道："天热，姨娘要喝碗冰镇酸梅汤，解解渴不？"

"那敢情好。"周姨娘道了谢，侧了身子坐下，"是这么回事，前些日子，老太太不是吩咐，要给二小姐添置些头面吗？这不，正好今天有空，给二小姐送过来了。"

"周姨娘有心了。"杜蘅忙道谢。

"应该的。"周姨娘说着，朝外面唤了一声，一个粗使的仆妇挑着一担木箱子进来了。

"来，二小姐看看喜不喜欢？若不满意，再拿回去让他们改。"周姨娘满面堆笑，从箱子里拿出一套又一套的头面。

不过片刻工夫，桌上，炕上，榻上到处都摆满了首饰盒子。

整整十套头面，有赤金点翠的，金缧丝嵌红蓝宝石的，金镶玉的……珠光宝气，晃花了众人的眼。

几个丫头围过来，啧啧赞叹，爱不释手。

"就算一天换一套，也得个把月不重样吧？"白芨咂舌。

"我的乖乖，这么多头面，得花多少银子啊？"白芷艳羡不已。

"可不是？"周姨娘咽了口口水，张开五指比画，"这次老太太可真是下了血本，拿了五千两，给二小姐置办头面呢！"

"哟——"白芨倒吸一口冷气，"五千，我没听错吧？"

"我亲自操办的，绝错不了！"周姨娘随手拿出一支白玉梅花簪子，"就拿这套白玉嵌珠的头面来说吧，一对簪子，珍珠耳坠，再加上项链，手镯，全套算下来，一千两出头了！"

那套头面，簪子上的头花用的是整块的和田玉，雕成五瓣梅花，薄得透明，中间嵌着那颗粉色珍珠，大如拇指。

耳坠同样用粉珍珠为母珠，以白玉为托，做成梅花状。

在灯光的映衬下，闪耀着迷人的光圈。

女人哪有不爱美的？

几个丫头围过来，啧啧连声："好漂亮！"

白前拿着簪子，迫不及待就要往杜蘅头上插："小姐，这簪子正好配你的衣裳，快

戴上试试！"

顾氏新丧，杜蘅的衣裳，自然不能太花哨，除了素衣就是素裙。

这白玉嵌珍珠的，搭配自然是再恰当不过。

"哎，真好看。"周姨娘在边上瞧着，一边满口子称赞，羡慕得眼睛都在放绿光。

杜蘅微微一笑，接过盒子，细细欣赏了一遍："这套，给芩姐儿戴正合用。"

周姨娘唬了一跳："那哪成？这是老太太特地给你打的，我可不能要。"

嘴里虽推辞着，眼中却露着贪婪之色，手摸着盒子，不忍释手。

杜蘅不动声色，笑道："这么多首饰，我一时哪戴得完？"

一边说，一边仔细观察她的表情："珍珠本来需得成熟些才压得住，不过这个款式，设计得素净淡雅中又不失俏皮，却很是难得。"

"芩姐儿还小呢，"周姨娘直念阿弥陀佛，"这么贵重的东西，万一弄丢或是弄坏一两件，真真可惜了。"

"说得也是。"杜蘅瞧她不似作假，微微一笑，把盒子盖起来，顺着桌面推过去，"收着吧，算是我给姨娘的小小心意。"

"这，"周姨娘又惊又喜，"我也没替二小姐做什么，平白得这一份大礼，如何使得？"

杜蘅笑道："你我都是一家人，难道还计较这些？"

周姨娘转念一想，她是县主，往后还是侯夫人，什么样的首饰得不着？

她既然主动示好，若坚辞不受，就显得不识抬举了。

"二小姐盛情难却，我只好厚颜收下了。"周姨娘犹豫一下，终是收了。

两个人重新落了座，周姨娘左右张望一阵："咦，怎么不见紫苏姑娘？"

"她身子有些不舒服，"杜蘅轻描淡写地答道，"我让她在屋里躺着了。"

"二小姐真是菩萨心肠，"周姨娘赞叹，"也不知她们几个几世修来的福气，竟能服侍你。"

杜蘅笑了笑，低头喝茶，也不接话。

周姨娘看一眼白前几个，欲言又止。

"姨娘可是有话要说？"杜蘅心中明镜似的，知道她送首饰不过是个名目，一定另有目的，遂使个眼色，令她们几个退下去。

"不瞒二小姐，"周姨娘脸一红，期期艾艾地道，"今儿一是给二小姐送首饰，二是有件事，想请二小姐拿个主意。"

"拿主意不敢，"杜蘅道，"只不过，一人计短，二人计长，大家一起参详参详倒还使得。"

周姨娘便也不再矜持，一五一十地说出来。

杜府有药店，田庄，铺子，上上下下几百号人，人情往来，吃穿用度，器物损耗，月例银子……这些开支都是必不可少的。

这么多年来，早已衍生出一套严格的管理运作程序。

基本上，只要稍有些头脑，严格按照程序去调度运转，一个家就不会出太大的乱子。

也因此，才不会因为管理人员的更替，而产生太多的问题和矛盾。

周姨娘接掌中馈之初，那些下人也还安分，一切都按着以往的规矩，大家也算相安无事。

可最近几天，也不知怎么的，那些个管事的，开始频频发难。

她本就没什么经验，连着被管事们驳了几回，一时便慌了手脚。

她一慌，底下的人越发得了意，各种偷奸耍滑、浑水摸鱼，几天工夫，她便焦头烂额。

心里也明白，必是柳姨娘从中做梗，故意刁难于她。

左思右想，府里唯一能帮她的，只有杜蘅，便借着送首饰的由头，来这里求救了。

杜蘅听她说完，笑道："我没管过家，但也知道，一个大家族要运转，每天的琐事必是千头万绪，但也一定有自己的章程，按着做就是了。若是每一件都报到你这里，由你做决断，那还要这些管事们做什么？"

周姨娘愣了愣，道："这我也知道，他们分明是捆成了团，故意为难我。"

"若他们故意刁难，你又何必跟他们客气？"杜蘅淡淡道，"直接撤换掉几个，看还有谁敢起哄？"

"撤掉？"周姨娘张大了嘴，"闹事的管事可不止一两个，全撤了岂非没人做事了？"

杜蘅冷冷道："三条腿的蛤蟆不好找，二条腿的人还怕找不着？大管事撤了，不是有二管事么？二管事撤了，下面还有办事跑腿的呢！我就不信，多杀几只鸡，那帮猴子还敢闹！"

一席话，把周姨娘给点醒了。

管事们闹事，是因为受了柳姨娘的撺掇，想把她拱下台。

可他们忘了，如今掌家的权在周姨娘手里，不在柳姨娘手中！

你不服我管，我就直接换掉你！这就叫县官不如现管！

这些人跟着一块起哄，不就是想巴结柳姨娘坐稳管事的位置，捞些好处油水吗？

若是连自个的饭碗都保不住了，谁还会傻乎乎地替柳姨娘卖命？

周姨娘的眼睛亮了："还有件事，针线房的许妈妈今早来回，说到时候预备换季的冬衣了。去年老爷还没进太医院，按的是旧例。今年老爷做了官，再按往年的例，不合适。要我拿个章程出来……"

说到这，她脸一红："你知道我的，官家老爷都没见过几个，怎知有些什么规矩，哪拿得什么章程出来？求二小姐帮忙。"

要知道官家与百姓毕竟不同，百姓再有钱也不能越过官家去。

就算都是官，也还有品级高低，职位大小之分。

小小五品官家的仆役，走出去竟比王府的家仆还光鲜亮丽，那就是逾了矩，是不敬。

若没有人追究倒也罢了，万一给言官盯上，参上一本，也不是闹着玩的。

是以，这件事说大不大，说小却也不小。怪不得周姨娘不敢做主。

杜蘅笑了笑，道："这也简单。姨娘抽个时间，到针线局里去问问，寻常五品的官家，仆役的冬衣是个什么样式，用的什么料子，就能有个大概的谱了。"

要知道，并不是所有的五品官家，家里都像杜府一样，家大业大，府里上上下下有几百人，有能力也有这个需要，自备针线房，养着十几二十个绣娘。

绝大多数官家，家里是没有针线房的，仆役的服饰，就要到针线局去定制。

既然能做到针线房的管事，这些常识自然是有的。

她不说，偏要请周姨娘拿主意，明显就是在欺侮她缺少见识。

周姨娘并不是个蠢人，杜蘅这么一指点，也就想明白了其中的道理。

又羞又窘，恨恨道："这些狗奴才，欺人太甚！"

杜蘅淡淡道："跟他们生气有什么用？只要记住，你是主子，他们是奴才，这就成了。"

周姨娘站起来，恭恭敬敬地给她行了个礼："多谢二小姐指点！"

若说之前都是虚与委蛇，这一次却是心悦诚服，真心感谢了。

杜蘅不肯居功："我说的也不见得全对，供姨娘参详罢了。"

两人又说了几句闲话，白前在外面道："小姐，张妈妈来了。"

周姨娘事办完了，乘势起身告辞："你忙，我就不打扰二小姐了。"

说话间，张妈已打了帘子，径自走了进来。

一眼瞧过去，桌上、炕上摆着这么多首饰，金灿灿，明晃晃的，耀花了眼。

不禁眼中露出贪婪之色，也不问杜蘅，上前就抓了一只赤金缠丝的双龙戏凤镯子，在手里掂了掂，沉甸甸的，怕有三四两重，嘴里啧啧有声："到底升了县主，气势足了，一口气置这许多首饰！"

说着话，就把镯子往自个手上套："哟，瞧瞧，刚刚好，倒像是替我定制的。"

"张妈若喜欢，拿去戴好了。"杜蘅大方道。

"真的？"张妈笑得眼都眯起来，"那我就不客气了！"

白薇黑着脸，也不说话，把盒子盖得啪啪响。

白前没她能忍，冷声讥刺："说得好像你几时客气过一样？"

"赶紧收吧，"白菽绷着个脸，"别一转眼，再少一件！"

张妈气得脸通红，扑过去就要扇她耳光："你算个什么东西，老娘伺候小姐的时候，还没你呢！我一把屎一把尿地把小姐带大，就这么个破镯子，还得看你的脸色？小姐都没吱声，轮得到你说话么？"

白前岂是好相与的？眉毛一竖，厉声喝道："你敢碰一下试试，我剁了你的爪子！"

张妈哪受过这种气，尖着嗓子叫骂起来："小蹄子敢打老娘，作死！"

白芨几个就上来，表面上是劝架，实则把张妈抱住了。

白前乘机狠狠掐了她好几下，夏天衣裳本就穿得薄，这几爪子下去，立刻就见了血。

张妈鬼叫起来："哎哟，黑了心肝的小蹄子，敢阴老娘！"

杜蘅俏脸一沉："谁再吵，通通拉出去，板子伺候！"

屋子里立刻安静下来，张妈心有不甘："小姐，这几个小蹄子，合起伙来阴我！"

"你今儿来，是来当差，还是存心来闹事的？"杜蘅淡淡问。

张妈呼吸一窒，这才省起来意，僵在当场，半晌作不得声。

白前几个丫头，手脚麻利地把所有首饰全都搬进内室，锁入箱笼里。

张妈站了一会，见无人理会，只得硬着头皮开口："小姐，我想求你一件事。"

白前抢白道："上回来讨了丫头和厨娘，这回又是来要什么？"

张妈恨得牙痒痒，偏她说的是事实，这回还真的又是来要"东西"的。

"莲花她……"咽了口口水，实在难以启齿。

"莲花她怎么了？"杜蘅温柔地问，"可是事做得不好，帮不上忙？"

张妈讪讪地道："不是，她很好。"

就是太好了，好得过了头！好得要爬上她的床，跟她抢男人了！

杜蘅松口气，很是欣慰："能帮上忙就好，我还怕她们不如你的意呢！"

张妈老脸一辣："有件事，求小姐成全。"

"你说。"

张妈鼓了半天勇气，道："我，想跟小姐讨了莲花。"

杜蘅很是诧异："不是已经给了你么？"

"不是。"张妈支支吾吾，异常艰难地说出了来意，"是，是我家那个死鬼，看上了莲花，想讨她做小。"

"我当是什么事，"杜蘅笑了，"不过是个丫头，既是张妈看中了，给你就是，有什么难的？"

张妈又是气又是窘，眼中浮起泪来："那个老不死的，年纪一大把了，还……哎，他天天在家里闹，我也是没了法子，这才舍了这张老脸来求小姐！"

杜蘅劝道："男人三妻四妾很寻常。为这事气坏身子不值当。你只当是多了个人伺候你，不是更好？"

说着，便命白前找出莲花的身契，顺带还给了个荷包："张叔娶小，我就不去了，这五十两银子，权当贺礼。"

张妈拿了身契，接了贺银，又是欢喜，又是惆怅，辞了杜蘅回家去。

"什么玩意！"白前噘着个嘴，"当这些东西是她自个的一样，问都不问直接往手上套，也不瞧瞧她那德行！小姐也真是，她要拿就真给了，惯得她越发地没了规矩！"

"这也就算了！"白芨想起就觉得心疼，"那套白玉珍珠的头面，凭什么给了周姨娘啊！整箱首饰，就这一套值钱的！也只这套款式最新，最合小姐用。真是可惜，啧！"

杜蘅低了头喝茶，也不搭茬。

"在说什么呢，这么热闹！"湘妃竹帘一掀，紫苏走了进来。

"紫苏姐姐！"听到声音，几个丫头都是眼睛一亮。

"你身子大好了？"白前冲过去，拉着她的手，上下左右打量个不停，"若不舒服，千万不要硬挺。别担心小姐，有我们几个在呢！"

"嚄！"紫苏取笑，"你的意思，不是想取代我吧？"

白前俏皮地吐了吐舌尖："小的哪敢呀？真要这样，您还不得把我的皮给扒了啊？"

"死丫头，"紫苏扑过去，作势欲撕，"竟敢排揎起我来！看我不撕烂你的嘴！"

白前咯咯笑着，扭身就跑，可屋子只这么大，又能跑到哪去？

被紫苏按在榻上："死蹄子，还跑不跑？"

白芨几个便跟着起哄："撕她，撕她！"

"哎哟，手要断了，"白前龇牙咧嘴，"好姐姐，饶了我罢，下次再不敢了——"

"没出息的东西，滚。"紫苏嘴一撇，松了手。

白前心知两人必是有话要说，使了个眼色，众人鱼贯而出。

"来，把手给我。"杜蘅伸出二指，搭上她的脉门，"看看恢复得咋样了？"

紫苏眼睛亮晶晶的，声音里有掩不住的激动："我现在全身有使不完的劲，精力充沛得不得了！师傅的易筋洗髓，真神了！"

杜蘅轻叹口气，还是不赞同她学武："女孩子家家的，干吗学男人舞刀弄剑的？弄得这一身皮粗肉糙的，以后嫁不出去咋办？"

"嫁不出去更好！"紫苏不以为然，"一辈子赔着小姐！"

杜蘅苦笑，心知此时劝她也无用，只暗下决心，一定要给她找个好男人嫁了！上辈子亏欠了她，这辈子不能再让她受委屈！

"听说，老太太给你置办的首饰，送过来了？"紫苏转了话题。

"嗯。"杜蘅朝内室努了努嘴："都锁在那儿，有时间再慢慢查验一遍。"

前世在王府里，见识过不少为了争宠的肮脏手段，紫苏点头："贴身的东西，最易给人做手脚，是该防着点。"

顿了顿，忽地明白过来："你怀疑周姨娘？"

"除了你，我谁也不信。"杜蘅直言不讳。

"她现在事事仰仗小姐，该不会蠢到自掘坟墓吧？"

"世上最难以琢磨的就是人心。"杜蘅慢慢道，"周姨娘有没有动歪心思，会不会耍手段，试过才知道。"

紫苏心思玲珑，一点就透："那套白玉嵌珠的头面，有问题？"

"没有十足的把握，但如果真有人从中做了手脚，这套头面的可能性最大。"

"因为它最贵？"紫苏明白过来。

"不止是它的价格昂贵，"杜蘅唇角微翘，黑白分明的眸子里，透出一抹嘲讽，"更因它的款式，颜色搭配，包括材质……各方面都与我的喜好相投。似乎是刻意为了迎合我的趣味而设计的。"

"这些首饰头面，本来就是老太太特地为小姐定制的啊，迎合小姐的喜好，有什么问题？"紫苏越发不解了。

"迎合本来是没错，"杜蘅冷笑，"错在过于迎合。"

这话有些拗口，紫苏花了一点时间才想明白。

柳姨娘也好，周姨娘也罢，对杜蘅都只有面上情，一切行为，都是以不伤害自身利益为前提。

老太太用公中的银子，给她添置了五千两银子的头面。

这事搁在谁身上，心里都不可能舒坦。

碍于老太太的威压，胡乱给她添置几套头面，充充数，走个过场，那才是正常的反应。可是，从那套白玉嵌珠的头面来看，那位显然热心得过了头。

"如果周姨娘做了手脚，就应该坚拒不收才对，可她收下了，是不是说明，她是无辜的？"

"有三种可能，"杜蘅摇头，"一是头面没问题；二是头面有问题，但周姨娘确实不知情；三是头面有问题，周姨娘在故弄玄虚，目的是降低我的警惕，陷阱其实藏在其他的首饰里。"

紫苏愕然张大了眼睛："太复杂了，脑子里没有九十九道弯，根本玩不过。"

杜蘅笑了："不管她如何，只要咱们始终保持警惕，遇事多问几个为什么，又何必怕她？"

"也只好这样了。"紫苏叹了口气，"我得交代下去，这批首饰先不能动。"

杜蘅默了半晌，轻声道："张妈来了。"

"又来要钱，还是要东西？"紫苏轻蔑地问。

"讨莲花的身契。"

"这么说，"紫苏一愣，心脏忽地怦怦狂跳了起来，"就是这几天了？"

杜蘅不语，垂着头，默默地盯着自己的双手。

夕阳透过窗棂照进来，勾勒出她的侧影，让她看起来，像是一座雕像……

11　家破人亡

张驰拖着沉重的脚步，顺着幽长狭窄，散发着阵阵腥骚、恶臭味道的小胡同，朝着胡同底部的青砖青瓦的小四合院走去。

戌时刚过，热闹了一天的鲜鱼胡同，已是一片沉寂。

偶尔有几点零星的灯光，和着远处不知谁家高墙深院里传来的狗吠声，将他的身影衬得越发的孤单清冷。

"少爷。"怯生生，带着点微微颤抖的声音，突然间从黑暗中响起。

张驰的脚一顿，惊讶地转回身。

莲花双手放在背后，身子紧紧地贴着围墙，一双清亮的大眼睛，正无限幽怨而热切地望着他。

"少爷。"莲花又唤了一声。

胡同很窄，两个人站得很近，近得能闻到她身上散发出的幽幽体香。

不知为何，今日这香味闻起来，充满了诱惑，令他不由自主地血脉飞驰，心跳加速……

张驰咽了咽口水，努力维持镇定："你，你怎么在这？"

"太太，"莲花望着他，大大的眼里满是泪花，"去求了二小姐，把我的身契，拿回来了。"

张驰沉默，不知要如何回答。

莲花忽地上前一步，柔软的身子贴上他的，细而软的声音里带着明显的哭腔："老爷要娶我，你，你真的忍心，要我嫁给他？"

张驰吃了一惊，本能地要推开她，慌乱中却触到一团绵软温润的肌肤。

他一呆，像被火烫了似的迅速缩回手，脸倏地烧得通红。

"少爷！"莲花大胆地握着他的手，覆在她丰满的胸上，柔软的身躯偎进他怀里，危险的热气钻进他的耳膜里，"我喜欢你——"

少女掺着哭泣的声音，如罂粟花般，诱惑着他年轻的心："求求你，不要让我嫁给老爷。"

"别。"张驰慌乱地推拒，却不料她的手，不知何时如灵蛇般滑进了他的胸膛。

张驰失了音,原本推拒的手,就像忽然有了自己的意识。

手掌上那绵软又极富弹性,滑腻中带着销魂的触感,一下子挑起了潜藏在体内的欲望,让他仅存的一点理智灰飞烟灭……

接下来的事情,他已没了记忆。

等他清醒过来,已在西厢的小床上,身上盖着薄薄的茧被,怀里是莲花散发着芳香的美丽胴体,两人交颈鸳鸯般四肢交缠着并肩而卧。

轰地一声,脑中如千万颗烟花炸响,把他炸得四分五裂!

张驰吓傻了,完全不知该如何是好。

"少爷。"莲花柔情蜜意地道,"我们成亲吧!"

"成,成亲?"张驰吓得傻了。

他太年轻,十五岁,正是对异性充满了蒙懂的幻想的年龄。

却完全不知道要如何为一段感情负责,更不曾想过,要背负一个家庭。

更何况,他此刻正沉浸在巨大的慌乱之中,不知所措,哪里还能正常地思考?

"嗯,"莲花含羞带涩地道,"我跟你已有了肌肤之亲,怎么可能再嫁给老爷做小?你去求老爷,让我跟了你吧!我不奢求做你的妻,只要能一辈子在你身边,侍候你就行。"

"不!"一想到父亲那张凶神恶煞的脸,张驰就不寒而栗,本能地拒绝。

"少爷!"莲花委屈地落下泪来,"你是嫌我出身低,配不上你?"

张驰愧疚得不敢看她的眼睛:"不,不是!我,也不是什么有钱人家的少爷,哪里有资格瞧不起你。只是,婚姻的事,还得从长计议。"

"老爷已经发了帖子,明天就要摆酒宴请街坊邻居,抬我做姨娘了,哪还有时间从长计议?"莲花大发娇嗔。

帖子都发出去了,那他就更不敢跟父亲开口了。

张驰缩着肩,不敢吭声。

莲花见状,百般撒娇哭求,他只是垂着头一言不发,末了,只好退而求其次:"那,我们私奔吧!"

"私奔?"张驰愣愣地。

"对,我想好了。"莲花慢慢地道,"趁着明天摆酒,老爷和太太在前面支应宾客,你溜到房里把我的身契偷来,咱们从后门逃出去。"

"不,不成……"他本能地拒绝。

莲花霍地掀开被子,翻身下床:"好!我去告诉老爷,就说你强占了我!"

"不要!"张驰唬得心胆俱裂,猛地抱住她,又是打拱又是作揖,不停求饶。

莲花冷笑:"这也不成,那也不行,难道我好好一个姑娘家,白白让你欺侮了去不成?你一定要给我一个交代!"

张驰挣扎良久，终于做了决定："好，我们私奔。"

"少爷，你真好。"莲花转嗔为喜，投入他的怀抱。

两人干柴烈火，重新打得火热……

六月二十七，张屠夫娶小，街坊邻居同贺。

噼里啪啦的鞭炮声，把个小小的鲜鱼胡同，闹得像开了锅的水。

胡同里住的大多是祖祖辈辈在菜场里做营生的穷人，也有一部分是周围哪家高门深院里体面的奴才，得了主子的赏赐，在这里买了房子，安家落户。

图的就是离东家近，来往便宜，方便两头照应。

张家的小院里，摆了八张桌子，挤得满满当当，热闹得不得了。

张妈穿了一件枣红色的遍地撒花的褙子，梳了圆髻，头上簪了一支赤金点翠嵌宝石的双凤簪，倒真有几分喜气洋洋的感觉。

看着正房窗户上贴着的大红喜字，眼睛里恨不能喷出火来，却还得强行忍住了，笑脸迎人。

"紫苏姑娘到。"门外司仪拖长了嗓子唱。

张妈一阵惊喜，忙从人群里挤到门口："紫苏姑娘，你怎么来了？"

紫苏把一个荷包塞到她手里，笑道："张妈今日大喜，当然要来道贺。"

张妈不敢让她坐桌上，把她迎到厢房："到屋里坐，外边脏。"

紫苏四处打量，一边状似闲聊："莲花那丫头，看着不声不响，没想到竟有几分本事。"

张妈的笑容立时便有几分僵："我去拿些果子来。"

"不忙，"紫苏笑嘻嘻地道，"这些东西什么时候吃不着？既然来了，自然是要看新娘子的。"

张妈只好硬挤出笑脸："新房在西厢，我带姑娘去。"

张驰乘人不备，鬼鬼祟祟地溜进了正房，一阵翻箱倒柜，终于把莲花身契拿到手。

他心中一喜，急忙进了西边的喜房："莲花，身契拿到了……"

声音戛然而止，张驰呆立当场。

怎么回事？分明还没到吉时，未到合卺的时候！

可是，房里烛影摇动，酸枝木的大床上，一双人影纠缠在一起。

女子雪白的大腿垂在床边，纤细的手臂拼了命地推打着，尖利的指甲，在男人黝黑的肌肤上撕抓出一道道血痕！

"不要，老爷，不要！求你了……"

浓郁的香薰，暗红的光影，男人急促的呼吸，伴着少女慌乱的哀求，交织出一幅妖魅的画面。

突然间，莲花那双哭泣的眼睛，看到了屋里的张驰，呆滞的表情忽然间有了生命，她凄然向他伸出了手："少爷，救我！"

少年的血性，在一刹那间被撩动。

拿起床边的喜秤，大步冲向床边那正奋力冲刺的男人，用尽全身的力气，砸了下去。

"砰"地一声，头破血流，血花四溅。

张炜吃痛，"嗷"地一声叫，猛地转过身来，神情狂乱："兔崽子，想造反不成！"

他赤着身体跳下床，气势汹汹地，一瘸一拐地朝张驰走去："老子打死你！"

张驰吓呆了。

张炜一把揪住了他的衣服，一把抢过他手中的喜秤："敢打老子，作死！"

张驰本能地抓紧了喜秤不松手，父子俩僵持了起来。

就在这时，喜房的门打开，张妈领着紫苏走了进来。见状瞪大了眼睛："不！"

张驰父子扭打着，乒乒乓乓，撞倒了烛台，撞翻了花瓶。

"畜牲！"张炜破口大骂，高高扬起了手中喜秤。

"不好，老爷要杀少爷，快去救他！"莲花把一柄匕首塞到张妈手里，猛力推了她一把。

"不要！"张妈不假思索，冲过去。

"哧"一声响，匕首割破肌肤，刺入肌肉，鲜血一下冒了出来。

"臭婆娘！"张炜大骂一声，挥起喜秤，狠狠地捅进了张妈的腹部。

张妈张大了嘴，却发不出声音，咕噜咕噜冒着血泡，咣当倒在地上。

"娘！"张驰傻呆呆地站在屋子里，低着头，看着那截黄澄澄的喜秤穿透张妈的身体。

鲜血，顺着秤杆，一滴滴地冒出来，很快在地上汇成了一个血池。

他的手里，握着一柄雪亮的匕首——他甚至，不知道这把匕首是什么时候跑到自己手里的……

紫苏拔高喉咙尖叫："杀人了，杀人了……"

"啊！"女子尖锐的惨叫声，划破了夜空。

满院子喝喜酒的人，刹那间安静下来，齐齐扭头望向喜房。

"杀人了，杀人了！"

刹那间，人群轰然而起，潮水般涌向贴着大红喜字的新房。

满地狼藉中，张妈，张炜倒在血泊之中。

一人肚子上插着匕首，一人胸腹间插着喜秤，两个人都瞪大了眼睛，死死地瞪着对方，面目十分狰狞……

张驰失魂落魄地傻站在房中，手里握着一柄雪亮的匕首还在不断往下滴着鲜血……

新媳妇却是衣衫不整，缩在角落瑟瑟发抖。

这诡异的一幕，立刻让原本就闹哄哄的人群，炸开了锅。

"呀，老张怎么死了？"

"哎呀，那不是张妈吗？"

"怎么搞的，父子为一个女人，争风吃醋？"

"真看不出来，这小子平日斯斯文文，竟然为个女人弑父杀母？"

"啧，那小娘子细皮嫩肉的，还真是撩人啊！"

各种各样的议论，如燎原的大火一样，不胫而走，迅速传播……

张驰一个激灵，猛地退了一步，匕首从手中咣当掉落："不，不是我，不是我……"

紫苏站在她身后，冷然望着这一切，悄然离去。

半个时辰后，一抹纤细的人影趁乱从鲜鱼胡同里走了出来，迅速拐到了二条街外的护国寺，径直走向一辆停靠在路边的青油小车。

车帘一掀，从里面递出一只匣子："这里有千两银子，应该足够你下半生的生活。从此远走高飞，再也不要回临安了。"

"多谢。"莲花接过木盒，迅速没入黑夜。

车声辚辚，马车徐徐启程，渐渐不见了踪影。

纤细的五指缓缓张开，雪白的宣纸滑出，在半空中打了个旋，覆在了燃烧的纸钱上。

跳跃的火舌，慢慢将一张扭曲变形的脸撕裂，分割，吞噬……直至化为灰烬！

时间一分一秒地流逝，杜蘅却保持着同样的姿势，她微垂着头，眸光有些散，似乎在看着火盆，又似乎穿过火盆到达某个遥远的地方。

佛堂里安静得针落可闻。

紫苏垂着手站在她身后，看着她日益单薄瘦削的身影，心里闷闷的，说不出的难受。

她知道，小姐的人在这里，思绪却又"回到了"前世，那个她根本不愿意再回想的世界。

她原本以为，除掉一个仇人，小姐便会快乐一分。

可是不是。

每一个仇人的消亡，每在复仇的路上往前迈进一步，前世的记忆就会涌上心头，痛苦也就周而复始，永不淡忘。

她开始迷惘：如果报复不能带给她幸福，也不能给她满足，只会让她一天比一天痛苦，为什么还要继续下去？

"这倒奇了！"清亮的男音，从窗前飘来，"拔了眼中钉，两位就算不放鞭炮，也该拍手称庆，笑逐颜开。怎么跟死了孩子似的，哭丧着脸？"

紫苏脸一沉，手按向了腰间："你说什么？"

"嘿，"石南从窗户里一跃而入，笑嘻嘻地道，"事还没完，不会这么快就想过河拆桥吧？"

"后续的事，办妥了吗？"杜蘅很快恢复淡定。

"你是指张驰，还是莲花？"

"两个都是。"

"邻居报了官，张驰已经给衙役带走。"石南笑吟吟地看着她，眼睛弯起来，有点勾魂，"现场有几十双眼睛看着他弑父杀母，我估计，不是凌迟也是斩立决。"

顿了顿，见她没什么反应，甚至连眼睛都不眨，忍不住刻意补了一句："听说，张妈死的时候，眼睛瞪得大大的，很不甘心哦？"

心里，多少有一些困惑。

根据他的调查，张妈这些年吃里扒外，勾结柳姨娘的确没少做对不住她的事情。

但，也不至于有这样的深仇大恨，要弄得她家破人亡？

杜蘅冷漠地道："觉得有愧，你可以下去陪她。"

石南打了个寒战："别吓我，开玩笑也别说这种话！"

"莲花呢，安排好了？"

石南耸了耸肩："早拿着银子远走高飞了，这会子不定在哪里风流快活呢！"

杜蘅皱眉，很反感他的轻浮孟浪。

石南仿若未觉，笑嘻嘻地道："我挑的人还不错吧？"

"喜秤怎么办？"紫苏忧心忡忡，"它是凶器，官府肯定要带走的，会不会露馅？"

昨晚她在现场，看到这把喜秤时，吓了一大跳。

普通的喜秤，都是木质秤刷上一层金漆，图个喜庆。

那把竟然是全铜的！尾端被磨尖了，才会一插毙命。

石南得意扬扬："张炜是屠夫，这把铜秤是张家祖传下来的。所以，它出现在喜房，完全符合情理。怎么样，我聪明吧？"

紫苏横了他一眼："德行！"

"哪哪哪，"石南从怀里摸出一张纸，摔得哗哗响，"这是你要的东西，提前三天拿到手，幸不辱命！"

杜蘅接在手中，翻了翻，原来是一张地契："只有这一张？"

"暂时只有这么多，"石南示意她看地契签名处，"有意思的是，上面户主的名字，登记的是顾烟萝。"

紫苏靠过来，奇道："他为什么不更改户名？"

杜蘅解释："本朝律例，凡购房产田地过户者，皆需在交纳契税外，征收契纸钱和朱墨头子钱。这些杂费加起来，约有房地价的百分之三至百分之十。"

顾家在京城有七八处房产，田庄，另外还有十几间铺子，粗略算下来，光是税钱就

得好几万两银子。

柳亨假借杜府的名义，上京城购置房地田产，绝大多数是占了顾家的产业。

他也不是傻子，这个算盘自然打得叮当作响。

反正当家的是柳姨娘，房地契都握在她手里，户主是谁根本神不知鬼不觉，更不更名，又有什么要紧？

倒不如省下这一大笔开支，装进自己腰包。

柳姨娘一个妇道人家，哪里知道这其中的关窍！

退一万步讲，就算以后察觉了，也不敢明着向他追讨。

毕竟，她霸占的是属于杜蘅的遗产，按理是要带到平昌侯府去的。换言之，这偌大一笔钱财，其实是夏家的！

事情真要闹开了，夏家岂会善罢甘休？

若不是前世嫁入燕王府，打理过铺子和田庄，杜蘅又哪里会知道这许多？

她料定柳二肯定会贪这一大笔契税银，所以才设了这个局，诱其入套。

谈到这，不得不感叹顾老爷子的精明狡诈和老谋深算。

他年纪老迈，顾氏病弱，早料到死后杜家必会吞没顾家产业，而杜谦又不管庶务，柳姨娘能倚仗的，只有自己两个兄弟。

柳家兄弟不学无术，又贪得无厌，必然舍不得白花花几万两银子拿出去，换回来的只是房地契上几个签名。

大齐律例，女子的嫁妆，是不计入夫家财产，可以自行分配的。

杜蘅是她唯一的骨肉，自然这笔财产就落到了杜蘅的手里。

杜家其余人等，别想捞到一分钱。

因此，顾老爷子死前将京中名下所有产业，全部过户到顾烟萝名下。

以防止杜谦以女婿的身份，吞没属于杜蘅的财产。

"嘿嘿，"石南唇角一翘，三分显摆，七分骄傲，"跟我合作，是不是很轻松，很愉快？"

紫苏直翻白眼："是啊是啊，如果不这么聒噪，会更好！"

"咦！"石南瞪大了眼珠，"你这是什么眼神？这不叫聒噪，叫风趣！"

越想越生气，碎碎念："你知道爷说一句话值多少银子吗？别人想请我说几句，爷还懒得搭理呢！你居然敢嫌，不识货！"

"噗！"紫苏喷笑，连连拱手，"得，算我有眼不识泰山！替小女子的荷包着想，请您老紧闭尊口，少说几句吧！"

"哎哟——"石南掐着腰，拿腔捏调地道，"大家都这么熟了，还提什么钱，提钱伤感情。"

这下，连杜蘅都忍俊不禁，"扑"地笑出声来。

那一声轻笑，笑声低微，音色慵懒，颤悠悠地拖曳出一个令人心荡神摇的尾音，端丽中自有股内敛的妩媚。

石南心神一荡："笑了！"

笑起来，多好看！

她并不是不笑，但以往的笑容，总是像蒙着一层纱，看不真切。

认识这么久，还是第一次见她发自内心地笑。

如早春枝上初绽的一枝桃花，似月下滴露的半卷芙蕖。

意识到失态，杜蘅急忙咬了下唇，撇过头去："紫苏，送客。"

"后会有期。"石南笑了笑，纵身穿出窗外，转眼消失无踪。

紫苏满怀艳羡："什么时候，我也能像石少爷那样……"

杜蘅不悦："像他有什么好？嬉皮笑脸，没个正形！"

"我是说像他的身手，可以高来高去，来去无踪。"紫苏说着，忍不住笑了，"其实我倒觉得石少爷不错，平易近人，风趣幽默。"

"那叫幽默？"杜蘅批评，"明明是油嘴滑舌！"

"油嘴滑舌也比愁眉苦脸好啊。"紫苏就事论事。

杜蘅冷冷地道："男人就该忍心绝性，不动则已，一动则雷霆万钧。像他这样，成天嘻嘻哈哈，能成什么大事？"

紫苏看她一眼。

杜蘅皱眉："我说错了吗？"

紫苏静静地看着她，声音轻若柳絮："你是不是，心里一直装着他？"

杜蘅迅速冷下脸，硬邦邦地道："不是！"

紫苏幽幽地叹息一声："不要强迫自己。"

身体可以在一夜之间重生，然而深藏于心底的七年夫妻情，岂是说忘就忘得了的？

"我没有！"杜蘅近乎愤怒地低吼，"那样一个负心薄幸，乖戾寡义的男人，我为什么还要想着他？我的心里，只有恨，只有恨！"

紫苏心头酸涩，轻轻叹了口气，把她紧攥成拳的五指，一根根掰开，握在手心。

她的手很冰，很凉，哆嗦着，手心一片湿寒。

"我知道，我明白。"声轻如梦，生怕惊吓了她。

"不可饶恕，绝对不可饶恕！"杜蘅依着她的肩，低低的，近乎绝望地低泣着。

门忽然打开，不止一人的脚步声中，低沉冷肃的男声响起："什么时候，给本王一个准确的时间！"

清逸绝俗的外表，尊贵高华的气质，令每一个见过的人，都印象深刻。

竟是燕王，南宫宸！

紫苏猛地瞪大了眼睛，见了鬼似的惊得跳起来："啊！"

杜蘅抬头，眸中还残存着一抹惨痛的红，怔怔地望向那张再熟悉不过的俊容。

一时分不清是现实，还是梦境，竟直直向他走了过去："润卿……"

她要问问他，为什么这么狠心？

他可以不爱她，可以抛弃她，甚至可以要她的命！

但他千不该万不该，默许别人杀死了她的孩子！

那也是他的孩子啊！身上流着他的血液，他亲生的孩子啊！

他怎么可以？怎么可以！

"当啷""咣当"一连串拔刀的声音，几个侍卫在转瞬间把南宫宸护在了身后，雪亮的刀锋，带着凛冽的寒意，架在了紫苏和杜蘅的肩上："什么人，站住！"

南宫宸心神一震，眸中显出诧异之色。

润卿！她竟然叫他润卿！

这是他的字，除了少数几个朋友，外人根本无从知晓。

紫苏心脏咚咚狂跳，勇敢挺起胸膛挡在了她的身前，大声道："王爷，你走错地了！"

但她的眼睛，却下意识地微微垂下，不敢与他的视线相接。

紫苏暗骂自己没出息，连看都不敢看他，何谈报仇雪恨？

但是那七年的积威下所形成的惯性，绝非一夕之间可以更改！

南宫宸没有理会她，狐疑地盯着杜蘅："你，叫我什么？"

她怎会知道他的字？又怎能那么轻易地唤出口，且神态如此自然，语气那么亲昵——就像，早已唤过几千几万次！

紫苏吓得几乎要晕厥过去，下意识攥紧了她的手："小姐！"

"为什么要这样对我，为什么？"杜蘅凄厉质问，情绪陷在往事不可自拔，眼前浮现的，是当日雪地里刺目的猩红。

"哈哈哈……"各种阴冷尖锐的笑声，交错在耳边闪现。

婴儿越来越微弱的哭声，冻得青紫的脸庞，在冰冷的空气里舞动的小手，一一闪现。

紧绷了一个月的情绪，在这一瞬间崩溃。

杜蘅张嘴，"噗"地喷出一口鲜血，整个人突然往前一栽！

"王爷，小心！"侍卫大惊失色，纷纷呼喝。

南宫宸一惊，下意识地伸手接住了她。

肌肤相触的一瞬，他的心情不自禁地一颤。

第一感觉，她怎么会这么轻，像片羽毛。

垂了眸，入眼的她这么小，这么柔软，这么脆弱……这么的，让人怜惜。

"小姐！"紫苏心胆俱裂，冲过来将她紧紧地抱在了怀里。

南宫宸呆立了片刻，竟觉得怅然若失。

"愣着做什么，帮忙叫大夫啊！"紫苏扭过头，恶狠狠地对着一群男人吼。

"放肆！"侍卫的刀，再次出了鞘。

南宫宸恢复淡定，从容地夺回主动权："给我。"

紫苏一脸紧张，又怒又气，小碎步地跟在他身后："不劳王爷费心，我们有马车。"

南宫宸根本不理她，打横抱着杜蘅，身形一矮，径直上了那辆朱轮华盖的豪华八马双辕马车。

车里极为宽敞，除了固定的桌椅，竟然还有一个软榻，铺着柔软的长毛毡，舒适而温暖。

他弯腰，把杜蘅安置在软榻上，低声命令："上车！"

紫苏一咬牙，急匆匆跳上车，在他对面坐下。

手，紧紧地按着腰间的小匕首，仿佛只要他稍有异动，立刻就要扑过来宰了他。

南宫宸唇角一弯，凉凉地道："你那把小刀，切切萝卜还差不多，杀人？做梦！"

紫苏一张脸憋得青紫，却倔犟地不肯示弱，虎视眈眈地瞪着他。

南宫宸嘴角抽搐了一下，有点无奈："我不是变态。"

别说她算不得倾城绝色，就算是，他也没兴趣对一个昏迷的女人下手。他，没那嗜好。

"她怎么了？"南宫宸半是好奇，半是关怀地探询，换来的却是紫苏由凶狠转为愤怒的目光。

南宫宸觉得莫名其妙，又觉得跟个毛都没长齐的小丫头斤斤计较实在无趣且有失身份，遂陷入了沉默。

静安寺离京城很近，王府的马车又快又稳，小半个时辰就驶回了杜府。

这次他总算自恃身份，没有再惊世骇俗地在众目睽睽之下，亲自把杜蘅从车里抱下来。

但是杜蘅坐着燕王府的马车，昏迷不醒地被燕王亲自送回来，已足够亮瞎众人的眼睛。

再加上，恰巧遇上前来探视却扑了个空的准未婚夫夏风，这场景，怎一个"乱"字了得？

对这种混乱的场面，杜谦明显缺乏应对的经验，把人迎到花厅，奉上茶，几句结结巴巴的场面话交代完，就陷入了沉默。

南宫宸出了名的喜怒难测，不苟言笑；偏偏夏风也是个不爱说话的。

明明人就坐在面前，硬是像隔了一层看不到的冰。

看着两张莫测高深的脸，杜谦大感吃不消，索性做了缩头乌龟，借口替杜蘅把脉，

一头扎进内室，扔下南宫宸和夏风，在客厅里两两对坐。

"怎么回事？"杜谦压低了声音质问紫苏。

紫苏绞着双手，一副做错事情，惶恐不安的样子，眼中又浮着迷茫不解的神情："奴婢也不知道，小姐给夫人念地藏经，忽然间晕倒。恰巧王爷也在寺中，说是他的马车更舒适，刚好又顺路，硬要送一程……奴婢不敢违拗又挂着小姐的身子，这才……老爷，我是不是做错了？"

杜谦能说什么？半刻钟后，重又走了出来。

"岳父大人，阿蘅怎样？"夏风立刻站起来，不着痕迹地宣示主权。

杜谦擦了把汗："她，可能是心伤亡母，忧思郁结……好在，救治及时，她又年轻，调养些时日，应该无碍。"

"这就好，"夏风松了口气，"缺些什么补品，只管开口，小婿立刻就差人送过来。"

说着，竟是不避嫌疑，抬脚就往内室走。

杜谦一惊，下意识就想要拦着他："小侯爷，还是等蘅儿醒了再去探视较妥。"

当着南宫宸的面，要是就这么放他进去了，他杜谦，从此不就成了轻佻，孟浪，无视礼教规矩之人？

"怎么，"夏风回过头，似笑非笑，"我见自己的未婚妻，有什么不对？"

当然不对！男未婚，女未嫁，就该遵守起码的礼仪。

这话杜谦却不好明说。

南宫宸含笑讥讽："杜大人的意思，小侯爷虽与二小姐有婚约在身，毕竟尚未成亲。人言可畏，还是注意些的好。"

夏风反唇相讥："岳父若是担忧阿蘅的闺誉有损，大可不必。无论如何，我都娶定了阿蘅！"

"世事难料，"南宫宸微微一笑，"以后的事，谁也说不准。"

"快，去看看药煎得怎样了？"紫苏心急火燎，一迭声地催促。

杜蘅缓缓坐了起来："父亲才刚出门呢，没有这么快。"

"谢天谢地！"紫苏喜得扑过来，"你终于醒了！"

杜蘅淡淡道："又不是绝症，还能长睡不起？马车刚下山，我就已经醒了。"

只是不想面对南宫宸，索性装昏到底。

"呸呸呸！"紫苏忙道，"大吉大利！"

杜蘅拍拍她的手，轻描淡写："不过一时痰迷心窍罢了，没什么大事，不必如此紧张！"

"都吐血了还说没事，是不是非得把命搭上，才算有事？"紫苏气得口不择言。

"夏风来了？"杜蘅也不敢惹她，转了话题。

紫苏赌气不答。

"小侯爷和燕王都在花厅，老爷正陪着说话呢。"白前小声报告事态进展。

"是骑马来的，还是坐车来的？"杜蘅继续问。

白前抿唇一笑，答得很详细："小侯爷带了好些东西来孝敬老太太，一准是坐车来的。"

"那就好。"杜蘅招了手让她过来，附耳低语了几句。

白前起初笑嘻嘻，慢慢脸色从吃惊变得愤怒。

紫苏狐疑地望着二人，脸上略略带着些恼怒。

"记住了没？"杜蘅交代完了，问。

"记住了。"白前郑重点头。

"去吧。"

紫苏忍不住数落："又想些什么？自个的身子都不顾了！"

杜蘅只是笑，也不反驳。

白芨慌慌张张地跑进来："紫苏姐姐，赶紧把屋子收拾一下……"忽地见杜蘅靠着迎枕坐着，一愣："小姐醒了？小侯爷要进来见你呢。"

紫苏恼了："要见也是在花厅，哪有没成亲就登堂入室的，没有这个规矩！"

"告诉他，我一会就去花厅。"杜蘅掀起薄被下了榻。

白芨便掀了帘子出去："老爷，小姐醒了，说一会就来。"

杜蘅梳洗过后，重新换了一套素净的衣裳，扶着紫苏姗姗进了花厅。

"阿蘅，"夏风抢前一步迎上去，小心地扶着她的臂，一迭声地道，"好些了么，头还晕不晕？身子不好干吗出来，在屋里躺着多好。"

语气十分亲昵，却未免显得有些刻意。

南宫宸哂然一笑。

杜蘅不着痕迹地避开他的手："我很好，方才不过是热得狠了，一时头晕罢了。"

望向南宫宸，欠身福了一福："给王爷添麻烦了。"

"好说。"

"岳父大人……"

杜蘅略有不悦："你我还未成亲，叫岳父言之过早。"

南宫宸唇角一翘，存心气他："你的小未婚妻，好似不买你的账哦？"

夏风连碰了两个软钉子，竟然还能维持风度："既然阿蘅不喜欢，我便改叫世伯好了。"

望向杜谦："世伯，你不介意吧？"

杜谦暗怪杜蘅不懂事，当着外人给未来夫婿脸色，令他下不来台，对她的将来有什

么好？

嘴里笑着打圆场："女孩子难免害羞，呵呵，叫什么都好，都好。"

南宫宸嘲讽地弯起唇："二小姐真是孝女，思念亡母，竟至吐血昏迷。"

杜谦的神色一僵，脸上的表情立刻不自然起来。

这事瞒得过南宫宸，却瞒不过夏风。

当日杜松中毒双目失明，松柏院里杜蘅哀哀泣诉，柳姨娘母女种种恶行恶状，夏风从头到尾看在眼里。

她小小年纪，既心伤母亲新逝，又要防备姨娘、庶妹陷害，心力交瘁是很自然的。

但，哪座高门大院里没有点龌龊事，谁的一生里还能不受点委屈？

都是一家人，打断骨头连着筋，忍一忍，也就过去了。

还能真的翻脸无情，成刀剑之仇？

夏风是准女婿，算半个杜家的人，知晓内情也还罢了。

南宫宸不仅仅是外人，还是皇家的人，这事要是捅到皇上耳中，他就要倒大霉了！

他语气有些惶急，看向杜蘅的目光隐隐带着企求："亡妻只得蘅丫头一个女儿，爱得如珠似宝，母女感情较他人，格外深厚一些。"

杜蘅望向窗外，眉宇间羞涩里含了几分苦恼："这些日子，蘅儿夜里思念母亲，辗转反侧；白天鸣蝉扰人，亦不得眠。是以才会精神萎顿，常感难以为继。"

南宫宸顺着她的视线望去。

透过敞开的窗户，可以看到外面那片清澈的池塘。塘中假山堆砌，莲叶接天，荷香阵阵。池边栽着十几株垂柳，碧绿的枝条如千万条丝绦垂垂而下，随风飘舞。

"是是是，"杜谦如释重负，连声道，"蝉声乱响，的确扰人，呵呵。"

"既如此，"南宫宸忽地莫测高深地笑了笑，扬起下巴，"何不将这些柳树，悉数连根拔除？"

杜谦愣了。

"怎么，杜大人舍不得？"南宫宸挑眉。

他虽然含着笑，但眼中却无一丝笑意，让人禁不住打个哆嗦。

"不，不，"杜谦忙垂眸，"王爷言之有理，下官这就去办。"

夏风皱眉，正在猜测他的用意，却在不经意间，捕捉到杜蘅眼底滑过的一丝凌厉的寒芒。

于是，他猛地明白过来。

杜蘅这是借杨柳隐喻柳姨娘，暗示要下决心将柳姨娘一族从杜家驱逐干净！

南宫宸哈哈大笑，起身扬长而去："县主既然无恙，本王也该告辞了。"

"小侯爷，"杜蘅见夏风在椅子上发呆，似乎想赖着不走，心中便有些不耐烦，"我有些乏了，失陪。"

"哦，"夏风回过神，强笑道，"你休息，我也该回去了。"

怏怏地出了二门，上了等候在此的马车。

"回府。"他心神不定，也没注意车夫和小厮都是一脸愤懑，欲言又止的模样。

常安见主子情绪不佳，也不敢触霉头，只好拼命忍着，但这口气又实在忍不下，憋得一张脸都扭曲了。

夏风偶然扫到，皱眉："干吗，急着上茅房？"

"少爷！"常安早就在等他这句话，"你知不知道，杜家现在住的房子，是二小姐的？"

夏风一愣，斥道："没根据的话，别乱传！"

"这是杜家的人自个传出来的，不关我的事！"常安鼓起腮帮子，气呼呼地道，"你不知道，这事在杜府早已不是秘密，下人明面上不敢说，背地里都在偷偷议论呢！我看啊，就瞒着二小姐一个呢！"

"这话，你从哪听来的？"夏风板起了脸。

"就刚才，在马房里听到的。少爷如果不信，可以问陈伯！"常安义愤填膺，"那两个马夫大概没瞧见我俩，自顾自当成笑话在讲。还说，杜家在京里的这些房子，田产，铺子，其实全是二小姐的嫁妆，却被柳姨娘霸占了，成了公中之物！"

二小姐若嫁的是别人，他当然也可以当成笑话来讲。

可二小姐嫁的是少爷，她的嫁妆就是要带进夏家的，是属于少爷的！

再说了，杜家的那些房产田地，铺子，哪是小数目？

就算夏家财雄势厚，放着偌大一笔财产，谁又能做到毫不动容？

就算不在乎银子，还有侯府的面子在这呢！

这事要传出去，还以为堂堂平昌侯府，护不住未来的侯爷夫人，让娘家霸去了家产！

真真岂有此理！

夏风面上波澜不兴，心底却掀起了滔天巨浪。

想起杜蘅那张惨白如纸的脸，想着她瘦削不盈一握的腰肢，想着那日柳姨娘母女的咄咄逼人，想起杜谦母子的各种装聋作哑……

杜蘅当日在松柏院的反击，今天在佛堂吐血晕倒，以及借南宫宸的手，拔除柳树等种种行为，似乎又找到了另一种诠释！

"……真想不到，杜大人看着斯文有理，又是个大夫，济世救人，本该心怀坦荡，不料人品竟如此卑劣，简直不要脸到极点，呸！"常安越想越愤怒，滔滔不绝地把杜谦狠狠骂了一顿。

"不许胡说！"夏风回过神，冷声训斥，"下人们穷得无聊，闲说的话，岂可当真？"

"无风不起浪，"常安愤愤不平："若没有一点根据，谁又敢攀污东家？"

"总之，"夏风屈指，敲了他一个栗暴，冷冷道，"回去之后，给我把嘴闭紧点，若有一点风声传出去，唯你是问！"

"光我闭嘴有什么用？"常安哇哇叫，"整个杜府，几百张嘴在那里传，满城风雨是迟早的事！"

"那也不许跟着起哄！"夏风拉了脸，"这事，我自有主意。"

常安很不服气，噘着个嘴小声咕哝："你能有什么主意？还不是叫我们闭嘴，装不知道？要我说，这事就该交给夫人，让夫人出面旁敲侧击地给杜府施加压力。杜老爷还想在朝堂里混下去，就不得不有所顾忌！"

"反了你了！"夏风恼了，作势欲敲，"我是少爷还是你是少爷？"

常安头一缩："我只能保证，不向夫人告状！若是夫人问起，我可不敢瞒骗！"

夏风怒极反笑："你不告状，她怎么会知道？"

"那可说不定！"常安轻哼一声，"世上没有不透风的墙，杜家做出这么缺德败行的事，还能指望瞒天过海？"

夏风喝道："叫你闭嘴就闭嘴，哪这么多废话！"

"不说就不说！"常安抱住了头，偷偷拿眼瞥他，"只是可怜二小姐，爹不疼，娘不在，连少爷都不管她的死活，啧，可怜……"

"你还说？"夏风好气又好笑，蓦地扬起了巴掌。

常安"嗷"地一声，连滚带爬地跳下马车："别打别打，我闭嘴还不行吗？"

夏风的马车走了不到一刻钟，一辆湖绿色垂银绣的青幔云头车缓缓驶到杜府。

门房正疑惑着，就见大蓟从后面一溜小跑着过来。

软帘一掀，从里面走出一个年轻的女子，搭着大蓟的手，款款站在了杜府的门前。

一身粉色缠枝红梅通袖衫，玫瑰红的比甲，粉红色石榴裙，裙角绣着花样繁复的流云纹，走起路来裙角翻飞，仿若翩翩飞舞的彩蝶穿行花间，越发衬得身姿轻盈。

好一个千娇百媚，艳光四射的美人！

定睛细瞧：这不是杜府大小姐杜荇是谁？

她没急着进门，反而走到马车一侧，一反平日趾高气昂之态，一脸娇羞地隔着车窗与车里的人小声说话。

也不知车里人说了什么，杜荇低啐了一句："讨厌"，一跺足一扭身，小跑到了大门边，偏又舍不得走。

她此时含羞带嗔，态生双颊，眼波流转，当真是说不出的风流情致，直把几个门房瞧得眼睛都斜了……

车帘晃动，依稀有男子的笑声隐隐传来，却被"笃笃"的马蹄声掩盖。

马车渐行渐远，很快拐过弯消失在视线之外，杜荇还在痴痴凝望。

美人倚门，风流娇俏，惹得不少行人驻足观望。

"小姐，"大蓟心中惶恐，小心翼翼地提醒，"该回去了。"

"多事！"杜荇俏脸一凝，提起裙角，昂首挺胸进了门。

刚到二门，就有小丫头迎着："大小姐，三小姐要你回来后，去一趟竹院。"

"死丫头！"杜荇怒道，"整日颐指气使，把人支使得团团转，到底谁才是姐姐！"

大蓟一句也不敢吭，垂了头默默地跟在身后。

进了竹院，柳姨娘瞧了她这一身装扮，立刻不悦地蹙起了眉："又跑出去了？"

杜荇顶回去："家里整天死气沉沉，谁待得住？"

"母亲七七未过，你可不能太过张扬……"杜茌提点。

杜荇满脸不耐，打断她："整天管东管西，你烦不烦哪？"

"三儿也是为你好！"柳姨娘斥道，"怕你给人捉了把柄……"

"那还不都怪她？"杜荇大声反驳，"成天嚷嚷着要整治那贱人，结果回回惹祸上身！害得娘丢了差事，我也跟着倒霉！没这个本事，就不要强出头！"

杜茌小脸一沉，戾气陡现："那好，以后别哭着喊着来求我帮你嫁夏风。"

杜荇冷哼一声，底气十足："呸！你以为天底下，就夏风一个男人么？我就非得吊死在他这棵歪脖子树上？"

柳姨娘吃了一惊："你不想嫁夏风了？"

杜荇脸一红，嚷道："奇怪了！我又不是嫁不出去，干吗硬跟他扯在一起？"

杜茌眸光一转："你，是不是有相好了？"

"你说什么？"杜荇气得脸红脖子粗。

杜茌冷冷地道："前几天还为夏风要死要活，突然说瞧不上他了，除了外边有相好，还能有什么解释？"

柳姨娘紧张得脸都变了形："到底怎么回事？"

杜荇抬起下巴，一副豁出去的表情："是，我是有了意中人，那又怎样？男未婚，女未嫁，碍着谁了？"

"要死了！"柳姨娘吓了一跳，冲过去一把掩住了她的嘴，"这话要是传出去，给老太太听到，非揭了你的皮不可！"

杜茌则机警地到了门口，掀了帘子往外瞧了一眼，见丫头婆子们都远远地待在走廊下，门边静悄悄的一个人也没有。

这才稍稍放心，回过头，似笑非笑地睨了杜荇一眼："我倒真有些好奇，那人用什么手段，竟能在这么短的时间里，让你舍了夏风？"

杜荇脸红得像熟透的柿子，怒道："夏风不过是个小小的侍卫，继承爵位也是几十

年之后，有什么了不起？"

这话，杜茳劝过她不下百次，哪次不是当成耳边风？

杜茳眸光一闪，滑过一丝寒芒："这么说，这人的身份地位，竟比小侯爷还要高？"

"哼！"杜荇俏脸一昂，"那贱人都能嫁小侯爷，以我的姿色，找个样样比他强的，很稀奇吗？"

柳姨娘又惊又喜。

比夏风身份还高，不是小公爷，就是小王爷了！

果然如此，她们可就时来运转，扳回一城了！

杜茳面色铁青："那样身份地位的人，怎会看得上你？"

柳姨娘其实也有同样的担心，不过她对自家女儿的相貌还是很有信心的："是哪家的公子？"

杜荇羞涩地垂着头，咬着唇不吭声。

"哼！"杜茳怒火中烧，"除了燕王，还能是谁？"

"是他？"柳姨娘倒吸一口冷气。

被南宫宸看上，可不是时来运转，而是飞黄腾达，一步登天了！

"才不是！"杜荇惊讶地抬眸，"燕王冷冰冰的，有什么好？我才不喜欢！"

杜茳松了口气，却又给她勾起好奇心："那还能有谁？"

"是，"杜荇抬起头飞快地睃她一眼，又娇羞地勾下去，"逍遥王府的三公子。"

逍遥王府三公子和瑞，颇有文名，是京中有名的贵公子。

"你确定？"杜茳皱眉，"不会是骗人吧？"

"他干吗要骗我？"杜荇生气。

杜茳迅速冷静下来："我听说这位和三公子，性格不羁，最喜游山玩水，行踪飘忽，是个神龙见首不见尾的人⋯⋯"

怎么就那么巧，单单让杜荇遇见了？

且那样一个传说中神仙一样的颇有文名的人物，怎会瞧得上杜荇？

"你什么意思？"杜荇怒道，"当我是白痴么？"

"人心险恶，临安是个龙蛇混杂之地，你又是个没脑子的。"杜茳冷冷地道，"我怕你一头扎进去，被人卖了还帮人数钱。"

"你！"杜荇气得发抖，冲过去要打人。

柳姨娘忙把她拉开："三儿也是担心你，怕你吃亏⋯⋯"说到这，忍不住拿眼瞄她："他，没占你便宜吧？"

"娘。"杜荇抗议地低嚷。

"这就好。"柳姨娘松了口气，"女儿家一定要矜持，切不可糊里糊涂！"

骗了感情事小，失了身那可就万劫不复了！

杜茌却另有主意："若真是和三公子，用些小手段也未必不可。不过，得核实了身份才成。"

不然，以杜家五品太医的身份，她又是个庶出的小姐，想嫁进和府，困难可不止一星半点。

杜荇脸红似霞，咬着唇不敢接话。

柳姨娘忙问："怎么核实？"

杜茌唇一勾："这还不简单？下回他再约你出去，找个人暗中跟着他，看他是不是回和府不就知道了？"

"这倒是个好法子！"柳姨娘眼睛一亮。

晚上，柳姨娘留两姐妹在竹院用饭，顺便在席上细细盘问杜荇跟三相识的过程。

掌灯时分，柳亭急匆匆地进了竹院。

"二爷。"守门的仆妇忙站了起来。

柳亭却睬也不睬，风风火火，直接闯进了正房："姐！"

柳姨娘，杜荇，杜茌正在用饭，见他进来，两姐妹都坐着不动，柳姨娘起了身："吃过饭没有？没吃的话，一起吃点。"

杜荇立刻尖着嗓子抗议："娘！哪有管家跟主子同桌用饭的？"

柳姨娘斥道："他是你亲二舅！"

"那又怎样？"杜荇很不高兴，"总之，我可不跟他一起吃！"

杜茌细声细气地道："男女七岁不同席，虽然是亲舅舅，也还得避点嫌。"

"二弟，"柳姨娘最疼这个弟弟，忙道，"她俩给我惯坏了，你别跟她们一般见识。"

柳亭连连摇手，笑得一脸的花："我吃过了，你们吃。我去屋里等你。"

"玄参，给二爷泡壶龙井茶。"柳姨娘吩咐。

"不用不用。"柳亭三步并作两步，进到房里。

他熟门熟路，脚步不停地往内房里闯，翻箱倒笼，一会儿工夫，搜了一堆金银首饰，手里拿不了，扯了件衣服胡乱包起来。

"二爷？"玄参端了茶进门，见此情形，惊得叫了起来。

"别嚷别嚷，"柳亭扔下包袱，冲上来一把捂住她的嘴，"姐的钱匣在哪儿，拿出来我有急用。"

玄参惊恐地睁大了眼睛，拼命摇着头："唔唔。"

柳亭转念一想，钱匣也就是打赏下人，顶多装几十两碎银，根本顶不了事。

一双眼睛滴溜溜乱转，在房里左瞧右看，忽地瞧见紫檀木雕花大床的床头，用天青色的软烟罗包着的两颗鸡蛋大小的夜明珠，立刻大喜过望。

一把推开玄参，用力扯下，掖到怀里。他用的力太大，把一副银红蝉翼纱的帐子给扯成了两半。

玄参被推得一屁股坐在地上，手中的茶盘再端不稳，掉在地上咣当一声响。

可这声音，远没有柳亭做的事来得震撼。

那是夏家当初下定的聘礼，价值连城，将来杜蘅出嫁，是绝对要带过去的！

这要是给这混世魔王拿了去，她有十条命也赔不起！

她吓得心胆俱裂，顾不得满地的碎瓷和茶水，扑过去抱着柳亭的双腿："二爷，你可不能啊！"

"滚！"柳亭照她肚子上就是一脚，"少管爷的事！"

玄参给他一脚踹得咚咚咚连退了几步，接连撞翻了一张凳子，一张椅子，一头撞在桌脚上，才算停了下来。

柳亭哪里顾她，捡起地上的包袱，转身就走。

"二弟，你做什么？"柳姨娘在外间听得里面唏里哗啦一阵乱响，直觉不好，扔下饭碗起身想看个究竟。

柳亭从里面风一样卷了出来，与她擦身而过，差点撞个满怀。

还好丹参手快，一把抱住了柳姨娘："姨娘。"

"姐，这些东西算是我跟你借的。等我赚了钱，再翻倍，不，十倍买给你！"柳亭一路嚷着，头也不回地跑了。

"二弟，你回来，回来！"

柳亭早已出了竹院，哪里还唤得回？

柳姨娘又不敢叫巡夜的家丁去追，怕惊动了杜谦，连累她都是一顿训，气得直哆嗦。

丹参把她扶进房，见房里满地狼藉，气得又是好一顿乱骂。

杜荇嘴一撇："这哪是舅舅，简直比强盗还狠！"

"玄参，"丹参蹲下身，把玄参搀了起来，见她脸上发青，嘴唇泛白，不由担心地问，"你没事吧，要不要叫大夫看看？"

柳姨娘正没处撒气，没好气地骂："不就是摔了一跤，拿点药油擦一下就是，看什么大夫？真当自个是小姐呢！"

丹参被骂得作不得声，低了头忙着收拾屋子。

玄参忍了痛，含着泪道："得赶紧把二爷追回来……"

柳姨娘的火更旺了，骂道："也不看看你什么德行！闲事管到二爷头上来了！"

杜荇瞧见床上纱帐垂落，冷笑一声，上去就是一个巴掌："下流没脸的东西，才这会子工夫，就施了手段，勾引二舅！"

玄参又羞又气又害怕，嚷道："我没有，是二爷把那对夜明珠抢走了！"

"什么？"柳姨娘一怔，这才注意到挂在玉钩上的夜明珠没了踪影，顿时一阵天旋地转。

　　"不能晕！"杜茌一把揪住她，恶狠狠地道，"现在不是晕的时候，赶紧派人把二舅找回来！"

　　"找，偌大一个临安，又是黑灯瞎火的，上哪找？"柳姨娘欲哭无泪。

　　杜茌很是冷静："找不着也得找！夜明珠不能当钱使，无非是去当铺，银楼换钱。这夜明珠价值连城，一般的小店根本买不起，也不敢买。临安有名的当铺，银楼也就那几家。赶紧派人去堵，兴许还有一线希望。"

12　宴无好宴

　　柳姨娘一夜无眠，等到天亮也没盼到柳亭的影子，却听到一个惊人的消息——说是老爷有令，要把满院的柳树连根拔除，一棵不留！

　　杜茌恨得银牙咬碎，面上却若无其事："不就是几棵柳树？她喜欢，就让她去砍！有本事，就把大齐境内的所有柳树全砍光！"

　　柳姨娘用力捶着胸："她哪里是在砍柳树，分明是在打我的脸啊！"

　　"眼下，她有燕王和小侯爷撑腰，硬碰只会吃亏，且容她嚣张几天，"杜茌轻声道，"总有一天，这笔账，要连本带利收回来！"

　　"不能再忍下去了，必须反击！"柳姨娘的脸上染着愤怒的红晕，"我就不信了，他们能护得她一时，还能护得了一世？"

　　"我倒是有个法子。"杜茌早有主意，"就看娘能不能狠下这个心？"

　　说着，附在柳姨娘耳边低语了几句。

　　柳姨娘吃了一惊："这，怕是不好吧？"

　　"你若心软，就等着一直被动挨打吧！"杜茌冷笑。

　　柳姨娘左思右想，终是痛下决心："成，就按你说的办！"

　　"姨娘，"萱草掀开帘子进门，"丁胜来了。"

　　"让他进来。"

　　这屋子小，并没有分前后隔间，只在床边摆了张屏风，杜荇，杜茌两姐妹忙起身，避到屏风后面。

一个十七八岁的青衫男子走了进来，抱拳揖了一礼："小人丁胜，给柳姨娘请安。"

"让你办的事，怎样了？"柳姨娘问。

丁胜垂着手道："那辆马车，最后进了杨梅街的逍遥王府。"

杜荇脸上露出骄矜之色，趾高气扬地睨了杜茌一眼。

杜茌开口问道："马车是驶进王府里去了，还是停靠在王府的围墙外？"

她突然出声，丁胜有些吃惊，忍不住转过头看一眼屏风。

丹参便斥道："看什么看，小姐问你话呢！"

丁胜忙调回目光，道："是进了王府的院子。"

"你看清楚了？"柳姨娘忙问。

"小人看得很清楚。"丁胜答得极详细，"马车的确是从侧门进去的，进门的时候，门房还跟车夫打了招呼，因隔得远没听到说些什么。小人在外面守了大半个时辰，也未见马车出来。"

这样的话，就排除了马车上的人发现被跟踪，胡乱找个借口骗得门房开门混进王府去的可能。

"做得好，是个会办事的。"柳姨娘很是满意，吩咐丹参赏了他一吊钱。

打发了丁胜，两姐妹从屏风后出来。

杜荇噘了嘴埋怨："看吧，我都说他不是骗子了，你们偏还不信！亏得未露馅，这要是让人揪住，什么脸都没了！"

杜茌腹诽，你若真是个要脸的，又怎会出去跟年轻男子厮混？

嘴里却道："既然确定了他的身份，往后就得多用点心思，要些手段，让他非大姐不娶。"

杜荇脸皮再厚，这时也不禁羞红了脸颊，不敢搭话。

柳姨娘又是得意又是欢喜："荇丫头貌美如花，只需敛着些性子，还用得着施手段？"

"这可不一定！"杜茌冷哼，"天下美貌的女子多了去了，他又是个王孙公子，还怕没见过美人？"

"你什么意思？"杜荇拉下了脸，"句句咒我，是不是见不得我好？"

"我是提醒你，凡事多长几个心眼，到手的机会无论如何都要抓住，别傻乎乎地被人耍了！"杜茌冷冷道。

"你说什么？"杜荇气得想扇她。

柳姨娘忙把两人拉开："好好的，怎么又掐起来了？都给我坐下！三儿也真是，明明是替荇儿着想，说出来的话，怎么就这么难听？"

"忠言逆耳，良药苦口。"杜茌淡淡道，"听得进就听，听不进，我也没法子。"

杜荇轻哼一声："别以为世上就你一个聪明，别人全是傻子！"

柳姨娘岔开话题："荇儿的问题解决了，再没了顾虑，可以放开手整治那贱人了。"

"法子我早想好了，"杜莛慢条斯理地道，"只等哪天她不在府，寻个空隙就可以下手了。"

"这可巧了，"柳姨娘一脸兴奋，"听说恭亲王府冷侧妃，下了帖子，邀她参加小王爷的满月宴。"

"只邀请她一个？"杜荇又是羡慕，又是妒忌。

恭亲王府设宴，和三肯定是座上嘉宾。若她能够同行，说不定能够遇上。若是能把二人的关系公之于众，那得羡慕死多少闺阁千金啊？

"哪天？"杜莛关心的却是另一个问题。

柳姨娘凝眉想了想，道："好像是后天，初一。"

"哈哈！真是天助我也！"杜莛忍不住大笑三声。

"是，"柳姨娘也喜上眉梢，"刚好我的禁足令解了，重掌了中馈。加上荇儿的婚事也有了着落，只要把那贱人弄死，我就没什么可忧心的了。"

"二舅找到了？"杜荇奇道。

"别提了！"柳姨娘脸一黑，"该死的也不知躲哪去了，连个人影也见不着！"

杜莛胸有成竹："只要咱们不说，这事一时半会也没人知道，等收拾了贱人，再慢慢设法把珠子赎回来就是。"

一晃到了初一，杜蘅按例到瑞草堂给老太太请安，又陪着说了会闲话，眼瞅着巳时已过，这才套了车往恭亲王府去赴宴。

杜蘅的马车到时，恭亲王府门前已是车水马龙。

男客被引至前厅，女客换乘了软轿进到后院，人多而不杂，井然有序。

进入后园后，贵妇千金自拣相熟的，三五成群，或坐或站，各自低声交谈，说到开心处，偶尔发出阵阵笑声，亦是优雅，娇俏各半，绝不会给人恣意放肆之感。

放眼望去，杜蘅孤身独坐一隅，越发显得形单影只。

不过，她对此似乎全不在意，端着一杯茶，喝得悠然自得。

故地重游，紫苏显得有些紧张，眼睛不停地左右逡巡，就恐遇上什么人上前挑衅。

杜蘅唇角含笑，小声提醒："既来之则安之，这么紧张做什么？东张西望，显得小家子气，反倒让人看轻了咱们。"

"昨晚起，我眼皮一直在跳。"紫苏压低了声音，"总觉得，有什么事要发生。"

杜蘅淡淡道："水来土掩，兵来将挡，有什么好怕？"

恭亲王妃是皇后的远房侄女，冷侧妃是梅妃的亲外甥女。

这两方势力搅和在一起，恭亲王府的水，早就是暗流激涌。

冷侧妃临近产期，却无缘无故跌了这一跤，差点弄得一尸两命。

她可不会傻到认为，这真是一起偶然事件。

既然无意间蹚了这浑水，坏了别人的好事，自然也有成为某人的眼中钉，肉中刺的心理准备。

她也不会那么单纯，认为冷侧妃就一定会感她的恩，承她的情——毕竟，上次入宫，她可是拿梅妃开刀，送了皇后一份大礼，用韶华做了晋阶的踏脚石。

人群忽地骚动起来，一名身材高挑的妇人，如同众星拱月般，进了花园。

面容白皙，一双丹凤眼炯炯有神，穿着大红五彩妆花褙子，同色通袖对鹿长衫，十二幅凤衔花湘裙，头梳弯月髻，插着金缠丝嵌宝石双凤簪，凤口里垂着细细的金丝流苏，底部缀着指甲大的东珠，通身的华贵，逼得人睁不开眼睛。

此人正是卫皇后的侄女，恭亲王府的女主人，恭亲王妃卫思琪。

隔着重重叠叠的人影，两人的目光在空中相遇。

杜蘅并未闪避，礼貌地含笑点了点头，不着痕迹地退了一步，避到一旁。

恭亲王妃却穿过人群，径直向这边走来，在杜蘅身前站定："这位姑娘面生得很。"

"民女杜蘅，见过恭亲王妃。"杜蘅屈膝，福了一礼。

"啊……"恭亲王妃拖长了语调，明明是赞誉，听在耳中却总觉得不是滋味，"法炙神针？"

"王爷谬赞，民女愧不敢当。"杜蘅脸一红，适时作着羞状。

"原来她就是舞阳县主！"消息灵通的，立刻恍然大悟。

"什么意思？"不知典故的，立刻向身边好友咨询。

"就是她凭一支金针，救了冷侧妃和小王爷！"

"恭亲王亲笔题字，以法炙神针相赠，杜太医嫡女，杜家二小姐，杜蘅！"

"皇上御笔亲封的舞阳县主。"

"哼，不过是个五品太医的女儿，装什么名门千金？"

"什么法炙神针？不过是瞎猫遇着死耗子罢了！"

众女人交头接耳，低声议论起来，各种或好奇，或羡慕，或不屑的目光纷纷射在她身上。

身处漩涡中心，杜蘅却处之泰然，没有半分的不安和焦虑，落落大方地任人评头论足，唇角微微上扬，始终保持着适度而礼貌的微笑。

一个五品太医的女儿，初次进入大齐最上层的社交圈子，被一大群身份尊贵的命妇围观，竟然没有一丝的害怕和扭捏，表现得如此从容冷静，实在令人大跌眼镜！

没有在她脸上看到预料中的惊慌失措，不禁令恭亲王妃心生不悦，面上却不动声色："自那日在静安寺后，王爷天天念叨着你，本妃早就想见你一面，今日总算得偿所愿。"

杜蘅羞涩垂头，不发一言。

"来人。"王妃拍了拍手，立刻有侍女端了乌木莲花茶盘过来。

盘中是两只蓝白细瓷茶盏，一把山水纹圆肚茶壶。

侍女执壶把杯子注满，淡淡的酒香立刻溢满鼻端。

见壶中斟出来的竟是酒，杜薇不禁微微蹙眉。

"多谢你救了小王爷，保住了皇家血脉，本妃先干为敬！"恭亲王妃端起酒杯，也不等杜薇说话，仰起脖子一饮而尽，把杯底向她亮出。

"好酒量！"

"巾帼不让须眉，好！"

众人纷纷叫好，恨不能掏尽世上恭维之语。

杜薇端了杯，苦笑："民女母亲过世七七未满，不能饮酒。"

恭亲王妃脸一沉："本妃亲自敬酒，难道二小姐也不肯赏脸？"

"就是！你那母亲难道还能大得过王妃？"

"二小姐好大的架子！"

"不识抬举！"

杜薇无可奈何，硬着头皮道："只此一杯，下不为例，可好？"

"本妃先前不知你在孝中，如今既已知晓，自不会强人所难。"恭亲王妃这才转嗔为喜。

杜薇一口饮尽，把杯子搁回盘中："多谢王妃赐酒。"

恭亲王妃果然不再敬酒，含笑执了她的手道："来，我带你去内堂，见几个好友。"

今日宾客如云，但能进到内室去的则非至交好友不能，由恭亲王妃亲自引荐的，更是屈指可数。

谁也没想到，王妃对这位平凡无奇的杜家二小姐，竟是如此器重，看杜薇的眼光，立刻又有了不同。

卫思琪领着杜薇进入内室，紫苏被拦在了门外。

内室里，坐了三个女子，听得脚步声，其中一个穿银蓝刻丝缠枝褙子的中年妇人一迭声地嚷："把人都招来，结果主人倒跑了，这算什么事？"

忽地见到杜薇，一愣："咦，一转眼的工夫，从哪拐来个漂亮的小姑娘？"

恭亲王妃笑道："来，给你引荐一下。这位是本妃的五嫂，肃亲王妃。"指了另一个穿秋香色暗纹绣竹的美少妇，道："这位是赵王妃。"另一着淡紫色锦缎褶裙的中年妇人："这位是陈国公夫人。"

拉了杜薇的手，道："这位，就是颇得皇上赏识，医术可通鬼神的舞阳县主，杜太医掌珠，杜家二小姐，杜薇。"

座中三人，杜薇其实都不陌生。

只是前世她虽贵为燕王妃，却是不受宠的那个，除非绝对必要的场合，极少在公众场合露面，与几位都只是泛泛之交。

屋里的这几个，肃亲王妃，恭亲王妃，都是当今皇上的弟媳；赵王妃则是皇上长媳；而陈国公夫人，则是皇后的弟媳。

她心里明镜似的。

这些人表面看来平易近人，似乎十分随和，实则不然。

尊贵的身份，崇高的地位所带给她们的优越感，让她们养成了十分挑剔的性子。言谈举止稍有不慎，就会落下把柄。

杜蘅心思如潮，面上却未露丝毫，含着得体的微笑，一一见礼问安。

那几个生平见过的名门闺秀，多如过江之鲫。杜蘅显然不是最美的，也不是最年轻的，更不是最惊才绝艳的。

但她胜在不骄不躁，宠辱不惊，面对这些身分上压她一大截的权贵夫人，丝毫不见巴结谄媚，也不见半点自怜谦卑。

仿佛，她面前坐着的，只是寻常的家族中的长辈亲眷。

只是这一点，已经让人耳目一新。

陈国公府与杜府比邻，对这个近来在京城声名鹊起的芳邻，却也是第一次一睹真容，不觉着重打量了她几眼："原来你就是杜蘅。"

"听说，你的医术颇为了得，连太医院的太医都比不过？"肃亲王妃含笑看着她，状似十分随意，话里却暗藏机锋。

"那日不过是凑巧，算不得真本事。"杜蘅垂着手，恭恭敬敬地道，"医术一道，博大精深，非几十年浸淫其中难得其精髓，民女不过略懂皮毛而已。"

陈国公夫人暗暗点头，这话答得倒也算巧，既避免与他人做比，又不只是一味自谦逢迎。

赵王妃上下打理她一眼，玩笑似的道："这么说，六皇叔以'法炙神针'相赠，名不符实咯？"

恭亲王妃眉眼一沉，显出几分不悦。

杜蘅并无丝毫慌张，似乎根本听不出话里暗藏挑衅，依旧恭恭敬敬："晚辈以为，王爷题词，激励之意远大过赞誉。"

恭亲王妃悄悄松了一口气，嗔道："好啦，别净聊这么严肃的事，吓着人家小姑娘。"

几人便都笑了起来，很默契地把话题转到了衣裳，首饰等轻松的话题上。

这几个都是交际场上的老手，最是长袖善舞，很会带动气氛。

并不似有些所谓的贵妇，遇着比自个身份低的，便趾高气扬，爱搭不理，以此彰显自己的尊贵。

相反，她们很懂得照顾地位比自己低的人，表现得亲切随和，温柔体贴。

因为她们已是大齐最尊贵的女人，没有人可以撼动她们的地位，不需要刻意强调自己的身份来赢得众人的瞩目，从而在交际场上更加如鱼得水。

亦因此，为她们赢得更多的尊重和追随者。

她们，是天生的王者！

杜蘅安静地陪坐一旁，很是耐心地倾听着，偶尔问及她时，也会答上一两句。

不知是不是没有开窗，她开始觉得有些闷，不知不觉喝了三盏茶，还是感觉口干舌燥。汗水争先恐后地从毛孔里渗出来，一层一层漫上来，衣服黏黏地贴着肌肤。

她不着痕迹地调整坐姿，悄悄地深呼吸，仍感觉晕晕沉沉。

渐渐地，不止头脑昏沉，竟连身体也觉得绵软起来，不管她多努力都支撑不住，一个劲地往下滑⋯⋯

最后，竟连眼前的影像也变得模糊起来，以她的酒量，喝下一杯桂花酒，绝不至此。她也断定，恭亲王妃不会在大庭广众之下对她下药，这才敢于喝下这杯酒。

千日醉！

杜蘅又惊又怒，千般小心，万般谨慎，不料竟还是着了她的道！

"二小姐，你怎么了？"赵王妃坐她对面，最先发现她不对劲。

"是呀，脸这么红，是不是病了？"肃亲王妃问。

陈国公夫人离她最近，伸手探到她额上："哟，的确有些烫。"

"没事，"杜蘅轻轻咬了下舌尖，那尖锐的痛楚感泛上来，立刻把晕眩感压下一半，"许是之前喝了一杯酒，有些不胜酒力。"

"哎呀！"恭亲王妃轻拍额头，"怪我！早知一杯家酿的桂花酒也能让你醉，就不该强要你喝这一杯酒！"

杜蘅努力撑着身子不让自个滑下去，强忍了怒气，只求快速脱身："请恕民女不胜酒力，要先行告退了。"

"那怎么成？"恭亲王妃哪里肯放她走？

"你是小王爷的救命恩人，是今日的满月宴上最重要的嘉宾，若是中途退席，日后王爷必定会怪罪于我。这样吧，我让侍女扶你去客房休息两个时辰，待晚宴开席再来，如何？"

"可不是？"赵王妃含笑道，"今儿有一大半的宾客，都是为了一睹'法灸神针'的真容而来，若你走了，岂非让宴会失色，让众宾客失望！"

"对对对，"肃亲王妃道，"不过是杯桂花酒，躺上歇会就好了。好容易遇着个女大夫，本妃还有好些问题想要请教呢，干吗急着走？"

"问兰，"恭亲王妃唤了贴身服侍的宫女，"你带二小姐去凝香殿，好生服侍，切

勿怠慢了。"

凝香殿是冷侧妃所居冷香殿的偏殿。

王府宴客，那里临时改作客房，供远道而来的亲友住宿。

肃亲王妃等都是王府熟客，自然了解。

"是。"杜蘅推辞不了，身不由己地让人扶出了门。

一瞧，紫苏并不在院子里等候，她此时头脑虽昏沉，心智却还未迷失，心知紫苏必是被人拖住或是故意调走了。

"麻烦姐姐唤一下我的丫头，她叫紫苏。"

"二小姐，"问兰笑得恭敬，脚下却一刻不停，拖着她往前走，"可是嫌奴婢伺候得不好？若不是，请随奴婢前往凝香殿，待安置好二小姐后，再遣人寻找小姐的丫环，可好？"

杜蘅心知，问兰绝不会轻易放自己走，为今之计，只有走一步看一步，见机行事了："如此，只好劳烦姐姐了。"

问兰显然是练过的，看着身材娇小，力气竟大得惊人，拖着她走竟完全不费力气。

更诡异的是，一路走来，竟并未遇到一个行人。

今日贺小王子满月，按理冷侧妃那边的宾客要比王妃这边多。

杜蘅越走越感觉不对劲，仔细留意了周边的地形，对比前世的记忆，不禁出了一身冷汗。

这根本不是往内院走，而是在往外院的方向。

综合自己身体的状况，恭亲王妃的目的，昭然若揭——坏她名节！

得出了结论，杜蘅反而不着急了。

她知道，越是这种时候，越要沉住气，才有可能寻找空隙，觅得一线生机。

果然，问兰带着她专抄偏僻的小道，在园子里左弯右绕走了半炷香的时间，总算把她带进了一幢独门的小院落。

杜蘅装作昏迷，抬眸匆匆扫了一眼匾上黑金字体，听雪堂三个大字映入眼帘。

隔着一道墙，就是恭亲王南宫述的睦元堂。

这里，平时住着一些王府的幕僚和客卿。

卫思琪，好狠毒的心肠！

不过是因意外救了冷侧妃一命，就使出如此阴狠的手段对付她！

杜蘅咬紧了牙关，强忍了情绪，不让自己露出半点痕迹，任问兰把自己半拖半抱地弄进了偏院东厢的一间客房。

从微阖的眼帘下看到，房间虽小，布置得倒是格外的干净整洁，一桌一椅无不摆放整齐，被褥也换了簇新的。

靠窗的案几上还摆放了一只精致的香炉，此时正往外冒着袅袅的青烟。

淡淡的瑞脑香充塞着不大的空间，使人慵懒舒服得想直接扑入那床温暖的丝被里。

此时正值初秋，在炎炎烈日下抱着一个大活人走了这么远的路，饶是问兰身体强健也觉得有些吃不消。

眼瞧杜蘅已呈昏睡状态，对外界情形已经完全没了感觉，也就不再刻意小心谨慎，随手把她往床上一扔。

转过身拿起桌上茶壶，也不及斟入杯中，对着壶嘴咕噜咕噜喝了个痛快。

眼角余光，隐隐瞄到光影晃动，心生警惕，猛地转过头来，瞅到床上空空如也，不禁大惊失色，霍然转身。

杜蘅站在她身后，手中握着一根黄澄澄的金针，犹不犹豫朝她腰间软麻穴刺了下去！

"唔。"问兰瞪大了眼珠，狠狠地瞪着她，模样十分狰狞。

杜蘅不敢看她，闭了眼用吃奶的力气，手中金针狠狠推送。

终于，问兰一声不吭，软软地躺到地上。

杜蘅抹了把额上冷汗，双手插到问兰的腋下，把她连拖带拽地弄到床上，再胡乱把她头上簪环卸下，任一头乌黑的青丝散到枕上。

房里香气馥郁，明显燃有催情香，她不敢多待，收回金针，小心地掩好房门，这才转身急匆匆地朝外面走去。

遁原路回到思雪殿，已是不可能。

想了想，决定绕道回后花园，混进那群女客之中。

这里离前院太近，不时有阵阵男子笑语喧哗之声传来，更有许多仆役穿梭奔忙。

如果在进入花园之前被人发现，她的名节也就完了！

她咬牙屏息，低头弯腰借着花草树木掩藏身形，偷偷摸摸往前走。

好不容易出了听雪堂，杜蘅松了口气，正要加快步伐，却听到身后有交谈声。

她吃了一惊，抬头见前面有座假山，当下不假思索，猫腰就往假山后面跑。

眼见就要成功，忽地从身后蹿出一个男人，一手掩住她的唇，另一手揽了她的腰，将她推入了假山！

杜蘅大吃一惊。

假山后的洞穴空间十分狭小，杜蘅尚且只勉强可以站立，那人却只能含胸曲背，此时两人紧紧贴在一起，几乎无一丝缝隙，连动都不能动，更别说挥手刺他了！

杜蘅不假思索，张嘴就咬！

被人发现乱闯入前院，总比让这登徒子轻薄了好！

她用的力气很大，几乎是下了死力去咬，嘴里很快便尝到了甜腥的味道！

"唔。"一声闷哼自耳畔传来，他不但未如她所料地松手，腰间的手臂反而猛地一

箍将她箍得越发紧了！

杜蘅整颗头被闷在他的胸前，男子的气息瞬间笼罩全身。

淡淡的青草香，微冷而清逸，氤氲在呼吸之间，让人联想到夏夜清爽的微风。

南宫宸！

那是独属于他的味道，即便是死亡也无法消融，深深镌刻在她的记忆深处！

她被这个认知震撼住了，再无法动弹分毫。

全身所有的力气在这一瞬间被抽光，若不是身后有岩石抵挡，早已滑到了地上！

耳边，他好听的声音带着些微的愠怒和淡淡的警告："不想身败名裂，就给我安安静静地待着！"

鼻端是男子的体香，身体被禁锢在他的双臂和坚硬的胸膛之间，两人挤在一起，衣料相互摩擦发出"窸窸窣窣"的响声……

这一切的一切，令她耳晕目眩，似有无数只手挠抓着她敏感的肌肤。

一丝细如蚊蚋的嘤咛之声，不自觉地逸出唇畔，她猛地咬住唇，羞愧得耳根都红透了。

幸好，此时脚步声和交谈声逐渐接近，又慢慢远离，最后终于归于平静。

南宫宸放开她，从假山的小凹洞里退了出来，盯着手掌侧缘那五个整齐细碎的牙印，气恼地道："女人，全都不可理喻！"

杜蘅侧着脸，以一个奇怪的姿势贴在山石上，一动不动。

她很热，全身三万六千个毛孔都在疯狂地叫嚣着：扑倒他，扑倒他你就解脱了。

脑子里有个声音在叫：不，不能去！前面是万丈深壑，那不是解脱，是粉身碎骨，是万劫不复！

闻着他身上传来的淡淡的体香，体内那股燥热越发地似燎原之火，猛地狂燃了起来。

"走吧，本王带你离开。"南宫宸没好气地转身就走。

她咬着唇，将手中金针狠狠刺入臂间，换得一丝清明，朝他无力地挥了挥手：走，不要你管！

南宫宸走了几步，不见她跟来，停步回头，冷道："怎么，等着八人大轿来抬不成？"

杜蘅正拼尽全身所有的意志力跟体内那股邪恶的力量拔河，脑中混沌一片，根本听不到他的问话。

南宫宸等了一会，不见她回答，终于察觉不对，伸手轻戳她的肩膀："喂……"

岂料，杜蘅竟然顺势倒了下来。

下面是坚硬的岩石，真要撞上去，立刻就会头破血流。

"你干什么？"他吓了一跳，却也应变奇速，一扯一捞，将她拉到了怀中。

低眸看她一眼，一颗心竟然不受控制地狂跳了起来！

却见她眼睛半阖半开，泛着淡淡的水光，莹白如玉的肌肤灿若云霞，眼波流动间，如浮动着的点点星光，那种与平日拒人千里的素雅清冷截然不同的娇俏艳丽，魅惑妩媚之态，简直令人晕眩！

她鼻息滚烫，眼神茫然，完全没有平日的神采，明明在看着他，目光却没有焦距。

"该死！"他低咒一声，蹲下身单膝跪地，将她打横置于膝上，腾出手掌拍打她的双颊，"醒醒，醒醒！"

杜蘅勉强张开眼睛，定定看着他："南宫宸？"

"好点了没？"南宫宸松了口气，一丝喜悦飞上眉梢，未察觉她竟然唤了他的名字。

杜蘅看了他半响，逸出一字："……走……"

"走？"南宫宸俯身望着她，不知该气还是该笑，"这种情况下，你居然要我走？"

她只怕清白毁于他手，就不怕被园中往来如织的仆役发现，糟蹋了去？

不过，他却也知道此刻的她，并不正常。

跟她怄气，毫无意义。

打横抱起她，低声吩咐："去落梅居。"顿了顿，又道，"还有那小丫头，一并寻来。"

"是。"陈泰如一缕轻烟迅速消失。

约等了半盏茶后，南宫宸才抱着她动身，一路畅行无阻，进了落梅居。

一脚踢开房门，俯身将她安置在软榻上。

杜蘅竟然睁开了眼睛，且伸手揪住了他的衣襟。

南宫宸微怔："你醒了？"

杜蘅其实神志并不清明，头脑昏昏沉沉，身子轻飘飘地如浮在云端，下意识把眼前模糊的人影当成紫苏，睁着大大的水眸，可怜兮兮地低吟："水，给我水……"

她胸中燥热难当，口渴异常，忍不住轻舔唇瓣。唇边那一抹殷红的血迹，更添了几分妖媚的氛围。

南宫宸只觉呼吸一窒，情难再控，身子一低，俯身便欲吻住那张娇艳欲滴的樱唇。

"咣当"一声，大门被人一脚踹开！

紫苏已经一阵风似的刮了进来，大喝一声："你干什么？"

南宫宸懊恼万分，面上却未露分毫，眉毛一扬："本王要真想干点什么，凭你也能阻止不成？"

紫苏冲过去，见杜蘅满面通红，双目无神，唇边还依稀有血迹，不禁大惊失色："你，你对她做了什么？"

南宫宸慢条斯理地抬起手掌在她面前摇了摇："应该问，她对本王做了什么才对！"

他血肉模糊的手掌入眼，紫苏越发惊怒交加："若不是你无礼在先，小姐又怎会对你动粗？"

"果然是有其主必有其仆！"南宫宸气极反笑，"恶人先告状的本事，跟你主子如出一辙！"

"水，给我水……"杜蘅呻吟。

"好，好，给你水。"紫苏慌乱地倒了一杯茶，跪在榻边，半扶半抱地托起她的身子，刚把杯子凑到唇边，立刻被她一饮而空。

"给我，还要……"她声声低唤。

南宫宸只觉血脉贲张，转过身，僵硬地望着窗外。

"别急，我再去倒。"紫苏想要放下她去取水，却被她死死地抓住了，四肢如章鱼般拼命缠住她，整个人往她身上蹭，吸取那一丝清凉。

"小姐。"紫苏不敢太用力，唯恐弄伤了她，掰开一只手，又缠上一只脚，掰开一条腿，立刻被抱个满怀，逼得手忙脚乱，窘得满面通红。

南宫宸看不过眼，忽地大步过来，一掌砍在杜蘅脑后。

她闷哼一声，晕在紫苏怀中。

"你做什么？"紫苏大怒。

南宫宸理也不理她，拎起她的衣领将她扔到墙角，一把扛起杜蘅大踏步出了门。

"混蛋！"紫苏爬起来就追，"放开她，放开小姐！"

陈泰上前一步，挡在了紫苏身前。

"干什么，让开！"紫苏眉一扬。

陈泰一言不发，却是寸步不让。

南宫宸直奔水榭，揪了杜蘅的头发，一把将她按入水中。

"咕嘟""咕嘟"水泡不停地冒出来，杜蘅拼命挣扎，咳得惊天动地。

紫苏急得跳脚，嘴里："混账东西，只会欺侮女人，算什么男人？王八蛋，不得好死……"骂个不停。

南宫宸眉毛也不动一下，毫不手软，一次又一次地把杜蘅按入水中，呛得她一佛出世，二佛升天。

倒是陈泰，听得眼角直抽，索性一指，点了她的哑穴，骂声戛然而止。

紫苏横眉冷目，一副恨不得把他拆吃入腹的愤怒模样。

杜蘅跪趴在草地上，弯着腰，咳得好像肺都要吐出来。

神色却逐渐恢复清明，坐在地上，大口大口喘息。

南宫宸递过一块手帕："喏，擦擦脸。"

杜蘅没有接，抬手默默擦去脸上水渍，起身："紫苏，我们走。"

南宫宸蹙眉："你只要一脚踏出落梅居，立刻就会谣言四起！"

她全身都是水渍，钗横鬓乱，要多狼狈就有多狼狈！那些宾客闲得无聊，正愁没有谈资，这下可以浮想联翩，想入非非了！
　　杜蘅眉眼不动："那是我的事，不劳王爷费心。"
　　她情愿被流言被唾沫星子淹死，也不要跟他待在一起！
　　南宫宸憋得胸痛："女人，偶尔示个弱会死吗？"
　　就这么急着跟他划清界限？他，真的这么可怕，如同瘟疫般避之唯恐不及！
　　杜蘅倔犟地保持沉默。
　　示弱不会死，但要看对象，如果是他，宁肯死！
　　南宫宸闭眼，狠吸一口气："陈泰，去请平昌侯府的小侯爷。顺便，找冷侧妃借一套衣裙。"
　　也不知上辈子到底欠了她什么，竟无法扔下她一走了之？
　　"不用。"这是她的事，没必要把夏风扯进来。
　　"哼！"南宫宸会错意，"看来，是想要用这副可怜兮兮的模样博些怜惜！我劝你最好三思，万一弄巧成拙，可就得不偿失！绝大多数男人，看到自己的女人这副模样与另一个男子独处，最先起的都不是怜惜，而是怀疑！这是男人的劣根性！"
　　杜蘅冷笑一声："我清楚得很！"
　　前世的他，不就是从不肯听她的解释，听信谗言，单方面认定她对婚姻不忠，甚至连自己的骨肉都不认，一心认定他是孽种，非欲除之而后快吗？
　　活生生的例子摆在眼前，她岂会不知！
　　"你觉得夏风会是例外？"南宫宸眼里浮起疑惑，莫名吃起味来。
　　"我从不相信运气。"杜蘅冷然而笑。
　　即便世上真有这样的男人，又凭什么让她遇见？
　　更何况夏风是什么样的人，与她无关。
　　血的教训告诉她，唯有自己才是最可靠的，切不可把任何希望寄托在男人身上！
　　南宫宸怔忡了好一会，才体会出她的言外之意，一时竟无词以对。
　　他发现，以往二十年积累的对女人所有的经验，用在她身上全都不管用。
　　她就像一团迷雾，蒙着神秘的轻纱，诱惑着人一步步走近，想要一探真相。
　　夏风来得比想象的还要快。
　　让南宫宸吃惊的是，杜蘅居然一个字都没有解释！
　　"可以借间静室一用吗？"带着紫苏反身入门，留下两个男人在门外面面相觑！
　　半晌，夏风轻咳一声，打破沉默："我可以问问，这是怎么回事吗？"
　　"我猜，"南宫宸摸摸下巴，"大概有人想试试二小姐的医术是否如传说中的出神入化吧？"
　　不等他答话，补了一句："事实证明，她也只是个普通人。"

她会醉，会动情，会嗔，会怒……而不只是她刻意表现的无情无绪的木头一根！

夏风听得一头雾水："说什么呢？"

房里，杜蘅捋起衣袖，给自己扎针，排清余毒。

紫苏瞧着她白皙的手臂上几十个紫红色的针眼，不禁心疼得眼泪都掉了出来："怪我，应该死都不离开小姐的。"

"别说傻话！"杜蘅淡淡道，"她既存心害我，布局如此精妙，就算你在场，也不可能阻止得了，只会多搭上一条命而已！"

"她凭什么这样对小姐！"紫苏杏眼圆睁。

坏人名节，这是最恶毒，最卑劣的手段！她竟能如此肆无忌惮！

杜蘅不以为意，嘲讽地弯起唇角："凭我救了冷侧妃母子性命，挡了她的前程。就算什么也没有，就凭她是恭亲王妃，也可以为所欲为！"

半个时辰后，拔出最后一根金针："好了，没有大碍了。"

紫苏服侍她换过干净的衣服，重新梳了头发，见面色有些苍白，又匀了些胭脂遮掩。

两人出了门，南宫宸已经离去，只有夏风负着手，立在水榭外，听到声音转过头来。她因为有重孝而不能穿艳色，一直都是素衣素裙，今儿却是特意打扮过了。

柳眉轻描，红唇淡扫，颊上敷了薄薄的胭脂透着一丝红晕，眉心画了梅花。一身玫瑰红的缠枝花卉长衫，配浅粉色的镶月白宽边褙子，二十四幅景湘裙，裙角绣着繁复的花纹，走起路来无风自动，越发地轻盈娇俏。

夏风不禁瞧得目瞪口呆，半晌没有说一个字。

紫苏暗暗好笑，轻咳一声："小侯爷。"

"啊，"夏风回过神，不禁窘得满面飞红，搓了搓手，"头，还晕吗？"

听他的语气，就知南宫宸并未对他说实话，杜蘅也就不动声色："已经好多了。"

"要不要，"夏风迟疑一下，"先送你回去休息？"

杜蘅微笑："主人家特地谋划了这样一场盛宴，错过岂非可惜？况且，我听说恭亲王府园林颇有特色，也想借机参观一下。"

听她似乎话里有话，夏风不动声色："我对王府地形算熟，姑且做个向导，带你游览一番。"

任谁看了她先前狼狈的模样，都会疑窦丛生。

他不问，只是不想在南宫宸面前失了风度，亦是不想让她难堪，不表示漠不关心或就此做罢。

"有劳。"杜蘅也不推辞。

两人并肩出了落梅居，一路走走停停，不时交谈几句，不知不觉竟到了听雪堂附近。

忽听一阵喧闹，前面三岔路口突然走出一群人，为首的女子一身艳红衣裙，正是恭亲王妃卫思琪。

杜蘅步伐微顿，不着痕迹地站到了夏风的身侧，侧身假装欣赏景致。

不料，触目所及的竟是一座假山，想着不久之前曾与南宫宸依偎在一起，亲密无间地挤身在窄小的洞穴内，不觉脸上一阵燥热。

夏风回首，见她粉颈通红，以为是被人撞到女儿家害羞，不觉心旌一摇，眼里浮起一丝笑意："你我光明磊落，看到又如何？"

话虽如此，依旧踏前半步，将她的身形完全掩在自己身后。

杜蘅轻哼一声，懒得反驳。

再转首时，那群人转道往左去了听雪堂的方向。

她心里明白，卫思琪此行，必是带着人去验收成果了。

"那边是听雪堂。"夏风见她望着那边，心下踌躇，"平常是幕僚和客卿的居处，想必是今日客多，临时收拾出来做了客房。"

"既是如此，咱们去别处吧。"杜蘅也不坚持。

夏风松了一口气，转身踏上了右侧小道。

不到盏茶时分，"啊！"地一声尖叫突兀传来，夏风蓦然驻足。

听雪堂里乱成一片，众宾客惊得目瞪口呆，酒意醒了八分。卫思琪捏着拳头，气得浑身发抖，身后问菊，问梅吓得面色发青。

楠木大床上，一对男女赤身露体抱在一起，丑态毕露。

有人认出，赤身男子正是陈国公府的世子卫守礼，他被尖叫声惊醒，顾不得羞赧，跳下床抢过衣服胡乱套上，仓皇夺路而逃。

留下问兰躺在床上，紧闭双眸，泪水长流。

众宾客见势不妙，溜的溜，走的走，瞬间退得干干净净。

"本妃让你把那贱人送来，你却在此公然与人鬼混！"卫思琪眼里喷出火来，恨不能给她两个大耳刮子，"你以为，巴上守礼，就能飞上枝头变凤凰？"

"呸！"一口痰吐到她脸上，"做梦！"

问兰咬紧牙关，羞赧得无地自容，哪里还能替自己辩白？

"来人，"卫思琪大怒，高声喝道，"把这贱婢拖出去，打五十大板！"

"是。"

问菊心中恻然，却不敢替她求情，只默默上前，替她披上一件衣服。

侍从上前，把她拖下去，噼里啪啦的板子声，很快此起彼落，却难消卫思琪心头之恨。

"娘娘，"问梅小心翼翼地道，"她喝了药，又不熟府里地形，外面又有这么多人守着，若是离开了，定然会有人报上来。所以，奴婢猜她，一定还未走远……"

"来人！"卫思琪咬牙切齿，"就算掘地三尺，也要把她找出来！"

13　恶灵附体

　　杜蘅前脚刚出门，柳姨娘后脚就进了瑞草堂。

　　她的目的十分明确：一个月时间已到，要老太太兑现承诺，重新把中馈交回给她掌管。

　　老太太挑不出她的错处，加上杜荏在一旁旁敲侧击地帮着说话，也不想为掌家的事给自个添堵，索性便如了她的意。

　　周姨娘虽有些不愿意，但不敢逆老太太的意思。本想拖到杜蘅回来再做打算，又架不住杜荏一在旁冷言冷语的挤对，只得交出了对牌和钥匙。

　　刚交接完毕，就有外院的小厮进来回话：“外面有个道士，说是这座宅子紫气聚集，走得近了，却发现有黑云笼顶，恐有妖邪入侵，非要进来看看。请姨娘拿个主意，让不让进？”

　　柳姨娘没好气地道："这种江湖术士，摆明了是来诈骗银钱的，轰走便是，理他做甚！"

　　老太太上了年纪，对八字相克，鬼神之说却是尤为忌讳，忙道："自顾氏去后，府里就不太平静，接二连三地出事。哎！我原就想着要请个道士驱驱邪才好。既然他自告奋勇，不妨请进来听听有何化解之道。"

　　"老太太，"柳姨娘面有难色，"这种人，多半是想骗些钱财，并无真实本事，还是不见的好。"

　　周姨娘偏要唱反调："我倒觉得老太太说得对，最近府里的确不太平。先是紫荆受辱屈死，接着带喜被蛇咬死，再后来大少爷又中了毒……现在外边传得可邪乎了，说什么的都有，府里头也是人心惶惶的，是得尽早解决了才好。"

　　"对，"老太太的想法越发坚定，"早就该请人来做场法事。"

　　周姨娘附和道："我听说，前阵子忠勇伯府的老太太突然间腿脚不利索，半边身子都不能动，屎尿都需人服侍，请了个道士做了场法事，几道符水喝下去，嘿！又活蹦乱跳的了。"

　　"真的？"柳姨娘眼睛一亮，"真有这么灵验？"

　　"比真金白银还真！"周姨娘信誓旦旦，"说不定啊，道士一来，化几道符水下去，大少爷又能重见天日了！"

　　"我何尝不想请人消灾解厄，保佑大少爷早日康复？"柳姨娘叹了口气，面上露出为难之色，欲言又止地道，"只是，奴婢想着再怎么着急，也要等夫人七七过后再做，也省得二小姐生了误会……"

她一提杜蘅，周姨娘立刻闭了嘴。

顾氏七七未过，府里作法事驱邪，驱的是什么邪，赶的是什么鬼？

"糊涂！"老太太却恼了，将脸一沉，"死人重要还是活人重要？难道为顾忌死人，就不顾活人的死活？何况，作法事驱的是邪魔外祟，与顾氏并不相干！蘅丫头若是不高兴，让她来跟我说。"

她既发了话，别人也就不敢说什么，柳姨娘于是命人把那道士带到园子来。

只见他年约四十上下，头戴纯阳巾，身穿得罗袍，脚踏十方鞋，手执拂尘，颔下三绺尺长胡须迎风飘飘，颇有些仙风道骨之态。

"贫道纯阳真人，乃玉虚观观主。"他单手合十，向老太太施了一礼。

老太太一听，肃然起敬："原来是纯阳真人。"

玉虚观在临安也算小有名气，香火十分鼎盛。

纯阳道长道："贫道夜观星象，见紫气西移聚于贵府上方。今日登门拜访，却见一团紫气之中夹着黑云，是为七煞之气，此乃大凶之兆，近期必有祸事！"

周姨娘惊嚷："道长果然灵验！我们大少爷前些日子才瞎了眼睛……"

老太太狠狠瞪她一眼，周姨娘讪讪地闭嘴不言。

岂料，纯阳摇了摇头："非也！瞎眼是已发生的祸事，贫道方才所言大凶之兆，是指即将要发生之事。"

老太太听得心惊肉跳："你的意思，府里还有大祸将至？"

"恕贫道直言，"纯阳道长道，"若不及早将这股煞气驱除，恐怕是的。"

"那，道长可有化解之法？"老太太急忙问。

"贫道之所以强行闯宅，目的就是为老夫人消灾解厄。请老夫人许贫道在园中设坛，登坛作法。"

"求之不得，多谢多谢。"老太太千恩万谢。

于是，命人在园里设了道场，搭起道台。

杜谦从太医院下了值回府，进门就见几十个仆役穿梭奔忙，数丈的云梯高高耸立，心下纳闷，问了身边的小厮，方知老太太在请道士设坛作法。

身为医者，对鬼神之说向来是不大信的，听了这话当时便有些不高兴："胡闹！"他当即喝令停止搭建道坛，也不及回房更衣，便奔了瑞草堂去，想要劝阻老太太。

不料还没进门，就听得里面闹了起来："不好了，老太太昏厥过去了！"

杜谦这一惊，非同小可，三步并作两步，抢进门去。

就见老太太歪在炕头，两眼翻白，嘴角直吐白沫。

一堆的丫环婆子围在屋里，哭的哭，嚷的嚷，各个六神无主。

他唬得三魂去了六魄："娘！"

"老爷回来了！"

"老爷，快来瞧瞧老夫人，她……"柳姨娘说着，眼泪便流了下来。

杜谦赶到床边，扣了老太太的脉，声色俱厉地喝问："怎么回事，早上走的时候娘明明还好好的，为何会昏厥过去？"

锦屏吓得手脚直发软："刚才还好好的，两位姨娘陪着用完饭，说有些乏了，想到炕上躺着，哪知还没走到床边，突然间就昏厥过去了！"

"晚饭吃了什么？"杜谦立刻问。

"也没什么特别，都是平常吃的。"锦屏仔细回忆道，"这些日子，老太太一直病着，胃口不好，也不敢胡乱给她吃东西。难得今儿高兴，喝了盅人参鸡汤。"

锦绣手脚快，已经把晚上吃的菜单都写下来，呈给杜谦过目。

杜谦看过，都是些清淡开胃、宁神益气的，确实没有辛辣刺激之物。

"药呢，"杜谦又问，"可曾另服过什么药物？"

"除了老爷给老太太开的镇定安神药，并未服用其他。"

"哎呀！难道……"周姨娘猛然一惊，话吐一半，惊觉不吉利，忙又捂住了嘴。

"你知道什么？"杜谦抬头。

"奴婢，不敢说，"周姨娘神情惶恐。

"快说！"

"纯阳道士说，家里邪灵祟祟，七煞之气聚集，若不及早驱除，将有大凶之事……"周姨娘期艾艾地道。

周姨娘这么一说，决明心下也是一惊，脱口道："哎呀！老爷刚刚叫停搭建道坛，老太太立刻就昏厥过去了，莫非真是邪灵祟祟？"

大家一听，都惊悚万分。

虽不敢明着喧哗，心里都暗自犯起了嘀咕，生恐一个不慎，被七煞之气撞个正着，一命呜呼！

"胡说！"杜谦呵斥，"邪魔之道，不过是世人尤知穿凿附会之言！岂可相信？"

柳姨娘忙道："老爷，这纯阳真人是个得道的高人，与那些招摇撞骗的江湖术士不可同日而语。今日也不是老太太去请，而是他主动寻来，说要降妖除魔。"

说着，她又把白天之事绘声绘色地讲了一遍，着重描述他对府里最近发生的几件大事的准确测算。

末了又道："我听说，当今天子也是信道的！遇有重大国事，都会请钦天监的监正开坛设法，卜算吉凶。"

她用当今天子作比，又拿钦天监监正说事，杜谦一时之间也无话可驳。

世人皆知，现任钦天监监正，就是三清观的上任观主，亦是个有道的高人。

"老爷，"周姨娘见他神情松动，忙劝道，"神魔鬼怪之说，不可全信，可也不能不信。既然遇上了，还是宁可信其有的好。权当是给老太太积福了！"

"那，"杜谦心乱如麻，自己无法从医学上解释，只好姑且听之，"就让他们继续搭台，请纯阳真人开坛作法吧！"

决明得了命令，急匆匆跑去办。

柳姨娘松了口气，于无人处跟杜茬交换了一个得意的眼神。

杜茬嘴角噙着一抹冷笑，眼中射出一抹毫不掩饰的冷冽的杀意。

只要过了今晚，就算夏府有通天的本领，也只能徒呼奈何！

杜蘅回到杜府，已是戌时三刻。

车子进到二门，还未下来，就听得园子里磬拨鼓响，好不热闹。

待下了车子，抬眼一看，半空里燃着一团火焰，看仔细了，才发现围墙里矗着一个几丈高的云梯，上面依稀站着一个人，宽袍大袖，手之舞之，足之蹈之。

第一个念头就是：柳姨娘又在弄什么幺蛾子？

"这是做什么？"紫苏张大了嘴巴。

"驱鬼。"门房不敢看杜蘅的脸色，压低了声音，小声道。

杜蘅眉一挑，怒气不自禁地上冲。

算计她也就罢了，竟连死去的娘也不肯放过！

"胡说！"紫苏俏脸一凝，叱道，"好端端的，驱什么鬼？"

"哎呀，你不知道……"门房巴拉巴拉，从纯阳道长不请自来，一直说到老太太莫名其妙昏厥过去……细细说了一遍。

"好端端的，为何会突然昏厥过去？"杜蘅直觉不对劲。

"所以说啊，是邪灵作祟，撞了太岁嘛！"门房意犹未尽，只恨要守门，不能亲眼目睹高人捉鬼驱邪，只能在外面听声音。

杜蘅不再理她，一边往园子里走，一边吩咐紫苏："你立刻去瑞草堂，把老太太吃的药渣包起来。"

老太太因杜松之事气得有中风之兆，不过在杜谦的精心调理之下，已经日渐恢复。

又没受刺激，怎么可能昏厥过去，且昏厥得那么及时，刚好就在杜谦回府的那一刻！

"好！"紫苏也不多问，立刻就往瑞草堂去。

杜蘅一眼看去，除了老太太，所有人都被集中到了园子里，就连杜松都坐在软榻上，被人抬到了道场。

所有人都仰着头，遥看着纯阳道长站在高高的天梯之上，手执桃木剑，忽而对着剑身喷出一口烈酒，就见一团火"轰"地燃了起来。

"啊!"底下的人便跟着惊叫连连。

"父亲。"杜蘅忍住气,缓缓走到杜谦身边。

"回来了?"杜谦心不在焉,胡乱点了点头,"坐下,有什么话,一会道长做完法事再说。"

杜蘅眸光冰冷,言词犀利:"祖母躺在床上,父亲身为儿子不在床前侍疾,身为大夫,不去追查病因,竟然相信邪魔附体,请道士驱邪?"

一句话,把杜谦逼到墙角。

"放肆!"他恼羞成怒,喝道,"天地神明,连皇上都要敬!你竟敢口出狂言!"

杜蘅冷笑:"父亲也知道,天地神明是要敬的,不是让你们装神弄鬼,来糊弄的!"

杜谦宛如被人戳了一刀,挥手给了她一巴掌:"畜牲!"

"啊!"杜苓吓得躲进了周姨娘的怀中。

周姨娘忙用双手掩着她的耳朵,脸上显出惧色。

杜荇双手一拍,嚷道:"打得好!早就该给她点教训了!仗着封了个破县主,耀武扬威,真当没人治得了她了!"

杜茳垂着眼,拈了一块糕点入口,唇边含着一抹冷厉的浅笑。

杜蘅连眉眼都不动,嘴角往上牵出一抹笑痕,眼里的神情骤然冷了下去:"父亲,你这是不肯听劝,非要一意孤行么?"

杜谦一巴掌扇过去,心里其实立刻便有些后悔,可她受了教训不但没有悔改,反而变本加厉警告起他来,不禁心火上涌:"这里是杜府,我要做什么,还轮不到你来管!"

"无量寿佛。"

"道长。"杜谦转身,发现纯阳真人已从天梯上走了下来,手执拂尘站在了身后,遂勉强扯了个笑容出来,"法事可还顺利?"

"请大人放心,"纯阳真人揖了一礼,嘴里跟杜谦说话,眼睛却一个劲地盯着杜蘅,"贫道方才已经做了法,妖魔鬼怪再不会入侵。"

白前在一旁看了,心生不悦,叱道:"道长好生无礼!"

杜谦心里也是不快,本来驱邪一事他就是半信半疑,此即见他举止轻佻,越发不喜,当着一大群丫头婆子,也不好发作,强忍了脾气:"道长,可是有话要说?"

"无量寿佛。"纯阳真人一笑,收回目光,"贫道方才在法坛之上,见一缕黑气直入园中,这才自天梯上下来一探究竟,不料……"

说到这里,他故意把话打住,面上显出几分迟疑。

园门一直紧闭,四周都有人守着不许人出入,开坛到现在,只有杜蘅一个进入。黑气入园,不是她是谁?

园中一众仆妇,各个惊疑不定,望向杜蘅的目光里,带了几分畏惧。

"道长，有话请直言。"杜谦微怔，看一眼杜蘅，道。

"这位小姐命犯七煞，印堂发黑，已为邪灵附体，若再不设法驱除，不仅本人命不久矣，恐还会累及家人！"纯阳真人一声长叹，"若贫道料得不错，贵府这一个月来，并不太平，时有命案发生。那些冤魂不肯离去，闹得宅中不得安宁。"

此言一出，园中众人轰地一声纷纷往后退，生怕离得近了会被恶鬼所附，丢了小命。

众人交头接耳，议论纷纷。

从碧云庵紫荆无辜受死，一直说到今日老太太莫名昏厥，桩桩件件，一切未解的谜案，似乎都找到了理由！

"道长休要危言耸听！"白前再忍不住，怒叱一声，"那些人是咎由自取，与我家小姐无关！"

纯阳真人被她指着鼻子怒骂，竟也不恼，跷起兰花指，绕着杜蘅转起了圈，嘴里念念有词，突然停步："府上三日之内，是否动了土？"

杜谦一脸莫名："园中花卉，日日都有人整修，宅中菜地，也日日有人打理，动土平常得很。"

"非也，"纯阳连连摇头，"贫道指的，不是这种寻常小事，而是挖地三尺，破坏风水……"

"有有有！"柳亭家的大声道，"最近杨柳院不就在挖柳树吗？连根挖除，可不止三尺，六七八尺都够了！道长真神人也，这都算得出来！"

"杨柳院在哪个方向？"纯阳忙问，"可否让贫道去看看？"

杜谦便命人领了他去走了一圈。

纯阳真人站在池塘边手舞足蹈："贵府园中紫气凝聚，地脉风水极佳，子孙后代封侯拜相，位极人臣，贵不可言！这口池塘，并非人工引水而成，乃天然形成的泉眼，任你如何摆弄，也不会干涸。风水上称为龙泉，贵府命脉全靠此泉聚集。而这些柳树，便是镇泉之宝，竟无端遭人砍伐，好好的地脉生生被破坏殆尽，惜哉，痛哉！呜呼哀哉！"

杜谦吃了一惊：他在这府里住了一年多，一直以为这就是口寻常的池塘，是人工引水灌溉而成，孰料竟是一口天然形成的泉眼，而且还是风水龙泉！

再一想，他在清州一直无所成就，刚一搬到这座宅子里，就进了太医院，紧接着连杜蘅也封了县主，老太太也有了二品的诰命……

可不就是龙泉带来的福气？

杜蘅连声冷笑。

杜谦心中翻来覆去就是"贵府命脉全靠此泉聚集，这些柳树是镇泉之宝，竟无端遭人砍伐……"这几句话。

他一心盼着飞黄腾达，杜松虽已眼瞎，但他还年轻，且陈氏肚子里不久就有新的生

命降生，说不定，杜府的命脉，都系在那个婴儿身上……

可恨的是，杜蘅偏因小事与柳姨娘不睦，变着法子把柳树拔除，破坏了龙脉，坏了杜家的官运！

"若贫道料得不错，这挖树毁泉之事，是出自二小姐的手笔！"纯阳还在装模作样。

周姨娘等人已经惊为天人，顾不得跟柳姨娘有怨，不自禁地点头："道长真神人，确实是二小姐的主意！"

"可惜，"纯阳捻须长叹，"二小姐居于此，有龙泉天神庇佑，原可镇住身上恶灵。如今把柳树拔除，毁了龙泉，只怕小命难保了！"

顿了顿，又道："这也怪不得二小姐，她为恶灵附体，心智迷失，这才会举止失常，违了本性。"

众人一听，越发信得狠了。

二小姐这一个月来，可不是反常得很，就跟完全换了个人似的么？

"道长，可有补救之法？"杜谦狠狠瞪了杜蘅一眼，原本是半信半疑，这时却信了个十成十了！

"大人少安毋躁，待贫道仔细掐算一下。"纯阳真人掐着手指，默念了约盏茶时分，停下来摇了摇头。

"没救了？"杜谦心里一凉。

"也不是完全没救，"纯阳真人道，"只不过……"

"不过怎样？"杜谦一脸急切。

"不好说呀。"纯阳沉吟片刻，故作为难。

柳姨娘很是焦急："老爷就在这里，有什么话尽管说，只要能做到的，一定照做！"

"是是是，但说无妨。"杜谦一迭声地道。

纯阳真人一脸严肃："二小姐身上所附恶灵，以贫道的法术在贵府恐怕无法将之驱除。请大人将二小姐交给贫道带回玉虚观，请出祖师爷，开坛作法，斋戒七七四十九天。"

一听要把杜蘅交给他带到玉虚观去，杜谦犹豫了。

怎么说，杜蘅都是未出阁的小姐，就凭这道士一句话，就要把她带到道观去住，委实不成体统，也无法向平昌侯府交代。

可若不去，心里又有个疙瘩，万一他说的是真的呢？

恶灵附体，作起祟来，连命都保不住，就谈不上其他了！何况，道长还说会祸及家人，那就不光是蘅丫头一个人的事了！

总不能为了她一个，把其他的家人全置于危险中吧？

杜蘅面色骤变，眼中寒意森森，利剑般刺向柳姨娘。

原来，绕了这么大一个圈，目的就是要把她送出府去！

想必根本等不到四十九天，她就会因某个不得已的原因，香消玉殒，永远消失在这个世上了吧？

到时，再把罪名往这狗道士身上一推，她们倒是洗得干干净净！

"大人请放心，"纯阳见他心生动摇，加紧游说，"玉虚观在临安也是小有名气，每日来观中作法事者络绎不绝，断不至为一人，自毁声誉！贫道会为二小姐专门辟出一间静室，绝对没有外人打扰，更不会损其名节。"

"老爷，"柳姨娘跟着煽风点火，"大少爷已经被那恶灵害成这样了，你再犹豫下去，全家都遭了殃，到时后悔可就迟了！"

"姨娘，"杜苓牵着周姨娘的衣角，躲在她身后，大声哭叫，"我害怕，我不要给恶灵抓走……"

"臭道士，你胡说什么？"白前见势不好，急了，"观里都是道士，我们小姐一个未出阁的姑娘，怎么能住到道观里去？你安的什么心！"

杜荇尖声骂道："主子说话，也有你插嘴的份？给我掌嘴！"

她一声令下，立刻来两个仆妇，按住白前就左右开弓，"噼里啪啦"扇起了耳光。

"住手！"杜蘅怒叱一声，冲上去把白前护在身后。

就这一会的工夫，白前已被扇了十几个耳光，鼻青脸肿，嘴角破裂。

尽管如此，她仍张开了双臂，挺着瘦小的身板，像护雏的老母鸡似的拼命挡在杜蘅的身前，沙哑着嗓子嚷："不准你们带走小姐！"

杜蘅胸口涨得难受，想要说话，嗓子却似堵着块石头，怎么也发不出声。

"这是什么话？"杜谦又是好气又是好笑，"我是她爹，难道还能害她不成？"

瞧她那一脸戒备的样子，好像他是把自个闺女拉出去卖了！

柳姨娘阴阳怪气："这丫头成天跟二小姐在一起，莫不是也给恶鬼缠上了，失心疯了不成？"

"哎呀！"周姨娘吓了一跳，连退了几大步，离杜蘅远远的。

怪不得这几天头发掉得厉害，准是那段日子跟二小姐走得太近，沾了秽气！

杜蘅定了定神，道："我想先看看祖母。"

紫苏去了那么久也没见回来，定然出了意外。

她不能再坐以待毙，必须把主动权抓在手里。

眼下最要紧的，就是弄清楚老太太昏厥过去的原因，这样一切谣言都将不攻自破。

"老爷给她扎了针，又服了道长的符水，好不容易才睡着，这会子锦屏锦绣正陪着呢。"柳姨娘拖长了语调，慢悠悠地道，"你这要过去了，万一再撞了煞气，她老人家身子骨弱，可经不起折腾！"

杜谦本有些迟疑，给她这一说，立刻打消了念头："你先跟道长去，等干净了，再去瞧老太太也不迟。"

言下之意，已完全把她当成邪魔了！

杜蘅强忍了怒气，坚持："我想给祖母把把脉。"

杜谦脸一沉："你这是不相信父亲了？是不是给人称赞了几句，就自以为医术比我高明了？"

"父亲宁肯信外人，也不信女儿？"杜蘅悲愤莫名。

"事实俱在，由不得我不信！"杜谦终于失了耐性，淡淡道，"收拾一下，立刻跟道长走。"

"母亲的七七怎么办？"杜蘅直直地瞪着他，咬死了下唇，"总不会，这几天都不能等，连母亲的最后一程，都不许我送？"

她不想示弱，但想到顾氏，一丝尖锐的痛楚泛上心头，忍不住红了眼眶。

这个表情，让杜茳觉得赏心悦目。

"二姐姐，"扔掉手里的瓜子，拍了拍手，扬起的唇角挂着一抹邪恶冰冷的笑，"我劝你还是别找借口了。没有你，一样把母亲的七七办得热热闹闹体体面面，必不会让她孤单清冷。"

"就是，"杜荇简直是心花怒放，"母亲最疼你，若泉下有知，一定不会怪你。"

陈姨娘心有不忍，小声道："要不，让这几个丫头跟着二小姐，好歹有人服侍。"

"你当是到庄子里度假呢？还带着丫头婆子，真是笑死人！"柳姨娘冷哼一声。

陈姨娘被她一句话，噎得满面通红，讪讪地闭了嘴。

"吃得苦中苦，方为人上人。"纯阳真人道，"二小姐此去，生活虽多有不便，好在四十九天眨眼即过，很快就能重归家园。"

"就这么定了。"杜谦一锤定音，"你们几个，赶紧帮蘅丫头收拾几件换洗的衣服。"

白前死死拽着她的衣角，不肯放她走。

白芨暗自着急，压低了嗓子问："怎么不见紫苏姐姐？"

她是这群人的主心骨，关键时候竟然不见踪影，真是急死个人！

白芨也是一筹莫展，她们几个就算拼了自己的命不要，也护不住小姐，怎么办？

杜蘅见大势已去，反而定下心来："不要哭，我是去修行，等功德圆满，自然会回来。"

回来？她倒是天真得很！

杜茳唇边泛起一抹阴冷的笑。

这一去，就是阴曹地府，永远别想再进杜家的门！

"二小姐，请。"纯阳真人扬起拂尘。

杜蘅冷笑一声，头也不回上了马车。

"二小姐，二小姐！"白前哭着不肯离去。

柳姨娘喝道："又没死人，哭哭啼啼成什么样子？再要触霉头，拉下去打二十板子！"

白芨几个敢怒不敢言，拖了白前回杨柳院。

却见几个家丁正胡乱把东西往外面扔，白前把泪一抹，冲过去理论："你们做什么？"

"滚开！"那人用力一推，把白前推出丈多远，幸得白芨手快拉了她一把，不然一准跌个狗吃屎。

白蔹赔了笑："几位大哥，我们只是想弄清楚了缘由，也好有个交代。"

"二小姐都不在了，交代个屁！"丁奇哈哈大笑。

"你说什么？"白前怒了，又想冲过去，被白芨死命抱住了腰。

"过几天就是夫人七七，"白蔹忍住气，赔了笑脸，"二小姐虽暂时不在，保不齐小侯爷会来，万一问起，我们也好有个交代。"

"老爷说了，这园子里有煞气，要封起来！"听到小侯爷的名头，那几个倒也不敢太放肆。

"这也太欺侮人了吧，还讲不讲理啊！"白前气得直掉泪。

"他们也是奉命办事，你跟他们急有什么用？走，咱们去找紫苏姐姐，她比咱们有主意，一定有法子！"白芨拉了她们几个出来，满园子里寻紫苏。

跑遍了所有的地方，问遍了所有人，一无所获。

几个人满心沮丧，垂头丧气地往回走。

园子里黑乎乎的，几个人也不敢打灯笼，好在路熟，摸着黑走，一不小心脚下踩了一个软绵绵的东西，差点跌个嘴啃泥。

白前大怒，飞起一脚踹过去："哪个黑心的种，把棉絮往这里扔……"

"哎……"一声软绵绵的叹息，唬得几个魂飞魄散。

白芨掉头就跑："娘呀，有鬼！"

白前是几个人里胆子最大的，又听着那声音有点熟，壮起胆子，弯下腰一瞧："紫苏姐姐！"

转过头嚷："别跑了，是紫苏姐姐！"

一把抱住她，号啕大哭："小姐给人带走了，你也不管！"

几个人赶紧跑出来，把人从地上拉起来一看，可不是紫苏吗？

"姐姐，你怎么躺在这？"

紫苏迷迷糊糊坐在地上，骂道："我去瞧老太太，回来时也不知道哪个王八羔子，蹲在这里打了我一闷棍！"

白前忙伸手到她后脑一摸，一手的黏腻，凑到鼻端一闻，隐隐有腥气，明显是见了血，又惊又怒："这些人，心肠也太黑了！"

紫苏伸手到怀里一探，见油纸包着的药渣还在，松了口气："快拉我起来，得给小姐回话呢。"

"小姐给那牛鼻子老道带走了，上哪回话去呀！"白芨叹道。

紫苏一惊："小姐怎么会给人带走，带哪去了？"

白芨就一五一十把事情经过说了一遍，末了问："现在，老爷连园子都封了，我们几个连住哪都成了问题。"

"岂有此理！简直是欺人太甚！"紫苏握紧了双拳，愤怒，悲伤，都在她两汪清泉似的眸子里翻腾！

"咱们该怎么办？"白芨忧心忡忡。

紫苏抬眸，缓缓扫了众人一眼："怕了？若是怕，现在退出还来得及。"

白前大声道："我是烂命一条，有什么好怕的？大不了是个死！十八年后，又是一条好汉！"

饶是紫苏心情沉重，也给她逗得"扑"地一声笑出声来："傻丫头，什么十八年后一条好汉，这都哪跟哪！"

"天桥上说书的，不都是这么说的嘛？"白前鼓着颊，很不服气。

白芨翻个白眼："你又不是男的！"

"你怎知道，我下一辈子不能投胎做男人？"

"是是是，"白芨笑弯了腰，"你说得对，下辈子叫你白前哥。"

"别笑了，"紫苏这时已拿定了主意，把几个人叫到一起，头碰着头，低声道，"你们几个都过来，给我听着……"

马车在街上行了大半个时辰，突然停了下来。

杜蘅挑了车窗帘子往外一看，外面黑漆漆的，只见树影幢幢，并不见道观，心中惊疑：莫非柳姨娘连一晚的时间都等不了，直接让人把她杀了，弃尸于此？

纯阳真人道："二小姐，请移步。"

"什么事？"杜蘅努力抑住害怕，保持声音平稳，不露怯意。

"由此处上山，马车已不能通行，请二小姐下车换轿。"纯阳解释。

杜蘅探了头出去，见路边果然停着一乘小轿，却没见着轿夫。

"玉虚道观在城外，这一路并未出城，道长要带我到何处？"杜蘅居高临下，冷声质询。

纯阳赔了笑道："今夜城门已关，需得先在三清观里借宿一晚，明天一早便出城。"

"既如此，请道长送我回府，明早再随道长一起出城便是。"

纯阳略显不耐烦："已然到了山脚下，就请二小姐委屈一夜，来回折腾，只能辛苦耗时。"

"既然去观里清修，已做好吃苦的准备，至于时间，一晚还耗得起。"

没想到她如此难缠，纯阳将脸一沉，喝道："夜已深，二小姐不必多言，请下车上轿。"

杜薇冷声道："你根本不是玉虚观的道长，对不对？"

纯阳失了耐性："二小姐不必妄自猜测，还请移步，否则休怪贫道不客气！"

"我若坚持不下，道长莫非还要用强不成？"杜薇一边答话，暗自将金针扣在手中。

"敬酒不吃，那就只好请你吃罚酒！"车帘一掀，纯阳探身进来。

杜薇手中金针立刻朝他脸上狠狠戳去。

"哎呀！"夜晚视线不明，这一针本打算戳瞎他一只眼睛，却只戳在颊上。

纯阳吃痛，伸手拽着她的手腕，强行拖下马车。

杜薇原想用好话劝哄，如今既已撕破脸，拼力挣扎，嘴里大叫："纯阳，你可知我不仅是圣上御封的舞阳县主，还是平昌侯府……"

"管你是谁，到了我手里玉皇大帝的女儿，都得听我的！"纯阳凶相毕露，全没了之前在杜府的那副仙风道骨模样，抄起搁在车辕上的脚踏，猛地敲在杜薇的脑上。

杜薇话未说完，闷哼一声，软软扑倒在地。

旁边的车夫给这场变故，吓得呆若木鸡。

原以为柳姨娘只是要给二小姐一个教训，看这情形，事情怕远不止如此简单！

如花似玉的二小姐，真要落在这么个恶道士手里，还不知是个什么下场！

"看什么看！"纯阳没好气地喝道，"还不来搭把手？"

车夫哪里敢伸手，跳上马车"驾"地一声，头也不回地走了。

纯阳骂骂咧咧："狗杂碎，还不滚过来帮忙！"

半响，从轿子那边磨磨蹭蹭出来个小道士，面黄肌瘦，不过十四五岁模样。

两个人合力把杜薇弄进轿子，抬着上了山。

小道士年纪小，身材又瘦弱，山路崎岖，两个人走走停停，直到差不多天亮才把人弄进道观，扔进一间破败的小房子里。

纯阳早累得手脚酸软，抹一把脸上的血渍，指着杜薇破口大骂："小娘皮，看着娇娇弱弱，心眼真黑！要不是老子反应快，差点给她戳瞎！"

小道士殷勤地递了个酒葫芦给他："师傅，喝口酒。"

纯阳大乐，拔开塞子狠灌了一口："不错，总算没白疼你一场，知道侍候人了！"

小道士退到一旁，偷偷瞄着躺在地上昏迷不醒的杜薇。

"啧，"纯阳蹲下身子，摸了摸杜薇的脸，涎着口水道，"真是个小美人。"

小道士勾着头:"我去给师父打洗澡水。"

纯阳伸了个懒腰,扔了块碎银给小道士:"洗澡水等会,我先去睡个回笼觉!一会再下山去打些酒,买只烧鸡,切两斤卤牛肉来!"

"是。"小道士弯腰,把碎银拾在手里。

"妈拉个巴子,"纯阳打了个大大的呵欠,歪歪斜斜走了出去,"等我吃饱喝足,再来好好收拾这小娘们!"

走了几步,见小道士仍在房里,遂折回去,砰地一声,把酒葫芦砸到他脸上,砸得他"哎哟"一声囔,仍不解气,赶上去兜头就是一个大耳刮子:"兔崽子,癞蛤蟆还想吃天鹅肉?赶紧给老子滚出来!"

小道士被打得眼冒金星,鼻血直流,也不敢吱声,捂着脸走了出来。

纯阳瞪他一眼:"还看?再看我把你眼珠子挖出来!"

一边骂着,顺脚就是一踹。

小道士被踹得跌在地上,半天才站了起来。

纯阳"咣当"一声,把门阖拢,加上一把大铁锁,钥匙往腰间一挂:"快点滚过来侍候老子!"

小道士悄悄握紧了拳头,瞪着他的背影,两只眼睛红得要滴出血来!

"狗东西,磨磨蹭蹭,是不是又想尝尝铁馒头的滋味?"纯阳凶神恶煞的声音传来。

小道士咬紧牙关,转过身一瘸一拐地离开……

天才蒙蒙亮,白前几个就分头出门办事。

紫苏则一大早就出了城,直奔玉虚观,进门就吵嚷着要见小姐。

知客一脸莫名:"本观昨夜并无女客住宿,姑娘是否记错了?"

"是你们玉虚观的观主亲自去我们府里接的人,怎么可能记错?"紫苏又惊又气,囔道,"识相的,赶紧带我去见小姐。不然,我立刻告到临安城去,说你们诱拐官家小姐!"

知客越发惊讶:"这话从何说起,监院昨日有两场法事,未曾稍离本观半步!"

"你们观主,是不是叫纯阳真人?"紫苏也慌了,忙问。

知客点头:"监院道号纯阳,的确不假。"

"那就错不了!"紫苏一颗心落了地,只当他是得了纯阳吩咐,故意推脱:"你最好赶紧把人交出来,不然让你吃不了兜着走!"

"观中并无此人,姑娘非要见,不是胡搅蛮缠嘛!"知客两手一摊。

紫苏见说不通,一把推开他,撒腿就往观里跑,一边跑一边大声囔:"小姐,小姐!"

知客吃了一惊,拔腿就追:"姑娘不可,万万不可!"

可惜,紫苏经慧智易筋洗髓之后,功夫虽谈不上,反应却异常灵活,加之个头又小,一会儿工夫，已跑了好几间大殿。

好好一座清静庄严的道观，被她闹得乌烟瘴气。

知客气得发抖："姑娘，你再要无礼强闯，休怪贫道不客气了！"

"哼！你不把小姐放出来，我天天上门来闹，到处宣扬你绑了我家小姐！看你这道观还开不开得下去？"

"好个牙尖嘴利，刁钻奸滑的小丫头！"一个苍老的声音突兀响起。

知客忙站定行礼："监院。"

一听纯阳来了，紫苏猛地停步回头，见身后立着一个老道，微微一愣，狐疑地问："你就是纯阳？"

眼前的纯阳真人，宽袍大袖，鹤发童颜，满面红光，跟白前嘴里描述的那个"纯阳"，好像不一样啊？

"正是，"纯阳真人挑着寸长的寿眉，"姑娘一大早跑来观中闹事，所为何来？"

"你，你昨天一整天都在观里，并未外出？"紫苏开始发慌，结结巴巴地。

"观主数十位道友，皆可做证。"

"不，我不信！"紫苏喃喃低语，神情慌乱，"你们都是一伙的，自然不会说实话！我要见小姐，你让小姐出来！我看到她平安就回去，绝不纠缠……"

纯阳淡淡道："姑娘若还不信，可去翰林院编修陈允文陈大人，或工部郎中邢建成邢大人家询问。"

紫苏心中一凉，双腿一软，跌坐在地上："如果不是道长，那会是谁？"

"姑娘，"知客一脸同情，忙把她拉了起来，"看你这样子，一定是被骗了！"

紫苏瘫坐在地上，双目呆滞："小姐，你去哪了？"

"赶紧报官吧！"纯阳真人提醒。

"报官？"紫苏惨然而笑。

怎么报？杜蘅是未出阁的小姐，被人掳去一夜未归，就算找回来，也只有死路一条了！

难道，命中注定，杜蘅只能是身败名裂，悲惨收场？

不，她不相信！老天既然给了她们第二次机会，就不应该逼得她们走投无路！

一定还有办法！

紫苏抹干了眼泪，掉头就往外面冲。

她慌不择路，竟然在道观门外与疾步而来的夏风撞了个满怀，被他撞得倒飞数尺。

"紫苏？"好在夏风及时认出她来，抢在她撞上门柱之前，接住了她，"对不住，一时没认出来，你没事吧？"

紫苏望着他，拼命摇头，泪水纷纷滑落。

夏风很是尴尬："吓坏了吧？对不住，是我不好……"

哪知道，紫苏索性咧开嘴大哭了起来："小侯爷，你怎么才来啊？"

夏风手足无措，一时不知如何是好。

还是常安机灵，忙提醒："紫苏姑娘，你一大早过来，是来看二小姐的吧？"

紫苏抽抽搭搭地道："二小姐不在，不在观里。"

"不在？"夏风一怔，"这一大早，能上哪去？"

紫苏望着常安，闭紧了嘴巴，只掉泪一个字都不肯说。

"常安，你在这等我。"夏风心知有异，将她带到偏僻之处，"说吧，出什么事了？"

"我们都被骗了，昨晚来的根本不是纯阳道长……"紫苏把之前的事说了一遍，想着杜蘅此刻不知在哪里受着煎熬，又痛又悔，泪如雨下。

夏风转身就走："我先行一步，失陪。"

"老爷今日请假侍疾，未曾去太医院。还有，这事八成是柳姨娘搞的鬼，小姐的下落定要着落在她身上！"紫苏知道他必定是去找杜谦，一路小跑着追了过去，"事关小姐清誉，请小侯爷务必严守秘密，把事态控制在最小范围里，绝对不能声张。"

不料她小小年纪，想到竟如此周到，夏风惊讶地望她一眼，翻身上马，绝尘而去。

"少爷，等等我呀！"常安蹲在路边无聊地揪着草，跳起来就跑，却只吃了一嘴的灰……

夏风心急如焚，一路疾驰，到了杜府也不下马，清叱一声，竟然连人带马长驱直入。

守门的家丁连人都没瞧清楚，唬得一路狂追："什么人，站住，站住……"

夏风发疯似的狂冲，转眼便到了二门，勒了马缰绳问："杜大人在何处？"

门房张大了嘴，瞪着从天而降的人，惊得说不出话。

"混账东西，小爷问你话呢！"夏风一鞭抽下去，门房疼得嗷地一声叫，抱住了头满地打滚。

另一个婆子战战兢兢地答："在，在，在瑞草堂……"

话没落音，夏风又连人带马冲了进去。

"小侯爷，你，你不能……"婆子回过神，哪里还有人影？

老太太昏睡了一晚上，直到辰时才悠悠一叹，睁开眼睛。

"老太太醒了！"锦屏最先发觉，喜得嚷出声来。

"娘！"杜谦衣不解带侍候了一晚，正靠在床柱上打盹，惊得猛地坐直了身体。

老太太在鬼门关外转了一圈，重回阳世，尚蒙蒙懂懂。

杜谦伸指搭上脉门，见除了脉息有些弱，其余还算好，悬了一整晚的心总算落了地："娘，你觉得怎样，有没有哪里不舒服？"

老太太一脸茫然："谦儿，你怎么在这？"

"老太太，"锦屏俯下身子，柔声道，"您不记得了？昨晚……"

忽听得外面一阵骚乱，丫头们尖叫声一片，杜谦脸一沉，喝道："有没有规矩了？"

锦绣忙挑了帘子出去，恰好夏风黑着脸大踏步闯了进来，唬得她慌忙退后一步，正要请安，夏风早已闯到了床边。

杜谦一见是他，惊得站起来："贤，贤侄怎么来了？"

"问得好！"夏风单刀直入，"我正要请问伯父，把阿蘅送到哪去了？"

不料他这么快收到消息，且这么早赶来，杜谦不禁心中惴惴，加上他态度轻慢，脸上便有些挂不住："这里是内眷寝居，小侯爷要来，是不是该先通传一声？"

夏风按捺住脾气，躬身施了一礼："阿蘅下落不明，恕我乱了方寸。"

"这是什么话？"老太太吃了一惊。

"小侯爷休得危言耸听！"杜谦气恼万分，铁青了脸道，"母亲刚从昏迷中醒转，万一受激再晕过去，你负得起责吗？"

"抱歉，"夏风瞥一眼老太太，咄咄逼人，"老太太既已醒来，表明已无大碍。可阿蘅若是有个三长两短，你又如何交代？"

"胡说八道！蘅丫头只是到观中暂住，何来性命之忧？"杜谦斥道，"莫说蘅丫头尚未嫁入夏府，就算你们成了亲，她也是老夫的女儿……"

"我刚从玉虚观回来，阿蘅根本就不在那里！昨晚来府上的，也不是纯阳道长！"夏风打断他，一字一顿地道。

杜谦惊得面无人色，张大了嘴说不出一个字。

"这，这是怎么回事？"老太太伸手捶床。

锦屏煞白着脸望着杜谦，等他示下。

杜谦兀自气得直哆嗦："岂有此理，昨晚那道士，是谁请来的？"

"柳姨娘在哪，叫她立刻过来！"夏风反客为主，打发丫头去叫人。

柳姨娘其实已得了信，知道夏风必是上门讨人来了，暗悔昨夜没把几个丫头捆了扔柴房里，没防着她们有这么大的胆子，竟敢上侯府去搬救兵。

但她既走了这步棋，就有了破釜沉舟的准备，没有真凭实据，谁也奈何不了她！

她打定了主意要拖时间，梳妆打扮了半天，这才袅袅婷婷去了瑞草堂。

进门一瞧，周姨娘已经跪在床前，痛哭流涕："冤枉啊，奴婢一不当家，二不做主，是老爷吩咐二小姐跟那纯阳道长去玉虚观的，怎么反过来怪到奴婢头上来了……"

"废话少说！"夏风暮然出声，"我只问你，那道士现在何处？"

"小侯爷问我，我又问谁去？"周姨娘很是委屈。

柳姨娘心生踌躇，正考虑着要不要等一会再进去，杜谦一抬头已看到了她，喝道："不进来，杵在那做甚？"

"老爷，"柳姨娘遂装得毫不知情，"一大清早的，这是唱的哪一出？妹妹做事莽撞也不是一天二天，慢慢教她就是……"

"你闭嘴！"杜谦怒喝一声。

柳姨娘吓了一跳，乖乖闭了嘴。

杜谦捺了性子盘问，无奈柳姨娘打定了主意抵赖到底，一问三不知，一推四六五，横竖一个不承认。

夏风越听越气，忽地温和一笑："杜大人，这么问不是办法。"

"依你，要如何？"杜谦束手无策。

"上刑！"夏风冷冷道。

杜谦唬了一跳："万万不可！"

"小爷没工夫跟她们磨！"夏风耐性全无，蓦地站起来，提着柳姨娘的领子大步往外走，"不说，打到你说为止！小爷倒要看看，是我的鞭子硬，还是你的嘴更硬！"

柳姨娘吓得尖叫："小侯爷，你想屈打成招么？"

夏风毫不手软，一鞭抽过去："不想挨打，就老实说！"

柳姨娘疼得满地打滚，嘴里嚎道："打死人啦，小侯爷打死人啦！"

"啊！"一屋子的丫头婆子吓得簌簌发抖，谁也不信平素温文尔雅的小侯爷，竟然不顾礼教规矩，公然在丈人家里行凶，当众鞭打岳父的妾室！

杜谦追出来，气得直跺脚："反了，反了！小侯爷，不要欺人太甚！老夫还没死，就算要动刑，也该是老夫，轮不到你做主！"

夏风眉眼如笼薄冰，反手又是一鞭："不欺也已经欺了，索性欺到底！等救回阿蘅，再向伯父负荆请罪！"

他是御前二品带刀侍卫，宫里数一数二的高手，刑讯逼供之事，自是驾轻就熟。

此时恨柳姨娘阴毒，用的全是暗劲，一鞭下去看似只浮起一条青痕，连皮都没破，实则底下已经筋骨寸裂。

杜谦说又说不过，打又不打赢，拦又拦不住，气得直翻白眼。

柳姨娘疼得撕心裂肺，旁人还只道她是装模作样，连挨了三四鞭，实在受不了疼，尖声道："车夫，车夫！"

"什么？"夏风停了手。

"我，我委实不知那道士带二小姐去了哪里，但昨夜有车夫送二小姐出门，他应该知道点什么。"柳姨娘连站都站不稳，疼得直哆嗦。

夏风转过头，目光在众人面上冷冷一扫："还不去找人？"

很快，消息传来，车夫已经连夜逃走，不知所终。

14　金陵香扇

"我去调派府卫。"权衡再三,夏风做了决定。

平昌侯世袭罔替,在军中颇有威望,手握十万兵权,现镇守南疆。

太祖曾特旨,许平昌侯府招募府兵,人数以三百为限。

虽只三百人,却个个骁勇善战,非到万不得已,轻易不肯动用。

万没想到,杜蘅在小侯爷心里分量竟如此之重,杜谦张口结舌:"调,调府兵?"

夏风神色森然:"我走之后,任何人未经允许都不得出入瑞草堂,胆敢违抗者,格杀勿论!"

"不行!"紫苏立刻反对,"府兵万万不能调!需另行设法!"

夏风道:"车夫逃走了,临安这么大,又不能报官,不调府兵,等于大海捞针!"

"府兵一动,立刻就会满城风雨!"

"我会命他们保持低调,暗中搜索,绝不至引起骚乱。"夏风轻哼一声。

紫苏毫不客气地道:"你当神机营的探子都是吃素的?"

平昌侯府的三百府兵突然出动,必然引起京师震动,到时天子动问,想瞒也瞒不住了!

骤然间,房里静得呼吸可闻。

紫苏淡淡几句话,犹如在水里抛洒了千万大石,掀起滔天巨浪。

杜谦的心猛地跳了跳,神机营是什么,他竟从未听闻!

"你怎么知道神机营?"夏风眸光一冷。

这是大齐最隐秘的机构,权力凌驾于六部之上,不受大齐律例限制,只依圣旨办事。拥有一流的密探,顶尖的杀手,最快捷的情报……甚至有临事处机,先斩后奏的权利!

这个秘密,毫不夸张地说,全天下知道的没有几个。

紫苏垂眸,避过他锋利的视线:"总之,府兵不能调。"

顿了顿,慢慢地道:"倒不如,去求燕王。"

"为什么?"夏风的心也跟着剧烈地跳了几跳。

紫苏默然,良久,轻轻道:"小侯爷若不方便出面,就由奴婢自己去求。"

夏风扼上紫苏的咽喉,手掌微微用力,青筋隐现:"说,你到底是什么人?"

杜谦面如土色,一身冷汗,努力缩着自己的身体,恨不能地上突然裂个大洞!

紫苏毫无惧色,微笑着看着他:"你猜?"

夏风有些生气，更多的却是狐疑，嘴唇贴到她耳边："我不知道，三堂有这么小的探子？"

紫苏既不否认也不承认，依旧微笑以对："你不知道的事，多了。"

"撒谎！若你在三堂，不会查不出阿蘅的下落。"

紫苏汗透重衣，面上依然气定神闲："我从未说我在三堂，而且，我也没有权力动用堂里的力量。所以才说，要去求燕王。"

夏风缓缓退开，瞥一眼呆若木鸡的杜谦："今日在此房中所谈，若有一字外漏……"说到这里他顿住，虽未再着一语，却更令人惊悚，更教人心惊胆战。

杜谦心脏狂跳起来，无来由地一阵心虚，膝盖一软，跪倒在地："下官什么也没听到。"

"很好。"夏风起身出门。

紫苏知道暂时瞒过去了，悄悄松了口气，跟着他也踏出房门。

夏风眉心一蹙，警惕地问："你去哪？"

"放心，我不是去燕王府。但如果傍晚时仍然没有小姐的消息……"

"没有如果！"夏风打断她，斩钉截铁地道，"我一定会把阿蘅平安带回来！"

"希望，你不要令我失望。"紫苏从瑞草堂出来，就见白前像个钟摆一样，在园子里走来走去。

她快步走过去，问："怎么样？"

白前满头大汗："石少东不在京城，三天前就出门去了，不知什么时候回来。"

"该死的！"紫苏咬牙低咒，"平日里阴魂不散到哪都跟着，偏偏要用他的时候，倒不在了！"

"怎么办？"白前焦急万分。

"还能怎么办？"紫苏一跺脚，"去找啊！"

这么大的临安城，光靠她们几个，上哪找？

可是，找不着也得找！小姐若有什么不测，她们几个也不用活了！

夏风动用所有力量，把临安城翻个底朝天，四处寻人的时候，杜蘅正躺在那间幽暗的小房间里昏睡。

一阵窸窸窣窣、玎玲当啷的响声将她惊醒，睁开眼，很快发现声音是从门外传来。从门的缝隙，隐约可以看到蓝色的衣角晃动。

昨夜的记忆如潮水般涌进脑海，杜蘅一个激灵，一骨碌爬了起来。

房子狭小，一览无余，没有任何可供躲藏之地，甚至连块石头，木板，砖块之类的硬物也没有。往身上一摸，发现金针也被搜走了。

只听"咔嗒"一声响，门上大铁锁已经打开，情急之下取了头上金簪握在掌心，刚刚藏好，就听门哐当一声被人从外面推开。

纯阳油光满面，酒气熏天地闯了进来："小美人，我来陪你来了。"

"滚！"杜蘅冷声叱呵。

"哟，"纯阳自然不会被她几句呵斥就吓得退回去，不但没退，反而伸手去摸她的脸，"想不到，杜太医的女儿，还是个小辣椒！"

他十分猥琐地笑道："女人辣一点才够劲，不然，全像个小绵羊似的，一吓就晕过去，跟死鱼似的，有什么意思？"

杜蘅僵着脸，往后退了一步："双倍！"

"什么？"纯阳一怔。

"我说，不管她用多少钱收买你，我都出双倍的价，买我的自由。"

"嘿嘿。"纯阳干笑，偏头灌了一大口酒。

"五倍！"杜蘅面不改色，继续往上加，"你做这种事，无非是图财，谁的钱多替谁办事，对不对？"

"五万两，可不是小数目，杜谦在太医院做一辈子，也挣不到这么多银子。"

"我杜家是清州首富，你完全不必担心银钱。"

"有了这么多钱，岂不是想上哪上哪，要多少女人有多少女人？"

"只要你放了我，立刻就能拥有这样的生活。"

"嘿嘿，你真当我是傻的？放了你，连命都活不成，哪还有命享受？"

纯阳偏头打量她一遍，啧啧连声："早知道你这么值钱，应该多要点的。"

"谁，到底是谁？"杜蘅不甘心，连声追问。

"干吗，去了阴间化成厉鬼向她索命？"纯阳哈哈大笑着向她扑了过来，"这样，陪老子好好玩玩，把爷伺候得爽了，爷再告诉你。"

"去死！"杜蘅忍无可忍，挥起手中金簪，朝他颈后大椎穴狠狠刺了过去。

"臭娘们！"纯阳猝不及防，被刺了个正着，痛得嗷地一声叫，反手把杜蘅像块破抹布似的摔了出去！

杜蘅一天水米未进，加上失了血，哪里经得起这样的一摔！

纯阳愤怒地咆哮着，像头暴怒的灰熊冲了过来，一把揪起杜蘅的领子，一巴掌猛地扇了下去："臭婊子……"

"砰"地一声，脑袋上突然挨了重重的一击，一缕鲜血顺着额头流下来，脸上如盘了一条蚯蚓，恐怖至极。

他怒吼一声，蓦然转过身来："谁，哪个王八蛋暗算老子？"

小道士手里拿着一块砖头，惊慌失措地站在他身后。

杜蘅抬眸：楚桑，竟然是楚桑！

见纯阳转过身来，楚桑吓得仓皇地倒退了两步，扔下砖头，想要夺路而逃。

"小兔崽子！"纯阳吐出一口血痰，扔下杜蘅，几步就追上了楚桑，猛地掐住了他的脖子，像老鹰捉小鸡似的，把他拎起来，按在墙上，"居然敢造反，活得不耐烦了！想死是吧，老子成全你！！"

楚桑拼命挣扎着，瞪大了眼睛死命地看着杜蘅，拼尽最后的力气，挥动手臂，发出微弱的声音："走，快走……"

杜蘅看着门，离她不过四五步的距离，一个小跑就能冲出去，冲出去就能获得自由……

她一咬牙，捡起了地上的砖头，冲过去，狠狠地，冷静地敲在了纯阳的头上……

纯阳发出一声怒吼，身子晃了晃，掐着楚桑脖子的大掌松开。

楚桑像只破布娃娃，顺着墙壁滑了下来。

"跑，快跑！"杜蘅张开了嘴，却发不出声音，楚桑两眼发直，跪在地上一动不动。

只听"咚"地一声响，纯阳的额头撞上墙壁，身子翻转过来，恶狠狠地瞪着杜蘅。

杜蘅再顾不上楚桑，掉头就要跑。

无奈，脚上像绑了几十斤重的石块，眼瞅着只有几步路，腿竟然迈不出去，身体软得像面条，跌坐到了地上！

"贱人，看老子抓到你，不把你玩死！"纯阳头上滴血，一步一个血脚印，摇摇晃晃向杜蘅走了过来。

"别，别过来。"杜蘅骇极了，死死瞪着他，双手撑着地面，一步一步往后退。

终于，身子被逼到了门边，双手抵到了门槛，退无可退。

纯阳也已支撑到了极限，闷哼一声，往她身上倒了下来。

杜蘅再也无法抑制内心的恐惧，双手掩着脸，放声尖叫："啊！"

一柄折扇在纯阳的眉心轻轻一点。

他庞大的身躯，竟然被这小小一柄折扇定在了半空。

杜蘅仰头，看着他以极其诡异的角度，悬在她的上方，面目狰狞地瞪着她，下巴还在滴滴答答地滴着血……

他的手……

竟然到了自己的腰上？

杜蘅低头，惊骇地瞪着腰间忽然多出的一只手，张着嘴发出短促而尖锐的尖叫："啊！"

"女人，可不可以闭嘴？"石南叹了口气，左手轻轻一送，纯阳便如一截枯木沉闷地倒在地上，腾出手来掩住她的唇，"乌鸦叫得都比你好听！"

杜蘅瞪大了眸子，惊恐万分地瞪着他，也不知哪来的力气，死命地挣扎了起来："滚开,滚,不要碰我!"

"嘘,是我,"他将她按入怀中,紧紧贴着自己的胸膛,温柔地低语,"没事了,没事了,没事了……"

偏头,示意属下把纯阳拖出去。

也不知是他平稳的心跳令人宁静,还是那熟悉的语调让她心安,杜蘅终于不再挣扎,也不再喊叫,安静下来。

石南立刻放开她,退后一步,犹豫了一下,问:"你还好吧,除了头,有没有哪里受伤?"

杜蘅没有答话,目光盯在楚桑身上。

"放心,"石南略有些不情愿,淡淡道,"这小子应该只是惊吓过度,暂时晕过去了。"

她还是不吭声,垂了头默默地整理衣服,借此平复激烈的心绪。

石南全不顾身上穿着浅色的袍子,席地而坐,偏着头笑嘻嘻地看着她:"怎么搞的,我才离京几天,就把自己搞成这副德行?"

杜蘅嘴角极不可见地抽了抽,冷冷瞥他一眼。

他衣服一尘不染,鞋帮却卷起了毛边,鞋底上还沾了些许泥,一副风尘仆仆的样子。

显然是刚一进临安,就被紫苏抓了个正着。

"纯阳呢?"心底,不是没有感动。

"啧!"石南唰地展开折扇,煞有介事地摇着,"可怜我这把新买的金陵香扇,生生被头猪给糟蹋了!"

杜蘅斜眼偷瞄了一眼。

见他手里那把扇子,象牙为骨,绢纱作面,正面工笔描着凤穿牡丹,反面则是龙飞凤舞题着"风流倜傥"四个字,居然还洒了金粉!

她不由"扑"地笑出声来。

"你还笑?"石南大为不满,哇哇乱叫,"没良心的丫头,知道这把扇子值多少钱吗?都没用一次就弄脏了,赔!"

杜蘅敛了笑,拧起眉:"你不会,把他给杀了吧?"

"那种畜牲,就该千刀万剐,留着他做什么?"石南半真半假地道。

"不行!他现在还不能死!"杜蘅噌地站了起来,却又一阵头晕,差点栽倒。

"得得得,"石南忙伸手扶了她一把,"姑奶奶,你坐着!要啥,发句话小人去办。回头让你那凶悍的丫头发现了,还不得扒了我的皮……"

"你见到紫苏了?"

"嗯,"石南瞅她一眼,开始唉声叹气,"我已经派人接她去了。"

"怎么,她出事了?"杜蘅不解地看他。

石南叹一口气，小声嘀咕，偏那音量又刚巧够她听到："她能有什么事？有事的那个是我好吧？我答应她，不让你少根头发。现在，不止头发少了，连头皮都破了……我，我严重怀疑她能否让小人见到明天的太阳？"

杜蘅不再理他神神叨叨，走过去扣上楚桑的脉门。

石南撇了撇嘴："不要告诉我，你砸那一千两银子，就为了今天？"不等她答，径自道，"我不会信，你又不是神仙，哪算得这么准？"

杜蘅不答。

她当然不是神仙，不然不会落到纯阳手里，吃这么大一个闷亏。

然而楚桑的出现，还是让她大吃了一惊。

按照前世的轨迹，他应该进宫，从最卑微的学徒做起，一步一步做到司礼监的大太监，成为御书房的禀笔太监，皇帝身边的大红人。

皇帝的一举一动，都逃不过他的眼睛，所有军机要务除了皇上，他第一个知道。

甚至，在某些敏感问题上，当皇帝举棋不定时，他一句话能左右皇帝的决定。

他，不应该出现在这里，跟着一个江湖术士，招摇撞骗……

难道，是因为她一时的举动，令石南收了手，从而无意间改变了楚桑命运的轨迹？

他这一生，要就此默默无闻地淹没在茫茫人海之中？

这对他，究竟是幸，还是不幸？

杜蘅忍不住，轻轻叹了一口气。

至少，对楚家来说，是幸运的吧？

"有时间同情别人，还是先想想怎么保护自己吧！"石南有些不是滋味。

"放心，不会再有下次。"杜蘅慢慢道。

紫苏风一样卷了进来，一把抱住了杜蘅，尖叫："小姐！"

"你带了人来？"石南面容一肃。

"是小侯爷，不是外人。"紫苏忙解释，"他从早上起，就一直帮着找小姐，我……"

石南打断她，冷冷道："下次，别再自做主张。"

"撤。"他做了个手势，不知从哪里悄没声息地走出四五个黑衣人，连他一起，烟一般消失不见。

紫苏尴尬之极，涨红了脸，不知所措："我，是不是做错事，惹石少爷生气了？"

杜蘅安抚地拍拍她的手："不要紧，他那种人没正形，气不了多久的，过几天就没事了。"

"谁说过几天就没事了？"夏风大踏步走了进来。

紫苏心一紧，不知道他听到了多少。

杜蘅却是若无其事，淡淡道："皮外伤，自然好得快。"

夏风深深看她一眼："是谁救的你？"

杜蘅抬起下巴，朝昏迷未醒的楚桑指了指："多亏了这位小道爷，我才躲过一劫。"遂略过石南不提，把昨晚到方才发生的事情简单说了一遍。

紫苏这时才注意到楚桑，定睛一瞧，脱口嚷道："是他！"

"你认识？"

"不。"

"是。"

杜蘅和紫苏，同时回答，给出的却是两种答案。

夏风眼中闪过狐疑。

"是这样的，"紫苏忙解释，"小姐封县主那天，路过街头，正好碰见他给人追打。小姐好心，帮他还清债务，安葬父母。那日，是我出的面，小姐一直在马车里，是以并不认识他。"

"看来，是你的善心帮你逃过一劫。"夏风点头。

他查过纯阳的伤口，两处在头部，都是钝器伤；还有一处在颈间，是利器刺伤；三处伤口都不深，与她所述经过很吻合，跟他们的身体状态也很相符。

现场，也的确并有其他人留下的痕迹。

然而，若没有第四者出现，纯阳就该与她和楚桑一起留在现场，而不是孤零零地躺在另外一间房里。

杜蘅，明显瞒了他一些事情。

这让他很不舒服，却只放在心中，并未流露丝毫："天色不早了，该回府了。"

"不，"杜蘅不同意，"得先找个地方，把楚桑和假纯阳安置下来。"

不止紫苏，连夏风都有些吃惊："为什么？"

她不把楚桑带回杜府还可以理解，但连假纯阳也不带，这就有些说不过去了。

"带回去也没用。"杜蘅淡淡地道。

"怎会没用，"紫苏嚷道，"证据确凿，他敢不认罪？！"

"我的目的，并不是惩罚纯阳。"杜蘅叹气。

"怎么，有纯阳做证，柳姨娘还敢抵赖不成？"夏风挑眉。

杜蘅笑了笑，没有说话。

连老太太都敢害，还有什么是她不敢做的？

"哼！"夏风冷笑，扬起手中的马鞭，"她想赖，还得问问我手里的鞭子答不答应！"

"小侯爷好威风。"杜蘅弯唇，牵出一抹嘲讽的浅笑，"家父但凡有小侯爷一半魄力，也不至弄出这许多事端。"

若暴力威慑管用，就不会有人造反，也不会有改朝换代这个词了！这个世界，没准

就真的成了太平盛世了!

夏风被她噎得满面通红,无词以对。

紫苏忙把话题岔开:"我有个远房表叔住在西城,可以暂时把楚公子和假纯阳寄放在他家。"

夏风本打算把纯阳带走看管,这时也不敢再多嘴了。

"嗯。"杜蘅颔首。

等安顿好楚桑和假纯阳,绕了半个临安城,回到杜府时,戌时已过。

夏风本想陪她一起入内被婉言谢绝。

转念一想,此刻与杜谦见面,确实有些尴尬,遂作罢。

柳姨娘再可恶也是杜谦的妾,越过他直接施以鞭刑,于礼不合,确有以势压人之嫌。

他并不后悔鞭打了柳姨娘,只有些懊恼伤了翁婿之间的和气!

现在想想,今日他确实太过急躁,本可以处理得更柔和些的。

他其实并不是个浮躁之人,相反,素有儒将之称的他,最擅长的就是谋定后动,惊而不乱。

然而,当他发现杜蘅根本不在玉虚观,发现她被人设计下落不明……

那一刻,他的心,乱了!

生平第一次,领悟到什么是"恐惧"!

害怕做错一个决定,稍迟片刻,就会与她失之交臂,悔恨终生!

所以,他没有耐心去细细谋划,没有心情去找寻答案,甚至没有时间去顾忌杜谦的感受!

他只想如何在最短的时间里,撬开柳姨娘的嘴。

所以,他用了鞭子,简单粗暴,却也直接有效!

他不知道杜蘅身上,究竟有什么吸引了他,但他却清楚地知道,他们之间有些东西不一样了!

她对他,不再只是个"名字",也不再只是父母强塞给他的妻子。如果更诚实一点,他其实很感激父母的先见之明,早早为他安排下了这样一段婚姻!

让他能够在其他男人发现她的好之前,早早就握住了所有权,可以大声而骄傲地向世人宣布:她是他的!

目送着她头也不回地没入重重楼宇,夏风才恋恋不舍地收回目光,翻身上马,绝尘而去。

杜谦派了人守在二门,杜蘅一到,立刻领到了烟霞院。

父女两个见了面,竟是相对无言。

看她衣衫虽有些狼狈,神情却很坦然,情绪也算稳定,应该没什么大事。

偏夏风那家伙小题大做，好像天塌下来一般，搞得人心惶惶！

杜谦心里想着，勉强问了一句："你，还好吧？"

"受了点惊吓，其余没什么。"杜蘅淡淡地道。

杜谦干咳一声，颇有些不自在地道："都，是为父不好。不，不该听信逸言。"

"是妖言。"杜蘅冷冷纠正。

瞬间，杜谦脸上火一样地烧起来，猛地抬头瞪着她。

混账东西，她是受了点惊吓不错，可他这张老脸也给夏风那小子撕下来踩在了地上！

他受的屈辱比她只多不少！

她不但不体谅，竟还这般盛气凌人！

可瞪了她半天，她依旧不避不让，一丝歉意也无，不觉气馁。

长叹一声，垂下头："你，这是在埋怨父亲了？"

"不敢。"杜蘅垂眸。

杜谦气结，好容易缓过来，语气僵硬地问："小侯爷派过来的人，说得也含糊不清，究竟是怎么回事？"

杜蘅遂把事情经过简单述说了一遍，末了道："……见纯阳晕了，我也不敢瞧，掉头就逃，半道正遇着小侯爷。他带了人返回道观去捉人时，纯阳已经逃走了。"

紫苏眼角微微一抽，强忍了没有插话。

杜谦又羞又愧，越发不敢直视她，憋了许久："那楚桑倒是个知恩图报，有情义的孩子。改天请他上家里来，当面答谢一番才是。"

"是。"

"折腾了一天，你也累了，早点回去休息。"顿了顿，补了一句，"好好养伤。"

"我去给祖母请安。"

"不必了，"杜谦忙道，"她受了刺激，才服过药睡下，就别吵醒她了。"

"是。"杜蘅也不坚持。

迟疑了片刻，杜谦又道："此事不宜张扬，对外就说你去了玉虚观，是小侯爷把你接回来的。"

"知道。"

回到杨柳院，白前几个早就烧好了热水，备了花瓣，伺候她好好地泡了个澡。

洗去一身的泥尘，换上干爽舒适的家常衣裳，这才有时间跟紫苏从头细说。

虽已面对着面，听到惊险处，紫苏仍禁不住替她捏了把冷汗，恨得银牙咬碎："这帮黑了心肝的家伙，真应该千刀万剐！心肠怎么可以这么狠？"

杜蘅不语。

她们的狠辣，前世已见识得足够彻底，无论做出什么举动，都不会再惊讶了。

"明明只要把纯阳带到老爷面前，柳姨娘就得认罪，好好的干吗放她一马！"紫苏两眼通红，"想到她对小姐做的这些事，我就恨不得……"

杜蘅冷笑："你以为，区区一个纯阳，能让柳姨娘认罪？"

"为什么不？"紫苏不服气，"谋害县主，是死罪！就算为了小姐的名声，不把她送官查办，也要让她在杜家再无立足之地！"

"你错了！"杜蘅笃定地道，"就像上回垩室中毒事件，柳姨娘一定会设法狡辩，把所有的责任推到别人身上，自己置身事外。此时搬出纯阳，顶多只会再死一个'赵妈'！对扳倒柳姨娘，并无任何意义。"

柳姨娘不会那么蠢，亲自出面跟纯阳打交道。

肯定支使了人办事，弄得不好，反而会被柳姨娘反咬一口。

所以，必须有更多，更确切的证据，到时数管齐下，打她个措手不及！让她辩无可辩！

在此之前，按兵不动方为上策。

紫苏沉默了，半晌，心有不甘地道："难道，就这样放过她？"

"放心，她最多也就多蹦跶几天。"杜蘅淡淡道，"倒是你，那晚到底出了什么事，让你去拿药渣，竟然一去不回了？"

紫苏一脸愧色："怪我，给她们打了一闷棍，晕在了园子里。害得小姐平白吃了这许多苦头！若是……我可真是百死莫赎。"

说着，忍不住落下泪来，"我真没用，亏得师傅还浪费了精力给我易筋洗髓，结果让几个粗使的仆妇给撂倒了！"

"吃一堑长一智，以后多加些小心也就是了。至于功夫，我本就不赞成你学。既然已然学了，就不能急躁，得耐着性子慢慢练，终有学成的那天。"

"可是那得要多长时间？"

"躁心浮气，此乃进德者大忌，亦是修行的大忌。若不能静下心来，终将一事无成。"杜蘅柔和清浅的声音，如涓涓细流，温暖而又舒适。

紫苏不好意思地抹了泪："小姐教训得是，是我浮躁了。以后一定潜心习武，不再贪功冒进。"

"这就对了。"杜蘅轻声道，"我从没想过，能一天之内扳倒南宫宸，这必然是个漫长而艰难的历程。所以，还有时间。"

"对了，"紫苏跳下榻，疾步走到多宝槅前，伸长手从一个美人耸肩花瓶里，掏了一个油纸包出来，"这就是那天，我去老太太房里，找到的药渣。"

杜蘅眼睛一亮："你还留着，我还以为被人搜走了。"

紫苏撇了撇嘴："她们只想着要拦住我，不知道我去瑞草堂是拿药渣，也就没想到要搜我的身。"

"你何不直接说她们蠢?"杜蘅难得俏皮,冲她翻了个白眼。

紫苏哈哈笑:"我不是不想说,是怕侮辱了蠢这个字!"

杜蘅把宣纸裁成一小张一小张,在炕桌上一一铺开。

掌了灯,十分仔细地把药渣一一分拣出来。

杜蘅反复核对数遍,抬眸看她,眼里尽是不可思议:"药没有问题。"

紫苏愣住。

"难道是我猜错?"杜蘅摸着下巴,在房里来回踱步,"毒不是下在药里,而是茶水饭菜之中?"

若真是这样,取证可就难了——时隔两天,什么证据都湮灭了!

"不会,"紫苏回忆,缓缓摇头,"那日柳姨娘,周姨娘,还有杜荇,杜莛都留在瑞草堂陪老太太用餐,饮食里动手脚可不容易。"

一桌人吃饭,却只单单令某一个人中毒,不是做不到,难度系数实在太高。

她严重怀疑柳姨娘有这个本事,把整件事操控得滴水不漏。

据她了解,鹤年堂里还没有能力做这种无色无味的毒药,世上掌握这项绝技的,屈指可数。

先不说炼制不易,价格不菲,全大齐仅有少数几个地方能买到,很难不留下痕迹。

倒不如随便找一样寻常的毒,添到老太太的药里,简单易得又容易操作,还能掩盖毒药的味道。

柳姨娘下毒,最多也只有这个段数。

这也是她得知老太太晕厥,第一时间打发紫苏去取药渣的理由。

"难道,老太太晕厥,真是巧合?"紫苏茫然了。

"不会!"杜蘅摇头,"没有这么多的巧合,事出反常必有妖!柳姨娘一定对老太太做了手脚,只是一时没被我发现而已。"

"会不会是那碗鸡汤有问题?"紫苏蓦地想起一件事,忙问。

"什么鸡汤?"

"就是普通的人参鸡汤,老太太最近不是一直都病着吗?也没什么胃口,厨房里每天给她单做清淡的药膳。不过那天,柳姨娘她们吃的也都跟老太太一样⋯⋯"紫苏说着,有些苦恼,"鸡汤,听说也是每人都喝了一盅。"

"药膳?"杜蘅心中一动,问,"可打听过,那晚都上了些什么菜?"

"老爷也问过,锦绣姐姐当即抄了菜单,为防万一,我找她抄录了一份。"紫苏说着,拉开抽屉,取出一张菜单递给她。

"沙参玉竹炖老鸭,人参鸡汤,白芍蒸乳鸽⋯⋯"盯着那张菜单,有什么快若闪电般一掠而过,杜蘅闭了眼,反复默念数遍,忽地双眸一亮,"有了!"

"好歹毒的心思，好巧妙的构思！"疾步走到炕桌旁，找出一小撮药渣，拿在手里，冷笑，"可找着你了！"

"这是什么？"紫苏好奇地盯着那一小撮深褐到几乎呈黑色的药渣。

"藜芦。"杜蘅简单地道，"这就是老太太晕厥过去的元凶！"

"它有毒？"紫苏再问。

"嗯，有毒。"杜蘅点头，"不过，它用来治疗中风，却是对症之药。加之用量不大，是以，我之前忽略了它。要不是看着菜谱里，参类，芍药竟出现了三四样，我也没想到会是它在作祟！"

紫苏有听没有懂，怔怔望着她。

杜蘅接着解释："藜芦反五参，细辛，芍药，恶大黄。"

说着，她再次蹙紧了秀眉："旁人不知也还罢了，父亲行医二十载，不可能不知道其中厉害！老太太最近一直服用药膳，因此药方中绝不会有藜芦。"

"所以，这藜芦一定是柳姨娘让人另外添加进去的。怕老太太不吃，还特地拉了一桌人做陪，也才有这样一桌与藜芦相反的药膳出炉。"

"等等，"紫苏忙叫停，"你的意思，这加了藜芦的药单独吃，没有问题。药膳也没有问题，但如果同时吃，就会因药性相克而发作？"

"嗯，"杜蘅点头，表情越来越冷凝，"而且，把药和饭分开，还能灵活控制发作的时间。"

老太太用饭的时间虽有定制，但若偶尔推迟或提前个小半个时辰，难道老太太还能为此说些什么不成？何况，还有喝药的时间。

杜谦在太医院，到家的时间虽然不可能像钟一样精确，误差前后也不会超过一个时辰。

想精确地控制老太太的晕厥时机，不就是一两句话的事？

看似非常困难的事情，通过精妙的设计，变得简单易行，又不引人注目。

甚至，当阴谋暴露之后，都不能成为证据！怎么能因为一堆不知道哪天，是谁吃过的药渣就指控柳姨娘谋杀老太太——除非，当场把药渣拿出来！

所以，紫苏被打晕之后，怀里的药渣没被搜走，并不是漏掉了，而是因为那人极度自信，相信这个计划天衣无缝，绝对不会露出破绽。

如果没有楚桑，她几乎已经得逞！

这样精密的计策，绝不可能是柳姨娘想得出来的，当然也不可能是杜荘。

因为这并不是只懂得一点毒药相生相克的知识就能做到。

他必须精通医理，才能针对老太太的生活习惯，在杜谦的药方上做手脚，且表面看来还一切正常——甚至，差一点瞒过了她的眼睛！

紫苏尚没有意识到问题的严重性，一脸迷茫："你找到了证据，为什么看起来一点也不高兴？"

杜蘅苦笑。

自重生以来，她的目的就一直都很明确：复仇！让所有伤害过自己的人，付出代价！

她做的每一件事，都是针对那些人，为将来的反击而布局！

现在却突然发现，柳姨娘的背后，竟然有高人指点！

重生后，随着她的立场的转变，生活的轨迹也在悄然地发生着改变。

先是出现一个前世不曾有交集的石南，后又改了冷侧妃母子的命数，接着是韶华，然后是楚桑，现在又出现一个神秘人……

而这些，仅仅只有一个多月！

她不敢想，继续走下去，这条路会变得多么艰难，还将发掘多少前世不曾发觉的秘密？

但不管多难，既然已经踏上了一条不归路，她就必须走到底！

"小姐？"她沉在自己的思绪里，没发现紫苏变得很不安，小心地碰了碰她，"你怎么啦？"

"哦，"杜蘅回过神，淡淡道，"我只是在想，要怎么利用这件事？"

"直接到老爷跟前揭露她啊！"紫苏理所当然地道。

"不能。"

"为什么？"

"你没办法证明，这些药渣就是老太太当晚服用过的。"杜蘅缓缓道，"我们，错过了最佳的时机。"

"这也不能，那也不能，到底有什么是能做的？！"紫苏肺都气炸了。

"虽不能成直接证据，却可以当个佐证。"杜蘅不疾不徐，"就像砍树一样，一斧头砍不倒，只要不放弃，一斧头一斧头地砍，总会砍倒它。"

"你倒是好耐性。"紫苏赌气扭过头不看她。

杜蘅依然一脸平静："这只是刚开始，我们的对手，将一个比一个强大，一个比一个难斗。这么快气馁，还谈什么以后？"

紫苏默了半晌，不得不承认她说得有道理。

"对了，"杜蘅为活跃气氛，笑着转了话题，"怎么今天父亲看起来，好像有些怕你？都不敢正眼瞧你。"

紫苏立刻窘得满面通红："哪有，瞎说！"

"我眼睛可不瞎！"

"真没有！"

"还不说实话？"

"我猜，"紫苏扭捏许久，终于吞吞吐吐地道，"可能，大概，也许，老爷以为我是神机营的人……"

"……"杜蘅错愕地张大了嘴。

紫苏硬着头皮，把事情经过详述了一遍，小小声道："小侯爷要调府兵，我当时急了，想也没想，脱口说出了神机营……"

杜蘅见她一副小媳妇模样，忍不住取笑："干吗，敢做不敢当了？"

"小侯爷起了疑心，我怕他会妨碍到小姐。"至于自己，都死过一回的人了，怕他个屁！

"起了疑又能怎样？"杜蘅轻哼，"神机营机构庞大，所属上万人，他还能一个个去问？当然，如果他是神机营的统领，那又另当别论。可惜，他不是。"

"这样也好，父亲有了顾忌，咱们做起事来便宜许多。"杜蘅说着，笑了起来，"还是你聪明，我怎么没想到这个法子呢？"

县主只是一个虚衔，说穿了，只是听起来高贵了一些，并不能带给人实际利益。

而一旦掌握了实权，带来的是看得见，摸得着的东西，甚至可以左右他人的升迁乃至生死，立刻便让人生了敬畏之心。

"你还笑！"紫苏嗔道，"小侯爷指责我说谎，揭穿我不是三堂的人时，我都快吓死了！幸亏他好像知道得也不多，没有死咬着不放，要不然，我真不知道要如何收场？"

杜蘅敛了笑，微微沉吟："照你刚才所说，夏风花了一天的时间，甚至差点动用了府兵，结果还没有石南来得快。"

"平昌侯府的人，打仗或许有一套，寻人却……"紫苏摇头，很厚道地不再做任何评论。

"你什么时候见到石南的？"

"约摸是申时。"

"我见到他时，最多不过酉时初刻。"杜蘅挑眉，"也就是说，他前后只花了不到一个时辰？"

"的确很快，或许是运气好也未可知。"

"这可不是什么运气。"她从不相信运气。

"你怀疑他……"紫苏住了嘴，不安地看向她。

"不是怀疑，是肯定。"只有这样，很多东西才解释得通。

这一个月来，她抱着试探的心态，交给他很多事情，他不仅没有一件办砸过——甚至，有些超乎想象的完美。

这其中，有些靠钱能做到，有些却是有钱也不可能。

比如：扮和三不难，要扮得以假乱真也不难——毕竟杜蘅从没见过和三，根本无法从外表上分辨真假。但如果他能让一个假和三自由出入和府，这就有点不可思议了！

"石少爷如果真是三堂的密探……"紫苏不由得紧张起来，"咱们该怎么办？"

杜蘅一指戳上她的额头："还能怎么办，当然要好好加以利用啦！"

紫苏傻眼了："利用？"

"不多加利用，"杜蘅斜她一眼，"难道要弄个祖宗牌位供起来？"

"他可是神机营的密探！敢利用他，活腻了！"

"诛九族都不怕，怕个密探？"

好吧，紫苏承认，是有点反应过度了。

"这么说，这对咱们，倒是个好消息了？"

"好消息不敢说，"杜蘅想了想，道，"起码，不是坏消息吧！"

"……"她怎么觉得，小姐好像生气了？

"我这正好有件事，明早你设法联系到他，交给他去办。"杜蘅说着，低声交代了几句。

"咱们自己也能做，干吗找他？"紫苏疑惑了。

杜蘅淡淡地道："大佛屈尊小庙，以前不知道就算了，既然知道了，就不该埋没了，得给他发挥的机会，方显英雄本色。你说对不对？"

"……"

小姐很生气！石少爷啊石少爷，你自求多福吧！

石南正赶着处理离京几天积累下来的卷宗，忽地打了个响亮的喷嚏，摸摸鼻子："半夜三更，谁这么想我？"

半夜里，杜蘅被一阵吵嚷声吵醒，揉着发涩的眼睛，看看窗外黑漆漆的一片："出什么事了？"

紫苏撩了帘子进来，压低嗓门道："是大小姐和三小姐发疯，甭理，继续睡。"

"她们来干啥？"杜蘅打了个呵欠，"难不成还想把我送回玉虚观不成？"

"除了柳姨娘，还能为什么？"紫苏一撇嘴，幸灾乐祸。

"柳姨娘怎么啦？"

"昨天小侯爷不是抽了她几鞭吗？原以为只是皮外伤，将养两天就好。哪里晓得夜里突然发起高烧来。这不把老爷叫过去一瞧，坏了，肋骨断了三根！"白前捂着嘴偷笑，明显幸灾乐祸。

"父亲去了就成，找我干什么？"杜蘅没睡醒，思维有些迟钝。

"所以说她们发疯，不敢找小侯爷算账，倒来找小姐的晦气，赶还赶不走……"

紫苏的话没说完，杜荇已经闯了进来，听了这话，照脸就是一个巴掌扇过去："你

算个什么东西，敢在背后嚼主子的舌根！"

紫苏侧身，躲过这一巴掌。

杜荇不肯罢休，追上去还想打，杜蘅往前踏了一步，拦在了她跟前："大姐好威风，半夜闯到我房里打人！"

"不过一个奴才，打了又怎样？"杜荇一脸凶横，"惹恼了，发卖了出去算便宜了她！"

杜蘅冷笑："有本事你卖卖看？"

杜荇气得七窍生烟，指着她大骂："别以为有小侯爷给你撑腰就可以猖狂！告诉你，在真正的王公贵族面前，他就是个屁！"

等以后嫁给和三，成了逍遥王府的儿媳，看踩不死他！

"他的确不算什么，"杜蘅一点也不生气，"大姐何苦不睡觉，跟个屁置气？"

"你！"杜荇气结。

"二姐姐，"杜莅慢慢走了进来，阴恻恻地道，"姨娘为了你，被小侯爷几鞭子抽得躺在了床上动弹不得。就算你不去看她，也不该说些风凉话。"

"姨娘瘫了吗？这可真是不幸！"杜蘅故作吃惊。

"你什么意思，巴不得姨娘瘫了是不是？"杜荇气得发抖。

杜蘅一脸无辜："不是三妹说姨娘瘫了吗？"

"我说的是，姨娘躺在床上不能动，没说她瘫了！"

"哦，"杜蘅歉意道，"我没睡醒，听岔了。"

"什么听岔了，分明就是故意的！"杜荇指着她鼻子大吼。

"好歹，姨娘也抚养了你十五年……"

紫苏立刻反驳："小姐怎么能是姨娘抚养大的？"

杜莅狠狠剜她一眼，继续道："这十五年来，尽心尽力，可没半点对不住你！"

杜蘅笑了。

天天谋算着怎么霸占她的财产，日日算计如何抢她的未婚夫，果然尽心尽力，很对得起她啊！

杜莅一脸悲愤："你的未婚夫，因一点不如意，当着父亲的面鞭打姨娘，天下就没这样荒唐的事！"

"我不在场，"杜蘅木然道，"荒不荒唐，父亲最有发言权。"

杜谦尚且不吭声，她们生的哪门子闲气？

"……"杜荇指着她，手指都在哆嗦，却说不出一个字反驳。

"他是你的未婚夫，你怎么能说得好像一点都不关你的事？"杜莅目光森冷，眼中的恨意真实无比。

杜蘅叹了口气："莫说我当时不在，就是在场，又有什么法子？父亲都没有阻止，说明柳姨娘的确做了该打的事！"

　　"你说什么？"杜荇终于忍不住，冲过去揪她的头发，"我打死你这个忘恩负义的东西！"

　　"凭什么打人！"紫苏第一个冲上去。

　　小蓟立刻上来推她："想比人多是不？谁怕谁！"

　　白芨，白蔹都冲过来帮忙。

　　萱草、茜草、大蓟、藿香、木香一拥而上。

　　紫苏这边人数上明显不够，加上年纪又都只在十二三岁，力量不足。胜在都是穷人家的孩子，做惯了粗活，个子小行动更灵活。

　　反观杜荇那边的，人数比这边多了一倍，但都是养尊处优惯了的，平日只需动动嘴，就把人支使得团团转，哪里跟人打过架？

　　两方人马是仇人相见，分外眼红。

　　一屋子十几个丫头抱在一堆，你揪我的头发，我扯你的衣裳，也不知谁踢了谁，谁踹了踹，一时间尖叫声，怒骂声，哭泣声……闹哄哄跟开了锅的水似的！

15　以退为进

　　"哎哟喂！几位小姐这是做什么？这要是传了出去，哪还有人敢要哇！"周姨娘得到消息，急匆匆赶来劝架，见了这个场景，只有跳脚的份！

　　杜荏尖着嗓子道："二姐姐跟小侯爷浓情蜜意得很！这还没嫁呢，已仗着夫家之势，目中无人了！她哪愁嫁不出去！周姨娘你操的哪门子闲心！"

　　"下作的小娼妇！"杜荇更是掐了腰，指着杜蘅破口大骂，"平日装得乖巧和顺，摆出一副与世无争的清高样子！其实骨子里跟你那死鬼娘一样，就是个下贱的浪荡货！拖着病歪歪的身子，连床都下不了，还想着跟姨娘争宠！半点当家主母的风范都没有，我呸！"

　　屋子里原本闹哄哄的，听了这话，一个个吓得停了手，不知所措。

　　姐妹们拌嘴是难免的，虽有些上不得台面，到底也算不得什么大事。

　　但是辱骂主母，那可是大不敬的罪，传出去名声肯定毁了！

杜蘅一张脸雪一样的白，两只眼睛星星一样燃着火，目光幽冷沉黑，却又亮得惊人。她一步一步，慢慢向杜荇走去。

杜荇有些害怕，下意识地往后退了两步，立刻发现不妥，挺直了背恶狠狠地骂道："干什么，想吃人啊？"

杜蘅突然一把抱住了她，扭着她的手，将她压在了炕上。

"啊！"杜荇骇得尖叫了起来。

杜蘅贴着她的耳朵，以极细微又无比温和的声音，极快地说道："说到贱，柳枝若认了第二，天下没有人敢认第一！她一个病倒在路边的臭乞丐，顾家收留了她，给她吃给她穿，她不思报答，不好好伺候我娘，却人模狗样，用下三滥的手段爬上了父亲的床，怀了你这个贱种！你说，她不是不折不扣的贱货，是什么？"

杜荇其实心里也明白，这事跟杜蘅有点挨不着——莫说她还没成亲，就算成了亲，也没那个本事管到夏风头上。

但她一则向来嚣张惯了，二来柳姨娘这回吃的亏有些大，就这么揭过去，实在做不到。原不过是想过来把她臭骂一顿，再把她的屋子砸个稀巴烂，消些心头之恨。

杜蘅若是乖乖地低着头，任她辱骂一番也就罢了，偏她竟然还嘴！若只针对她也还罢了，偏还辱骂柳姨娘！

旁人只看到杜蘅的嘴唇上下翕动，却听不到她说些什么。

只看到杜荇的脸色越来越红，越来越难看，拼了命在尖叫："闭嘴，你闭嘴！"

丫头们自个打得热火朝天谁也不服输，可轮到主子打架，谁也没那个胆子上去掺一脚，只能束手无策地围在一旁团团转。

杜莛一直远远站着坐山观虎斗，这时想冲过去帮忙，给紫苏有意无意地堵在人墙外，一时半刻竟是冲不过来。

杜蘅笑靥如花，语气温柔："贱货就是贱货，再怎么玩花招，终是脱不了那股子臭气！注定了一辈子只能被我娘踩在脚下，像只狗一样摇尾巴！"

"我撕了你这张胡说八道的臭嘴！"杜荇狂吼一声，猛地挣脱了她的钳制，伸出尖利的指甲朝她的脸上死命地抓。

杜蘅自然不能让她得逞，侧身闪避。

那边杜莛闷声不响地冲过来，抱住了她的腰，嘴里假意哭叫着："二姐姐，别打了，再打下去要出人命了。"

杜蘅一下没挣开，脸上已给杜荇划了两道血痕，幸得避得快，不然这张脸就毁了！

杜荇犹不解恨，翻身爬起，一眼扫到炕头的小几上摆着一瓶石竹，想也不想，抄起花瓶就往杜蘅的头上猛砸下去。

周姨娘唬得魂飞魄散，急忙冲上去，抱住了她的腰："大小姐，使不得！万万使不得呀!"

二小姐只是到玉虚观去住了一晚,小侯爷就闯进门把家里闹了个天翻地覆,打断柳姨娘三根肋骨,害她几个月下不了床。

这要是眼睁睁看着她被砸破了头,自个的小命还不得玩完啊?

"放开,放开我!"

周姨娘哪里肯放?死死箍着她不撒手:"大小姐,你听我一句劝……"

杜荇挣了几下挣不脱,恶向胆边生,举起手中花瓶往她头上砸下去:"滚开啦!"

只听"咣当""哗啦"几声响,紧接着一室寂然。

十几个人,二十几只眼睛通通看向周姨娘。

一道血痕缓缓沿着额头蚯蚓似的往下爬,周姨娘抬眼看到一片血红,"哎哟"一声,身子往地上一溜,晕死过去……

杜谦收到周姨娘打发过去的小丫头送的信,心急火燎地赶过来,还没进门,就听到里面闹哄哄地嚷成一片。

"怎么办,出血了!"带着哭腔的,是伺候周姨娘的连翘。

"糟了,不知道是不是没气了?"大蓟不知所措。

"阿弥陀佛,老爷可来了!"外面不知哪个婆子嚷了一声。

"不好了,大小姐打死人了!"白前眼珠一转,立刻拔高了嗓子尖叫。

她一边叫,一边使眼色,白芨几个会意立刻跟着乱嚷了起来。

"打死人了!"

"大小姐打死人了!"

杜荇暴跳如雷,抬脚就踹:"下流东西!胡咧咧什么?信不信我一脚踹死你……"

"住嘴!"杜谦大喝一声,走了进来。

一眼扫过去,屋子里桌翻凳倒,瓶碎碟烂,满地狼藉。

杜蘅的脸上两道血痕,杜荇的发髻歪到一边,杜茌看着倒还正常,只裙角被花瓶里的水溅到,湿了一大片。

再看丫头们,更是奇惨无比。

歪嘴的,乌眼的,鼻青的,脸肿的,衣裳破了,裙子扯了,发鬟散了,手臂上,脖子上一道道的指痕,血糊糊的一片……

幸得这是杨柳居,屋子宽敞,要换成竹院,别说打架,这许多人光站都站不下了!

"看看你们,成何体统!"杜谦拍着桌子吼,"一个个都成了乌眼鸡,做什么,想翻天了!"

丫头们垂着头,缩着肩,大气也不敢喘一声。

"杵在这里做什么,还不赶紧给你们主子瞧伤去!"

他一声吼，白前几人立刻行动起来，扶的扶肩，搀的搀腰，拿的拿膏药……

"慢点，小姐，仔细地上的碎瓷，别割伤了脚。"紫苏万分紧张，杜蘅款款挪步。

杜荇看得七窍生烟："小侯爷又不在，你搁这装给谁看呢？"

不过是脸上擦破点皮，整得跟骨折筋断，随时要断气似的！

地上躺着的周姨娘，头破血流的，反倒没人管！

杜谦大怒："你闭嘴！还嫌闯的祸不够大？来人，把大小姐给我捆了！决明，请家法！"

决明嘴里应着，脚下却没挪步。

一听要请家法，杜荇慌了神："爹！"拼命给杜莛使眼色。

杜莛细声细气地道："爹，你不能只听一面之词，就判定错的是大姐！既是两姐妹打架，那就是双方都有错，你不能罚一个不罚一个，这不公平！"

"闭嘴！"杜谦骂道，"真当我是瞎的不成？蘅丫头好好地在屋里睡觉，是你们两个领着人打上门来，还敢攀污她？"

杜莛被他堵得回不出话，小脸涨得通红。

"是！"杜荇不服气，指着杜蘅尖叫，"我们是找上门来的不错，但先动手的却是她！"

"是你先辱骂夫人，不敬主母，二小姐一时气不过，这才动的手。"紫苏伶牙俐齿，立刻反驳。

"你算个什么东西！"杜莛恨得牙痒痒，指着她骂道，"主子说话，也敢爬出来插嘴！哪学的规矩，还不给我滚出去！"

紫苏一脸惊讶："咦？原来咱们杜府还是有规矩的？我还以为，你们早就将一切都不放在眼里，为所欲为了呢！"

杜荇怒气冲上来，指着她骂："再敢顶嘴，信不信我拿针缝了你这张嘴！"

"若不是大小姐欺人太甚，我们小姐又是个打落牙齿和血吞的性子，哪轮得到我一个做丫头的出来说话？"紫苏不但不怕，反而胆气更壮了，昂着头，"我再没规矩，可还记得自个的身份！大小姐的没规矩，却是连人伦尊卑都不顾了！居然骂夫人是个浪荡货，不该病在床上，还想着跟姨娘争宠……"

"你放屁！"杜荇慌了，上去捂她的嘴。

"怎么，想堵我的嘴啊？"紫苏一把推开她，冷笑，"这可怎么好？我们一屋子，十几个人都听得清清楚楚！你堵得完吗？"

"对，我们都听到了！"

"大小姐辱骂夫人！"

几个丫头齐声应和。

杜荇口不择言："她骂得更毒辣，说我是姨娘肚子里爬出来的贱种！"

杜蘅则一脸受惊的样子，瞪大了眼睛："大姐，你可不能血口喷人！我啥时候说了这种话？"

"怎么没有？"杜荇气得不行，"你明明跟我说，我娘像狗一样对夫人摇尾巴……"

紫苏几个低了头，拼命咬牙忍着，就怕一个憋不住，笑出声来。

小姐这话，好毒啊！可是，好过瘾啊！

杜荇气得差点晕过去。

她真不明白，这种蠢货，干吗不去投猪胎！

杜谦的脸黑得不能再黑，伸手把炕桌掀了："都给我闭嘴！"

"爹，你不会真信了她吧？"杜荇一脸慌乱。

"决明，请家法！"杜谦咬牙切齿，见多宝隔上搁着一根鸡毛掸子，一把抄在手里，劈头盖脑地抽了下去，"我让你再胡说八道，让你不长脑子……"

"爹啊，我不敢了，我再也不敢了！"杜荇尖叫着左遮右挡，终是挨了十几下，疼得嗷嗷直哭。

杜谦打得累了，将鸡毛掸子往地上一扔，看也不看她一眼，吩咐："把周姨娘抬到炕上。"

几个丫头合力把周姨娘抬到炕上。

杜谦给她把了脉，脸色略略缓和："幸好没伤到骨头，没大碍。把她抬回怜星院去，回头领一盒外伤膏给她擦，这几日别沾水就是。"

连翘忙答应了。

萱草，茜草几个柳姨娘房里的丫头，乘了混乱，踮着脚尖往门外溜去。

杜谦明明看到，也只装没瞧见。

紫苏气不过，嚷了一声："萱草姐姐！老爷还没发话呢，想上哪去？"

萱草，茜草那个气啊，却也不敢装没听到，手足无措地立在门边，进也不是退也不是。

"混账东西，杵在这里想碍谁的眼？滚！"杜谦狠瞪她一眼，喝道。

萱草，茜草如蒙大赦，连滚带爬地跑了。

"蘅丫头，"杜谦叹了口气，"荇儿脾气是有些急，你多担待些。好在脸上的伤不重，回头我给你拣些好药，配服药膏抹一抹，应该不会留疤。"

"不用了，"杜蘅淡淡道，"我自己配了薄荷膏，凑合着用也就是了。"

碰了个软钉子，杜谦略显尴尬："也成，嗯，不早了，你早点休息。我先回去了，明天一早还得去太医院。"

转过身瞪一眼杜荇，喝道："孽障！还不快滚！"

杜谦一走，丫头们也退得干干净净。

紫苏领着白前几个小丫头，埋头打扫"战场"。

杜蘅默默地环顾着一室凌乱，忽然见墙角倒着一只木匣子，紫檀木四角包金，匣子摔破了，一角蓝色半隐半露。

她怔了怔，走过去捡起来一看，原来是两本蓝色封皮的线装书——怪不得觉着匣子眼熟，原是石南交给她的，顾泞之亲笔批阅过的绝版医书。

里面的银票，因数额巨大，紫苏早拿出来藏在别处，匣子就搁在多宝隔上，也不知被谁拿来做武器，变成这副模样。

书不知被人踩了几脚，显得有些脏，有些皱。

杜蘅伸手，轻轻把封皮抚平。

这段日子来，她忙着在府里站住脚，每天绷得紧紧的，哪有时间坐下来研究医书？

叹了口气，顺手把书轻轻塞到枕头底下。

眼下是没有时间和心情，以后得了闲，终归是要好好学的——毕竟是顾老爷子一生的心血凝结，总不能任它失传。

杜荇吃了亏，哭哭啼啼跑到竹院去，被柳姨娘训了一番："说过多少回了，要管住你的嘴巴，咋就不长记性呢？"

"娘！"杜荇哭着撒娇，"你不知道那贱人有多可恶！"说着，把杜蘅骂的话，一五一十地说给柳姨娘听，末了道，"我实在是气不过……"

"你有什么好气的？"杜荏冷声讥刺，"人家会玩阴的，骂人也不让人捉着把柄！你倒好，自个洗干净了脖子送过去给她砍！不打你打谁，你就是个找打的！"

"我跟你们不一样，玩不来口是心非那一套！"

"那你就少开口！"柳姨娘怒斥，"你这种性子，将来嫁进和家，不知要吃多少亏！和家有四个儿子，七八个闺女，这妯娌姑嫂搅在一起，就是一锅粥！更不要说，还有多少姨娘通房！难道一受了气，就去大骂一通，打一架？糊涂！"

杜荇被骂得急了，憋得一脸通红，憋出一句："我嫁过去就分家单过，谁耐烦伺候那一大家子人？"

柳姨娘气得一佛出世，二佛升天："我，怎么就生出你这么个蠢物？"

"和家是什么人家，能允许你分家单过？

"再说了，就算你真分了家，没了和府的支撑，和三就只是个吟诗弄月的酸儒！没有进账，坐吃山空，三五七年后，分家的银子花光了，谁养你？

"不想法子笼着公婆的心，从公中多捞些好处，最先想到的居然是分家！"

真真气死她了！

她本就受了伤，这一动了气，越发胸痛难忍，脸上显出青色。

杜荏忙坐过去，轻轻揉着她的胸口，柔声道："娘，你也别生气。大姐这，有我看着呢，我会慢慢跟她分析利害。你安心休息，养好了身子才是正经。"

柳姨娘眼中闪过怨毒之色："我这身子，没个二三个月，怕是养不好了！"

"着什么急？"杜茬带着令人心悸的浅笑，淡淡道，"有的是时间慢慢收拾她！"

柳姨娘点头："我已经给你二叔写了信，算算日子，这几天就该到了。"

"叫二叔来做什么？"杜荇不高兴，"一家子人都假惺惺的，哪回见面不是哭穷要钱，瞧了就生气！"

柳姨娘看她一眼，杜荇立刻闭了嘴。

柳姨娘叹了口气，接着道："我也是没法子，躺在床上不能动，你大姐是个不成器的，你又太小服不得众，总不能眼睁睁地瞅着家里的大权给那贱人揽走！"

杜荇满脸疑惑，不明白这跟让杜二爷进京，有什么关联？

"所以，"杜茬轻声道，"你才把二婶推出来，让她当箭靶子，跟二姐斗？"

柳姨娘冷哼："这偌大的财产，谁看了不眼红？眼瞅着咱们大房没个当家理事的女人，我就不信，许氏会不动心！"

"这就叫以退为进，看似不争，实则是让别人争，再从中得利。"杜茬斜了杜荇一眼，解释。

杜荇仔细一想，的确是这个理，不禁暗自佩服，姜是老的辣！

"听听，这才是明白人！"柳姨娘拉着她的手，语重心长，"你呀，是得跟三儿多学着点！"

杜荇轻哼了一声，虽仍有些不服气，到底没有再反驳。

吵了这一回之后，倒是过了两天安生日子。

转眼到了七月初四，夏风衙门里办完事，顺道便去西城把假纯阳接了过来，送到杜府。

明着说是送人，实则是放心不下杜蘅的伤，想找个借口过来亲眼瞧瞧。

杜谦见了他，仍有几分不自在，勉强说了两句场面话，就缄口不语。

夏风提出要见老太太当面请安，也被他婉言谢绝了。

他不给好脸色，夏风也不好意思再提要见杜蘅，只得怏怏而返。

"老爷，"决明小声问，"这个假纯阳，要怎么办？"

明天就是顾氏的七七之日，偏偏柳姨娘又躺下了不能理事；周姨娘虽忍着不适在张罗，一是没经过事，二是不敢做主，总跑来问他。

杜谦一个头两个大，哪有心思来挖这桩陈年公案？

遂手一挥："先关到柴房，等明天事了了，再审他也不迟。"

心里，着实有些怨夏风多管闲事：家里出了这么件丑事，本来假纯阳跑了，杜蘅平安回家就该到此为止！偏他还嫌不够乱，巴巴地跑去把假纯阳捉了来。真是哪壶不开提哪壶，成心找事！

夏风前脚离开杜家，杜茌这边立刻便得了消息：假纯阳捉到了，如今就关在府里！她马上跑过去告诉柳姨娘。

柳姨娘失声惊嚷："什么，纯阳被捉了？"

随即掩饰地骂道："没用的东西，连个女人都对付不了！"

"娘，你仔细想想，有没有什么把柄落在那个道士手里？要是有，得及早消除，万一落到二姐姐手里就完了！"杜茌察言观色，心中起了疑。

柳姨娘立刻摇头："没有，我能有什么把柄给他拿着？"

杜茌听了越发有气，冷冷道："若是连我也瞒，将来出了事，可怨不得我！"

"你可别多心，"柳姨娘如今躺在床上，万事都靠杜茌打点，不敢得罪了她，忙道，"你是娘生的，我有什么事还能瞒着你？"

杜茌不语，冷眼斜睨着她。

柳姨娘心里发虚，讪讪道："也不是什么大事。只是当初说好了一万两，预付五千，事成之后再给另一半。可现在事也没办成，他又跑得不见踪影。这余下的银子……"

"给他。"杜茌打断她。

柳姨娘强笑道："五千两可不是小数目……"

杜茌硬邦邦地道："别吝啬银子，不能为了几个钱，坏了大事。"

"我也不是傻子，这种事怎么能亲自出面？放心，就算他想攀污，也绝扯不到娘身上。"

不是她舍不得这点银子，实在是之前也没料到会有今天这种局面。

想着反正掌着中馈，公中的银子跟自个的并没有区别。现银留多了，反而易遭人诟病，因此手头的现银并不多。

冷不丁这么一禁足，钥匙到了周姨娘手里。

再加上柳亭染了赌瘾，三不五时上她这里要钱，半个月工夫，连偷带抢强行拿走了几万两。

事情挤在了一堆，银子便有些紧张了。

"还想着跟上回一样，找个人顶罪？"杜茌冷笑连连，"赵妈已经死了，这回想要推给谁？玄参，丹参？"

柳姨娘恼了："这是什么话？"

杜茌叹了口气："一回二回，父亲还能信你，次数多了，岂不寒了父亲的心？以后，谁还敢替你办事？不是女儿说你，这真是杀鸡取卵的下下之策！听我一句劝，银子能解决的，都不算是事！就当是花钱买个平安好了。"

柳姨娘面上阵青阵红，半晌讷讷道："可我，手里没这么多。"

杜茌惊讶了："娘怎会落到这步田地！"

柳姨娘被她训得无词以对。

"算了，眼下最要紧的是堵住纯阳的嘴。"杜荏叹了口气，"这样，我去找大姐，凑足这笔银子。你找人瞅空溜进去，务必要堵死纯阳的嘴。"

顿了顿，眸光倏地变得阴冷毒辣："最好，能让他反咬一口，就说已占了二姐的身子！弄不死她，搞臭了也是好的！这一万两银子也就不算白花！"

"这，怎么可能？"柳姨娘有些发蒙。

奸淫是死罪，他又不傻，为了五千两搭上命！

"只要骗得他相信，只有攀污了二姐才能活命，不信他不从！"

夜幕很快降临，淡漠的月光，沉沉的暗夜，几点微绿的萤火，在草丛间飞来闪去，拖曳出一条又一条绿莹莹的尾巴。

蚊子们难得遇上免费的大餐，嗡嗡嗡，嗡嗡嗡，叫得格外欢畅，放肆得让人想撞墙。

白前按捺不住，正打算挪到许遥跟前，商量一下，忽见一盏灯笼浮在半空，鬼火似的飘飘荡荡，晃晃悠悠地向这边飘过来。

她不觉毛骨悚然，吓得差点没昏过去。

一会儿工夫，那鬼火飘到了柴房外，仔细一看，才知道原来是一个人挑着一盏灯，只因穿着深色的衣服，跟夜色融为了一体，远远看去好像只灯笼在飘。

那人在柴房附近停了脚步，左右张望了好一阵，确定没有人，这才鬼鬼祟祟地靠近，掏出钥匙，把门上的铁锁打开。

"谁？"纯阳睡得迷迷糊糊，听到门锁叮叮当当地响，立刻惊醒过来。

"别嚷。"玄参壮起胆子，提起灯笼往声音的方向照了一下。

听出是个女子，纯阳的胆子立刻大了许多，眯了眼睛仔细一看，是个全身裹在深色披风里的俏丫头，挑着灯笼的手还在微微地颤抖着，弄得灯笼明明暗暗，摇摆不定，显见心里十分害怕。

他是个老江湖，一眼就看出了玄参的来意。

若是想杀他灭口，必会派个粗壮的男子，手里挑的也不该是灯，而是雪亮的钢刀。

既然是个俏丽的丫环，那么一定是来堵自己的嘴的，大可讨价还价一番。说不定，凭他的三寸不烂之舌，还能说服她放自己离去，从此远走高飞。

危机即除，色心顿起，笑嘻嘻地道："小娘子，这么热的天，穿得这么厚，也不怕捂出痱子来？快些脱了罢。"

玄参俏脸通红，啐了他一口痰："呸！死到临头还敢胡言乱语！"

"啧，好香！"纯阳竟一点也不恼，伸出舌头去舔，色眯眯地瞅着她，"好娘子，再赏我一口？"

玄参臊得满面通红，心知浑说肯定说不过他，索性不再跟他废话："我问你，想活

命不?"

纯阳嬉皮笑脸:"好死不如赖活着,谁不想活着?活着有酒有肉有姑娘,去了地府能有什么……"

"少啰唆!"玄参立刻打断他,掏出一叠银票扬了扬,"这是五千两,我们主子说了,若你乖乖按她的话去做,这五千两仍然是你的。如若不然,别说这五千两没了,命也得留在这。"

纯阳暗自警惕,嘴里却调笑:"哎呀,事情办砸了,也能拿到银子,天下还有这等好事?果然是我的亲亲好娘子……"

"闭嘴!"玄参气得发晕,上去狠踢了他一脚,转身欲走,"你再敢浑说一个字,我立刻掉头就走,管你去死!"

"哎哎,"纯阳生怕她真的走了,忙嚷了起来,"哥哥跟你开玩笑呢,你要是不喜欢,我不说就是了,别走啊。"

见玄参停在门边却不回头,问:"说吧,要我做什么?"

玄参犹豫半天,终于回过头来:"明天肯定有人要问,到时你就说,没人支使,不过是见杜府高门华屋,临时起意想进来骗几个银子花。"

"是是是!"纯阳一迭声地应道,"我跟杜家往日无冤近日无仇,当然是图财。"

玄参瞪他一眼,他忙闭嘴:"小人闭嘴,小姐请说。"

"进了府之后,见二小姐跟老爷言语间起了冲突,又见二小姐生得美貌,便起了色心……这才,谎说二小姐命中带煞,恶灵附体。将她骗出去后就把她,把她……"

玄参毕竟是个黄花大闺女,要她亲口说出奸淫一词,委实做不到。

说到这里便住了嘴,有些不知所措地看着他。

纯阳其实已经猜到下文,暗暗心惊——想不到,内宅妇人之间的争斗,竟然丝毫不逊于男人在战场上的厮杀,竟是刀刀见血,字字诛心!

呸,想得倒美!

原来想用五千两诱惑我认了奸淫的死罪?到时把我一刀咔嚓了,这五千两还是回到你口袋里!我上哪喊冤去?

心里这么想着,嘴里却在调笑:"骗出去后就把她怎样?"

玄参脸红得要滴血,嗫嚅了半天:"把她,把她……"忽地一瞪,怒道,"孤男寡女,独处一晚,除了苟且之事,还能做什么?"

"呵呵,"纯阳笑嘻嘻道,"照你这么说,咱们现在可也是孤男寡女,独处一室。是不是,也应该苟且一番呢?"

"你!"玄参气得吐血。

白前在屋子外边听得已是血冲脑门,再忍不住,猛地一脚踹开了门,几个人冲进去把玄参按倒在地，嚷道："好一对狗男女，可逮着你了！"

玄参猝不及防，等反应过来，已给人按住了手脚，嘴里塞了破抹布，拿了绳子捆了起来。

"没，"纯阳立刻撇清，"我们只是说几句话，什么事也没做！看，我手脚都给捆着，想做坏事也不成啊……"

"老实点！"许遥一拳头挥过去，纯阳的声音戛然而止。

他飞快地转动眼珠，脑子里飞快地转着圈，分析这几个人是什么来意，跟这个丫头什么关系。

只要不是来捉奸，一切都好说！

白前慢条斯理地走进去，一把抢过她手里的银票："证据确凿，咱们见老爷去！"

玄参吓得面色惨白，呜呜直叫。

不能去见老爷，若是告到老爷面前，她一定活不成了！

她还年轻，她不想死！

更不想像赵妈妈一样，代主子受过，死得那么惨烈！那么没有尊严！

她怕疼，她做不到！她不要啊！！

"怎么，你也知道怕死啊？"白前拿银票在她脸上刮来刮去，"合着我们小姐就是该死的那个？"

玄参含着泪，一脸企求地望着她。

"想说不关你的事，是你们主子逼你的，要我帮你求情啊？"白前冷笑。

玄参眼泪直流，可怜兮兮地点头。

"我呸！"白前脸一沉，冷声道，"晚了，带走！"

许遥一拳将她打晕，何忠拿了个麻布袋，麻利地往她头上一套，扛到肩上大步流星地走了。

白前斜着眼盯着纯阳，一边从腰间抽出一方手帕，手指在手帕上轻轻抚弄。

纯阳被她盯得冷汗直流："喂，你听到了，是她逼我的！我可没有答应！我只想图财，劫色这种缺德的事，我可不干！有了银子，还愁没有女人？傻了才拿命去玩女人！"

"闭嘴！"白前厉声呵斥，"想死还是想活？"

"好死不如赖活着，能活着，谁他妈想死啊？"纯阳苦笑。

"少废话！"白前将帕子一甩，拿出一把匕首。

纯阳垂着眼睛，死死盯着匕首："姑娘，你可千万稳住，割破了喉咙，小人的命也就玩完了！"

"听着，"白前把匕首拿在手上，盯着纯阳，"想活命的话，就照我的吩咐去做！"

"是是是！"纯阳哑着嗓子，死死地贴着墙壁，一动也不敢动，"姑娘怎么说，小

人就怎么做，绝不敢有一丝错漏。"

"你要是敢玩花样，"白前冷笑一声，"就算逃到天涯海角，姑奶奶我照样能把你找出来……"

"不，不敢，小人不敢！"纯阳闭着眼睛，呼哧呼哧直喘粗气。

七月初五，顾氏尾七之日。

前一日晚子时起，杜家备起了三牲，水酒，纸钱香烛祭拜十王。

僧人，道士共计百名，开始诵经，敲磬击钹，通宵闹个不停。

辰时刚过，夏风就到了。

拜见过老太太后，便到了礼堂，跟杜松跪到一起，一板一眼地跟着做道场。

众人惊呆的同时，都在猜度：小侯爷莫非中邪了？

一个月前顾氏葬礼时也只是到时间了在灵前上炷香，何曾如此认真虔诚？

紫苏看在眼里，轻声道："小姐，我看小侯爷是真的改变了。"

杜蘅闭着眼，默念经文，根本不做理会。

"要我说啊，上一世的事，也不能全怪他。婚姻大事，他哪做得了主？老侯爷要给他定下谁，他可不就得娶谁么？"紫苏吧啦吧啦，说个不停："仔细想想，他其实也不算大奸大恶。谁一生还能不犯点错，咱得允许别人改过不是？你瞧他现在……"

"你到底想说什么？"杜蘅给她念得不耐烦，猛地睁开了眼睛。

"嘿嘿，"紫苏得意一笑，"奴婢的意思，他既然改了，小姐何不给他一次机会？"

"你觉得他很好？"杜蘅斜她一眼。

"嗯。"

"那你嫁吧。"说完，重新闭上眼睛。

紫苏气得不行："小姐这是寒碜我呢？"

这其间，恭亲王府，燕王府，陈国公府，忠勇伯府……陆续遣了仆人过来，送丧仪上香。

杜蘅几兄妹就得不停地跪叩答谢。

闹哄哄地直弄到戌时，顾氏牌位移入祠堂，总算大功告成。

杜谦早命人备下了热水，各人净了手脸，厨房送上宵夜过来。

累了一天，都已饥肠辘辘，各自低了头苦吃。

等用过宵夜，僧侣道士收拾器具后散尽，已是亥时末，接近子夜了。

夏风正欲辞别了杜谦归府，听得老太太有请，说是有事相商，不免心中诧异。

待到了瑞草堂一看，杜蘅竟然也在，老太太坐在炕上，面色阴沉，显见很不高兴。

再一瞧，母亲的陪房李妈妈挨着炕边的圈椅上坐着，见他进来，急忙起身："小侯爷。"

夏风先向杜蘅点了点头，再跟老太太见了礼，这才狐疑地望向李妈妈，心中猜度着她的用意："这么晚了，李妈妈还没回去？"

李妈妈含笑道："难得过来，总该陪老太太说几句，解解闷。"

杜老太太勉强挤了个笑容出来，却不答她的话，冷声道："柳姨娘怎么还不到？"

郑妈妈赔着笑道："柳姨娘行动不便，要抬了才能过来，费时需久一点。"

夏风心中咯噔一响，立刻醒悟：李妈妈要揭穿柳亭贪没之事，替杜蘅讨回公道！

他心里有些着急：这不是他夏家该插手管的事！就算要帮，也只能在暗中，这般公然上门，不是打杜谦和老太太的脸吗？

又有些怒：常安那小子，早警告了他不得生事，到底还是背着他，告了状么？

偷眼向杜蘅瞥去：这件事，阿蘅不知道心里有没有数？万一她揣着明白装糊涂，夏府突然出面，会不会嫌自己多管闲事？更甚者，若是误会他贪图顾家的财产，又该如何自处？

"出什么事了？"杜谦莫名其妙。

杜老太太淡淡地道："我一老太婆，成天吃了睡，睡了吃，能有什么了不得的大事？"

"娘，"当着众人的面，又不好驳老太太，杜谦字斟句酌地道，"都这么晚了，若不是很紧急的事，能不能改天再说？你看，小侯爷累了一天，也该回去歇着了，明儿还得上衙门点卯。"

"亲家老爷，"李妈妈起身行了一个礼，笑道，"老身有些事不太明白，平日伺候夫人也没机会出来走动。好容易今天来了，就想乘机问个清楚。"

她不说还好，一说，杜谦越发不明白了。

就算真有什么事，也该是侯夫人出面，她一个侯府的管事妈妈，跑到杜府来指手画脚，挨得上边吗？

心里想着，就拿眼睛去看老太太。

老太太冷着脸："别看我，我也不知道，听吩咐吧！"

夏风一听，不禁大窘："祖母，这里您最大，都该听您的才是。"

一声祖母，让老太太心里舒坦了许多，脸色缓和不少。

"老太太，您要这么说，"李妈妈站起来，"老奴可担待不起！"

老太太来不及说话，外面传来杂乱的脚步声，小丫头在外面禀道："柳姨娘来了，是抬进来，还是搁外面？"

李妈妈道："抬进来吧。"

说完了，再一脸歉然地看向老太太："有些事，当面问方便些，省得叫人跑进跑出传话。"

老太太心里越发不痛快："成，你觉得哪样方便就哪样吧。"

锦绣指挥人把桌椅挪开，多余的搬出去，很快腾出了一块地方，柳姨娘躺在美人榻上，让人抬了进来，靠着门边放着。

　　末了退出去，把门一关，守在了外边，不许闲杂人等靠近。

　　柳姨娘待进了屋子，见夏风和李妈妈都在，不禁微微一怔，心道：嚄！二小姐倒是有几分本事，撺掇得夏风都出动了，想威慑谁呀？他在场也好，一会听了纯阳的供词，看看是谁更没脸！

　　在榻上欠了欠身："给老太太，老爷，小侯爷请安，请恕奴婢行动不便，不能全礼了。"

　　老太太冷冷道："人齐了，李妈妈请说吧。"

　　李妈妈轻咳一声："老奴失礼了，想请问老太太一声，顾氏的嫁妆，是由谁打理？"

　　本以为她必定是因纯阳之事，替杜蘅出头，这已经就有逾越之嫌了！

　　这下倒好，杜蘅都没嫁呢，夏家的人就过问起顾氏的嫁妆了！

　　果然是无理至极！老太太，杜谦都是脸色一沉。

　　柳姨娘则是冷不防给人打了一个后脑勺，心脏咚咚狂跳，第一反应就是：不好，准是夜明珠失窃之事东窗事发了！

　　面上却不动声色："小姐的嫁妆，一向都是锁在库房里的，本来钥匙是由我管，自碧云庵回来之后，身子一直不爽利，钥匙交给了周姨娘掌着。"

　　她打的好算盘，夜明珠半个月前才给柳亭抢走，或当或卖都在半个月之内，完全可以把责任推到周姨娘头上！

　　李妈妈笑了笑，问："照柳姨娘的说法，钥匙不管谁拿了，顾氏的嫁妆都好好地在库房里锁着的，对不对？"

　　郑妈妈实在看不过眼，冷冷道："你这是什么意思？我们夫人嫁妆在库房也好，不在库房也罢，关你什么事？"

　　"是这样的，"李妈妈也不恼，淡淡道，"我们舅老爷，在长安街开了家永和当铺。前些日子，收到一张地契，当的是死期，当银是三万两。刚好表小姐差不多到年纪要出嫁了，还缺几块好的地，吩咐了底下的人留着意。掌柜瞧着那块地挺不错，立刻就禀给了舅老爷。舅老爷一看是挺好，四十顷全连成片，还都是上等的肥田。于是，兴冲冲拿着地契去衙门过户。"

　　说到这里，她停下来，微微一笑："结果到了衙门，你们猜，怎么着？"

　　这件事，夏风也是第一次听说，不禁微微一愣。

　　杜谦和老太太更是前所未闻，皆是一怔："怎么着？"

　　"舅老爷一问才知，这块地，原来是顾洐之顾老爷的，十年前过户到顾烟萝名下，亦就是说，这是亲家夫人的私产。"

老太太吃了一惊:"既是顾氏的地,地契怎会到了当铺?"

目光,利若刀剪,狠狠扫向柳姨娘。

柳姨娘毫无心理准备,失声惊呼:"我不知道!"

"舅老爷也觉着不妥,于是连夜进府,把这件事告诉了夫人。"李妈妈不紧不慢地道:"此事不宜张扬,夫人嘱我乘顾氏尾七之便,过府探问缘由。"

"到底怎么回事?"老太太厉声喝问。

柳姨娘十分委屈:"我掌家二十年,几曾出入过当铺?再说了,咱们杜家,又何尝到了需要当卖田产度日的地步?这事,一定另有缘由。"

心里,糊糊模模猜到,必是柳亭做事不干净,暗中截留了一部分田产。

她只是埋怨柳亭不懂事,弄出一堆麻烦,害得她收拾烂摊子!完全没有意识到,这件事究竟会带给她多大的危险!

杜谦定了定神,道:"事出突然,容我抽空查问清楚,再给亲家夫人一个答复,可好?"

按说,到此,李妈妈的任务就算完成了。

再怎么说,这是杜家的家事,她只有提醒的责任,却没有插手的权力。识趣的,就该起身告辞,留给杜家自行解决。

岂料,李妈妈竟然不肯动,微笑道:"对不住,我恐怕暂时还不能走。"

老太太这时已掩不住恼怒之情,语气开始不客气:"已经说了会去查,莫非亲家夫人,还限定今晚必须给答复不成?"

"不敢,"李妈妈不慌不忙地道,"若只是这一张地契,原也算不得什么事。可惜,事情远不止如此简单。"

老太太这时猛然想起,不久之前杜蘅曾跟她提过,这座宅子原就是顾家的,莫非也被顾老爷子改到了顾氏名下?

这,这……这事连杜谦都不知情,难道是蘅丫头无意中说出去的?

又或者,她表面装得乖巧柔顺,暗中却向夏风求救,要侯府替她出面,讨回属于她的财产?

这么一想,她不禁又羞又恼,侧首向杜蘅望去,眸中带着震惊,更多的是埋怨和责备。

家丑不可外扬,真有这种事,就该直接向她提出!何必借外人的手!

杜蘅垂着头,安安静静地喝着茶,完全置身事外,仿佛眼前发生的一切,跟她全无干系!

她靠着窗子,月光打在她的侧脸,如玉池堆雪,有种极致的清洁与光明。

老太太不禁又开始动摇:蘅丫头向来胆小懦弱,几个孩子里又是最孝顺的,风雨无阻,日日请安从未间断!

不，不可能会是她，这种借刀杀人的阴损主意，她绝想不出来！

正胡思乱想，忽见李妈妈站起来，向杜谦躬身行了一个大礼。

她是平昌侯夫人的陪房，侯府里地位超然，绝大多数人面前，都只点头问安，或是侧身行个半礼，这样的大礼，很多年都不曾行过了！

杜谦吓了一跳，忙避到一边："李妈妈何故如此？快起来，我受不起……"

李妈妈坚持行完一个礼，这才站直了身子，道："这个礼，是一定要行的。老奴在此，代夫人向亲家老爷赔罪。"

"言重了，言重了！"杜谦连连摇手。

"收到那张地契后，夫人左思右想，决定调查一下。于是，托了相熟的人到衙门查阅卷宗。谁知不查不知道，这一查，吓了一大跳！"李妈妈说着，从袖子里摸出一张纸，递到杜谦手里。

杜谦接过，见上面列了一长串，好些地名，铺名，房子，乍一瞧，还都有些眼熟。

起初还莫名其妙，等"鹤年堂"三个字入眼时，眼皮狠狠一跳，心里隐隐约约想到一些事情，不禁面色惨白。

老太太一心认定是宅子的事东窗事发，脸色越发难看："蘅丫头，这是怎么回事？"

杜蘅放下茶杯，极诧异地抬眼望一圈众人，最后落到她身上："祖母，你在问我吗？"

"不问你问谁？"老太太越发气了，"宅子的事，若不是你说出去，夏府哪里能知道？你心里不痛快，就该直接跟祖母和父亲说，去跟小侯爷告状，算怎么回事？打量着有他们给你撑腰，谁也拿捏你不住是吧？"

杜蘅眼眶通红："我年纪虽小，却也知道有些事做得，有些事不能做。杜家的事，我为什么要跟小侯爷说？让他们知道了，我脸上难道很光彩吗？"

夏风很是心疼："祖母，你冤枉阿蘅了！她与我，连见面的机会都少，每次都是一堆人，私底下从未单独见过面，更不用提背着人向我诉苦了……"

她要是真肯跟他求助，那倒是好了！

可她明明心里明镜似的，宁肯隐忍退让，也绝不向自己诉苦。

可见自己在她心里，并不是个可依靠的男人！

想到这里，越发不是滋味，脸上不觉显出几分失落。

"老太太，"李妈妈皱了皱眉，"你可能还不知道，房子的事，是有专门的衙门管理的。某年某月，从某人手里买入，目前归谁所有……写得清清楚楚，一查就明白了！二小姐一个未出阁的小姐，没打理过庶务，是不可能懂的。"

老太太猛地望向柳姨娘，目光如鹰："是这样吗？"

柳姨娘冷汗直流："这事，是管事经办的。我一个妇道人家，哪里知道这些？"

"柳姨娘掌管中馈，若说受人骗，一二件事不知情尚情有可原，"李妈妈咬着不放，步步紧逼，"可单子上面列着的所有房产加起来，两三百万两银子，若说你完全不知情，这可说不过去啊！哪个奴才有这么大的本事，越过你可以直接拿走两三百万？"

"嗞！"老太太倒吸一口冷气，望着杜蘅的眼神立刻变了。

郑妈妈更是心惊肉跳。

早知道顾家有钱，是地方上的百年望族，却不知道有钱到这种地步！

夏风则眸光一冷，暗暗捏紧了拳头。

原以为，柳姨娘跋扈，杜蘅软弱，被侵吞些财产，也是有的。

却不想柳姨娘的胆子竟这么大，几百万两的家财，竟然一点不留，全部吞了？

当真以为，平昌侯府无人了？还是以为他这个女婿只是摆设，这般肆无忌惮！

欺人太甚！实在是欺人太甚！

"不要说了，"老太太黑着脸，"事情都清楚了，蘅丫头，你说句话，这事要怎么办？"

杜蘅垂了头，细声细气地道："我能有什么主意，一切都听祖母的……"

李妈妈急了，冷冷提醒："别的不说，只这座宅子，最少就值五十万两！"

女孩子就是见识浅，脸皮薄，为了面子金钱不看在眼里。

殊不知真过起日子来，没有里子，面子是万万不会有的！

"什，什么？不是说五万两么？"老太太惊得往后一倒，亏得郑妈妈手快，扶了一把，才没有出丑。

李妈轻蔑一笑："老太太，您说笑话吧？柳树胡同，四进带临街铺面的宅子，有山有水，菜园子、药圃子、花园、果园，样样都有！五万？我可听说杜家药圃里那些药材都不止这个数！您要不信，再去隔壁陈国公府瞧瞧，那还没杜府一半宽敞呢！"

一席话，连削带损，说得老太太作不得声。

"柳姨娘！"杜谦的手一直在发抖，"你给我老老实实地说清楚，究竟是怎么回事？"

"我，我……"柳姨娘汗如雨下，无词以对。

拼命思索，要怎样脱身。

可思来想去，除了拿自己的亲弟弟挡灾，竟然没有别的路可走！

谁叫当初，她为了瞒天过海，也是想着不落把柄，所以把置办田产这桩肥差，一股脑交给柳亭全权负责呢？

此事，杜家阖府上下没有不知道的！

这一年来，柳姨娘逢人便夸，柳亭脑子灵活，会办事，能办事，亏得有他，杜家才能在这么好的地段，住上这么宽敞的房子！

一个白丁，竟挤进了大齐最高权力圈，跟陈国公、忠勇伯做了邻居，能不骄傲吗？

"老爷，我真不知情！"柳姨娘无路可退，一狠心，一咬牙，"都是二弟干的好事，定是他乘着搬家混乱，从库房里盗走了地契，再谎称是他在京里购买。我，心想有地契

就成，也没细看！是我的错，不该太信任他。"

"二三百万可不是小数目，这么多银子交给他，一年的时间无论怎么挥霍也花不完。"李妈妈凉凉提醒。

不肯交房契，那就拿银子，总不能让二小姐两头落空！

"他手里一定还有银子，要他交出来！"老太太霍然一醒。

"他也不知京里的地价这么贵，"柳姨娘一惊，急忙道，"这宅子，跟我说的是五万二千两，再加上铺子，总共不到四十万……"

开玩笑，一下子要她填二三百万的亏空，打死她也赔不出来啊！

杜谦厉声喝道："柳亭呢？叫那个畜牲来见我！"

柳姨娘哭道："二弟最近迷上赌博，已经失踪好几天了，奴婢一直在找，怕老爷责骂，也不敢声张。呜呜……"

李妈妈着急了，忙道："赌起来，那可是没有限度的，二三百万，也只是眨眼之间。得赶紧派人去找，赶在他全输光之前，把人带回来！"

夏风犹豫了片刻，慢慢道："事实上，我这里也有一些东西……"

16　顺藤摸瓜

他从袖子里摸出一张折得整整齐齐的纸条，恭敬地递给杜谦。

杜谦此时已没有勇气打开，捏着纸条，面容微微扭曲着："是什么？"

"咳，"夏风轻咳一声，略有点不好意思地道："这是一张三十万两的当票，抵押物是夏府给阿蘅的聘礼，明月清辉。"

事实上这对夜明珠远不止三十万，想必是柳亭急着脱手，被人狠狠地压低了价钱。

柳姨娘的脸蓦地变得煞白。

这对夜明珠，她拿出来挂在床头，已有半年之久。

瞒得过别人，却瞒不过杜谦。

一开始是她说油灯不舒服，夜明珠光线柔和，既没有油灯的烟雾，亦不会有蜡烛的气味，挂着这个，能很快入睡，一夜安眠，是以借来用用。

起初杜谦是不同意的，甚至大发雷霆。

她分辩说在床头挂一下，又不会少块肉，放在匣子里收着也是收着，等以后杜蘅要嫁时，再给她放回去就是。

　　白天收起，夜里又挂上，用了半年一直也没人发现，念叨了几次之后，杜谦也就随她去了。

　　因用的时间长了，加上那段时间事情又多，丫头们一时怠懒忘记收起，就这么一个疏忽间，给那个混蛋看到抢走，偏偏这么巧，落到了小侯爷的手里！

　　"牲畜！"杜谦身子晃了晃，"好大的胆子！"

　　"老爷！"

　　"父亲，你没事吧？"杜蘅伸手扶了他一把。

　　"没，没事。"杜谦扶着椅子把手，慢慢坐回椅中，抬袖抹了把冷汗。

　　夏风有些后悔，忙道："岳父大人不必着急……"

　　聘礼不同于其他东西，断没有送两次的道理。

　　他本想找个机会，私底下交给杜蘅。今日看来杜府中馈一团混乱，若不彻底解决，就算悄悄送回给她，以她的性子只怕迟早还是会被人抢走。

　　他倒不是在乎银子，而是这对夜明珠是夏家的传家之宝，绝不可能让它流到外面去。今天其实不是最好的时机，可若是错过这次，不知还要等多久？

　　长痛不如短痛，遂决定把事情摊开来说。这样，应该就没人敢再打这对珠子的主意了。

　　"明月清辉？"李妈妈嚷起来，"那不是咱们侯府给二小姐的聘礼吗？这可是平昌侯府代代相传的传家宝，只有侯爷夫人才有资格保管！这也敢偷出去卖，岂有此理！"

　　老太太羞得无地自容："家门不幸，出了这么个东西！叫我以后怎么见亲家？"

　　"李妈妈这话有点过了！老太太和老爷都不管中馈，原是不理庶务的！若是事先得知，绝不会闹出此事！"郑妈妈实在看不下去，"咱们毕竟是奴才，有老太太，老爷，小侯爷在，该如何处理自有定论，不该咱们来说。"

　　李妈妈冷笑一声："你说得对，这话原不该由奴才来说！说句托大的话，侯府的规矩比杜府不知大了多少倍！老奴在侯府二十几年从未逾过矩，多过嘴。为什么今日忍不住了呢？要想不让别人说，自个就得行得端，坐得正才是！主子，就得有个主子的样，你说是不？"

　　老太太握了拳一个劲地捶着胸："气死我了，气死我了！"

　　杜谦面上一阵红，一阵白，完全说不出话来。

　　夏风恼了，叱道："这哪有你说话的份！还不赶紧给老太太，岳父大人赔礼？"

　　李妈妈被训得满面通红，站起来弯身一福："今日是老奴糊涂了，原也是心疼二小姐，这才妄言了几句，不当之处，请亲家老太太，老爷责罚。"

　　这哪是赔礼，竟是变着法子把两人又数落了一遍。

　　杜谦臊得无地自容，老太太更是气得直哆嗦："你哪有错？错的是老身！"

"二小姐,"郑妈妈气不过,"别一直在那坐着,倒是给句痛快话。"

心里,是很有些怪她凉薄的!眼瞧着一屋子的人,为了她吵得不可开交。她倒好,在那隔岸观火。

杜蘅低着头,只是垂泪,硬是一字不吭。

"郑妈妈,你也糊涂了不成?"夏风眸光一冷,斥道,"有祖母和岳父大人在,硬逼着阿蘅表态,不是难为她么?"

当着他的面,就敢排揎阿蘅,平日背了人,还不知怎么欺侮呢!

郑妈妈被训得一张老脸憋得血红,躬身施了一礼:"老奴给二小姐赔罪。"

杜蘅忙侧了身子避开,嘴里低低道:"郑妈妈说哪里话?你也是心疼祖母,是阿蘅没用,怪不得谁。"

夏风一看,这样说下去也不是办法,房子田产之事也不是坐在这里,一个晚上就能解决得了的,需得从长计议。

但是,假纯阳一事却必须问清了,把幕后主使者揪出来,严加惩戒。不然还会有第二,第三个纯阳,阿蘅的安全永远得不到保障。

这次只受了点惊吓,没有别的损伤,可不能保证次次有这么好的运气!

他又不可能日夜守在她身边,万一有个闪失,他会发疯!

只不过,这件事却万万不能让李妈妈知情,她知道了,就等于父母知道了。

人还没嫁过去,公公婆婆心里已存了疙瘩就不好了。

"不早了,李妈妈还是早些回府歇着去吧。"夏风打定了主意,打发李妈妈离开。

"小侯爷不回去吗?"李妈妈一怔。

"我还有几句话,说完再走。"

"老奴等小侯爷一起吧。"李妈妈见他故意支开自己,怕他一再退让,甚至直接放弃那笔财产,白白便宜了杜府,有些不愿。

夫人之所以遣她来办这件事,就是希望在不撕破脸皮的情况下,最大限度地维护夏风的利益。

若是两亲家面对面地谈,一则显得侯府小气;二则杜谦的脸上不好看,事情也就再没了回旋的余地。

而这桩婚事,夏家又是势在必得,万不能有闪失,这才想了这个不伦不类的折中之策。

"怎么,"夏风脸一沉,"我的话也不肯听了?"

"老奴是不放心小侯爷独个走夜路,既然你不喜欢,我走便是。"李妈妈讪讪道。

"父亲和母亲那里,还是不知道为好,省得白白担心,你说呢?"这句话,夏风虽是用的商量的口气,态度却很强硬。

李妈妈不好在人前落他的面子,只得恭敬地道:"小侯爷既是如此吩咐,老奴遵从就是。"

她一走，老太太和杜谦立时便觉得压力减了一半。

杜谦心中一颗大石落了地，又羞又愧，小声道："放心，房子的事等我查清楚了，一定会给蘅丫头一个交代。"

夏风微微一笑："此事请祖母和岳父大人多多费心。至于夜明珠，我已将它赎回，择日再送过来，两位不必往心里去，以后也不必再提。"

柳姨娘硬着头皮，讪讪地道："等找着了二弟，我，我一定亲手扒了他的皮！"

郑妈妈在一旁帮腔："莫说姨娘一个妇道人家，便是老爷怕也不知一张地契，竟有这许多弯弯道道吧？被蒙骗了，也是情有可原。怪只怪柳二爷，猪油蒙了心，做出这等猪狗不如之事！"

是，柳姨娘是贪财，可她这么做，为的不也是整个杜家？

这偌大的家业，里里外外，上上下下，几百号人，全都等着她发话。

每天睁开眼睛，就要流水似的往外拿银子！

这么些年了，为了这个家，白天黑夜地操持着，侍候完老的还有小的，个中辛苦有谁体恤过？

再说了，老爷是顾家唯一的女婿，顾氏一死，顾家的财产理所当然应该归杜家所有。

谁又想到，顾老爷子会在死前，把所有房产地契全都改到了顾氏的名下？

老爷子这么做，明显就是存了私心，没把老爷当成自个的儿子，更没拿杜家其余几个孩子当自个的孙子。

在世时，嘴里倒是说得好，别人家的女婿是半子，他只一个女儿，女婿就是儿子！

哄得老爷死心塌地，临了，却把钱全留给二小姐。

这也太欺侮人了！

这些话，平日她也跟老太太说过，只是今夜感觉特别强烈，特别替柳姨娘不值！

杜蘅转头，一张瓜子脸，肤白胜雪，嵌着那对眼珠，越发黑若点漆。目光幽微，静如深渊，极度的黑又亮得出奇。

郑妈妈不自觉地打了一个哆嗦，缩了缩肩，噤了声。

"蘅儿，你的意思呢？"杜谦问了一句。

"我没意见，一切全凭祖母和父亲做主。"杜蘅垂了眸，轻声道。

郑妈妈嘴角抽了抽，强忍着没有说话。

真看不出来，二小姐看着懦弱，实则是个厉害角色！

事情到这分上，都已经摊在了明面上了，她还死咬着不松口，老太太和老爷除了把田产归还给她还能怎么办？这不是明摆着，借侯府的手，来逼老太太和老爷么？

你是个御封的县主，日后嫁到侯府去，荣华富贵还少得了？

把财产都带走了，杜府的日子还过不过了？

难不成真狠得下心，眼睁睁地看着大少爷，大小姐几个都老死在家里？

人哪，果然都是贪得无厌的！有了好的，还想要更好的，永远都不知道满足！

老太太表情生硬，冷冷道："明儿一早，命周姨娘开了库房，先把顾氏当年的嫁妆清点出来，抬到杨柳院去，以后就由蘅儿自己管理，也省得今儿短了这样，明儿少了那样，全家都跟着担心！"

这话，明着是要数落杜蘅，暗地里把侯府也捎带上了。

夏风俊颜微微一红，没有吭声。

老太太接着道："至于那些房契田产，等查证之后，该是你的一样都不会少，你们看行吗？"

"不愧是老太太，虑事周全，再没有比这更好的法子。"柳姨娘连声奉承。

心里却是苦不堪言，顾氏的嫁妆，这些年被她掏空得差不多，只剩些大件的摆设没敢动。

这一开了仓库，再把嫁妆单子一对，少说也是十几万的亏空……

"好了，"郑妈妈见事情有了决定，松了口气，"时间也不早……"

"慢着，"夏风忽道，"地契的事可以暂缓，假纯阳的事，却不能再拖！乘着今日大家都在，又没有外人，还是盘问清楚的好。"

柳姨娘和杜谦闻言，双双变色。

老太太一愣，脸色越发不好看了："柳姨娘被你打成这样，什么气也该消了，还想怎样？"

"按说，有祖母和岳父大人在，我原不该插手管。"夏风神色恭敬，脸上也带着笑，可那态度却是不容置疑的，"可是此事有关阿蘅的性命，我却不能袖手旁观。"

郑妈妈见老太太吃亏，跳出来说话："照小侯爷这么说，道观里住一晚就要死人，谁还敢到道观里去呀？"

夏风看着杜谦，唇边一抹笑容极冷："岳父大人，你还没跟祖母说吗？"

"说什么？"老太太挑眉。

柳姨娘一阵心慌。

今晚的事太多，发展得太快，接二连三地来，打得她措手不及，那种风雨欲来之势，让她有种掉入陷阱的感觉。

忍不住，拿眼去瞄杜蘅。

杜蘅安安静静地坐着，眉宇间一派祥和，既不愤怒，也无伤心，无悲无喜，平淡得让她心惊肉跳。

杜谦神情尴尬，可夏风就在一旁虎视眈眈地盯着，势必不能再瞒，只好择其概要，把事情说了一遍，末了道："好在，小侯爷去得快，又有贵人相助，蘅丫头只受了点惊吓，并无大碍。"

老太太勃然大怒："出了这么大的事，竟把我瞒得滴水不漏！你可真是我的好儿子！你眼里，还没有我这个娘！"

杜谦见老太太发怒，连忙跪下："儿子不孝，母亲息怒。"

他一跪，杜蘅几个自然也不敢坐着，呼啦跪了一地。

柳姨娘挣扎着道："老太太，这事全怪我！是我识人不清，办事不力，才让二小姐受了惊吓！老爷是担心老太太的身子，怕您受不了，这才瞒着！"

夏风立刻道："这可不是一句识人不清，办事不力，就可以轻轻带过的！"

柳姨娘想避重就轻，大事化小，小事化无，他绝不会让她如愿！

"假纯阳在哪？"老太太用力捶着床。

夏风跪在地上，眼睛往上一瞥，温雅的脸上闪过几分犀利："昨日一早，是我亲自送到府中。"

若当真疼惜阿蘅，就会当场审问清楚，找出幕后主使，严加惩治！怎会将人放置柴房，两天来不闻不问？

身为父亲，如此漠视女儿的安危，着实令人寒心！

"如今，关在柴房里。"杜谦只觉闷得发慌，抬袖抹了抹满头的汗水，讷讷解释，"本打算忙过这两天再来盘问，既是小侯爷坚持……"

说到这里，他提高了声音："来人，把柴房里关押之人带上来！"

外面锦绣便去传话，不多时，假纯阳便被人押了进来。

老太太一瞧，他五花大绑，嘴里还塞着块破抹布，不觉皱起了眉："这，这是那个纯阳道长吗？"

俗话说，相由心生。

那日纯阳是座上客，一身行头簇新的，特地打扮得仙风道骨；今天却是阶下囚，满身泥垢，臭不可闻，如何能比？

"回老太太，正是小人。"纯阳被人按着肩，躬身驼背，堆着满脸的笑。

老太太掩了鼻，还没吱声，郑妈妈已先开了口："这么臭，跪到门外去，别熏着老太太。"

"是。"仆妇们正要上来拖他出去。

"算了，让他跪在门边就是。"老太太摇手，把人挥退。

柳姨娘躺在门边，被他熏得几欲晕倒，强忍了恶心，怒叱："狗东西，还不从实招来，等着挨板子不成？"

"别，不要打！"纯阳滑得像泥鳅，转着眼睛四处乱瞟，"老太太想知道什么，小

人保证知无不言,言无不尽……"

夏风冷叱一声:"你是何人,是何身份,因何到杜府,受何人指使……原原本本,从头招来!"

"小人姓张,无父无母,因生得高大魁梧,街坊们送了个绰号,张高子。本来的名字,连小人自个也忘记了。小人家里穷,也没学过手艺,靠着在码头帮人卸货挣些碎银子,日子过得苦哈哈,只勉强糊口。后来遇着个游方的道士,跟着他学着给人做道场……"他苦着一张脸,说得声泪俱下。

"少啰唆!"夏风脸倏地一沉,叱道,"说重点!"

"是,"张高子忙收了泪,道,"靠着一张嘴,小人的生意也还红火。那日闲得无事,在街上乱逛,走到柳树胡同,见杜府高屋广厦,庭院深深,就想进来看能不能骗些银子花花……"

"这么说,你是误打误撞找上门来,并不是受人指使?"杜谦心中一松,忙问。

"小人只是个骗吃骗喝的假道士,哪里有人支使?"张高子道。

"张高子!"夏风怒道,"事到如今,你还满嘴胡言,是不是非要逼我用刑才肯说实话?"

"不敢!"张高子吓得一抖。

柳姨娘听得他这番说词,一直紧绷的心慢慢放下来,说话也就有了底气:"小侯爷!是不是只要说的不合你意,就要动鞭子,屈打成招?"

"张高子,你继续说,是真是假,老身自会判断。"老太太打了个呵欠,不耐烦地催促。

张高子便把玄参教她的那套说词,说了一遍,只跳过奸淫一事不提,末了垂头丧气道:"小人只想贪点财,本打算过个几天,就说邪气驱净,把二小姐送回府上的。谁料到小侯爷等不及,小人在山上远远看到来了几十个人,一害怕就扔下二小姐逃走了。本想在亲戚家躲几天,不料被捉个正着。"

"你说的可是实话?"杜谦喝问。

张高子赌咒发誓:"若有半字虚词,天打雷劈。"

夏风冷笑一声,挥动鞭子在他眼前晃了晃:"信不信小爷拿鞭子抽你!"

张高子骇了一跳,忙大声喊冤:"冤枉!小人所说句句属实,你便是把小人打死了,也还是这几句话,再没有别的!"

夏风怒不可遏,唰唰就是两鞭子抽下去。

张高子疼得满地乱滚,嘴里胡乱嚷着:"打死人啦,哎哟,小侯爷想要屈打成招啦!"

"好啦,不要打了!事情已经很清楚了,他无非是想骗些银子,并没有小侯爷想得那么复杂!"老太太累了一天,早已困得不行,只想早些结束,不耐烦地挥了挥手,"把他押下去,明儿交到官府,严加惩处就是。"

"祖母，"夏风心中越发不满，语气不觉有些生硬，"他明显是在信口胡说，你居然就这么信了？"

"小侯爷，这是在说我年老昏聩了，办事糊涂了？"老太太脸一沉。

她活到这个岁数，何尝不明白，这件事不会这么简单？

但家丑不可外扬，不能为了蘅丫头一个，毁了整个杜家的声誉。

当着小侯爷的面，能遮掩的尽量遮掩，不能让外人小瞧了去！

至于蘅丫头，虽受了些委屈和惊吓，到底没有实质性的伤害，而且有侯府撑腰，得了这偌大一笔财产，也算是有了补偿。

"不敢，"夏风不慌不忙，并无丝毫退缩之意，"只是想给阿蘅一个交代。"

"交代，杜家全部家财都给了她了，还想要什么交代！"老太太是真的怒了。

她已一退再退，退无可退，无奈对方依旧咄咄逼人！

若是侯爷亲自出面也还罢了，偏他一个乳臭未干的家伙，竟也这么跋扈？

再不给他点颜色看看，真当杜家是软柿子，任他随便拿捏了？

就算以后成了亲，怕是也不会加意维护杜家，倒不如索性硬气些，或许还能让他有几分顾忌！

柳姨娘至此已经笃定张高子是站在她这边，想到半生积累的财富一夜间成了镜花水月，如何甘心？

安全既然无虞，当然要乘机扳回一城，将对手狠狠踩到泥里，方能出胸中这口恶气！

"老太太，你可别生气。"柳姨娘赔着笑，摆出息事宁人的姿态，"我估摸着小侯爷的意思，是觉着这无赖有事没说清楚，想查个水落石出，省得成了亲，心里有膈应。"

她话里有话，明显影射杜蘅了。

老太太懒得琢磨，冷声道："有话直说，别净说些有的没的！"

柳姨娘便转过了头，望向张高子，假意喝道："你这贼子！若还有隐瞒之事，劝你赶紧招了，省得皮肉受苦。"

"别的什么事？"张高子骨碌碌转动着眼珠，四处乱瞄，触到杜蘅冰冷的目光，激灵灵打个寒战，垂下头去。

"混账东西！"柳姨娘指着他的鼻子骂道，"你把二小姐骗出府去，到底有何居心？还不说实话，真想吃鞭子不成？"

杜谦一听这话，心里隐隐觉得不对："柳姨娘，你胡说什么？"

"呀。"柳姨娘便假作惊惶，猛地掩住唇。

夏风却不肯被糊弄过去，冷笑一声："若只是骗取钱财，道场法事做了，银子到手，目的已经达到，就该抽身走人，为什么要把阿蘅带出府去？"

张高子两眼望天："我，我……"

"你之前说是逛到杜府门前,临时起意进来行骗,是也不是?"不等他思考,夏风又抛出第二个问题。

"是,是。"张高子忙不迭地点头。

"撒谎!"夏风大喝一声,"若只是临时起意,缘何不让马车送到观中,而是预先备下轿子,在路边等候?"

"绝无此事!"张高子拼命否认。

"带何五。"夏风却不再理他,提高了声音喝道。

杜谦尚不知何五是谁人,柳姨娘心中已是咚地一跳。

就见门外进来一个瘦小干枯中年男子,双眼无神,肤色蜡黄,身上还穿着杜府家丁的衣裳,只是皱得不成样子。

进了门,冲着老太太就是一跪:"小人该死,不该扔下二小姐逃命。求老太太,老爷高抬贵手,饶小人一命!"

"你是那晚送蘅丫头去道观的车夫?"杜谦明白了,脸色也黑了一半。

"正是。"何五一脸羞愧,遂把那晚的事情,一五一十地说了,末了冲杜蘅叩了三个响头:"小人该死,因怕受连累,连夜逃走了⋯⋯"

"张高子,你还有何话好说?"夏风厉叱。

"小人,"张高子翻着两只眼睛,拼命找借口,"小人是事先做了准备,也只是为多骗些银两,绝无他意!"

柳姨娘等了一晚,终于等到这一刻,按捺不住兴奋之情:"是不是见二小姐年轻貌美,起了歪心邪意?说!"

"歪心邪意的不是别人,就是你!"夏风面沉似水,指着她,一字一顿如金戈之音。

他说:"最可恨的是到现在还不悔改,还想攀污构陷,坏人名节!真是可恶之极!"

事情急转直下,柳姨娘张口结舌,瞪着他半天竟没反应过来!

"看来,那几鞭子尚没有让你清醒过来!"夏风轻言慢语,字字冷若冰珠,"对付你这样的毒妇,就该一刀送进黄泉地狱,永绝后患!"

"你,你血口喷人!"柳姨娘回过神来,若不是受了伤,差点要从榻上跳起来了。

杜老太太暗恨柳姨娘不争气,想遮也遮不住,索性由得她去作死!省得三天两头地闹,搅得家宅不宁不说,连累得她这张老脸都没处搁!

"小侯爷,"杜谦也觉面上无光,"你说这话,可有根据?"

"要证据?有啊!"夏风冷冷一笑,拍了拍掌,"请楚公子。"

屋子里几个面面相觑:从哪又冒出个楚公子来?

"小人楚桑,见过杜老太太,杜老爷,小侯爷,二小姐。"

看得出来,今日的楚桑刻意拾掇了一番,显得格外清俊秀气,白净斯文,再加上言词恭谨，举止得体，让人一见就生出好感。

老太太生平最盼的就是多子多福，看到他忍不住想起了杜松，眼中流露几分怜爱："这是哪家的孩子，长得真俊。"

"小人楚桑，是张高子的徒弟。"楚桑恭恭敬敬地施了一礼。

柳姨娘脱口驳斥："你撒谎！"

她可从没听说，张高子还有个徒弟！定是夏风为了陷害她，临时找人假扮的！

"张高子就在眼前，是真是假，一问便知。"夏风淡淡道。

"假的，一定是假的！"柳姨娘慌了神。

张高子却像是被雷劈一样："你，你怎么在这？"

楚桑跪下来，冲他叩了三个响头，道："按说做徒弟的不该站出来指证师傅，可小人受了二小姐的恩惠，若眼睁睁地看她遭人构陷而不作声，那就是忘恩负义。只好，对不起师傅了！"

"蘅丫头与你，是什么关系？"杜谦疑惑了。

楚桑遂把那日街头之事说了一遍，末了再郑重其事地冲着杜蘅，叩了三个响头："小人受了二小姐大恩，一直没有机会当面道谢，请二小姐受小人一拜。"

夏风虽听紫苏讲过一次，但由他亲口说出，又是另一番感受。

杜蘅忙站起来，避到一旁："金钱有价，生命无价。你冒死相救，说起来，是我欠你一条命。"

"那日若不是二小姐援手，小人早已横尸街头。"楚桑坚持。

柳姨娘在一旁冷笑连声："你们在这里演的好双簧，骗得过老太太，却骗不过我！什么救命之恩，全是信口雌黄！"

"当日街上至少有百余人围观，大人若是不信，尽可派人去查。"楚桑也不恼，依旧是恭敬和顺，斯斯文文。

"楚桑，那日在道观，你听到什么，再说一遍。"

"上个月末，有个三十左右的妇人，突然跑到观里找师傅。我见她行踪诡秘，便起了好奇之心，偷偷跟到后山，听到她跟师傅说愿出纹银万两，请他做一场法事。"

"一万两！"老太太倒吸一口凉气。

顾氏尾七，请了一百僧道来作法事，也不过千两纹银。

柳姨娘，好大的手笔！

"你且看看，那妇人在不在这屋里？"夏风顺势问。

不等楚桑答话，柳姨娘已经尖叫了起来："不是我，我没有！你别想陷害我！"

夏风似笑非笑，勾起唇角："他还什么都没说呢，你在这叫什么屈？莫非是做贼心虚不成！"

"不是她，"楚桑环顾屋子一周，摇头，"那妇人不在屋子里。"

柳姨娘刚要松一口气，楚桑忽地伸手一指，指向郑妈妈。

郑妈妈唬了一跳，下意识地跟着指了指自个："我？"

老太太当场变色："胡说！"

"妈妈误会了。"楚桑急忙解释，"我的意思是说，她的个头跟你差不多，皮肤白净，略瘦一些，衣服也是一个样式，只颜色浅些。"

款式若跟郑妈妈差不多，那便至少是个管事的妈妈了，那人才三十出头，自然不能跟郑妈妈一样穿鸦青色的。

可这样的人，府里也有十几个，一时也无法确定是谁。

"对了，"楚桑又仔细想了想，补了一句，"那人眼角有颗黑痣，只不记得左边还是右边了。"

"柳亭家的！"郑妈妈和玄参，忍不住异口同声。

"放屁！"柳姨娘心慌意乱，大声道，"柳亭家的跟二小姐无冤无仇，为什么要害她？再说了，她一个管事妈妈，也不可能拿得出一万两银子！"

张高子也一个劲地喊冤，直称绝无此事！

"柳亭一对夜明珠，可是当了三十万。"夏风想起来，还有气。

祖传之宝，竟给那龌龊之人拿去做赌资，真是岂有此理！

"不可能！二弟拿了珠子之后，再没回过家，柳亭家的不可能拿到钱。"柳姨娘反驳。

"这么说，柳二爷拿夜明珠，柳姨娘心知肚明？"杜蘅冷不丁问了一句。

柳姨娘语塞，脸上血色全无。

"是真是假，"窒了许久，硬着头皮道，"把柳亭家的带过来，当面一问便知。"

只要柳亭家的和张高子二人打死不认账，谅他也无可奈何！

"看来，你是不见棺材不掉泪了。"夏风叹了口气，望向老太太，"祖母，可否传柳亭家的来问话？"

事到如今，还由得老太太说不吗？

柳亭家的急匆匆进门，边走还边拢头发，显见是在睡梦中被人唤醒，嘴里还在嘀嘀咕咕："什么事这么急，明儿不天亮了么？"

刚要跟老太太见礼，冷不丁看到张高子，不禁一怔，这个礼便行不下去。

她虽未发一语，众人已知楚桑所言不虚。

杜谦面上阵青阵红，老太太冷声骂："孽障！"

"诸位，还用再问吗？"夏风冷然一笑。

柳亭家的，这时也醒悟过来，急切间憋出一句，想要补救："咦，这不是纯阳道长嘛，怎地成了这个模样？"

"柳亭家的好眼神，"杜蘅唇角牵起一抹似笑非笑的弧度，淡淡扫她一眼，"我被他关了一晚，尚且差点没认出来，你倒是一眼就辨出他来。"

柳亭家的强辩道："道长身高异于常人，印象深些也不稀奇。"

"张高子，你可认得她？"夏风喝道。

"不，不，不认识。"张高子故意看一眼玄参，吞吞吐吐道。

"就是她！"楚桑却嚷道，"那日她也穿着这身衣服，给了师傅几张银票，说事成之后再给另一半！我看得清清楚楚，听得明明白白，绝错不了！"

"看来，你是不打不招了！"夏风剑眉一蹙，连着抽了几鞭下去。

张高子杀猪般地叫了起来，终于挨不住疼，嚷道："莫打，莫打，小人招了就是！"

"快说，为何翻供，到底受何人支使？"夏风用鞭梢点着他的鼻子，"再敢含糊不清，我拔了你的舌头！"

"是，小人是收了她五千两银子，"张高子指着柳亭家的，道，"答应初一日进府，以三寸不烂之舌，骗得老太太和杜大人的信任，目的是把二小姐骗出府去，等确认二小姐殒了命，再给剩下的五千两！"

柳姨娘一阵心惊肉跳，喝道："张高子，你再胡说八道，小心你的狗命！"

柳亭家的也直呼冤枉，称："那日府里作法事，我远远只看过一眼，今日是第二回，连话都没单独说过一句！休要诬赖好人！"

"不止如此，"张高子跪在地上，竹筒倒豆一股脑说了出来，"昨夜小人关在柴房，有人半夜前来警告，给我五千两，要我攀污二小姐，坏她名节。如若不从，立刻就要小人狗命！小人怕死，这才翻供。可是，小人虽是个混混，成日骗吃骗喝，却也知名节于小姐性命交关，小人与她往日无冤，近日无仇，却也不敢胡乱攀污……"

夏风气得肺都快炸了，鞭子指到柳姨娘鼻子上："毒妇，如此恶毒，留你不得！"

"冤枉！"柳姨娘脸白如纸，"我连路都不能走，怎么去威胁他？"

"不是姨娘，她在床上躺了几日……"玄参也帮着说话。

张高子忽地抬起头来，狠狠地瞪着她："是你！昨夜到柴房来威胁我的人，就是你！别以为穿着一件黑斗篷，全身裹得死紧就认不出来，我记得你的声音！"

"……"玄参张大嘴，想要否认，却说不出一个字。

柳姨娘此时已知上了杜蘅的当，又惊又怒："这是圈套！你早就收买了这些人，故意装作不知情，引我上当！"

她猛地抬起头，望向老太太："老夫人，你一定要替我做主啊！他们全都串通好了，我是清白的，我什么都没做！"

老太太瞪着她，半晌不作声。

杜蘅叹了口气，悠悠道："诚如祖母所言，家丑不可外扬。我本不想与你计较，奈

何你变本加厉，竟想坏我名节！我若再不反击，只有死路一条！"

柳姨娘瞪着她："是你，一切都是你设计好的！你跟张高子串通好了，演了这场苦肉计，引我上钩！现在反过来把一切罪名赖在我头上！没门！是，我是有错！错在不该对你心存怨怼，想要落井下石！可是，我做的事，跟你比起来，根本是小巫见大巫！你才是真正的恶魔，吃人不吐骨头！"

杜蘅摇头，怜悯地道："你不知悔改，留着只怕会惹出更大的祸事！我也不能再替你隐瞒！"

"笑话！"柳姨娘脸上的表情，又是恐惧又是愤怒，"害得我这么惨，还装出一副为我着想的样子，骗谁？"

"祖母，"杜蘅不再理睬她，转向老太太，乌黑的瞳仁似冰雕成，犀利而无情，"可知，那日你为何会晕厥吗？"

老太太看着她，张了张嘴，声音嘶哑而疲惫："为何？"

"因为有人在你的药里，做了手脚！"杜蘅淡淡宣布。

"你说什么？"杜谦惊得差点跳起来。

"这不可能！"郑妈妈嚷道，"方子是老爷开的，药是锦绣亲自取来的，是我守在炉边亲自煎的，中途没有离开过！"

"不信？"杜蘅笑了，笑意未达眼底，冰冷而嘲讽，"我有证据。"

柳姨娘已成惊弓之鸟，听得"证据"二字，已是心惊胆战，"假的，全都是你编出来的！"

"紫苏！"杜蘅拍了拍巴掌。

紫苏应声走了进来，手里拿着一个纸包，打开放到桌上。

天气炎热，药渣散发出异味。

"这不是药渣吗，拿这来做什么？"郑妈妈探头看了一眼，皱起了眉。

"不错，"紫苏点头，"这是当日，老太太吃剩的药渣。小姐从恭亲王府回来，听说老太太无故晕厥，立刻便命我把药渣收起来。"

她又狠狠剜了柳姨娘一眼，道："若不是有人把我打晕了，本来当晚就可以查清一切，小姐也不必吃这许多苦头！"

杜谦心神不宁，低头检视药渣。

"我查过了，药里，多了一味藜芦。"杜蘅轻轻道。

杜谦拿着药渣的手微微一顿，面色变得非常难看。

"父亲应该知道，藜芦反五参，细辛，芍药，恶大黄。"杜蘅神色平静，眸光却比鹰还犀利，仿佛可以穿过血肉，轻而易举地撕开皮肉，深入到骨髓中，"而祖母，最近一直在吃药膳。"

老太太愣了片刻，一个激灵，明白过来。

猛地扭过头，狠狠瞪着柳姨娘，咬牙切齿地道："好，你可真好！"

郑妈妈生怕她受激过度再晕过去，轻声安慰："别急，事情还没查清楚呢！"

"冤枉！"柳姨娘脸色涨得绯红，大声道，"老太太不能听她一面之词！我不懂医理，什么藜芦，更是头一回听到！怎么知道它到底反什么，恶什么？用一包不知道从哪里弄来的药渣，就想把毒害老太太的罪名往我头上栽！呸，做梦！"

杜蘅淡淡道："不错，我现在没有办法证明，这包药渣就是当天祖母服用过的。"

柳姨娘松了口气，态度变得咄咄逼人："你想栽赃，也要找个像样的法子！信口雌黄可不成！"

杜蘅看着她，忽然笑了："柳姨娘，我好像没说藜芦是你放的吧？"

柳姨娘愣住，瞪视着她的眸子里，盛满了愤怒："别跟我耍嘴皮子！你这么说，人人都知道是在针对我！"

"怎么不说是你做贼心虚！"紫苏冷笑。

柳姨娘大怒，骂道："你是什么东西，敢这么跟我说话！"

杜蘅笑了笑，话锋一转："祖母当天晚上吃的是药膳，菜谱父亲也看过，我有没有胡说八道，父亲应该最清楚。"

"谦儿，"老太太强忍着翻腾的怒火，"蘅丫头说的，是不是真的？"

杜谦面上神情很是复杂，半晌没有作声。

作为医者，最清楚老太太的病症，心知杜蘅说的，九成以上是真话。

可是，他的女人竟然下毒害他的母亲，这让他情何以堪？

当着女儿女婿的面，他丢不起这个人！

"是不是？"老太太怒了。

他犹豫许久，终于点头："有可能。"

"老爷也不能肯定，对不对？"柳姨娘越发地有了底气，"退一万步说，就算二小姐说的是真的，府里上上下下这么多人，怎么知道藜芦是谁放的？"

"是啊，"杜蘅顺着她的话道，"要证明这一点，本来也不容易。好在，藜芦是有毒药物，刚好属于受管控的类别。"

柳姨娘愣住："什么意思？"

不是说，这东西到处都能买到，根本查不到来源吗？

紫苏轻蔑地道："意思就是，虽然京里每家药铺都有，却必须凭大夫的药方购买，且造册登记，以备查询。"

"所以，"杜蘅从袖子里拿出一张纸，轻描淡写地道："我花了点功夫，拿着父亲给祖母开的药方，派人到药铺去查，终于找到了那家药铺。"

她把纸条递给杜谦，继续道："这上面写明，初一巳时三刻，有人从他店里买走了二钱藜芦。"

杜谦瞪着那张字条，脸上青红交错。

"除了添加了一味藜芦，其余的跟父亲给祖母开的药方，并无二致。"杜蘅知老太太不识字，轻声解释。

血色瞬间自柳姨娘的脸上褪去，变成雪一样惨白。

她翕了翕嘴，强辩道："一张药方，证明不了什么。"

"的确，"杜蘅点头，"单凭这张药方，只能证明有人对祖母意图不轨，却不能证明谁是幕后主使。"

"若不是有人在老太太的药里做了手脚，令老太太晕厥，老爷也不会信了张高子的鬼话，听凭他把二小姐带走，险些送了二小姐的性命！"紫苏直视着她，眼里的仇恨令她寒毛直竖。

柳姨娘被逼得移开视线，本想要反驳，动了动唇，终是没能说出一句话。

郑妈妈忍不住多了一句嘴："那也不能证明，是柳姨娘做的。"

"祖母若还有疑问，"杜蘅淡淡道，"药铺的掌柜已在门外等候，可以亲自问他。"

不等杜谦说话，紫苏立刻转身挑起帘子出门，很快带了个四十左右的中年男子进来。玄参低下头假装替柳姨娘整理膝上搭着的薄毯，顺势悄悄往后挪了一步，退到了阴影里。

这个细节，落到了夏风的眼中，不觉眸光微微一冷。

"小人蔡赞，是仁和药铺的掌柜。"看到一屋子的人，中年男子只微微愣了一秒，立刻满面堆笑，躬身行了一礼，"给老太太，杜大人，杜公子，杜小姐请安。"

近来杜家的大少爷莫名其妙瞎了双眼，在京里传得沸沸扬扬。

眼前的男子温文尔雅，玉树临风，一看就不是杜松，深夜还能于内院逗留，只可能是小侯爷夏风了。

但他在京城里混了这么久，早就知道，越是大宅门里龌龊事越多，这种时候，精明外露，不如装糊涂。

"胡闹！"杜谦连连顿足。

自古同行是冤家，杜家的丑事被他知道了，不知要传成什么样？

他到临安时日尚浅，本就没有什么根基，名声一臭，更是举步维艰了！

杜蘅只装没有听到，冲蔡赞福了一福："蔡掌柜，本月初一巳时三刻，是否有人到你店里购买过藜芦？"

"是。"

"买药之人，蔡掌柜可还有印象？"杜蘅又问。

"是个丫头，年纪在十六七岁的样子，中等个，白皮肤大眼睛，长得很俊。"蔡赞看一眼紫苏，道，"衣服跟这位姑娘的一样，很是体面。"

夏风不禁暗自点头：这人倒是个谨慎的，话说得简洁，除必要的陈述并无一字赘言。但又句句扣着要害，短短一句话，不但描述了那人的轮廓，更是将嫌疑的对象，锁定在一个极窄的范围里。

紫苏穿的一等丫头的服饰，在府里，一等的丫头还不到二十个。

若再加上外貌，年纪，符和条件的，只有六七个了。

如果猜得不错，杜蘅接下来，必然要从这里入手了。

不，或许她心里早有答案，只是为了堵住那人的所有退路，才这般大费周章！

这么想着，忍不住再看了一眼玄参。

玄参头已经低得不能再低，身子完全藏到了阴影里。

"若是你再看到她，还认得出来吗？"

"认得。"蔡赞先是肯定地点头，接着解释，"藜芦是管制药，是我亲自接待的。而且那一整天，除了她再无其他人购买，是以印象很深刻。"

"紫苏，"杜蘅不急不缓地吩咐，"你去请大蓟，木香，连翘，玄参，丹参，桔梗，青蒿……"

夏风忽然叫了一声："玄参！"

玄参浑身一颤，仓皇地抬起头来，一双大大的眼睛里满是泪花。

夏风唇一弯："给我倒杯茶。"

"是。"玄参无奈，只得从阴影处走了出来，执起茶壶斟茶。

她的手，抖得十分厉害，茶水不停地洒出来，有几点溅到了老太太的衣服上。

"怎么搞的，"郑妈妈忍不住抱怨，"连杯茶都不会倒！"

老太太若有所觉，望着她的目光蓦地变得凌厉起来，语气森然："是你，对不对？"

她这一问，所有的人目光都一下集中到了玄参身上。

玄参越发害怕，连杯子都握不稳，叮当一声掉落地面。

蔡赞轻轻叫了一声，指着她道："就是她！是她到药铺买的藜芦！"

扑通，玄参再也撑不下去，双膝一软，跪倒在地。

"多谢蔡掌柜，改日再登门道谢。"杜蘅冲他点了点头，吩咐，"紫苏，送客。"

蔡赞是个聪明人，自然不愿意卷进别人家的是非中，离得越远越好。

"忘了本的小娼妇！"他一走，柳姨娘立刻先发制人，尖声叱骂，"枉我这些年一心对你，着意栽培，没成想竟养了个白眼狼！你，你竟敢处心积虑害老太太！来人，把这黑了肠子的贱婢拖下去，杖毙！"

她声色俱厉，玄参伏在地上，只是低泣，连头也不敢抬。

"你，你……"老太太气得面青唇白，哆嗦着唇，话都说不出来！

夏风，平日总是带着温雅的微笑的眼神，此刻变得冰冷而残酷。

仿佛，只要他此刻手里有刀，就会毫不犹豫地砍向她。

"柳姨娘，事到如今，你还以为别人会信你这一套金蝉脱壳的把戏？"

在这充满了愤怒的目光中，柳姨娘忍不住轻轻地颤抖了起来。

"贱妇！"杜谦抬手，狠狠扇了她一记巴掌。

柳姨娘捂着脸，尖声哭道："冤枉啊，这全是玄参这贱蹄子自做主张，奴婢全不知情！你们不能凭她一句话，胡乱冤枉我啊！"

"这么多人，这么多证据，你还想狡辩？"杜谦气得直发抖。

"我没做，要我怎么承认？"柳姨娘坚决否认，"奴婢没见过张高子，也不认识什么藜芦，这都是二小姐事先做的圈套，想诬陷于我！"

"姨娘，"郑妈妈长叹一声，"你，还是认了吧！"

"不！"柳姨娘死硬到底，"不是我，我没做过！是柳亭家的怕二小姐知道二弟偷了夜明珠！玄参，她，她与人有私情，被二小姐撞破！她二人私下做主，与我全无关系！"

"柳姨娘！"柳亭家的一听这话，气得脸都红了，"你可不能没良心！我豁出命去帮你，怎么这会子竟反咬我一口呢？那死鬼男人偷了二小姐的珠子，跟我有什么关系？我为什么要杀二小姐灭口？杀了她，难道这事就掩盖得住吗？"

玄参也哭道："是姨娘要我去买的药，药方也是她偷出来的！为防有人认出老爷笔迹，交代我找了代写书信的把药方重新抄了一遍！我认字不多，怕我弄错，特地将藜芦写在了纸上。"

说着，从袖子里掏出一张字条，呈到杜谦手里："老爷请看，这是不是姨娘的字迹？"

杜谦扬起手里的纸，一步步逼到她身前，骂道："贱妇，罪证确凿，还敢抵赖！"

老太太手足冰凉，捂着胸口直嚷："反了，反了！"

万万料不到玄参竟然还留有证据，柳姨娘尖叫一声，不顾一切地纵身扑过去抢："贱人，你竟敢出卖我！我杀了你！"

"啊！"玄参见她神情恐怖，状若疯狂，骇得连退了数步，撞到炕沿上。

柳姨娘却因伤重，无法维持平衡，只扑了一半便狠狠一跤摔在了地上，发出咣当一声巨响。

"跳梁小丑！"夏风不屑地撇了撇嘴。

杜谦抢过夏风手里的马鞭，用尽全身的力气狠抽下去："我让你再害人，叫你再百般抵赖！"

"啊！"柳姨娘疼得满地翻滚，嘴里嚷道，"饶命，老爷饶命！我只想吓吓二小姐，并没想害她性命，更不敢害老太太。老爷，你一定要相信我啊！"

一屋子人都冷冷看着，谁也不肯开口求情。

"如此没有尊卑廉耻，不顾伦常道德，心狠手辣的毒妇，留你在世上还有何用？"杜谦打得累了，把马鞭往地上一扔，"来人，把她拉下去剃了头，送到庵里做姑子去！"

"不，不要！"柳姨娘趴在地上，紧紧抱着他的腿，"我不要去庵堂！松儿还未娶亲，荇儿，茳儿都没许人！我若是去了庵堂，传出去还有谁跟咱们结亲？"

她不提几个儿女还好，一提，杜谦越发恼怒，挣了几下没挣脱，火起来一脚将她踹开："你还有脸提？松儿已给你害得盲了双目，留你在府上，只会连累儿女！不如死了干净！"

柳姨娘见此路不通，忍痛爬到炕边。

抱不到老太太的腿，就趴着炕沿，苦苦哀求："老太太，我侍候了你二十年，没功劳也有苦劳！求你看在往日的情分上，饶我这一回！"

老太太一脸厌恶："送她到庵堂里做什么，留着去害别人么？拉出去，杖毙！"

一听要杖毙，柳姨娘反而不哭了，躺在地上，翻着两只眼珠，森森地道："我看谁敢？"

她在杜府掌了二十年的家，积威已久，进来的两个粗使的仆妇，一听这话，吓得不敢动。

"拉出去！拉出去！"老太太捶着床，大声呵斥。

"杜谦，你个忘恩负义的王八犊子！"柳姨娘豁出去，大声骂道，"要不是我，你会有今天？做梦！进了太医院，出息了，想过河拆桥了？想得美！你敢动我，我就把你的丑事全抖出来……"

杜谦又羞又怒："闭嘴！你这贱妇，满嘴喷粪，什么脏话臭话都敢往外迸！"

郑妈妈见势不妙，抄起一块抹布冲过去堵住她的嘴，抬了头冲吓呆了仆妇喝道："愣着做什么，还不把人拉出去？"

"放开，唔唔！"柳姨娘拼命摇着头，充了血的眼睛狠狠瞪着她。

郑妈妈给她怨毒的目光瞧得心里直发慌，下意识地撇过头去，不敢再看。

"拉出去，乱棍打死！"老太太怒喝。

仆妇战战兢兢过来，架起她拖到院子里。

一会儿工夫，就听到"噼里啪啦"的板子声响了起来。

紫苏只觉畅快无比，唇边浮起一丝微笑。

杜蘅却垂了头，默默数着板子，约摸挨了三十来下，估摸着柳姨娘的一条命也去了七八成，这才缓缓走了出来，跪到炕前："祖母。"

老太太微恼："你这想怎样？"

话到这个分上，今晚的事，如何还看不明白？

蘅丫头掌握了一切证据，一开始却什么都不说，一个劲地扮柔弱，装糊涂。等到好处都捞够了，这才跳出来，摆事实，讲道理，拿证据，所有人都成了棋子，被她利用，织了一张天罗地网，一步步将柳姨娘的退路堵死，赶狗入穷巷，痛打落水狗！

"求祖母，饶柳姨娘一命。"杜蘅垂着眼，轻声道。

夏风立刻不满地蹙起了眉：柳姨娘不死，后患无穷！

"你说什么？"老太太几疑听错了。

她费尽心机，布了这样一个局，难道不是为了取柳姨娘性命？

17　与虎谋皮

杜蘅语声清浅，不疾不徐地道："姨娘虽有百般错，终归是大哥，大姐，三妹的生身之母。这个事实，永远都改变不了。今日若将姨娘生生杖毙，则祖孙，父子，兄妹之间必将生出裂痕且永远无法弥补。相信这是祖母，父亲最不愿意看到的，也不是蘅儿想要的。"

这话，像一把刀子直戳进老太太和杜谦的心里。

谁不盼望多子多福，全家和睦？不是万不得已，谁又希望在骨肉亲人之间埋下仇恨，最后闹得分崩离析？

老太太沉默了良久，轻声问："你想要什么？"

"生存。"杜蘅轻启朱唇，这两个字像掉落冰盘的珍珠，清清脆脆，却如暮鼓晨钟，深深地震荡着他们的心灵。

老太太蓦然变色。

"是的，"杜蘅静静望着她，清澈的瞳眸中，写着明明白白的哀伤，"蘅儿所做的一切，不过是为了好好地活下去罢了！"

杜谦怔怔地看着她，女儿的目光似利剑剜心，痛得他几欲窒息。

这一瞬，他好像回到二十年前，恍然忆起，他与烟萝也曾有过两情缱绻，夫妻间也曾有过画眉之乐……

什么时候，他们之间纯挚的感情如烟消失，最终无迹可循，剩下的只有利益和算计，以致于彻底地忽略了阿蘅呢？

这句话，更像刀一样，直直地砍中了夏风的心。

有什么，比未婚妻当着自己的面，发出想要"生存"的呐喊，更让一个男人难堪与心寒呢？

他紧紧地握起了拳头，恨不得将自己捏碎。

这些日子以来，他以为已经做到最好，突然发现，原来远远不够……

"若祖母执意要将姨娘杖毙，大哥大姐三妹不知缘由，必然会将这笔账算到我头上。而我，"杜蘅苦笑一声，低低地道，"实在厌倦了骨肉亲人之间的尔虞我诈，相互算计。更不希望因为我，弄得鸡飞狗跳，家无宁日。所以，请祖母放姨娘一条生路。"

"好孩子，"老太太缓缓点头，"难为你小小年纪，竟有如此胸襟和气度。若祖母再不答应，倒显得器量狭小，不能容人了。"

"常言道，除恶务尽，"夏风眉一扬，"柳姨娘心肠歹毒，留她在府里，只怕不但不会心存感激改过向善，反而会怀恨在心，继续做恶。"

杜谦沉吟片刻，道："将她剃光了头送到庵堂里，从此长伴青灯古佛。"

"哪座庵堂肯收？"老太太皱起了眉。

"京郊有座念慈庵，三年前一次偶然的机会，我曾救过庵主一命。她是个稳妥可靠之人，柳姨娘送到那里，最合适不过。"夏风想了想，道，"祖母若是允许，我便上山走一趟。"

"万一大少爷，大小姐，三小姐知道了，跑去庵堂大闹怎么办？"郑妈妈颇有些担心。

"这个妈妈可以放心。"夏风唇边浮起一丝冷笑，"念慈庵位于深山老林之中，鲜为人知，且庵堂四周常有虎豹出没。不怕中途迷路，陷入深山中被狼叼走，只管去寻。"

老太太疲倦至极，挥手道："先把她送到郊外田庄上看管几日，等小侯爷安排妥当，再转送到念慈庵去。"

"这几个人呢，要怎么处理？"紫苏指着地上跪着人的，问。

"这等犯上做乱的贱种留着何用？柳亭家的，玄参两人各打二十大板，交人牙子发卖。"老太太冷着脸，很是不耐烦，"至于张高子，就请小侯爷看着办吧。"

要不怎么说，姜是老的辣呢？

打板子时做些手脚，打完了命也去了半条，就是发卖出去，不出两天就一命呜呼。

可张高子并非杜府下人，送官究办到时在公堂上胡嚼乱扯，毁了杜蘅名誉事小，整个杜家都要臭名远扬，再也别想在京里抬起头做人。

可若就这样打死了，又怕给夏风拿了把柄，日后以此为挟。

索性，将这烫手的山芋，直接交到夏风手里。

对付这种无赖，他有的是办法！

在场的都不是傻子，老太太打的什么算盘都一清二楚。

夏风明知被算计了，为了杜蘅也只能受着——事实上，他巴不得有这么一个机会，

替她做点事。

因此,他很痛快地点头:"成,包在我身上。"

话刚出口,玄参像是吓得傻了,瘫倒在地上连求饶也不会了。

柳亭家的疯了似的挣扎着,拼命叫嚷:"老太太,饶命啊!我给杜家做牛做马十几年,就为一件事,要了我的命……"

郑妈妈生怕她再说出更多难听的话,一个眼色使过去,立刻有人拿抹布堵了她的嘴,拖到门外,噼里啪啦打起了板子。

"事已了结,晚辈告辞,改天再来给祖母、伯父请安。"夏风起身,带了张高子出门。

他一走,老太太也打发各人回房:"都散了吧,早点休息。"

杜蘅走出瑞草堂,天空已露出一丝鱼肚白,她顿住脚,抬头仰望天空:"天要亮了。"

"可不是,这一晚可真折腾得可以了!"紫苏心疼地看着她瘦得只剩巴掌大的脸,"好在总算把恶妇赶出了府,拔了颗眼中钉,也不枉小姐费尽心机,布下这个局。"

顿了顿,脸上露出一丝笑容:"总算可以伸长腿,睡几个囫囵觉了。"

回到杨柳居,洗漱毕,一觉睡到中午,听到院中隐隐有嘈杂之声,问:"谁在外面?"

白前听到动静,端了水进来伺候她梳洗,笑嘻嘻地道:"老太太打发人把太太的嫁妆送了过来,紫苏姐姐正领着人往后面房里倒腾家伙呢。"

说着话,疾步走到窗前,轻轻撩起窗帘,探出半边身子往外面瞧:"看,这么多箱笼,怕是要专门空出两三间屋子来放呢!"

杜蘅笑了笑,洗手净脸,也不搭话。

白前就过来,给她梳头:"姐妹们都去帮忙,屋里只剩我一个。只好委屈小姐将就一下我的手艺了。"

杜蘅从铜镜里,瞧见她满面红光,不禁忍俊不禁,骂道:"没出息的!这才多少东西,就把你们的魂勾没了?"

"嘿嘿,"白前吐了吐舌尖,笑道,"小姐如今身价百万,富得流油,自然没把这点东西看在眼里。我们可都是没见过世面的穷丫头,这么多好东西,光是看一眼就要折寿了!"

"呸!"杜蘅啐道,"你倒是长本事了,埋汰起主子来!"

"不敢!"白前笑嘻嘻地道,"我还指望着跟着小姐,一辈子吃香喝辣呢!"

"小姐都没吃呢,你想吃香喝辣?别说门,窗户都没有!"帘子一掀,紫苏走了进来。

白前放下梳子:"紫苏姐姐,你瞧我梳的头,可还像个样子?"

紫苏走到杜蘅身边,左右端详一下,道:"不错,以后梳头的事,可以交给你了。"

"呸!"白前啐道,"事都给我做了,姐姐只拿月银指头都不动呢,我可没这么傻!"

"死丫头，"紫苏上去，一下将她按倒在妆台上，双手挠上她的腰，"我便是手指都不动，你又能如何？"

"好姐姐，我错了，"白前笑得上气不接下气，连声道，"日后再不敢拿姐姐做比，把你当祖宗一样供起来，再加早晚三炷香。"

"呸！"紫苏啐道，"你咒我死呢？"

"你才知道呀？"白前瞅了个空，从她掌下跑出来，笑道，"可不就盼着你死，升到一等丫头，多拿一两月银呢！"

紫苏杏眼圆睁："好你个没良心的，合着我的命，只值区区一两银子？"

轰地一声，白芨几个都笑开了，紫苏自个也憋不住笑了。

哎，真好，要天天都这样，亲亲热热，打闹斗嘴，该有多好？

"小姐，饭好了，是到偏厅，还是送到房里来？"白薇进了门，见丫头们个个笑得东倒西歪，不禁奇怪，"笑什么？"

杜蘅笑道："别理，她们几个浑闹。把饭送到房里，不用多，拣几样清淡的菜送来，添半碗米饭就够了。"

"吃这么少哪成？"紫苏一听，不乐意了，"这几天天天熬夜，再不多吃点，身子可受不了！"

"一会要出门，路上颠得慌，吃多了怕吐。"杜蘅解释。

听说有正事要办，丫头们都不敢怠慢，麻利地伺候着她用了午饭，套了车直奔城外。

"这是要去哪？"紫苏挑起窗帘，眼见越走越偏，已离了驿道驶上乡间小路，满眼疑惑。

"到了就知道了。"杜蘅闭着眼睛，手紧紧抓着钉在车壁上供抓握的扶手，强忍住不适。

紫苏见她面色苍白，取了个软垫塞到她腰后，伸手揽着她的肩："要不要躺我腿上，这样会舒服些。"

"别动。"胃里已是翻江倒海，再动一下，怕当场吐出来。

紫苏便不敢再动，挪过去一些，紧紧贴着她的身子

马车再往前走了四五里路，进了一座庄院。

夏风等在门边，远远看见马车到了，迎上来："阿蘅？"

"路上颠得厉害，小姐有些晕。"紫苏半抱着杜蘅，听到夏风的声音不觉有些诧异，"恐怕要坐一会才能下来。"

暗忖：小姐什么时候跟小侯爷走得这么近，连她都不知道，约了在这里见面？

杜蘅听到她的声音，也是一怔，不客气地道："你来做什么？"

夏风有些着急，绕到侧边，想掀开窗帘瞧一眼，又怕她着恼，终是不敢造次："要

不要请大夫瞧瞧？"

"不用，"杜蘅语气生硬，"昨晚没睡好，坐一会就好了。"

"既是身体不适，在家休息多好。"夏风忍不住数落，"巴巴地跑来，煮熟的鸭子还怕她飞了不成？"

紫苏有些想笑，又有些感慨：前世若有现在一半的好，小姐也不必吃这许多苦头，今生他也不必如此煎熬！

杜蘅没吭声，又坐了片刻，感觉舒服了些，便掀了帘子下车。

"我命人准备了冰镇酸梅汤……"夏风看她一眼，见她唇色有些泛白，改口道，"还是泡壶热茶给你暖暖胃。"

喝了一杯热茶，杜蘅明显缓过劲来："柳姨娘在哪？"

夏风领她去了隔壁，打开门："我到村子里逛逛，半个时辰后再过来。"

"小侯爷还是请回吧。"杜蘅看着他，面无表情。

"你这样子，我怎放心让你独自回府？"夏风不悦。

"夏风……"

"我知道，"夏风情绪低落，淡淡道，"你怨我之前对你太过无心，令你处境艰难。我会改，真的。"

杜蘅默然。

她意已决，就算他做得再多，也不可能改变什么。

与其将来她与夏雪斗得死去活来，让他夹在中间左右为难，倒不如让他彻底死心，彼此也好放手一搏！

她的表情太过凝重，瞧着他的眼神甚至带了几分悲悯，夏风不由得疑惑："有什么事，是我不知道的吗？"

"没有。"杜蘅慢慢道，"只不过，你我终将陌路，何必虚掷青春？"

"顾夏两家是通家之好，两家情谊延续了上百年，你生下来就是我的未婚妻，我们注定了要纠缠一辈子！试问，世上还有比这更深的缘分吗？"夏风忍不住生气。

他拼尽全力向她靠近，为什么她却好像铁了心把他往外推？

杜蘅叹了口气："再说下去，天都黑了。"

夏风憋着气："我去外面等你。"

杜蘅头也不回，走进屋，把他关在门外："柳姨娘，我来了。"

屋里并没有家什，地上铺着一些干草，柳姨娘直挺挺地趴在草堆上，竟是一点反应都没有。

杜蘅心脏咚地一跳，看了紫苏一眼。

紫苏忙蹲下身子，伸了指头到她鼻间试探，微弱的气息拂到指上，遂松了口气，喝道:"装什么死!"

回答她的,依然是一片岑寂。

紫苏眉一挑,一脚踹过去:"小姐问你话呢!"

柳姨娘翻了个身,脸朝上躺卧,面目狰狞,双目血红,喉咙里发出"嗬嗬"的异声。

满嘴的血泡,口角流涎,嘴唇边的皮肤明显呈烧灼状,眼角膜亦充血肿胀。

杜蘅心知不对,急忙蹲下去,掰开她的嘴,见喉咙已肿得不成样子,正往外溢着脓水,散发出难闻的气味。

杜蘅不禁一声冷笑:"好快的手脚,不过半天时间,已经寻到这里毒哑了她!"

看一眼柳姨娘,斥道:"果然是天理昭昭,报应不爽!当初你给紫荆灌半夏粉的时候,可曾想过,有一天,也会亲自品尝到半夏的味道?"

说完,拍拍裙角,站起身来。

紫苏瞥到她白裙上沾着血迹,不禁惊叫一声:"小姐,血!"

杜蘅低头仔细一看,见柳姨娘的双手筋脉都被人挑断,已完全成了废人。

不禁打了个寒战,低喃一声:"这人好毒的心思!柳姨娘口不能言,手不能写,再怎么盘问也问不到任何消息!"

紫苏撇了撇嘴:"这倒好,省得弄脏了咱们的手。"

杜蘅一声不吭,蹲下身把丝帕掏出来,绑在柳姨娘的手腕伤口上方数寸处:"先帮她止血。"

"小姐,你做什么救她?"紫苏老大不乐意。

"把你的帕子拿出来,不然,我要撕衬裙了。"杜蘅叹了口气。

柳姨娘双目圆睁,发出嗬嗬的破败嘶哑的叫声。

"看,她根本不领情!"紫苏虽然很生气,还是把帕子拿了出来。

杜蘅帮柳姨娘把另一只手腕也绑上,慢条斯理地把金针取出来。

柳姨娘拼尽了全身的力气,竟然吐出一口血痰,只可惜力气不够,痰吐到了自己的胸前。

"贱人!"紫苏气得发抖,"死到临头还要发威!"

杜蘅微笑着低头看她,扎下一根金针:"想激怒了我,让我取了你的性命?我偏不让你死!就这么不人不鬼地活着,慢慢地煎熬着,挣扎着,等过了十年、二十年、三十年,慢慢地耗尽了最后一点精力,孤独地烂死在深山里……"

柳姨娘瞪着她,不停地"嗬嗬"地叫着。她手不能动,便试图用双腿去攻击她。

紫苏抄起一根木棍,啪地敲在她的膝盖上:"老实点!再敢动弹,我连你脚筋都挑断!"

柳姨娘果然不敢再动,双眼怒瞪着她。

"害怕了，想放弃了？"杜蘅笑了，"这可不像你！还不到彻底绝望的时候，你还有两个如花似玉的女儿。没准，她们能改变你的命运，将你从这泥潭里拉出来？"

柳姨娘的眼里，果然闪出一丝希冀之光。

是的，她还有芋儿，苤儿！

只要芋儿嫁进了和府，什么平昌侯府，舞阳县主，全都踩在脚下，通通只有给她舔鞋底的份！

"哈哈，"紫苏一指捺上她的额头，"还在巴望着大小姐早日嫁个金龟婿，一朝跃上枝头变凤凰呢？醒醒吧！也不想想，就凭大小姐那德行，哪个瞎了眼的男人会瞧上她？！顶多，也就是玩玩罢了！"

柳姨娘又惊又怒，眼珠子差点鼓出来。

"啊，"杜蘅挑了挑眉，"我听说，大姐最近似乎跟逍遥王府的和三公子走得很近，有望嫁进王府当三少奶奶？"

柳姨娘目光顿时惊疑不定。

紫苏轻蔑地笑了："大小姐不知羞耻，好几次都是那位公子直接将人送到大门前。这哪是正经的官家小姐该做的事？简直比青楼里的女子还轻浮，浪荡！"

柳姨娘怒目而视。

杜蘅幽幽一叹："大姐可真傻！和家的三公子虽说风流倜傥，豪爽不羁，眼光却是极其挑剔的！像大姐这种金玉其外，败絮其中的货色，怎么可能入得了他的眼？我可是听说，和三公子最近去了江南，根本不在京城。"

柳姨娘一惊：这不可能！

她已找人证实过，那人确实进了和府，没有人有那么大的胆子，行骗到王府里去！

可，万一要是真的呢？

这贱人知道得这么详细，没准真是一个圈套？

她心急如焚，恨不得背生双翅，飞回杜府找杜芋再盘问清楚。

可惜，眼下别说走，就连说句话都不能！真真的五内俱焚，抓心挠肝！

"这么说，大小姐被人耍了？"紫苏跟她一搭一唱，"糟糕！我看大小姐好像当了真，被骗了感情倒还好，万一连身子也给人骗了去，成了残花败柳，这可如何是好？"

忽地掩了嘴，扑哧一笑："到时，只能剃了头送到庵里做姑子。啊，干脆也送到念慈庵好了，也好跟柳姨娘做个伴！"

"不行，得找个机会提醒大姐一声。"杜蘅把最后一根金针收回，擦拭干净，装入匣子里，起身离去，到门边时停步回头，"我会吩咐下去，给你用最好的药。姨娘好生将养，改天再来看你。"

"顺便，"紫苏笑嘻嘻地道，"带点大小姐，三小姐的消息过来，省得你牵肠挂肚。"

柳姨娘瞪大了双眸，奋力挣扎着，扭动着残缺的身子，悲愤、焦灼、痛苦、仇恨……的闷吼声透过门缝传出来，震得人耳膜发痛。

杜蘅站在门边，微微抬头望着天幕，脸上神情十分复杂。

良久，紫苏轻声道："小姐，走吧。"

杜蘅回过神，举步离开："套车。"

"不等小侯爷了？"紫苏一怔。

杜蘅眉心一皱，语气中带了些淡淡的气恼和责备，"干吗总想着撮合我们，给他无谓的希望？你该知道，我跟他，是不可能的！"

"为什么？"紫苏不服气。

"这个理由，我也想知道。"熟悉的男声，带着几分好奇，几分探询。

紫苏霍然转身："谁？"

五丈之外，石南吊儿郎当地倚着树干，歪着头看着两人。

杜蘅明显不高兴，态度十分生硬："你难道不觉得，偷听别人说话，很不礼貌吗？"

石南唰地展开折扇，一步三摇地走过来："若是不想别人听到，就该躲起来私下谈。我一直在这里站着，你们没看到，不怪自己不小心，反过来责怪我没道德，是何道理？"

指了指浓荫密盖的树冠道："事实上，你们应该感谢我生就一副光明磊落的性子，没有躲在树上偷窥完了，再装出一副不期而遇的样子跟你们打招呼。"

杜蘅冷眼斜睨，神情愤懑中夹着明显的不屑！

紫苏怒道："说完了没有？"

"完了，"石南笑眯眯收起折扇，一本正经地道，"正等着你们表示歉意和谢意。"

"怕了你啦！"紫苏敛衽施了一礼，抬起头来瞪他，"成了么？"

"啧！"石南摇头晃脑，连声叹息，"一点诚意也无！不过，我大人有大量，不跟你计较。"

紫苏忍不住笑："石少爷，你赶紧走吧，一会小侯爷该来了。"

"你说夏风啊？"石南斜了眼睛去睨杜蘅，"这会子应该在林子里兜圈呢，一时半刻来不了。"

"有事？"杜蘅冷着脸，颇不耐烦。

"喂！"石南眯起眼睛看她，嘴里不满地嚷起来，"好歹救了你一命，没指望你感恩戴德，但也不必耷拉着脸，给我脸色吧？"

"石少爷误会了……"紫苏打圆场。

"没误会，"石南二指弯曲，指着自己眼睛，"我两只眼睛看得清清楚楚！这家伙眼睛里往外喷着刀子，刀刀想要我的命！老子欠你什么了？"

杜蘅缓了脸色，淡声道："我心情不好，不是针对你。"

好吧，迁怒是她不对！

前世跟神机营的账，不该算在他头上。

石南瞪大了眼睛："你这是在跟我道歉吗？"

"嗯。"杜蘅犹豫了一下，含糊应了一声。

"真稀罕，"石南忽然哈哈大笑，"杜二小姐，居然也会跟人道歉？"

杜蘅恼了："再笑我翻脸了！"

偏石南不知趣，紧追不放："我救了你的命，你不应该谢我一声？"

"别往自个脸上贴金，我的命，是楚桑救的。"杜蘅冷冷道。

"没我帮忙，你能赢得这么轻松？"石南不死心，非要逼她说一声谢。

"一切都是交易，你情我愿，彼此各取所需罢了！"她撇得一干二净。

石南瞪了她许久，咬牙切齿："女人，说声谢，有这么难吗？"

"不难，"杜蘅懒得跟他啰唆，索性一巴掌拍死他，"但要看值不值。"

"你……"石南给她气得直翻白眼。

"石少爷，"紫苏很好心地岔开话题，"时间不多，请长话短说。"

他大老远地跑来，不会只为了讨一个"谢"字吧？

石南恨恨地瞪了她好一会，忽地问："玄参那丫头，我买是买下来了，送到哪去合适？"

杜蘅不答。

紫苏诧异至极，愣了一下，才道："这个，石少爷看着办就是……"

"是你要买那丫头，关我屁事！"石南忽然大喝一声。

"好，"杜蘅点头，"你挑个时间，说个地点，我派人上门去接她。"

"不能放到庄子里，迟早会给人发现。"石南忍不住多嘴。

杜蘅看他一眼："这是我的事，不需要你操心。"

石南气得不行，忽地垂头丧气："算了，送佛送到西，还是我处理吧。"

"没必要。"

"我说，交给我！"石南怒吼。

这女人，真的很有把人逼疯的本事！

他是出了名的笑面虎，只有他损人，没有人敢惹他。竟三番两次给她气得原形毕露——啊，呸呸呸！气糊涂了，开始胡言乱语！

他开始严重同情夏风！

可怜的男人，真要娶了她回家，最少短寿二十年！

紫苏看看这个，再瞧瞧那个，一个憋不住"噗"地笑出声来。

"笑什么？"两人扭过头来，同声呵斥。

"没什么，"紫苏憋得内伤，勾着头走到一边，扶着树干，笑得肩膀一耸一耸，"我发神经，你们继续。"

看一眼杜蘅冷冰冰的侧脸，石南叹了口气：算了，他一个大男人，干吗跟个弱女子较劲？赢了也不见得光彩，输了更是掉份。

他来，是想她开心，不是来吵架的。

想清楚，又变回嬉皮笑脸的样子："还生气呢？别气了，我这人就是嘴贱！你当放屁，听过就算了！"

杜蘅也觉得自己有些过分，就算是交易，该承认的还是要承认——能在这么短的时间里扭转局面，石南功不可没。

"是我太敏感。"她含蓄致歉。

"现在算是，警报解除了？"石南含笑望她，一双眼里，光彩粲然。

杜蘅犹豫一下，轻轻点了点头，表情明显轻松了许多。

"有件事，得提前告诉你一声。"石南嘿嘿笑。

"什么？"

"我给你送了个丫头。"石南一边说话，一边小心偷觑她的表情，生怕会惹恼了她，"本来想瞒着你，后来想想，你这么聪明，一定很快查明真相，不如直接坦白。"

杜蘅弯起唇，嘲讽一笑："这算是变相的监视？"

知道顾氏的嫁妆到了她手上，怕她找借口推托，拒不交出钥匙，所以找个人全天候地监视她？

"我就知道你会这样想，"石南叹息，"说句实话，我要想知道你的行踪，多得是办法，用得着这么笨的法子？"

杜蘅凝眉，眼眸冷成一块冰，双手抱了胸，只用下巴挑向他。

好像在说：编，你使劲编！说得再天花乱坠，也掩盖不了事实！

石南失笑，忍不住咬了下唇，那是一种无奈的，带了点宠溺的笑："你不能把所有接近你的人，都当成敌人。你总得学会交朋友，总得试着去信任别人，对不对？"

"我有朋友，也有信任的人。"杜蘅一句话，把他气得半死，"但，绝不包括你。"

"我，"石南皱起一张脸，表情十分可爱，"到底怎么得罪你了？"

"把你的人撤走。"杜蘅直接说结论，"否则，我不保证她会有什么下场。"

"你若心里没鬼，怕什么？"劝说不成，石南改用激将。

"我不怕，"杜蘅淡淡地道，"但讨厌被监视的感觉。"

"相信我，她不是来监视你，相反，是来保护你的。"石南立刻道。

"不需要。"这一次，杜蘅拒绝得更干脆了！

石南不死心，铆足了劲劝说："她绝对不会妨碍你做任何事，即使你在背后策划如

何取我的性命，她也不会泄露半个字。"

紫苏忍不住了："石少爷，说点靠谱的话吧！"

"好，"石南从善如流，换了策略，"你以为是谁把柳姨娘弄成这样的？"

"你知道？"紫苏吃了一惊。

杜蘅猛然转头，一双眼睛灼灼如炬，看得他微微发慌。

"我来晚了一步，没有看到。可以肯定的是，有两拨人！"石南定了定心神，摇头，"第一拨毒哑了她，后来的挑了她的手筋……"

"你怎知是两拨人？"紫苏不服气了。

"我去的时候，柳姨娘的手筋刚被人挑断，血刚流出来。"石南道，"可是，她喉咙里的血泡，却已化了脓。"

就算不懂医，也知道，皮肤溃烂到化脓，需要一段时间。

这说明，柳姨娘在送到庄子之前，就已中了毒。

杜蘅的心蓦地狂跳起来，话到了嘴边，却没敢问出来。

柳姨娘昨夜对杜谦骂的那番话，突兀地进出来，在心头萦绕，令她心惊肉跳。

忽然间，她有了一种很不好的预感——会不会，外公的死，跟父亲有关？

更有甚者，母亲多年缠绵病榻，也跟父亲脱不了干系？

她记得，母亲的病，总是时好时坏。

精神好的时候，会陪她在花园里放风筝，可每次好景不长，隔不了多久，又会再次卧床不起……

这种想法很疯狂，很大逆不道，可她就是止不住，可怕的想象，如藤蔓一样钻进了她的心里，疯狂地蔓延！

"……如果那人的目标不是柳姨娘，而是你，你要如何抵挡？"石南还在絮叨，她已有些心不在焉了。

紫苏挺起胸膛道："有我在，就算拼了一死，也绝不会让他伤到小姐一根寒毛。"

"不是我小看你，"石南似笑非笑，睨着她，慢慢道，"就算再练十年，也不是那人的对手。况且，那人也不会那么傻，给你十年时间，慢慢练习。"

紫苏涨红了脸，恼怒："大不了一死，有什么好怕的？"

"你死了不要紧，"石南神情严肃，"二小姐恐怕也要一命呜呼。到时当非亲者痛，仇者快？最好的办法，找个武艺高强，又绝不多管闲事的丫头，贴身伺候，确保安全。"

"果真如此，那也是命。"杜蘅不为所动。

"蝼蚁尚且贪生，何况人乎？"石南不以为然，"二小姐身负血海深仇，难道甘心为奸佞小人所害，任仇人逍遥法外？"

"你说什么？"杜蘅脸色蓦地一变，心脏咚咚狂跳。

"我的命是顾老爷子救的，柳姨娘的跋扈有目共睹，二小姐的愤怒，石某感同身受。"石南冲她挤了挤眼睛，笑得十分狡黠。

杜蘅心中惊疑不定，听了这话略松了口气。

"关于外祖、母亲，你是不是知道些什么？"迟疑了许久，还是问了出来。

石南答得很是含糊："八年前，顾老爷子辞世，我便离开了杜家，对于贵府的情况，大多来自捕风捉影的道听途说，做不得准。"

"除了留给你两本医书，外祖还有没有别的话交代？"杜蘅不死心。

"还留了一笔钱，"石南半真半假地道，"靠着它，才有了我的今日。"

杜蘅很是失望："他，没有留下遗言？"

"老爷子辞世时，你没在身边？"石南反问。

杜蘅沉默。

那时她才七岁，且母亲还在人世，外公就算有话，也不会交代给她。

只隐隐约约感觉，外公其实是不信任父亲的。

否则，不会苦心孤诣，为她做了这样一番安排。

"二小姐若有疑问，我可以帮你查。"石南试探地道，"别的不敢说，论到查探消息这方面，我还是很有些心得的。"

"不用了，"杜蘅轻声道，"如果有需要，我自会找你。"

石南从袖子里摸出一叠银票，往她面前一递："喏！"

"什么？"杜蘅眼露狐疑，并不肯接。

"打劫了富户，现在当然要坐地分赃啊！"石南咧着嘴，笑得很是猥琐，"下回还有这样的好事，记得来找我！保证帮你办得妥妥帖帖，不费你半点力气。"

杜蘅皱眉："胡说什么？"

石南好气又好笑，把银票硬塞到她手上："拿着，它不咬人！"

"无功不受禄，"杜蘅冷冷道，"我也似乎还没沦落到要靠你施舍的地步？"

石南大笑："我也没阔气到几十万不当一回事，随便乱扔！这是柳亭那榨出来的，我人格高尚，没好意思独吞，一人一半。"

紫苏眼角一抽，心道：半个月净赚二十来万，还好意思标榜自个人格高尚？

杜蘅轻应一声，翻了翻，拣出十五万，塞回去："夏家的银子，我不要。"

石南只觉好笑："你不喜欢夏家，少联系就是，干吗跟银子过不去？要照你这么算，柳亭的那份，是不是该还给你？"

不等她说话，又道："我知道你不缺钱，顾氏留下的财产，足够你几辈子吃穿不愁……"

"哎呀！"紫苏上前，一把将银票抢到手里，"该要就得要，甭跟他客气！以后啊，

咱花钱的地方还多着呢！"

"紫苏！"杜蘅气恼至极。

紫苏很宝贝地把银票收到怀里，抬起头来"嘿嘿"一笑："两位都是神仙一样的人物，视钱财如粪土！小人是个不折不扣的俗物，见钱眼开得很！来来来，还有多少，甭客气，都交给我，我不嫌。"

石南大笑："你个小丫头，胃口倒不小！吃着碗里，占着锅里，也不怕撑死你！"

紫苏撇嘴："谁会嫌钱多……"

话未完，忽听"啾啾"一连串悦耳的鸟鸣声传来，石南转过脸来看她，眼里浮起一丝浅笑："人反正给你送过去了，要杀要剐要留，随你处置。后会有期！"

"等等！我没……"杜蘅想要抗议，他已不见了踪影。

"好好的，他又发什么神经？"紫苏一脸困惑。

"阿蘅！"夏风人未到，声先至，"你没事吧？"

杜蘅退后一步，不着痕迹地避开他的碰触："能出什么事？"

"没有。"夏风明显松了口气，问，"事办完了？"

杜蘅犹豫一下，不抱什么希望地问："你知道，是谁把柳姨娘弄成这样子了？"

夏风眼里闪过一丝惊疑："不是伯父么？我还以为……"话未完，已觉不妥，急忙闭嘴，颇为尴尬地移开视线。

杜蘅也不着恼，转身向停在院中的马车走去："不早了，该回去了。"

"等等。"夏风抢到她的前面，掀起帘子往里看了一眼，又转到车后，弯腰检查了一遍车底，这才直起身，"可以上去了。"

紫苏顿时紧张了："是不是有刺客？"

"抱歉，"夏风自嘲一笑，"跟着圣上习惯了，每次出行必定要检查马车。"

他竭力想显得轻松，紧绷的声音却透露出一丝紧张。

杜蘅隐约猜到让他这般紧张的原因，不便说破，搭着紫苏的手，弯腰钻进了马车。

夏风翻身上马，因村路狭窄，车马无法并行通过，遂落在车后丈许，直到上了驿道，这才驰到马车右侧，与她并肩而行。

一路无话，回到杜府已是掌灯时分，夏风在门前勒了马缰："我就不进去了，改天再来拜访。"

紫苏撞了她一肘，杜蘅先是不解，被她瞪了一眼，这才恍然大悟，很不情愿地挑起车帘，道了一声："辛苦你了。"

夏风一愣，直直地盯着她，忽地笑了起来，眼睛闪闪发亮，黑色的瞳仁一层一层闪着微光。

杜蘅被他瞧得面红耳赤，仓促放下车帘，狠狠剜了紫苏一眼："多事！"

紫苏却已捂着嘴，笑倒在了坐垫上："哈哈。"

"这有什么好笑的？笑，笑！笑死算了！"杜蘅嗔怪地别过头去。

夏风心情愉悦，掉转马头，绝尘而去。

马车进到二门，杜蘅下了车，立刻便感觉气氛有些微妙，那些下人们三三两两聚在一起，窃窃私语，她一走近，立刻便噤声。

杜蘅心知有异，急匆匆回到杨柳院。

进了门，就见院子里杵着一个陌生的少女，因背对着她，看不出年纪。

身姿曼妙，体态婀娜，黑色劲装，墨玉似的长发以黑色缎带高高束起，越发衬得干净利落。

这些都不是重点。最引人注目的是，她背上背着一把黑漆漆的长剑！

杜蘅忍不住抬起手，按住额头。

石南，还真是语不惊人死不休！

这么高调地送了个"丫头"过来，到底想干什么？

白前几个二等丫头，挤在西梢间的窗户下，偷偷窥视着她。

见到杜蘅，白前第一个蹿出来："小姐，可算回来了！"

"小姐，她，不会真是新来的丫头吧？"白芨怯生生地问。

杜蘅无语。

白薇颇为担心，压低了声音道："她来了两个多时辰了，只说来侍候小姐的，不吃不喝也不说话，就这么在太阳下站着……"

眼下虽已立秋，太阳也是好毒的，晒出毛病来，咋整？

话没说完，就见那少女转过身来，上下打量了她一遍："杜蘅，杜谦嫡女，杜家二小姐？"

"放肆！"白前喝道，"敢直呼小姐名讳！"

杜蘅叹了口气，认命地收拾烂摊子："你，跟我来。"

"杜蘅，杜谦嫡女，杜家二小姐？"谁知少女不肯动，固执地又问了一遍。

"是。"

少女忽地单膝跪地，双手抱拳："初七见过二小姐！"

"啊！"身后的紫苏，忽然进出一声凄厉的惨叫。

"紫苏姐姐！"白前几个面面相觑，忙不迭地上前安慰，"别怕，她那把剑只是看着吓人，不会乱杀人的！"

白蔹心细，隐隐听到紫苏尖叫之前，极低促的声音，叫了一声："是她！"

不禁疑惑地再次看了一眼初七：这人是谁，紫苏早就认识吗？

紫苏面白如纸，尽管早已吓得浑身都在哆嗦，仍拼力揪着杜蘅的手，把她死命往自

己身后拉："小姐，快逃……"

恐惧是极具传染性的，白前几个也不过是十二三岁的孩子，面对一个背着剑的剑客，哪里有不害怕的？

何况，紫苏向来都是她们几个中胆子最大，最有主见的一个！

"啊！"几人都忍不住，跟着尖叫了起来。只不过，见紫苏没有跑，她们也不敢扔下杜蘅撒腿逃跑。

初七眼里闪过一丝疑惑，固执地望着杜蘅："小姐？"

"你看到了，"杜蘅叹了口气，道，"我这里不需要你，你走吧。"

初七当啷一声，拔出身后长剑，夕阳映着剑身，反射出七彩的光晕。

"你敢！"紫苏怒叫一声，一头朝她撞了过来。

初七只抬了抬手，紫苏就像一块破抹布，摔出了几丈远，掉进了荷花池里，溅起一池的水花。

"杀人啦！"白芨胆最小，两眼一翻，直接晕死过去。

"紫苏姐姐！"白前跟她感情最好，一个箭步冲过去，追到池塘边去救人。

白菝是最稳重的，壮起胆子对远远站在一旁围观的仆妇大嚷："愣着做什么，快去叫人！"

"慢着，"杜蘅低头看一眼长剑，初七徒手捏着剑身，剑柄却是递到自己面前，皱眉，"什么意思？"

"小姐若不收留，就请一剑杀了我。"初七看着她，语气平淡，好像说的不是自己的生死，而是今天的天气真好。

"这是威胁吗？"杜蘅秀眉一挑。

"小姐不收留初七，说明初七没用，无用之人留在世上，只会浪费米粮。所以，请小姐赐我一死。"初七很认真地解释。

杜蘅面沉如水，隐隐含了几分煞气："你要死便死……"

她认定初七只是威胁，岂料初七竟然二话不说，倒转剑锋，毫不犹豫地朝自己脖子抹了下去。

"啊！"白菝再也忍不住，发出惊天动地的尖叫，晕了过去。

"等一下！"杜蘅大叫。

初七停了手，定定地看着她，长剑已割破皮肤，鲜血顺着雪亮的剑身，一滴滴地落到地面。

"你流血了！"杜蘅掩住了嘴，不敢置信地瞪着她。

初七视而不见，直直地望着杜蘅："小姐肯留下我了？"

"把剑拿开，让我看看伤口！"

"小姐肯留下我了？"初七固执地追问。

杜蘅气急败坏："再不把剑放下，我直接割断你的喉咙！"

紫苏从池塘里湿漉漉地爬了出来："不能留！她……"

杜蘅转过头，冷冷看她一眼，紫苏噤了声。

"跟我进来。"杜蘅转过身，笔直进了房间。

初七提着剑，亦步亦趋地跟着。

"过来坐。"杜蘅从抽屉里找出干净的白布，看她一眼，道，"剑放下，一根破铁，除了你把它当宝贝，没有人会要！"

初七犹豫一下，反手将剑插进剑鞘，走到椅子上坐下来，很认真地解释："这不是破铁，它叫寒月，是一代名匠梁平所铸。"

杜蘅没好气地瞪了她一眼，低头检查伤口，还好制止得及时，伤口不算太深，将养几天就好。

抬了头，见帘子外人影幢幢，遂没好气地喝道："看什么看，还不送些温水来？"

初七愣了一下，道："我只负责贴身保护小姐，别的事，一概不管。"

杜蘅剜她一眼："求之不得。"

白前端了一盆清水进门，远远地搁在桌上，不敢靠得太近。

"没出息，出去！"杜蘅喝了一声，抬起下巴，朝铜盆努了努，扔过去一盒膏药，"自个洗干净，把药敷了。"

初七接过膏药，乖乖地洗干净，敷好药，动作十分娴熟，显见得是做惯了的。

杜蘅拿了白布在她脖子上缠了几道，生硬地道："下去休息，睡前记得再换一次药。"

"只擦破点皮，其实药都不用上……"初七分辩。

"换不换随你，"杜蘅也懒得跟她磨嘴皮，"我这里暂时不用你侍候，下去休息。"

"我得贴身保护小姐，不能离开。"初七不动如山。

"我叫你走！"

"不行，我不能离小姐三尺之外。"初七摇头，态度坚决。

"你是小姐，还是我是小姐？"

"你是。不过，我不能离开小姐。"

"你说了算，还是我说了算？"

"小姐说了算，不过，我不能离开小姐。"

杜蘅气到吐血。

她终于明白，石南为什么选这么个人送过来！

她简直比牛还固执，根本油盐不进嘛！

紫苏在门外听了一阵，终于忍不住，推门冲了进来："你故意的吧？小姐叫你滚，你听不懂吗？"

初七根本理都不理她。

杜蘅叹了口气，柔声道："我要换衣服，你先出去一下。"

初七眼都不眨："小姐只管换，我不看就是。"

"我换衣服时，不喜欢身边有人。"杜蘅不悦地蹙起了眉头。

"她不是人？"初七一脸困惑，盯着紫苏瞄了两眼。

紫苏肺都气炸了："你他妈的才不是人！"

初七被骂了也不生气，望着杜蘅："我不能离开……"

"停，"杜蘅按着太阳穴，深呼吸一下，令自己保持冷静，"你闭嘴，坐在这里不要动，也不要说一个字。"

快步走向内室，初七一晃身，已到了她身前："你去哪？"

杜蘅停步，耐着性子道："你跟着我，我没法做事。"

初七眨巴着眼睛："你只管做任何事，我不会干涉，只要别离开我的视线就好。"

"少废话！"紫苏怒目圆睁，"这里不欢迎你，立刻滚蛋！"

"你不是小姐，没资格要我滚。"初七终于恩赐似的看了她一眼，"还有，离小姐别这么近。"

"你！"

"好了，"杜蘅没辙，站在门槛上，指挥，"帮我拿那套银盢的褙子，松绿色的挑线裙。"

紫苏把衣服找出来。

杜蘅装作无意地加了一句："啊，再拿一盒头油，要玉兰香的。"

紫苏微微诧异，抬眸看她一眼。

杜蘅不动声色，几不可察地冲她眨了眨眼睛。

紫苏心领神会，从箱子里摸出一只盒子，轻快地回到房中。

杜蘅在妆台前坐下，初七就虎视眈眈地背着剑，站在身后。

紫苏帮杜蘅把头发散开，一手握梳，一手拿着她的头发，扭过头冲初七努努嘴巴："喂，帮个忙，把头油打开。"

"我……"初七刚要拒绝。

杜蘅脸一沉，冷冷道："若这点小事都不做，要你何用？"

"要抹多少？"初七一愣，只得接过盒子，刚一掀开就觉异香扑鼻，她心知不对，反手就去抽身后的长剑。

"不好！"紫苏骇然，发一声喊，猛地将杜蘅一把推开，扭身就跑。

初七瞪大了眼睛瞪着她，长剑直直地砍下来，砰一声，将锦凳劈成两半。

长剑一伸，寒芒暴涨，将紫苏逼到了墙角。

"不可！"杜蘅心胆俱寒，拼死扑了上来。

初七身子一晃，再也支撑不住，瘫软到了地上。

长剑当啷一声，掉落在地。

紫苏松了口气，悻悻地踹了她一脚："叫你横！"

"好啦，"杜蘅拦着，不许她再踢，"出出气就好，别真踢出毛病来，回头醒了找你算账！"

"小姐，"紫苏急了，"你不是真想留着她吧？你忘了，她是……"

"嘘，"杜蘅伸指按住她的唇，蹲下去仔细探了下初七的脉息，确定她已昏迷，这才拉了紫苏进到里间，压低了声音道："隔墙有耳，小心为上。"

前世被她数次拿剑指着咽喉，想忘也忘不了啊！

紫苏气急败坏："她可是神机营的刺客，前世的千里追杀，若不是有慧智师傅，不知死在她手里几回了！"

"缘分，真是奇妙！"杜蘅凝视着面前这个熟悉的陌生人，苦笑。

谁能想到，前世闻名色变的杀手，竟然摇身一变，成了她贴身的护卫丫头？

老天爷，这个玩笑开得太大了些。

她的小心脏，有点承受不了！

"石南王八蛋！"紫苏恨得牙痒痒，"亏我一直当他是好人，原来一切都是他在幕后搞鬼！幸亏他自作聪明，把初七送过来，露出了真面目！"

越想越恨，再踹了初七一脚："不行！得乘她没醒，杀了她！"

杜蘅淡淡道："神机营有无数密探，杀了初七，还有初八，初九……无穷无尽，你杀得完吗？"

"那咱们就把石南杀了，永绝后患！"紫苏恶向胆边生，伸手去拔初七的剑。

"凭你我二人，别说杀，想近身都难。"杜蘅实事求是地道。

"他现在不知身份已经暴露，"紫苏摸着下巴，在房里来回走了几圈，忽地停步，做了个杀头的手势，"咱们就用对付初七的法子，先用药迷翻了他，再取他性命！"

杜蘅失笑："杀了他，然后呢？从此亡命天涯，剩下的仇也不报了，眼睁睁看着仇人身居高位，为所欲为？"

紫苏瞪着眼睛，愣了半天，道："那怎么办？"

"他也好，初七也罢，都只是别人手里的棋子。"杜蘅反而冷静下来，"至少眼下，还构成不了威胁，何必自乱阵脚？"

见紫苏仍不明白，笑了笑，道："一动不如一静，且留他们在身边慢慢观察，能为

我所用更好，控制不了时，再想法子除掉就是。"

紫苏颇不赞同："这太危险了！"

"不入虎穴，焉得虎子？"杜蘅淡淡道，"这一世，咱们做的事，哪件不危险？若是害怕，我也不会选择走上这样一条不归路。"

"那不一样，"紫苏摇头，"咱们要对付的人，都有一定的身份地位，行事有所顾忌。但他们是杀手，视人命如草芥，不会跟你讲道理，谈规矩！"

"未必。"杜蘅微笑，"杀手也是人，只要是人，就会有弱点。前世，我在明，他们在暗，防不胜防。现在我知道他是杀手，他却不知我已知他的身份。则变成我在暗，他在明。优劣互换，何惧之有？"

紫苏竭力反对："你这是与虎谋皮！"

"是，"杜蘅坦然承认，"我就是在与虎谋皮。"

18　七夕相逢

紫苏踢了初七一脚，问："现在，要怎么处理她？"

不能杀，赶又赶不走，总不能天天迷翻了她再说话，着实头疼啊！

"找间空屋，先把人安顿下来再说。"

紫苏噘着嘴："凭什么呀？"

"你跟她住，怕不怕？"杜蘅斜眼看她。

"我才不要跟她住一起呢！"紫苏叫了起来，"白前几个，肯定也不愿意跟她住！"

"那就别抱怨，把人抬下去。"杜蘅忍了笑，淡声吩咐。

"哦。"紫苏悻悻地掀了门帘出去。

白前几个正挤在门廊前，想进又不敢进的样子，见她出来，一窝蜂拥上来，问："紫苏姐姐，你没事吧？"

"少来！"紫苏抬起手，作势欲打，"刚才动静那么大，也没见你们冲进去救人，这会子来装什么好人？"

白前嘿嘿一笑："没有小姐吩咐，我们哪敢进去？"

"怎么不说你们怕死？"紫苏翻个白眼。

"这怎么可能？她是来服侍小姐的，哪有丫头一来，就把主子杀了的？"白前一脸谄媚,"事实证明,我的推测是对的!"

白芨讨好地道:"有紫苏姐姐在,什么事处理不了?"

"你呀,就这张嘴甜!"紫苏一指戳到她额上,"去,把杂物间收拾一下!"

"要找什么东西?"白前忙道,"还是我去吧,指望她,明天也不见得有。"

紫苏龇着牙,阴阴一笑:"简单收拾一下,能放下一张床就行。"

她倒要看看,这么恶劣的环境,初七能撑几天?

"那里,能住人吗?"白蔹讶然。

白前最先反应过来,当即笑眯眯地道:"明白了!我让他们放个旧马桶进去……"

"呀,你可真缺德!"白芨推了她一把。

"嘻嘻。"

"嘿嘿。"

几个丫头你推我挤,嘻嘻哈哈笑成一团。

杜蘅在屋里,听着几个丫头的笑闹声,心情却格外的沉重。

柳姨娘那张扭曲变形的脸总是在眼前晃来晃去,尤其是那晚她说的那些话,更是一遍又一遍在脑海中浮现。

前世,柳姨娘的一生,也算得上传奇了。

她从一个沿街乞讨、几欲饿死的乞丐,到以顾氏丫环之身,做了杜谦的通房,再到姨娘,最后掌了中馈,成为杜府的当家主母,太医院院正的正妻,燕王的岳母,太康帝的亲家!

如果,燕王起事成功的话,则杜茝最起码会封贵妃,柳姨娘则还会成为皇帝的岳母……

可以说,没有杜谦,就不会有柳姨娘的风光。

无论杜谦如何对她,都不应该用"忘恩负义"来形容。

可柳姨娘,不止指责他忘恩负义,骂他过河拆桥,甚至扬言要抖出他的丑事。

他们之间到底有什么不可告人的秘密?

杜谦有什么把柄落在柳姨娘手里,以致不惜毒哑她?

思来想去,这个秘密都与顾家的财产,外公的死,母亲的病,脱不了干系!

她不敢再想,却又不能不想,脑子里总是控制不住地进出各种可怕的推测和结论……

杜蘅烦躁之极,猛地站起来,在房里来回踱步。

紫苏端了茶进来,见状忙问:"要找什么,坐下来,我帮你拿。"

杜蘅微怔,随口道:"……书,我找,外公留给我的医书。"

心烦意乱的时候,看看医书,兴许就能平静下来了。

紫苏把托盘搁到炕桌上,从枕头下摸出两本蓝色封面的线装书,笑嘻嘻地扬了扬:

"呐，这不就是？"

杜蘅胡乱挑了一本，靠在迎枕上看。

紫苏忙把烛台移到床边的高几上，见烛芯有点长，拿了银剪细心地剪掉一截："这东西费眼睛，别瞧得太晚，早点安置。"

"嗯。"

知道她看书时不喜打扰，紫苏搬了个小凳子过来，把茶水点心搁到她随手可取的位置，轻手轻脚地出了门，坐到碧纱幮外有一针没一针地绣起了手帕。

杜蘅初时有些心不在焉，只是随手乱翻，根本就没心思看。

慢慢地，感觉有些不对头——这书，她似乎在哪里看过？

她心一跳，忙翻开封面，看了眼书名《百草千毒经》——确实不曾读过。

从头开始，逐字逐句，一段一段，一章一章地仔细看下去。

越看心跳越快，越看越迷茫，越看越如坠五里云雾！

没错，前世她为了替南宫宸解毒，打算深入苗疆，慧智便给了她一本有关毒物的医书。她背得滚瓜烂熟，不敢有一字错漏。

她一直以为，慧智为了她，苦心孤诣，连熬了几个夜晚，逐字逐物详加注解——书送到她手里时，墨迹尚未干透！

万想不到，这本书，现在就摆在自己面前！而上面的笔迹，分明是外公的！

不错，所谓绝版医书，并不见得真的是世上仅存的一本！

不能说外公有，慧智就不能有。

可是，若巧合到连注解都一模一样，一字不错，则绝无可能！

死人，是不会说谎的。

唯一的解释，慧智当年给她的，其实就是外公的遗作。

怪不得，她学起来如此得心应手，甚至有似曾相识之感——她曾经以为，那是因为她身上流着顾家的血，对医学有极高的天分！

现在才知道，那份若有似无的熟悉感，原来是因为外公！

再仔细一想，不论是前世还是今生，她与慧智的相识，其实都很突兀，有着人为的刻意痕迹。

不同的是，前世是慧智主动找她，这一世，则是她去寻慧智！

她一直以为，与慧智的相识，是偶然；拜他为师，则是她的幸运。

却从未想过，这一切，其实是必然！

奇怪的是，相识九年，慧智从未在她面前主动提起过外公！更不曾对她透露过半句，他的医术，是习自顾沨之！

他甚至，小心到把这本《百草千毒经》改名为《毒经》，就为了让她相信，他跟顾洐之毫无关系！

顾洐之的徒弟，难道是什么不可告人的身份吗？

为什么慧智要刻意隐藏真相，跟顾家把关系撇得一干二净？

如果说，一切欺骗都是以得到为目的，长达九年的时间里，慧智却对她一无所求！甚至不惜为了她，大开杀戒……

还有，为什么明明外公亲手交由石南保存的医书，最后却落到了慧智的手中？

她记得，前世慧智是在母亲周年祭时与她第一次见面。

这是不是意味着，前世的石南，在母亲的周年祭前，就已经死了？

所以，医书才到了慧智的手里，所以，他才从未与她有过任何交集？

如果真是这样，那么，又是谁杀了石南？

想来想去，最有可能杀石南的，竟然是慧智……

他跟慧智之间，到底是什么关系？身为神机营的密探，为什么最后会死在一个和尚手里？

他出现在自己的周围，究竟有何目的？为什么要把初七送到自己身边？

为什么，为什么，为什么？

无数个疑问，在心底盘旋，杜蘅整晚昏昏沉沉，意识飘渺，噩梦缠身。

不是被人追杀，就是掉落悬崖；再不然就是梦到慧智教她各种阵术，结果她困在阵中，被各种妖魔鬼怪追咬。

她拼命在一片黑暗中奔跑，却始终逃不出那片竹林。四周涌出无数青面獠牙的怪物，向她扑来，撕咬着她的衣衫，啃噬着她的四肢，她满身是血，拼力挣扎，却怎么也摆脱不了。

正要听天由命时，一阵霹雳声响，天上现出一朵五彩祥云，石南踏云而来，嘴角噙着吊儿郎当的笑，痞痞地俯瞰着她："给我五百万两，救你一命。"

她求他："谁吃饱了没事，身上带着几百万？先救我上去，脱了险再给你。"

石南一脸鄙夷："没钱说个屁！"

一把推开她，扬长而去。

身后妖怪群杀到，一条巨蟒张开血盆大口，一口咬住她的双腿……

"啊！"杜蘅大叫一声，冷汗涔涔，霍然而醒。

眼前杵着一道黑黝黝的影子，披头散发，俯身瞪视着她。

那双幽亮的眸子，在暗夜里，亮得惊人。

一双冰冷的手，探到她的额上。

"啊！"饶是杜蘅再镇定，此时也绷不住，迸出惊天动地的尖嚷。

各房的灯次第点亮，纷乱的脚步声响起。

咣当一声，紫苏第一个冲了进来："小姐！"

白前几个拿的拿烛台，握的握剪刀，紧跟其后冲了进来。

初七侧坐在炕沿，手还探在杜蘅的额上，杜蘅则瞪直了眼睛，拼命尖叫："鬼，鬼啊！"

"你想干什么？"紫苏冲上去，狠狠揪住初七的前襟。

初七侧头看着杜蘅，表情十分无辜："你为什么要叫？"

"……"紫苏差点被她气晕，一抬屁股将她挤开，握住杜蘅的手，"别怕，是初七。"

"初七？"杜蘅惊魂稍定，沉着脸问，"你不睡觉，坐在我床头做什么？"

初七很认真地道："保护小姐，不能让小姐离开我的视线。"

紫苏怒目而视："半夜三更，披头散发坐在小姐的床头，算哪门子保护？"

"亏得小姐胆大，要不然准得吓死！"白芨躲在白蔹身后，小小声道。

"就是！小姐要吓出什么毛病来，你十条命也不够赔的！"白前恨恨地骂。

初七只直挺挺地站着，重复："不能让小姐离开我的视线。"

"你没毛病吧？"白前忍不住骂道，"翻来覆去只会说这一句，能不能换点别的词？"

"换什么词？"初七愣愣地道。

"别告诉我，你连头都不会梳？"紫苏冷声讥刺。

杜蘅按着太阳穴："别吵了，吵得头都疼了。"

"小姐，"白蔹倒了杯茶递过去，"喝杯茶，压压惊。"

随手摸了摸她的衣，皱眉："哟，全湿了！白前，别在这站着，赶紧打点热水来给小姐净身。"

紫苏走过去把窗户打开："这鬼天气，入了秋还热成这样！"

"咱们这还算好。"白芨蹲下身，检查了一遍冰盆中的碎冰，叹了口气，"那些庄户人家可就惨了！再这么热下去，今秋的收成定然大受影响。"

她不是家生子，只因家里人口太多，实在养不起，才卖到大户人家做丫头，赚些钱贴补家用。

因此，对于农事，比其他人关注得多。

杜蘅看她一眼，问："家里有多少地？"

白芨苦笑："家里穷得叮当响，哪还买得起地！不过是租种了七亩水田，每年打的稻子，还不够糊口的！要不然，我也不会出来做丫头。"

杜蘅又问："你家几口人？"

"老老少少有十二口，整劳力只有四个，其他不是老就是少，再不然就是病着……"白芨神色黯然。

紫苏立刻掏荷包："我这有些碎银，你先拿去花。"

"不用，不用！"白芨连连后退，"跟了小姐一个月，赏银都拿了十几两。比我全家一年挣的还要多！日子比以前宽裕多了！"

"没事，"紫苏一个劲往她手里塞，"我还有，叫你拿着就拿着！"

"不，"白芨坚持不肯收，"谁家都不容易，你上头还有两个哥哥没娶媳妇呢！有多余的银子，给他们攒着将来娶媳妇用。"

白蔹一个没憋住，一下笑出声来："傻丫头，她这不是正给嫂子存钱么？"

上前，抢过荷包，掂了掂，笑得越发地张狂："紫苏这丫头，也忒小气！十几两碎银，就想把咱们这么漂亮的白芨娶回家呀？别说小姐，连我都不答应！"

"呸！"白芨臊得满面通红，返身过来追着她打，"你个死蹄子，自个动了春心，看上人家哥哥，想做紫苏姐姐的嫂子，不敢说，倒拿我做幌子。"

白蔹笑人反被笑，也臊得满面通红："你个小蹄子，敢埋汰起我来！"

紫苏叉着腰大笑："你们不要急，也不要抢，我有两个哥哥……"

一屋子人笑闹成一团，初七却像是完全没有感觉，只一眨不眨地盯着杜蘅。

就连白前送了水进来，杜蘅到屏风后面擦身，她也差点跟了过去，被紫苏几个强行制止了。

等杜蘅净过身，换过干净的衣服回来，便打发丫头们都去睡。

初七死活不肯走，抱着那柄剑，盘膝坐在房门口，一步也不肯离开。

众人劝又劝不动，抬又抬不起，折腾得满身大汗，最后只得任她去了。

杜蘅躺在床上，脑子里残留着噩梦的影子，身边杵着个抱着剑的神机营刺客，怎么可能还睡得着？

睁着眼睛熬到天亮，胡乱用了点早餐，便吩咐套了马车，顶着一对兔子眼，直奔静安寺。

她要见慧智，亲口问问他，到底是谁的徒弟？

山道上挤满了各式各样的马车，轿子，寺里熙熙攘攘，到处都是来上香拜佛的善男信女，且绝大多数是年轻人。

"今天什么日子？"她不禁有些傻眼。

"今天七夕，乞巧节呀！"紫苏白她一眼，"小姐不会连这个都忘了吧？"

在大齐，对未婚的年青男女来说，七夕是个很重要的节日。

这一天，未婚少女们可以不受礼教规矩的约束结伴出游；只要不做太出格的事，与心仪男子的会面也是被允许的。

到了晚上，家家户户都张灯结彩，女儿家更是拿出各自的绝活，制做各种各样的小玩意，争相比赛谁的手艺更巧。

子夜一到，还会会聚到京城的流波河，花溪边上，放河灯。

还有的人索性河边燃起篝火，聚在一起，载歌载舞，通宵达旦……

杜蘅无语。

她，还真的忘记了！

紫苏瞪大了眼睛："真忘了？我服了你，这也能忘！"

她的声音有点大，惹得周围人投来关注的目光。

杜蘅急忙拖了她往后山走去："你嚷什么？七夕跟咱们又没什么关系，谁耐烦去记它！"

紫苏压低了声音嘀咕："除了复仇，什么事跟你都没关系！"

说完，才猛地记起身边还有个初七，蓦然变色，扭头朝初七看去。

初七背着剑，直愣愣地跟在杜蘅身后，一点反应也没有。

她不禁心生狐疑：她是真的没听到，还是根本不在乎，还是装腔作势？

等到了悬崖边，杜蘅照旧直接往下跳，不料却怎么也跳不下去。

转过头一瞧，后领给初七拎在手里，身子在半空中滴溜溜打转！

"放手，你放手！"杜蘅气急败坏，大声喝。

初七直直盯着她的眼睛，一本正经地道："跳下去会摔死，不能放。"

"不会的，"杜蘅捺着性子解释，"这悬崖是假的，看着深不可测，其实没多高，跳下去一点事也没有。"

初七探头往下看了一眼，摇头："不成，看不到底。"

"真的，不骗你！"杜蘅一脑门的汗。

"不信，我跳给你看？"紫苏说着，作势欲跳。

初七看她一眼："我只负责保护小姐，你死不死，跟我没关系。"

紫苏气得差点吐血，二话不说，返身就跑，跑了十几步，再掉过头来，以更快的速度冲过来，一把抱着她的腰，用力往前推。

咦，竟然推她不动？

紫苏抬起眼，惊骇地看着她。

初七眨巴着眼睛，一脸无辜："我是不是挡着你的路了？"

紫苏气得不行，真想直接晕倒！

杜蘅见劝不动她，计上心来，道："你放我下来，吊在这里，看着那些云，眼晕。"

初七果然听话，小心地把她放回地面。

杜蘅伸手从头上取了支金簪，微笑："你转过身去。"

初七乖乖地背对着她。

杜蘅一簪刺下去，扎到她腰间软麻穴，初七竟然不倒，惊讶地转过头来看着她："做什么？"

"不许回头！"杜蘅慌了，大声呵斥。

初七依言回过头，不过一秒，立刻又转过头来，一手去拉杜蘅，另一手摸向背上长剑。

杜蘅以为她被激怒，正要反抗，忽觉微风飒然。

一只大鸟从头顶掠过，翩然落在了她和初七之间，叮地一声响，初七手中长剑，竟被弹开了数寸。

那人一身缁衣，宽袍大袖，翩若惊鸿，不是慧智是谁？

"阿弥陀佛。"慧智落地，双手合十。

初七长剑被弹开，二话不说，变砍为撩，直刺慧智的胸口。

她变招极为迅速，眼见慧智躲避不及，要被她当胸捅个大窟窿，杜蘅不禁惊呼失声："师傅！"

慧智微微一笑，伸出二根手指，轻轻一夹。

寒月硬生生顿在胸前，长袍微微向里凹进去一点，紧贴着肌肤，却再前进不了一分！

初七轻"咦"一声，手上力道加到七成，用力朝前狠刺。

慧智依旧笑若春风，剑在他二指之间，竟是纹丝不动。

初七轻哼一声，变掌为拳，一拳击向剑柄！

电光石火之间，慧智忽地松开二指，身子微微一侧。

初七收势不住，连人带剑，直直朝着悬崖掉了下去。

"啊呀！"明知悬崖下是草坪，紫苏仍然忍不住发出短促的惊呼。

谁知眨眼之间，初七竟然如鬼魅般重又跃了回来，毫不停顿如一只巨大的蝙蝠，直接向着慧智扑了过去。

"咦？"这下，连杜蘅都惊讶了。

这悬崖是阵法变幻出来的幻象，掉下去之后立刻转换了场景，怎么可能再爬上来？

"好功夫！"慧智赞了一声，错身移步，指尖连弹，隔空一口气连封了她的天突，膻中，俞府，气舍等七大穴道。

初七却像毫无感觉，没有任何停顿，也没有多余的花招，半空中一个回旋，错身之间，唰唰连砍了五六七八剑。

"咦？"慧智心中惊疑不定，应变却极神速，脚尖微点，身形如风中荷叶般往后一倒，几乎呈水平横躺。

初七嗖地从他身上掠过，长剑中途变招，改刺为划往下一沉，寒芒微闪，森森冷气拂面，竟是要把慧智直接剖成两半！

慧智此刻招式已出，不及变换。

"啊！"紫苏掩脸不忍卒看。

眨眼之间，慧智已顺势往下沉，贴着地面像是没有骨头的蛇一样，轻轻扭动身体，

从一个不可能的角度滑了出来。

初七一击不中，立刻变招，再次持剑狂风般攻了过来。

慧智心知点穴无用，百忙中袍袖一挥，卷住她的长剑，竟是单手将初七连人带剑，高高举过头顶，大喝一声："去！"

初七应声如断线的风筝，飘然坠下了悬崖，慧智随即跟着跳了下去。

转瞬之间，两人攻守之势互易，交手了十几招，姿态美妙，如行云流水般流畅，看得紫苏心旌摇曳，鼓掌大声喝彩："好！"

"好个头！"杜蘅脚一跺，纵身跃了下去。

滚落草坪，抬眼一看，眼前已无慧智和初七的踪影。

"等等我！"身后，传来紫苏的呼喊。

杜蘅却头也不回，扔下一句"在这等，一会来接你"直接入了阵，剩紫苏一个人像只无头苍蝇，在草坪上转来转去，找不到出口。

"师傅，初七呢？"从阵中出来，却只见慧智一人立在断崖边，山风吹得他的长袍猎猎作响，未见初七踪影，不觉奇怪。

慧智回过头，温和一笑："我将她困在了阵中。"

"初七好奇怪，我用簪子刺她软麻穴，竟然毫无反应！"杜蘅十分困惑。

她自认没有认错穴位，而且确实刺中了！就算她武功高强，不至一刺即倒，也该有所反应。

"你发现了？"慧智笑意温和，似吹面不寒的杨柳风，"我也点了她七处穴道，全无用处。我猜，她不是天赋异禀，练就了颠倒穴位之术，就是天生穴位异于常人。"

杜蘅一呆："穴位还能颠倒？"

"这是一种传说中早已失传的神功绝学，想不到今日竟能亲眼目睹，真是三生有幸。"说这话的时候，慧智流露出悠然神往之态，近乎完美的脸庞上，绽放出发自内心的愉悦笑容。

杜蘅惊叹于他一笑一颦间流转的神韵，思维停滞了数秒。

"你怎么会招惹上这样的人？"

等了片刻，见她没有回答，慧智诧异地唤了一声："阿蘅？"

"呃？啊！"杜蘅回过神，窘得满面通红，"师傅刚才说什么？"

"阿蘅，"慧智倒也不恼，耐心地重复一遍，"你怎么会招惹上这样的人？"

想起石南，杜蘅不自觉地拉下了脸："莫名其妙给她缠上，怎么甩也甩不掉！"

慧智凝目望向阵中，脸上是一贯温和的笑容："如此，说明你俩有缘。"

杜蘅叹了口气：前世到今生都纠缠在一起，能没有缘吗？就不知是善缘还是恶缘罢了！

慧智讶然回眸："为何叹气？"

杜蘅定定看着他，到嘴的质问咽了回去。

这是一个如莲一般洁净的男子，曾用生命无数次呵护过她。

如果，连他都不能够信任，这个世上还有谁值得她相信？

不管他怀着什么目的来接近她，至少他从来不曾伤害过她！这就够了！

她要的本来就不多，得到的更少。尤其对此刻已是强敌环伺，四面楚歌的她而言，更是弥足珍贵！

她的敌人已经够多，不想再跟慧智为敌。她，不想失去他。

可是真相还是得弄清楚，已经蒙懂地过了一世，这一世不能再浑浑噩噩下去，对不对？

相识九年，她知道，慧智有个最大的优点：从不说谎！

所以，不拐弯抹角，直奔重点，是最快捷的办法！

她不说话，慧智也不着急，悠闲地踱回石桌旁，熟练地冲洗茶具，准备泡一壶好茶。

杜蘅打定了主意，走过去，盯着他的眼睛，慢慢问："认识顾泝之吗？"

慧智冲茶的手微微一顿，讶然抬眸："为何突然提起他？"

"认不认识？"

"他是医界泰山北斗，我虽僻居深山，孤陋寡闻，也听过他的大名。"慧智含笑道，"不止我，恐怕大齐绝大多数人，都知道他吧？"

"你的意思，从没见过他本人？"杜蘅屏了呼吸。

"没有。"慧智微笑，倒了一杯茶，顺着桌面推过去，"这是我亲手种的雀舌，尝尝看，好不好喝？"

说谎！

杜蘅咬着唇，把到了嘴边的咆哮压了下去，深吸了口气，接过茶杯，啜了一口。

却不料茶水刚刚煮沸，入口即烫起了水泡。

"啊。"她惊叫一声，茶杯失手坠地。

慧智俯身过来，一手托着她的下颌，另一手挥动袍袖给她扇风，眼里满是懊恼："怪我，不该刚泡好立刻给你。我看看，烫得严不严重？"

杜蘅下颌给他捏着，被动地仰起头，看着他漂亮的红唇一张一阖。

轰地一下，热气上冲，整个人从头到脚，红得像一尾煮熟的虾子，挣扎着想要摆脱他的禁锢。慧智以为她疼得厉害，倾身过来，柔声道："别动，我给你吹吹……"

杜蘅急了，想也不想，抬手一个巴掌甩了过去。

啪一声脆响，慧智一脸茫然，极其惊讶地看着她："怎么了？"

杜蘅这才想起，慧智生下来就被弃于寺庙，自小就被高僧收养，所学全是佛家典籍，

在他眼里，众生平等，男女老幼美丑根本没有区别，更谈不上什么男女之防了！

"咳，咳。"干咳两声，掩饰窘态，"只略碰了碰，没有烫到。"

"那就好。"慧智不疑有他，放下心来。

"师傅，"杜蘅定了定神，问，"你认识石南吗？"

慧智奇怪地瞥她一眼："他是什么人，我应该认识他吗？"

杜蘅半真半假地道："他常到静安寺来，我以为师傅认识，想打听点他的情况。"

慧智歉然道："我只是暂时客居静安寺，并不管寺中俗物。"

想了想，补了一句："不过，既然是常客，师兄应该会认识，我可以帮你打听。你想知道哪方面的事？"

杜蘅额上滴下一滴汗："不用了，也不是什么大事，不敢劳动方丈大师。"

"哦。"

"师傅的医术，跟谁学的？"杜蘅冷不丁发问。

"你怎知我会医术？"慧智讶然反问。

杜蘅急中生智，道："慧能大师医术高超，我便想当然地认为师傅也会。我猜错了吗？"

慧智脸上罕见地浮起一丝红云，羞惭地垂下头："学是学了，不过跟师兄比，相差甚远。师傅说我没有天赋，劝我放弃了。"

杜蘅惊得目瞪口呆。

慧智的医术若然只是平平，怎么能教她？

可看他的表情，纯出自然，绝无半丝作伪之态。

这到底，是怎么回事？

"有什么不对？"慧智很是困惑。

杜蘅只觉心脏怦怦乱跳，几欲爆裂，伸指狠狠按住太阳穴："你确定，不是自谦？"

"出家人不打诳语。"慧智一脸真诚，却将她推入更深的疑云中。

杜蘅闭着眼，努力想从迷雾中走出来，却发现越理越乱。

事情竟完全不是她想的那样，甚至是背道而驰！

是她的疑心太重，还是慧智隐藏得太好？又或者，是重生之后，打乱了前世的步骤，令有些事情的发展，偏离了前生的轨道？

"你没事吧？"看着她脸上阴晴不定，阵青阵红，慧智一脸担忧。

"没事，"杜蘅深吸口气，勉强挤了个笑容出来，"这几天没睡好，有点疲倦。"

"那你赶紧回去休息。"慧智从怀里摸出一本书递过去，"我在这里还会住半年左右，有什么不懂的，随时来找我。"

"最后一个问题，"杜蘅按着书，一字一字地问，"在收我为徒之前，是不是见过我？"

慧智眼里闪过一丝讶然，明显有些不知所措，他微微沉吟着，没有立刻回答。

杜蘅咬紧了唇瓣，泪水蓦然冲进眼眶。

不知从哪里泛起一丝酸味，无隙可钻，锲而不舍地弥漫在胸口，涨得她难受之极。

慧智又是慌乱，又是奇怪："好好的，你，你哭什么呀？"

杜蘅侧过身去，抬起袖子，飞快地抹去泪水："眼里，突然进了沙子。"

"哦。"慧智有些疑惑，本能地靠上去想要帮她吹，但刚挨了她一巴掌，心有余悸，到底不敢造次，抬起手终究还是垂到了两侧，"不要乱揉，要不，我帮你拿点水来，洗洗？"

"不用了。"杜蘅迅速收拾好情绪，"好了很多。"

"那就好。"慧智松了口气。

"你还没回答我的问题。"

慧智犹豫了一下，道："我没见过你，只听人提起过。他说，如果有朝一日你遭遇困境，务必加以援手。"

令他意外的是，她要求的，是拜他为师。

外公，一定是外公！

杜蘅的心脏蓦然狂跳起来，好容易才克制了情绪，颤着嗓子问："是谁？"

慧智脸上显出为难之色："我对他发过誓，绝不泄露有关他的任何事情。"

"好，"杜蘅迅速换了角度，"我不问那人的情况，我只要你告诉我，最后一次见他，是什么时候？"

"三年前，"慧智想了想，用极好听的清淡声音道，"我云游到大齐和大楚的边界，在一个小村落遇到他。"

"不可能！"杜蘅脱口而出，"外公八年前就过世了！"

"外公？"慧智茫然。

"顾泞之！我外公是顾泞之！"

慧智眼中先是闪过惊讶，继而浮起同情之色，叹息道："你外公既然已经过世八年之久，那就绝不会是他了。"

"那会是谁？"杜蘅怅然若失。

这个世上，除了外公会细心呵护，还有谁会替她考虑得如此周全？

慧智若有所思，柔声安慰："顾公一生，活人无数，定是哪个曾受过他恩惠的人，投桃报李，回馈于你。"

杜蘅咬牙，不肯死心："那人多大年纪，什么样貌，哪里口音……"

慧智伸出修长的手指，轻轻按着额头，低低喃嚅："对不起。"

杜蘅默然不语，伤心溢于言表。

"人死不能复生，请节哀顺变。"慧智低眉望着她，悠然一叹，声音低沉，像微风拂过树梢，在叶尖穿梭往复，最终低不可闻。

杜蘅强打精神，勉强挤了个笑容："不早了，我该回去了。"

"等等。"慧智瞥到桌上书本，抄在手里追上去，"这是些五行八卦的入门之作，你习过医术，对阴阳五行相克应该不陌生，学起来不会太难。歧义之处，我都做了标注，若还是不解，随时来找我。"

杜蘅不答，只捏紧了书页。

"还有，"慧智迟疑片刻，道，"初七心智异于常人，待她请多一些耐心和包容。"

杜蘅讶然抬眸："你也发现了？"

她对初七异乎寻常的固执，一直心存疑惑，只是无法想象一个心智有问题的人，如何习得这样超凡绝俗的本领。

因此，她宁愿相信，但凡世外高人，必有些怪癖。

不然的话，前世竟然被一个智障追得上天无路，入地无门，这叫她情何以堪？

慧智叹息："正是因为她心无旁骛，才能醉心武道，一日千里。"

"她绝对不会妨碍你做任何事，即使你在背后策划如何取我的性命，她也不会泄露半个字。"

石南的话，忽然浮现耳边。

杜蘅哑然。

难怪他敢说出这样一番话，原来早知道初七的心智，根本不足以应付任何阴谋诡计。

把她送过来，难道真是单纯只为保护她？

不，不会的，石南这样做，必然有更大的图谋！

钥匙，对！

一定是为了钥匙！

如今顾氏的嫁妆落到了她的手上，所有知道钥匙下落，又心存觊觎之徒，必定会想方设法从她手里夺走钥匙。

石南，是为了确保钥匙不会落于别人之手。

想清楚了，心底那股莫名的烦躁消除了，随即变得心安理得。

好吧，既然一切都是交易，大家各取所需，她为什么不能坦然接受初七的保护？

"轰"的一声大响，平地上现出一个大坑，初七蓬头垢面地跳出来："小姐，你有没有事？"

杜蘅瞪着那个足足有一人深的土坑咂舌不已："乖乖，你怎么弄出来的？"

初七眨巴了眼睛，做击掌之状："有块大石头挡路，我击了它几掌，就变成这样了！"

"你真厉害！"杜蘅冲她竖起大拇指。

初七眼睛放光，大声道："这算什么，我还能弄更大的坑……"

"不用了，"杜蘅连连摇手，"我相信你有这个本事。"

慧智微微一笑："我去把紫苏带出来。"

弹出一颗石头，就见眼前景色蓦然一变。

紫苏斜坐在草地上，背后靠着一棵大树，歪着头张着嘴巴睡得正香。

杜蘅不觉哑然失笑，上前推了她一把："起来，回家睡去！"

"啊？"紫苏猛地睁开眼，见到她，立刻瘪了嘴控诉，"小姐，你好没良心，竟然把我扔……"

"诉苦之前，先把口水擦干。"杜蘅忍着笑，越过她，扬长而去。

"啊，有口水？"紫苏一下脸涨得通红，抬手抹了一把嘴角，发现上当，跳起来就追，"小姐，你污人清白……"

慧智含笑，目送她们一行三人没入小径消失无踪。

再看看被初七破坏得七零八落的现场，摇头一笑，认命地重新布阵……

"小姐，是要回府吗？"紫苏跃跃欲试。

"你说呢？"杜蘅睨她一眼。

"难得空闲，不去逛逛多可惜？"紫苏撩起窗帘，看着熙熙攘攘的街道，街上行人比往常多了三倍不止。

似乎所有人，一下子全从地底下冒了出来。

街道两旁，摆满了小摊，摆着各种各样精巧的小玩意，性急的商家，已经把彩灯挂了起来，只等夜幕一到，整条街华灯盛放，光华璀璨。

杜蘅低头想了想："你还真提醒了我，的确有个人，要去见一见。"

"谁啊？"紫苏眼睛一亮，贼兮兮地趴到她肩上，"男的女的，我认不认识？"

今天七夕节，又称女儿节哦！

这样的日子，小姐总不会去见仇人，八成是心上人了！

"做什么？"杜蘅挑眉。

"嘿嘿，"紫苏眉眼弯弯，笑得十分"猥琐"，"跟我还保密？说吧，说吧，迟早要知道的，干吗神神秘秘？"

杜蘅一指戳到她额上："大热的天，挤得我腻得慌！"

紫苏索性腰一软，直接腻到她怀里："快说，快说！"

"小姐，"车夫在外面，恭敬地问，"前面是岔道，往哪边拐？"

"往左，去上清观。"杜蘅隔着帘子，淡声吩咐。

紫苏一愣，慢慢坐直身体："不会吧？"

杜蘅忍俊不禁："你没想错，就是要去见楚桑！"

紫苏："……"

"路过书局时，稍停片刻，我买几本书。"

"是。"

"今天七夕，楚少爷哪会老实在上清观待着？肯定早跑下山看热闹去了。"紫苏垂死挣扎，"改天再去吧？"

"去看看，"杜蘅闭目养神，"真不在了再说。"

车子路过金石堂，杜蘅进去挑了几本书，继续往上清观走。

"《修真九要》，《道德经》，《易理阐真》，《推背图》……"紫苏信手翻阅，惊讶地抬起头，"小姐，你要修道？"

杜蘅轻哼一声："你说呢？"

"给楚少爷买的？"

"嗯。"

"为什么？"紫苏不明白，小姐为什么对楚桑总是格外关注，更不理解楚桑年纪轻轻，在有更多选择的情况下，为何要去修道？

杜蘅不答。

马车很快抵达了上清观，如杜蘅所预料的，楚桑独自在破败的上清观里发呆。

完全没想到杜蘅会突然造访，楚桑显得有些手忙脚乱。

杜蘅站在走廊，环顾着那些破壁残垣，颇为感慨："这道观，也该翻修一下了。"

"这破地方，鬼都不上门，修好也是白费银子。"紫苏撇嘴，"有这笔闲钱，倒不如送给楚少爷，让他另谋生路是正经。"

杜蘅笑看她一眼："上清观，也有香火鼎盛的时候。"

紫苏正在琢磨她这番话的意思。

楚桑已经烧好开水，泡了茶送上来，很是羞涩地道："对不起，只有陈年的茶沫……"

杜蘅接过杯子，抿了一口："能解渴就行。"

楚桑大受感动，撩起袖子，一遍又一遍擦拭凳子："二小姐，请坐。"

"你别忙，"杜蘅道，"我有几句话，想问问你。"

"二小姐请说，小人知无不言。"楚桑垂着手，恭恭敬敬地道。

"楚公子以后有什么打算？"

"呃？"楚桑愣住。

"你还如此年轻，没有替自己的将来设想过吗？"杜蘅问。

楚桑垂头，涩然道："无非是过一日算一日而已。"

"如果，"杜蘅很小心地斟酌词汇，"你想做些小生意，我可以资助你些本钱；如果你对做买卖没有兴趣，我在郊外还有些小田产。"

楚桑摇头，轻声道："小人何德何能，怎能一再让二小姐劳神破费？"

"听你谈吐，应该是读过书的。"杜蘅挑眉，试探地问，"如果你想继续念书求取功名，我也可以推荐你进泽被堂。"

"上过几年私塾，略识得一些字。"楚桑神态有些扭捏，强忍了内心的渴望，轻声道，"二小姐好意，楚某心领。"

十年寒窗，金榜题名，是每个读书人的梦想。

可眼下连养活自己都成问题，哪好意思去泽被堂念书？并不是进去就万事大吉，每年的束脩费、食宿费、笔墨费，都要一大笔银子，总不能要二小姐负担他十年吧？这也太没廉耻了！

"钱财是身外之物，"杜蘅很认真地道，"况且这些对我，不过是九牛一毛，不必顾虑。你若实在介意，亦可立下字据，待日后有能力了再偿还。"

"不，"楚桑挺直了腰，大声道："我想靠自己的力量站稳脚跟，报答二小姐的恩惠。"

"你并不欠我什么。"杜蘅道，"我给你的，只是银子，你救的却是我的命。"

"二小姐眼中，银子或许不算什么，却不知一文钱可以难死英雄汉！"楚桑正色道，"世上多的是为富不仁之徒，像二小姐这样宅心仁厚、侠义心肠之人，实在是太少了！"

杜蘅汗颜，话到嘴边，又咽了回去。

其实，她没有他想象的那么美好……

紫苏插了一句："楚少爷，是打算继续在上清观做个清修的道士了？"

楚桑愣了一下，惭愧低头："……"

杜蘅微微一笑："我倒是有个提议，只不过要委屈公子几年。你我合作，不敢说保公子像袁天罡一样流芳百世；弄个国师，天师之类的头衔来唬唬人，还是手到擒来。"

"二小姐有命，焉敢不从？"楚桑立刻道。

紫苏气喘吁吁，抱了一堆书籍过来："死沉死沉的，你倒是接一下啊！"

楚桑手忙脚乱地抱着书，不知所措："我，怕辜负了二小姐。"

"这些是些入门书籍，望公子潜心钻研。"杜蘅望着他，狡黠一笑，"倒不要求你多精通，关键时候，掉几句书袋，把人唬过去就成。"

楚桑怔怔看着她："这……"

杜蘅招手，示意他倾身过来，附在他耳边，低声说了几句。

楚桑越听越吃惊，圆睁了双目："二小姐……"

这事说大不大，说小也不小。

轻则给人当成疯子，一笑置之；重了就是个妖言惑众，是杀头之罪！

"不要怕，照我说的去做就是，包你无事。"杜蘅微笑。

楚桑满眼狐疑："你怎么知道……"

杜蘅笑了笑："我不知道，只是想赌一把而已。"

楚桑："……"

紫苏："……"

从山上下来，已是夜幕低张，夜风温柔地拂过，万家灯火似一片光明的海洋，又似万斛星子，遥远而灿烂。

不时有三五个少女捧着各自从街市上买到的各种新奇的小玩意，相互追逐打闹着从马车边跑过，那份快乐和满足，令杜蘅情不自禁地被感染，露出一抹笑容。

紫苏更是心里似猫抓似的，死磨活噌地央求着："小姐，下车走走吧！"

实在拗不过她，杜蘅只得无可无不可地点头："最多一个时辰。"

"小姐最好了！"紫苏抱住她欢呼。

初七见她高兴，跟着拍手："好啊好啊！"

杜蘅忍俊不禁："她是因为有得玩，你为啥这么高兴？"

"姐姐开心，我就高兴。"初七咧着唇，笑嘻嘻。

"小姐！"紫苏像一尾游向大海的鱼，吱溜一下钻进了人群，兴奋地踮起脚尖，朝她招手，"快点过来，这里好多漂亮的河灯！"

初七紧随杜蘅，所有挨到她身边的人，全被她不客气地推开。

杜蘅就像是大海中的一叶孤舟，劈波斩浪，所到之处，身周三尺之内无人可以接近，很快引得路人侧目。

她不禁哭笑不得，停了脚步："初七，你不能这么霸道！"

"太近了，危险。"初七一本正经。

"你再这样，我只好回到马车里了。"杜蘅沉下脸，"这样，就看不到好看的花灯了，你要吗？"

初七看一眼满大街让人眼花缭乱的小玩意，再看一眼远远停在路旁的马车，福至心灵："我可以在马车外保护小姐。"

杜蘅差点给自己的口水呛到。

这丫头，装傻的吧？关键时候，咋这精哩！

"小姐，快来啊！"紫苏已经挑中一款精美的兔子灯，急得直跳脚，"来晚了，给别人抢走了！"

杜蘅站着不动，初七便也不动。

"哎呀！"紫苏见两人僵在原地，只得放弃了那盏河灯，跑回来，"你们磨蹭什么呀？"

"她太张扬，"杜蘅指了指初七背上的长剑，"容易惹麻烦，我还是不去了。"

紫苏一看也是，想了想，在摊子上买了块花布，把她的剑包得花里胡哨，歪着头看了一眼,得意地笑了:"这样好多了!"

"不许再把小姐身边的人推开,除非他不怀好意。"把长剑重新挂到初七背上,握紧了拳头在她眼前一晃,"不然,要你好看!"

初七迷惑地盯着她的拳头,不解:"这有什么好看的?"

"我的意思,"紫苏凶巴巴地道,"你不听话,就揍你!"

"你又打不过我。"初七淡淡道。

紫苏气得无语。

杜蘅哧地一笑,乘两人夹缠不清,举步朝前走了。

初七见她开溜,立刻扔下紫苏,两手一扒拉,把人群拉出一道口子,跟了上来。

杜蘅这时已站在了卖河灯的摊位前,见摊上各种河灯精巧别致,尤其有几款动物造型的,更是栩栩如生,可爱至极。

摊边围了一大堆少年男女,各个都爱不释手,却鲜少有人提灯离去。

仔细一瞧,原来每盏河灯上都贴了灯谜,猜中谜底者方可购买。

那些官家小姐少爷自恃身份,不肯到街上跟人拥挤,大多在包厢雅座里,居高临下观景。

来夜市里闲逛的,绝大多是市井之人,读书识字的并不多,会猜谜的更少。

何况,摊主志不在赚钱,谜面制得十分雅致,没有一定的水平,还真猜不出来。

"小姐!"紫苏这时已经赶过来,指着那盏玉兔灯连声嚷,"我要这只兔子啦!"

"没出息!"杜蘅取笑一句,转过头问摊主,"多少钱?"

摊主见她穿着不俗,气质清雅,精神一振,有心白送,怕她猜不中,忙换了一个简单的谜语:"今日还未开张,小姐若射中谜底,此灯白送。"

路人便起哄:"看到漂亮姑娘,就换容易的,好没道理。"

"喜欢人家就说呗,没准能招你做个乘龙快婿……"

杜蘅一看,谜面是"宿鸟恋枝头",打一字,倒也不是太难,笑道:"是个枭字。"

摊主连忙把灯取下来,递给她:"这盏玉兔灯,是姑娘的了。"

"紫苏,给他十两银子。"杜蘅不肯占他便宜,淡声吩咐。

紫苏掏了银子,喜滋滋地把灯提在手里,炫耀地在初七面前一扬:"看到没?哼!"

"走吧。"见路人越围越多,杜蘅不欲多留,转身要走。

"我要这个!"初七指着老虎灯,不肯挪步。

杜蘅瞥了一眼,那盏老虎灯用彩色琉璃所制,身子肥而短,额上刻个"王"字,看起来非但不显得凶猛可怖,反而憨态可掬,的确很惹人喜爱。

"小姐,有没有兴趣再猜一次?"摊主不舍如此清雅的丽人就此离去,笑眯眯地把灯取下来,大声把谜面读了一遍:"春尽云端月如钩,打一字。"

杜蘅略略思索片刻，已有所得，微微一笑："腌。"

"让开，让开！"粗鲁的呼喝声响起，淹没了她的声音。

两名高大的护卫，分开人群，护着一名少女款款而来。

那是个绝色少女，绯色衣裙，鸦鬓雪肌，裁玉为骨。一双妙目冷冷如皓月清辉，渺渺似石上清泉，流波万种，碎玉烁金。美艳不可方物，却又从骨髓里透出丝丝清寒之意，让人不敢逼视。

人群骚动起来，随着她的走近，渐渐安静得针落可闻。

夏雪！想不到重生后第一次见面，会是在七夕的街市相逢！

"小姐！"紫苏下意识握紧了她的手臂。

杜蘅浑身一僵，全身血肉寸寸凝固……

"腌。"女子柔和的声线，软软糯糯，似江南小调，又仿佛被细雨打湿，绵绵邈邈，妩媚之极："组字谜。云端，云字上端取二横；春尽，春去除上面二横，余下大、日；钩，用笔画竖弯钩；月用原形。合而为腌。"

说罢，傲然一笑："我猜得可对？"

摊主看得几乎呆掉。

"大胆！"侍卫怒声呵斥，"再看，把你的眼珠子挖出来！"

摊主蓦然一惊，回过神来，瞥一眼杜蘅，尴尬地搓了搓手："这……"

在她之前，杜蘅已给出答案，旁人或许没有听到，他是摊主却不好抵赖。

"我们走。"杜蘅不欲做无谓争执，拉了紫苏转身离去。

初七二话不说，摘了老虎灯抱在怀里，抬腿就走。

"且慢，"夏雪柳眉一凝，柔声道，"把灯留下。"

"我的。"初七抱着灯不撒手。

"姑娘好生无理，"夏雪嗔道，"我既猜中灯谜，这灯便该是我的。何况，你分文不付，与强盗何异？"

路人见她生得美貌，骨头早酥了一半，又听她说得在理，纷纷指责初七。

"说得对，有本事自己猜，猜不中强抢可不成！"

摊主嘴唇翕了翕，想要说人家也猜出了答案，面对众怒和两名身佩钢刀，明显是官家护卫的人，终究没敢吭声。

"我的！"初七再次重申。

夏雪的脸上浮起一丝愠怒："你听不懂人话是吗？"

"真不要脸！"人群发出阵阵讥笑声。

初七抬眼一扫，见杜蘅和紫苏已混进人群，越走越远，心中焦躁，一把将她推开："走开！"

"啊！"夏雪万料不到大庭广众之下，竟有人敢对她动粗，猝不及防，差点一跤跌倒在地。

幸得身后琉璃反应快，一把搀住了她，才免于当众出丑，却也是吓得花容失色。

"放肆！"

侍卫大喝一声，一人拔出刀架在初七的脖子上，另一人强行去夺老虎灯。

路人眼见要闹出人命，尖叫着纷纷闪避。

初七不耐烦地随手夺过钢刀，一拗，啪嗒，拗成两截，顺手往抢灯的侍卫头上一敲，拔腿就追："小姐，等等我啊。"

"蠢货，还不给我追！"夏雪大发娇嗔。

侍卫瞪着地上的断刀和头破血流晕迷不醒的同伴，惊得神魂出窍！

一招，她竟然只用了一招，就击倒了两人！

他甚至，没看清她是怎么出的手！

杜蘅胸中犹如冰浸火焚，拉着紫苏低头疾走，不停地告诉自己：不要停步，不要回头！

她怕停下来会忍不住折回去，将夏雪剥皮拆骨，敲髓吸血，让她灰飞烟灭！

紫苏的手腕被她握得发青，强忍着痛，不敢嚷疼。

眼角余光，忽地瞥到一抹熟悉的影子，从不远处的银楼里走了出来，若再不制止，两下碰了面就尴尬了！

无奈之下，只得停了脚步："小姐！"

杜蘅头也不抬："什么事？"

"大小姐。"眼见杜荇牵着一名俊俏的年轻公子，笑盈盈地往这边走来，紫苏情急之下，一把将她推到了路旁。

杜蘅蓦然醒悟："她身边，有人？"

"嗯。"紫苏侧过身子，努力往阴影里缩，一边又矛盾地伸长了颈子，努力朝杜荇的方向偷看，"是个年轻的公子哥，啧，长得真俊！"

杜蘅忍不住骂："没出息！"

"我替他可惜，这么俊的人，生生给大小姐糟蹋了！"紫苏摊开两手，笑嘻嘻。

"两位，是要上楼订雅座，还是在大堂？"耳边，忽地有人问。

"呃？"紫苏傻眼。

原来两人情急之下，竟然避到了酒楼的门廊之下。

闻着大堂里飘出来的饭菜香，紫苏的肚子"咕噜"一声响，臊得满面通红。

"楼上，靠窗的雅座。"杜蘅微笑。

"好咧，两位楼上请。"

进了雅间，刚刚坐定，就见初七呆头呆脑，一路东张西望地找了过来："小姐，别玩啦！初七找不到你，会被骂死！"

两人相视一笑，紫苏探出半个身子到窗外："初七，我们在这里！"

初七抬头看到两人，大喜过望，拔地而起，如一只大鸟一样飞了起来，直扑向二人。

一时间，人群哗然，纷纷驻足观望。

紫苏骇然缩回雅间，双手抱头，尖叫："你，你做什么？"

声音未落，初七已经穿窗而入。

杜蘅无语。

正常人遇到这种情况都会走门上楼梯，她倒好，直接用飞的！

"小姐，菜齐了。"刚好小二推门而入，托盘里装着几碟精美的菜肴。

"你们好坏！"初七立刻气愤地嚷了起来，"背着我偷偷吃东西！"

小二愣住。

紫苏掩面："我不认识她。"

"笃笃"两声轻响，常安小心翼翼地探了半颗头进来，一眼望到杜蘅，立刻兴奋地嚷了起来："少爷，真是二小姐！"

话未完，初七抄起一只茶杯，以迅雷不及掩耳之速，扔了过去。

砰一声，正中目标。常安应声倒地……

"常安！"下一秒，夏风走了进来，脸上惊喜尚未消退，换成了惊讶。

嗖的一声，紫苏反应不及，另一只茶杯又飞了出去。

饶是夏风反应敏捷，迅疾闪避，也给杯子擦破一点皮。

"出去！"初七气势如虹，指着门大声喝道。